MARIE MERBURG
Strandkorbbriefe

Weitere Titel der Autorin:

Wellenglitzern
Inselleuchten
Sommerflimmern
Ostseeträume
Ostseefunkeln
Strandkorbzauber
Leuchtturmsommer

Nordseesterne

Über die Autorin

Marie Merburg wurde am 7.7.1977 in Mühlacker in Süddeutschland geboren. Nach dem Studium in Stuttgart zog sie mit ihrer Familie in die Nähe von Heilbronn, wo sie auch heute noch lebt. Für ihre Romane *Wellenglitzern*, *Inselleuchten*, *Sommerflimmern*, *Ostseeträume*, *Ostseefunkeln*, *Strandkorbzauber* und *Leuchtturmsommer* hat sie sich die deutsche Ostseeküste als Schauplatz ausgesucht, weil sie von der Landschaft und den Menschen dort fasziniert ist. Mit *Nordseesterne* und *Strandkorbbriefe* verschlägt es sie nun an die schönsten Orte der Nordsee.
Unter dem Namen Janine Wilk schreibt die Autorin auch erfolgreich Kinder- und Jugendbücher.

MARIE MERBURG

Strandkorbbriefe

Roman

Lübbe

NACHHALTIG PRODUZIERT

Die Bastei Lübbe AG verfolgt eine nachhaltige Buchproduktion. Wir verwenden Papiere aus nachhaltiger Forstwirtschaft und verzichten darauf, Bücher einzeln in Folie zu verpacken. Wir stellen unsere Bücher in Deutschland und Europa (EU) her und arbeiten mit den Druckereien kontinuierlich an einer positiven Ökobilanz.

FSC www.fsc.org MIX Papier | Fördert gute Waldnutzung FSC® C014496

Originalausgabe

Dieses Werk wurde vermittelt durch die
Michael Meller Literary Agency GmbH, München.

Bei Fragen zur Produktsicherheit wenden Sie sich bitte an:
Produktsicherheit@bastei-luebbe.de

Lektorat: Dr. Ulrike Brandt-Schwarze, Bonn
Umschlaggestaltung: Kirstin Osenau
Einband-/Umschlagmotiv: © Katerina Arts/Shutterstock;
Pawel Kazmierczak/Shutterstock; Andy333/Shutterstock;
flowersmile/Shutterstock; Thorsten Schier/Shutterstock;
MM_photos/Shutterstock; schankz/Shutterstock
Satz: two-up, Düsseldorf
Gesetzt aus der Garamond
Druck und Verarbeitung: GGP Media GmbH, Pößneck

Printed in Germany
ISBN 978-3-404-19384-4

1 3 5 4 2

Sie finden uns im Internet unter luebbe.de
Bitte beachten Sie auch: lesejury.de

Prolog

Acht Monate zuvor

Ein Schicksalsschlag kam meist ohne Vorwarnung und veränderte von einer Sekunde auf die andere das Leben auf so dramatische Weise, dass nichts mehr war wie zuvor. So auch bei mir. Dabei war es ein Tag wie jeder andere gewesen …

Ich stand auf dem Parkplatz am Pilsumer Leuchtturm und hatte die Daumen am Gürtel meiner Uniform eingehakt.

»Hat mir deine neue Kollegin gerade unterstellt, ich würde die Polizei bestechen?«, fragte Siggi, der hier seinen Imbisswagen abgestellt hatte. »Mit einem *Fischbrötchen?*«

Er stand hinter der Theke, und sein Doppelkinn zitterte vor Empörung. Mit Ende sechzig besaß er kaum noch Haare, doch den Rest der weißblonden Strähnen hatte er liebevoll auf seinem Kopf verteilt und offenbar dort festgeklebt, denn sie bewegten sich keinen Millimeter.

Ich kannte Siggi schon ewig, und er verfügte über so viel kriminelle Energie wie eine laue Nordseebrise. Er war seit über dreißig Jahren verheiratet, hatte vier Kinder, war Schriftführer beim TV Greetsiel und hatte sich noch nie etwas zuschulden kommen lassen. Deshalb war seine Entrüstung in gewisser Weise nachvollziehbar.

»Nimm dir das mal nicht zu Herzen! Antje meint es eigentlich nicht so«, entgegnete ich, obwohl ich es doch besser wusste.

Meine neue Kollegin Antje Voß hatte Siggis freundliche Essenseinladung gerade resolut abgelehnt und ihn in scharfem Ton darauf hingewiesen, dass es Beamten im Dienst nicht erlaubt war, Geschenke und Gefälligkeiten anzunehmen. Mit kerzengeradem Rücken und vorgerecktem Kinn marschierte sie nun zurück zum Polizeiwagen – ein Abbild wahrer Integrität und Rechtschaffenheit. Diese Frau liebte und lebte das deutsche Gesetz.

»Ich wollte doch nur nett zu ihr sein, Himmel noch mal!«, brummelte Siggi und drückte mir ein kostenloses Fischbrötchen in die Hand.

Ich schenkte ihm ein Lächeln. »Ich dank dir!«

Es war Anfang Oktober, und obwohl die Sonne schien, pfiff ein ungemütlicher Wind über die Ebene. Er legte sich wie ein kühler Schal in meinen Nacken und wirbelte eine Haarsträhne, die sich aus meinem Flechtzopf gelöst hatte, in mein Gesicht. Ein kleiner Vorgeschmack auf die Herbststürme, die uns bevorstanden.

»Mich kannst du mit so viel Fischbrötchen bestechen, wie du willst, ich bleibe objektiv und vertrete ungeachtet persönlicher Sympathien das Gesetz«, sagte ich kauend und zwinkerte ihm zu. »Selbst, wenn du dich als Täter herausstellen solltest.«

Er schüttelte schnaubend den Kopf. »Also, ich hab die Fassade ja wohl ganz bestimmt nicht mit diesem riesigen Graffiti verunstaltet!« Er deutete hinauf zum Deich, wo in einiger Entfernung der Pilsumer Leuchtturm mit dem rot-gelben Anstrich stand, der durch die Werbung und den Film »Otto – der Außerfriesische« bekannt war.

»Das weiß ich doch!« Ich hob den Zeigefinger. »Allerdings handelt es sich um eine einzelne Zeichnung und somit um ein *Graffito*. Genauer gesagt um einen schlecht gesprayten Umriss eines männlichen Geschlechtsteils. Entweder wollte der Täter eine seltene medizinische Anomalie andeuten, oder er hat keine Ahnung von männlicher Anatomie. Ich tippe auf Letzteres.«

Er stutzte. »Du meinst, die Sprayer könnten Mädchen gewesen sein?«

»Warum nicht? Wir leben in Zeiten der Gleichberechtigung. Auch Mädels kommen im Teenageralter mal auf dumme Ideen.«

Da die Hauptsaison vorüber war und mittlerweile deutlich weniger Touristen in der Krummhörn Urlaub machten, vermutete ich, dass eine Gruppe Jugendlicher aus der Umgebung dahintersteckte. Antje und ich hatten den Fall jedenfalls vorschriftsgemäß dokumentiert und offiziell als Sachbeschädigung aufgenommen. Die Wahrscheinlichkeit, dass wir die Täter erwischten, stufte ich jedoch als gering ein. Eine vielversprechende Spur wäre höchstens, die Zeichenlehrer in den ortsansässigen Schulen zu befragen, welche ihrer Schüler außergewöhnlich wenig Talent besaßen.

Während ich mit Siggi plauderte und mir das Fischbrötchen schmecken ließ, stand Antje mit verschränkten Armen vor unserem Wagen und scannte die Umgebung. Obwohl sie erst Anfang zwanzig war, hatte sie ihre Bad-Cop-Rolle schon perfekt einstudiert. Dabei war sie mit ihren 1,61 Meter und ihrer zierlichen Gestalt von elfenhafter Statur. Ihr autoritärer Blick sorgte in Verbindung mit ihrer Uniform jedoch dafür, dass sich die wenigen Touristen auf dem Parkplatz hastig zerstreuten.

»Diese Antje verjagt meine Kunden! Die guckt wie ein angriffslustiger Pitbull«, schimpfte Siggi. »Habt ihr die von der Hundestaffel übernommen?«

Ich hatte zwar ebenfalls Probleme mit meiner Kollegin, fühlte mich aber verpflichtet, sie zu verteidigen.

»Pass mal auf deine Wortwahl auf!«, ermahnte ich ihn. »Und sei ein bisschen nachsichtig. Antje ist gerade aus Nordrhein-Westfalen hergezogen und hat erst vor Kurzem ihre Ausbildung abgeschlossen. In ihrem Alter war ich auch übertrieben ehrgeizig.«

Das war noch eine Untertreibung. Ich hatte meinen Job derart ernst genommen, dass ich überall Verbrechen witterte, und leider war ich dabei einmal auch kräftig ins Fettnäpfchen getreten. Über den Vorfall war sogar in der Zeitung berichtet worden. Obwohl das schon elf Jahre zurücklag und ich mittlerweile eine erfahrene dreiunddreißigjährige Polizistin war, zogen meine Kollegen mich heute noch damit auf.

»Sie muss einfach etwas Erfahrung sammeln«, erklärte ich. »Dann wird sie auch lockerer. Antje braucht nur etwas Anleitung und Selbstsicherheit.«

»Wenn du meinst …«

»Ganz bestimmt sogar. Zeig ein bisschen Herz!«

Er seufzte ergeben. »Na schön, ich bin ja nicht nachtragend. Hoffentlich weiß deine Kollegin zu schätzen, dass sie ein Goldstück wie dich an ihrer Seite hat.«

»Logisch!«, erwiderte ich grinsend und verputzte den Rest des Fischbrötchens.

Mein Funkgerät knackte, und die Zentrale meldete sich, um einen Einsatz durchzugeben. Es handelte sich um einen Nachbarschaftsstreit, und als ich die Adresse hörte, stöhnte ich gequält auf. »Nicht schon wieder!«

»Alte Bekannte?«, fragte Siggi.

Ich nickte. »Ich sehe die beiden Streithähne im Durchschnitt einmal pro Woche.«

Nachdem ich der Zentrale durchgegeben hatte, dass wir auf dem Weg wären, verabschiedete ich mich von Siggi und ging zum Wagen. Antje wartete schon auf dem Beifahrersitz mit verschränkten Armen auf mich. Sie wirkte äußerst unzufrieden. War sie immer noch wegen des Fischbrötchens sauer? Obwohl ich Siggi gegenüber etwas anderes behauptet hatte, war Antje noch kein Fitzelchen lockerer geworden, seit ich sie unter meine Fittiche genommen hatte. Dass sie mich endlich beim Vornamen nannte, verzeichnete ich schon als gewaltigen Fortschritt. Zum Glück beschäftigte sie jedoch etwas anderes.

»Ich bin noch nicht lange hier, aber das ist schon das vierte Mal, dass wir dorthin gerufen werden«, sagte sie mit gerunzelter Stirn. »Wenn Herr Kammelk und Herr Schluff sich aus Langeweile ständig streiten, ist das doch deren Sache. Uns jedes Mal zu rufen ist Verschwendung von Steuergeldern.«

»Aber was sollen wir machen? Wir werden gerufen – wir kommen.«

Ich fuhr los und nahm einige Abkürzungen über die Feldwege. Die beiden Bauernhöfe lagen außerhalb und sehr idyllisch auf einer Warft, eingerahmt von hochgewachsenen Bäumen und umgeben von Feldern und Wiesen. Weit und breit war kein anderer Nachbar zu sehen. Was wahrscheinlich eines der Grundprobleme der streitlustigen Männer darstellte. Herrn Schluffs Ehefrau war vor einigen Jahren verstorben, während sich Herrn Kammelks Frau vor zwei Jahrzehnten aus dem Staub gemacht hatte. Die Einsamkeit hier draußen tat den beiden nicht sonderlich gut.

Ich parkte den Wagen auf dem blank gefahrenen Kopfsteinpflaster zwischen den Höfen. Früher waren hier noch Kühe gehalten worden, doch inzwischen waren die Ställe verwaist. Die beiden Herren waren schon Ende siebzig, und keines ihrer Kinder hatte in ihre Fußstapfen treten wollen. Man sah den Gebäuden an, dass die betagten Besitzer sich kaum noch um die Instandhaltung kümmern konnten. Überall wucherte Unkraut, landwirtschaftliche Geräte rosteten ungenutzt vor sich hin, und am Eingang von Herrn Schluffs Scheune flatterte eine zerschlissene Plane. Auch sie war schon der Grund für einen Einsatz gewesen: Herr Kammelk hatte uns wegen nächtlicher Ruhestörung gerufen, da ihm das Geräusch der im Wind umherschlagenden Plane angeblich den Schlaf geraubt hatte.

Wir stiegen aus, und ich gab Antje letzte Instruktionen, während sie ihre Schutzweste zurechtrückte. »Wir machen es wie gehabt. Wir bleiben neutral und mischen uns nicht in den aktuellen Streitfall ein. Unsere Aufgabe ist es, zu deeskalieren und eine Situation zu schaffen, mit der beide Parteien leben können.«

Nachbarschaftsstreitigkeiten gehörten zu unserem Alltag. Ebenso wie Verkehrsverstöße, Tätlichkeiten, Trunkenheit, verschwundene Haustiere oder kleinere Diebstahlsdelikte. Schwerverbrechen kamen in unserer Gegend so gut wie nie vor.

Antje nickte mir zu. »Ich bin bereit.«

Sie hatte wieder ihre strenge Bad-Cop-Miene aufgesetzt, was ich in gewisser Weise nachvollziehen konnte. Als Frau musste man Autorität ausstrahlen, um als Polizistin ernst genommen zu werden. Auch ich verhielt mich in Uniform anders als privat. Ich legte alles Weibliche und Warme ab, meine Körperhaltung war straffer, und ich nahm durch den hüftbreiten Gang mehr Raum ein. Ich verwandelte mich in eine toughe Beamtin, die alles unter Kontrolle hatte, den Menschen hilfreich zur Seite stand und für Gerechtigkeit sorgte.

Genau deshalb liebte ich diesen Job. Schon seit meiner Kindheit hatte ich Polizistin werden wollen und meinen Berufswunsch gegen alle Widrigkeiten durchgesetzt. Diese Widrigkeiten stellten in erster Linie meine Mutter dar, die mit allen Mitteln versucht hatte, mich davon abzuhalten. Noch heute machte sie mir ein schlechtes Gewissen, weil sie angeblich in permanenter Angst lebte, einen Anruf vom Revier zu erhalten, in dem ihr mitgeteilt wurde, dass mir im Dienst etwas zugestoßen sei. Das war natürlich völlig abwegig. Wenn mir im Dienst etwas passieren würde, würden die Kollegen ganz sicher nicht anrufen, sondern persönlich bei ihr vorbeischauen.

»Wir müssen da lang!«, sagte ich und deutete in die Richtung, aus der zwei laute Stimmen zu hören waren.

Im Laufschritt setzten wir uns in Bewegung. Wie immer hatten wir keine Ahnung, welche Situation uns vor Ort erwartete, und Adrenalin durchströmte meinen Körper. Die Aufregung und der Nervenkitzel waren ein weiterer Grund, wieso ich diesen Job liebte.

Wir bogen um die Ecke und entdeckten die Männer an einem Zaun, hinter dem sich ein kleiner Nutzgarten mit Obstbäumen befand. Herr Kammelk, der sich mit gebeugtem Rücken auf seine beiden Gehstöcke stützte, blickte auf. Er hatte schütteres Haar, trug eine braune Strickweste über einem gemusterten Hemd und eine dunkelbraune Cordhose.

»Da sind Sie ja endlich!«, spie er aus. »Ich wurde bestohlen und habe den Dieb auf frischer Tat ertappt.«

Er fuchtelte mit einem der Gehstöcke in die Richtung seines Nachbarn und verlor dabei fast das Gleichgewicht. Herr Schluff klammerte sich indes mit wütender Miene an seinem Rollator fest. Seine ausgeblichene blaue Arbeitslatzhose schlackerte um seinen ausgemergelten Körper, und eine schwarze Fischermütze verbarg seine Glatze.

»Ich hab überhaupt nichts geklaut«, rief er. »Die Äpfel sind über den Zaun gewachsen – und dann darf man sie sich nehmen!«

»Mundraub!«, keifte Herr Kammelk. »Das ist Mundraub.«

Ich verständigte mich mit Antje schweigend per Handzeichen, und jede von uns stellte sich an die Seite eines Mannes, um im Notfall eingreifen zu können. Ich übernahm Herrn Kammelk.

»Antje, wenn Herr Schluff nichts dagegen hat, dann wirf doch bitte mal einen Blick da rein!«, sagte ich und deutete auf die prall gefüllte Jutetasche, die am Rollator baumelte.

Mit sichtlichem Widerwillen nickte Herr Schluff, und meine Kollegin nahm die Tasche an sich.

»Das sind aber viele Äpfel, die über den Zaun gewachsen sind, Herr Schluff!«, stellte sie fest.

Herr Kammelk neben mir nickte eifrig. »Ja, und jetzt schauen Sie sich mal den Baum an!«

Wir nahmen den Tatort in Augenschein. Nur wenige Zweige wuchsen über den Zaun, doch rundherum baumelte kein einziger Apfel mehr an den unteren Ästen.

»Kann es sein, dass Sie sich Zutritt zum Grundstück Ihres Nachbarn verschafft haben, um seine Äpfel zu klauen, Herr Schluff?«, fragte ich streng und zeigte zum Gartentor, das breit genug war, um mit einem Rollator hindurchzupassen.

Der alte Mann blickte ertappt zur Seite und schwieg. Sein Verhalten war Antwort genug.

»Du bist überführt, du elender Dieb!«, rief Herr Kammelk triumphierend.

Ein trotziger Ausdruck erschien auf Herrn Schluffs faltigem Gesicht. »Das war mein gutes Recht. Schließlich hast du gestern meine Sonntagszeitung geklaut, das weiß ich genau! Außerdem lädst du dein Gerümpel immer an meiner Grundstücksgrenze ab, sodass ich den ganzen Tag deinen Müll angucken muss. Dafür steht mir eine Entschädigung zu!«

»Das ist ein *Oldtimer*, kein Gerümpel, du ignoranter Stoffel!«

Sein Nachbar schnaubte. »Pah, Oldtimer! Dass ich nicht lache. Das ist ein uralter Traktor, der nur noch vom Rost zusammengehalten wird.«

»Den hab ich noch von meinem Großvater. Wenn ich den erst mal restauriert habe, ist er viel Geld wert …«

Ich zog die Augenbrauen in die Höhe. Wie Herr Kammelk in seinem körperlichen Zustand einen Traktor restaurieren wollte, war mir ein Rätsel.

»… Du kannst dich glücklich schätzen, so ein Sammlerstück jeden Tag ansehen zu dürfen. Von wegen Entschädigung! Die steht eher *mir* zu. Schließlich hast du mir erst letztens direkt vor meiner Haustür auf die Fußmatte …«

»Meine Herren, immer mit der Ruhe!«, unterbrach ich den Streit mit ruhiger Stimme. »So kommen wir doch nicht weiter.«

Ich wandte mich an Herrn Schluff. »Wie wäre es, wenn Sie die Äpfel zurückgeben und sich entschuldigen? Vielleicht wäre Herr Kammelk dann bereit, von einer Anzeige abzusehen. Das wäre schließlich in Ihrem eigenen Interesse …« Ich lächelte ihm aufmunternd zu.

Er presste die Lippen zusammen und mahlte mit den Zähnen. Ganz offensichtlich focht er einen inneren Kampf aus: Stolz und Trotz versus Vernunft und Moral.

Schließlich nahm er Antje die Jutetasche ab und pfefferte sie seinem Nachbarn vor die Füße. »Bitte schön, da hast du deine blöden Äpfel! Die schmecken eh total sauer.«

Um des lieben Friedens willen hob ich die Tasche auf und wollte sie Herrn Kammelk in die Hand drücken, scheiterte aber an dem Umstand, dass er sich an die Gehstöcke klammerte.

»Wissen Sie was? Behalten Sie die Äpfel!«, sagte er. »Für Ihre Mühen.«

Der alte Mann sah mich dabei mit so gönnerischer Miene an, als hätte er mir gerade einen Diamantring und nicht ein paar wurmstichige Mostäpfel geschenkt. Sie waren so klein und hart, dass man sie als Wurfgeschosse verwenden konnte. Schon wollte ich mit der willkommenen Begründung ablehnen, dass wir im Dienst keine Geschenke und Gefälligkeiten annehmen durften, biss mir dann aber auf die Zunge. Notfalls konnte ich die Dinger auf dem Heimweg aus dem Autofenster werfen.

»Okay, danke.« Ich räusperte mich. »So, Herr Schluff, jetzt zu der Entschuldigung!«

Er zog eine widerwillige Grimasse, öffnete jedoch gehorsam den Mund und holte tief Luft. Wir schauten ihn gespannt an und warteten. Und warteten. Doch da kam nichts. Schon befürchtete ich, dass er uns jeden Moment aus Sauerstoffmangel umkippen würde. Schließlich stieß er den angehaltenen Atem wieder geräuschvoll aus.

»Nein.« Er schüttelte den Kopf. »Nein, das geht nicht. Ich kann nicht.«

»Sie können schon, aber Sie wollen nicht«, bemerkte Antje spitz.

Ich konnte ihren Unmut nachvollziehen und dachte an ihren Kommentar auf der Herfahrt. Sie hatte völlig recht, wir machten dieses Theater schon viel zu lange mit.

Ich nahm die beiden Streithähne ins Visier.

»So kann das nicht weitergehen, meine Herren! Unsere Dienststelle ist chronisch unterbesetzt, und wir müssen ständig Überstunden leisten. Und raten Sie mal, wo unser Haupteinsatzort ist? Bestimmt vermuten Sie, es wäre eine zwielichtige Spelunke oder ein leer stehendes Fabrikgebäude, in dem Obdachlose und Drogenabhängige Unterschlupf finden. Aber nein, es ist *diese Warft*, zu der meine überarbeiteten Kollegen und ich am häufigsten gerufen werden! Ist Ihnen das eigentlich klar?«

Es erfüllte mich mit einer gewissen Befriedigung, auf ihren faltigen Gesichtern sowohl Erstaunen als auch einen Anflug von Schuld zu entdecken.

»Meinen Sie, wir haben nichts Besseres zu tun, als uns um Ihre Nachbarschaftsstreitigkeiten zu kümmern?« Ich redete mich in Rage. »Ich bin schon mal einen Tag vor Weihnachten bei Eisregen hier rausgefahren, weil einer von ihnen behauptet hat, der andere hätte ihm den Vogel gezeigt, während der Betreffende uns versichert hat, er hätte sich nur am Kopf gekratzt.«

Herr Kammelk, der uns damals alarmiert hatte, schaute mit hochrotem Gesicht zur Seite.

Ich atmete tief durch, um wieder zu meiner professionellen Gelassenheit zurückzufinden. Die klare Luft roch nach Gras, Erde und einem Hauch von Meer.

»Deshalb schlage ich vor, dass wir endlich einen anderen Weg einschlagen. Wir müssen eine dauerhafte Lösung für ein friedvolles Zusammenleben finden!«

Ich fing Antjes Blick auf. Zum ersten Mal, seit ich die junge Polizistin unter meine Fittiche genommen hatte, sah ich Bewunderung in ihren Augen aufblitzen.

»Sie sollten einen Schiedsmann einschalten«, fuhr ich fort. »Er kann Ihnen helfen, klare Regeln aufzustellen, um Streitigkeiten zu vermeiden. Ich habe Ihnen schon in der Vergangenheit die Nummer eines Schiedsmanns gegeben. Bitte geben Sie beide sich endlich einen Ruck und nehmen Kontakt zu ihm auf!«

Ich schaute eindringlich von einem zum anderen, um ihnen die Dringlichkeit der Situation bewusst zu machen.

»Sollte das nicht möglich sein, könnten Sie über einen Verkauf der Anwesen nachdenken. Wie wäre es, wenn Sie zum Beispiel in die Nähe Ihrer Kinder ziehen? Die könnten sich dann auch viel besser um Sie kümmern.« Ich holte tief Luft. »Fest steht, dass hier endlich Frieden einkehren muss! Sind Sie die permanenten Streitereien nicht auch leid? Wir haben es jedenfalls satt, andauernd hier rauszufahren. Deshalb sage ich Ihnen hier und heute mit allem Nachdruck: Herr Schluff, Herr Kammelk – das muss ein Ende haben!«

Ich stemmte die Hände in die Taille und wartete auf eine Reaktion.

Herr Kammelk stützte sich schwer auf seine Gehstöcke und wiegte nachdenklich den Kopf hin und her. Auch Herr Schluff blickte abwesend ins Leere.

»Das muss ein Ende haben …«, murmelte er. »Es muss endlich ein Ende haben.«

Ich nickte zufrieden. »Genau!«

Abrupt sah er auf. »Sie haben recht, das geht schon viel zu lange so«, sagte er mit brüchiger Stimme. Meine Worte hatten ihn sichtlich aufgewühlt. »All diese Streitereien, all der Ärger … Das ist doch kein Leben!«

Ohne ein weiteres Wort griff er in die Seitentasche seiner Arbeitshose und zog etwas Schwarzes, Metallisches daraus hervor. Ich blinzelte mehrfach hintereinander. Das war doch nicht etwa …?

Antje reagierte sehr viel schneller als ich.

»Waffe!«, brüllte sie alarmiert. Blitzschnell zog sie ihre Heckler & Koch SFP9 aus dem Halfter. »Legen Sie sofort die Pistole aus der Hand, Herr Schluff!«

In all den Jahren war ich im Dienst noch nie mit einer Schusswaffe konfrontiert worden. Baseballschläger, Schlagringe, ein abgeschlagener Flaschenhals – all das war schon vorgekommen. Einmal hatte mich eine geistig verwirrte Frau sogar mit einem Obstmesser bedroht, weil sie mich für die »Tochter Satans« gehalten hatte. Aber sie hatte dabei so stark gezittert, dass ihr das Messer von allein aus der Hand gefallen war. Keine Sekunde lang hatte ich mich damals ernsthaft in Gefahr gefühlt. Jetzt allerdings schon!

Herr Schluff klammerte sich mit einer Hand an seinem Rollator fest und richtete die Pistole auf seinen Nachbarn. Er hatte die Augen weit aufgerissen und bebte am ganzen Körper.

»Wir bringen das jetzt zu Ende. Hier und heute. Damit tue ich allen einen Gefallen.«

Obwohl Herr Kammelk das potenzielle Opfer darstellte, blieb er bemerkenswert ruhig. »Woher hast du denn die Waffe?«

Herr Schluff reckte stolz das Kinn. »Die hat mein Vater aus

dem Krieg mitgebracht, und ich habe sie all die Jahre gepflegt. Deutsche Wertarbeit. Ich trage sie in letzter Zeit immer bei mir, weil ich dir nicht über den Weg traue.« Er fuchtelte beim Reden so viel mit der Waffe herum, dass mir abwechselnd heiß und kalt wurde. Offenbar hatte er keine Ahnung, wie schnell sich ein Schuss lösen könnte.

»Sie ist sozusagen auch ein Oldtimer.« Er kicherte nervös. »Aber deutlich praktischer als ein verrosteter Traktor.«

Es war eine alte Walther P.38, die Standardwaffe der deutschen Wehrmacht. Ich hatte sie schon auf Fotos gesehen. Insofern klang seine Geschichte glaubwürdig und erklärte auch, weshalb wir nichts davon gewusst hatten. Wenn Herr Schluff sich regelmäßig um das Erbstück gekümmert und die Pistole gereinigt hatte, war sie trotz des hohen Alters wahrscheinlich funktionstüchtig.

»Lassen Sie die Waffe sinken, Herr Schluff! Sofort!«, brüllte Antje. Sie war kalkweiß im Gesicht, und obwohl sie ihre Dienstwaffe vorschriftsgemäß mit beiden Händen hielt, konnte sie ihr Zittern nicht verbergen. »Sonst bin ich gezwungen zu schießen!«

Endlich riss ich mich aus meiner Erstarrung. Die Situation drohte jeden Moment zu eskalieren. Ich musste einschreiten und die Kontrolle zurückerlangen, sonst würde es womöglich Tote geben!

»Jetzt entspannen wir uns erst mal wieder«, sagte ich mit einer Ruhe, die ich innerlich ganz und gar nicht empfand. »Wir atmen tief durch und besinnen uns auf das Richtige!«

Betont langsam lief ich auf Herrn Schluff zu und zeigte ihm dabei meine Handflächen, um ihm zu signalisieren, dass ich keine Gefahr darstellte.

»Wir kennen uns jetzt schon lange, Herr Schluff, und ich weiß, dass Sie kein böser Mensch und schon gar kein Mörder sind. Trotz der negativen Gefühle, die Sie gegen Ihren Nachbarn hegen, sind Sie in all den Jahren nicht ein einziges Mal handgreiflich geworden. Sie sind kein gewalttätiger Typ.«

Ich suchte seinen Blick und hielt ihn fest. Es war wichtig, dass er sich jetzt allein auf mich konzentrierte.

»Sie sind niemand, der einem Menschen das Leben nehmen könnte. Vor allem, wenn es andere Möglichkeiten gibt, Ihre komplizierte Beziehung zu Ihrem Nachbarn zu verbessern. Selbstjustiz und Mord sind ganz bestimmt keine Lösung.«

Nervös fuhr ich mir mit der Zunge über die Lippen, während mein Herz bis zum Hals schlug. Ich stand jetzt so nah vor ihm, dass ich ihn entwaffnen konnte. Da es bei einem Mann seines Alters um die Reaktionsschnelligkeit eher schlecht bestellt war, wäre ich notfalls klar im Vorteil. Trotzdem war es für alle Beteiligten sicherer, wenn er mir die Waffe freiwillig übergab.

»Denken Sie doch an Ihre Kinder!«, fuhr ich fort. »Und an Ihre verstorbene Frau! Hätte Sie es gutgeheißen, wenn Sie Ihr Seelenheil für Herrn Kammelk opfern?«

Da ich nicht wusste, wie nahe er seiner Frau gestanden hatte, verfehlte dieses Argument womöglich seine Wirkung. Aber ich hatte Glück.

»Nein, das hätte sie nicht.« Er schniefte. »Erika war eine friedliebende Frau. Voller Liebe … und Verständnis.«

»Das stimmt«, schaltete sich Herr Kammelk zu meinem Leidwesen ein. »Sie war …«

Ich warf ihm über die Schulter einen so bösen Blick zu, dass er seinen Satz nicht beendete. Ganz sicher wollte ich in dieser Situation nicht von ihm hören, dass Erika viel zu gut für Herrn Schluff gewesen war!

»Ihre Erika hätte nicht gewollt, dass Sie zum Mörder werden. Ehren Sie Ihr Andenken, und tun Sie das Richtige!« Vorsichtig streckte ich die Hand aus. »Geben Sie mir die Waffe!«

Er rang noch einige Augenblicke mit sich, dann nickte er. »Na schön …«

Der alte Mann atmete tief durch und schwenkte die Walther P.38 in meine Richtung. Im gleichen Moment löste sich ein Schuss.

Obwohl eine abgefeuerte Kugel schneller war als der Schall, hörte ich zuerst den ohrenbetäubenden Knall, ehe ich den Schmerz an meiner linken Seite wahrnahm. Stirnrunzelnd sah ich an mir herab.

Ich taumelte rückwärts, stolperte und fiel auf die Knie. Blitzschnell breitete sich warmes Blut auf meinem Oberkörper aus und tränkte den Stoff meiner Uniform. Mit fahrigen Fingern wollte ich meine Schutzweste abtasten, aber meine Hände gehorchten mir nicht mehr. Eine plötzliche Kraftlosigkeit lähmte meinen Körper, und ich sackte zur Seite. In diesem Moment ertönte ein weiterer Schuss. Herr Schluff gab einen erstickten Laut von sich und ging zwei Schritte von mir entfernt ebenfalls zu Boden. Die Walther P.38 hielt er immer noch fest umklammert.

Meine Kollegin Antje, die ihre Waffe gerade abgefeuert hatte, zitterte wie Espenlaub. Die Situation war vollkommen eskaliert. Ich hatte versagt.

Während ich blinzelnd in den blauen Oktoberhimmel starrte, trübte sich mein Blick, und Dunkelheit umspülte mich. Sie brachte Kälte und ein Gefühl der Einsamkeit mit sich. War dies das Ende? Mein Leben zog allerdings nicht an mir vorbei, und ich sah auch kein goldenes Licht am Ende eines Tunnels. Ich fühlte nichts als Angst.

Kapitel 1

Ich riss die Augen auf. Mein Herz raste, ich war schweißgebadet und rang nach Atem. Im Halbdunkeln nahm ich die Konturen meines Schlafzimmers wahr, und morgendliche Sonnenstrahlen blitzten durch die Schlitze des Rollladens wie goldene Morsezeichen, die mich nach draußen locken wollten. In meinem Fall vergeblich. Seit ich aus dem Krankenhaus und der Reha entlassen worden war, verließ ich die Wohnung nur ungern.

Ich setzte mich im Bett auf und fuhr mir übers Gesicht. Ehe ich die Erinnerung an den Albtraum abstreifen konnte, klopfte es, und die Tür öffnete sich einen Spalt. Meine Mitbewohnerin und beste Freundin Clara streckte ihren Kopf herein.

»Alles in Ordnung bei dir?«, fragte sie sanft.

Dass ihr Verständnis und Mitgefühl nach all der Zeit noch nicht aufgebraucht waren, glich einem Wunder. Ich an ihrer Stelle hätte wahrscheinlich längst die Geduld mit mir verloren.

»Habe ich geschrien?«, fragte ich schuldbewusst.

Sie machte das Licht an, trat ins Zimmer und setzte sich zu mir aufs Bett. »Nicht so schlimm wie noch vor ein paar Wochen. Wenn ich nicht schon wach gewesen wäre, hätte ich es nicht gehört.«

Zweifelnd sah ich sie an, weil ich die dumpfe Vermutung hatte, dass sie mich lediglich beruhigen wollte. Acht Monate waren vergangen, seit ich angeschossen worden war, aber ich konnte den Schrecken dieses Erlebnisses einfach nicht abstreifen.

Clara griff nach meiner Hand. »Das wird schon wieder, Merle! Du musst dir nur Zeit geben. Du bist schließlich keine Krimiheldin aus dem Fernsehen, die sich einen Tag nach einer Schießerei zurück ins Revier schleppt. Das hier ist die bittere Realität. Und in der echten Welt steckt man es eben nicht so leicht weg, wenn man angeschossen wird.«

»Ja, vielleicht«, entgegnete ich lahm.

Geistesabwesend rieb ich mir über die Stelle direkt unterhalb der linken Schulter, an der mich der Schuss erwischt hatte. Zurückgeblieben waren eine Narbe und ein dumpfer Schmerz. Bis heute gelang es mir nicht, meinen Arm höher als bis zur Brust zu heben. Deshalb hatte ich zwei Mal die Woche Physiotherapie – ausgerechnet bei meiner ehemaligen Klassenkameradin Nicole Dittmer, mit der ich mich schon zu Schulzeiten nicht besonders gut verstanden hatte. Noch heute schien es Nicole Spaß zu machen, mich zu quälen. Aber man konnte wohl festhalten, dass sie mich nicht schonte und zum Äußersten antrieb.

»Draußen ist übrigens richtig tolles Wetter. Hast du heute denn schon was Schönes geplant?«, fragte Clara.

Ich stieß langsam die Luft aus. »Heute werde ich mir die Zähne putzen.«

Das war leider nicht so sarkastisch gemeint, wie es im ersten Moment klang. In den vergangenen Monaten hatte es Tage gegeben, in denen mich schon diese simple Tätigkeit überfordert hatte.

Ihr Blick wanderte demonstrativ zu meinen Haaren.

»Und vielleicht dusche ich auch noch«, ergänzte ich seufzend.

Sie tätschelte meinen Arm. »Es ist gut, dass du wieder Ziele hast im Leben«, zog sie mich grinsend auf. »Ich hatte mir schon Sorgen gemacht, du würdest nur noch in den Tag hineinleben und verwahrlosen.«

»Nein, nein! Ich muss mich ohnehin optisch vorzeigbar

machen. Heute Nachmittag habe ich einen Termin bei *Doktor Brain*.« Mein abfälliger Tonfall war unüberhörbar.

Sie schnalzte tadelnd mit der Zunge. »Diese Therapiesitzungen sind wahrscheinlich der beste Weg, deine Albträume loszuwerden. Davon abgesehen weißt du, dass ich Anglizismen hasse. Wenn du schon abfällig über deinen Therapeuten reden musst, dann nenne ihn gefälligst Kopfdoktor. Oder Irrenarzt.«

Als Lehrerin für Deutsch und Geschichte hatte Clara sich die Rettung der deutschen Sprache zur Aufgabe gemacht. Man konnte sie leicht reizen, indem man englische Wörter beiläufig in einen Satz einflocht. In diesem Fall musste ich ihr jedoch entschieden widersprechen.

»Ich bin seine Patientin und werde Doktor Weigl deshalb ganz bestimmt nicht *Irrenarzt* nennen. Damit beschimpfe ich mich selbst mehr als ihn.«

Sie lachte. »Stimmt, das wäre kontraproduktiv.«

Erst jetzt fiel mir auf, dass sie sich schon für die Schule fertiggemacht hatte. Clara trug ihr übliches Lehrerinnenoutfit, mit dem sie fast zehn Jahre älter und wahnsinnig konservativ aussah: schwarze Stoffhose, cremefarbene Bluse und ein taubengrauer Blazer, dazu Perlenohrringe und halbhohe schwarze Pumps. Ihre braunen Haare hatte sie zu einem Dutt hochgesteckt. Sie war der Meinung, dass ihr strenger Kleidungsstil dabei half, ihre Autorität durchzusetzen. Eigentlich war sie Lehrerin mit Leib und Seele, doch Schüler im Teenageralter hatten leider die Angewohnheit, ihre Grenzen auszutesten. Abends auf dem Sofa trug Clara dagegen am liebsten ihr altes Sponge-Bob-Shirt, eine ausgebeulte Jogginghose, und ihre Lockenmähne stand ungezähmt in alle Richtungen ab.

Ich schaute auf meinen Wecker. »Musst du nicht so langsam los?«

Sie folgte meinem Blick, und ihre Augen weiteten sich. »So

spät schon? Ich hab in der ersten Stunde Vertretung in der Horrorklasse 9c. Die haben schon zwei Lehrer in die Berufsunfähigkeit getrieben. Wünsch mir Glück!«

Sie sprang auf, hielt auf dem Weg zur Tür jedoch noch mal inne. »Ach, ich habe es leider nicht mehr geschafft, mit Kalle rauszugehen. Könntest du das bitte übernehmen?«

Ich schnaubte. »Du weißt doch, dass du mich nicht jeden Morgen fragen musst! Natürlich mache ich das, *safe*.«

Sie kniff die Augen zusammen. »*Safe?* Das hast du jetzt nicht ernsthaft gesagt!«

Ich grinste belustigt. »Na schön, ich korrigiere: Natürlich mach ich das, versprochen.«

Seit ich krankgeschrieben war, verbrachte ich so viel Zeit mit Claras Hund, dass wir ein eingeschworenes Team geworden waren. Auch wenn mich die täglichen Spaziergänge Überwindung kosteten, kümmerte ich mich gern um Kalle – ganz egal, ob Clara arbeiten musste oder am Wochenende mal wieder unterwegs zu einem Tinder-Date war, um den Mann ihres Lebens zu finden.

Sie warf mir zum Dank einen Handkuss zu. »Ich wünsch dir einen schönen Tag!«

»Danke, dir auch!«

Gleich darauf fiel die Wohnungstür ins Schloss, und ich klopfte mit der flachen Hand auf mein Bett. »Kalle, kommst du?«

Nach nur zwei Sekunden sauste der Kleine in mein Zimmer und sprang in meine Arme. Dass er zu mir aufs Bett durfte, obwohl Clara es verboten hatte, war unser kleines Geheimnis. Kalle war ein fünf Kilo schwerer Malteser-Mischling mit schneeweißem Fell, seelenvollen Augen und einem bemerkenswerten Unterbiss. Seine Zahnstellung zauberte ihm jedoch stets ein gut gelauntes Lächeln ins Gesicht. Außerdem kuschelte er unglaublich gern, was ihm den Spitznamen Knuddel-Kalle eingebracht hatte.

»Langsam«, kicherte ich. »Nicht so stürmisch!«

Ich bot Kalle den Platz neben mir an. »Sollen wir noch ein bisschen kuscheln, mein Hübscher?«

Es war traurig, dass ich diesen Satz nur einem Hund gegenüber äußerte, denn mit einem Mann hatte ich schon ewig nicht mehr im Bett gekuschelt. Nachdem meine letzte Beziehung mit Olaf ein katastrophales Ende gefunden hatte und ich nur schwer über die Trennung hinweggekommen war, hatte ich den Männern endgültig abgeschworen.

Auch Kalle schien andere Pläne zu haben. Er sprang vom Bett und kam gleich darauf mit seinem geliebten Quietsche-Ei zurück. Das Teil war pastellrosa, und wenn Kalle darauf herumkaute, konnte der Ton, den es von sich gab, bei akustisch sensiblen Menschen einen Tinnitus auslösen. Schwanzwedelnd baute er sich damit vor meinem Kissen auf. *Quietsch, quietsch.*

Ich stöhnte. »Du willst heute offenbar voller Energie in den Tag starten, interpretiere ich das richtig?«

Quietsch, quietsch.

»Also soll ich jetzt aufstehen und duschen, damit du zu deinem Morgenspaziergang kommst?«

Quietsch, quietsch.

Gequält richtete ich mich auf. »Vor fünf Minuten hatte ich dich noch ganz doll lieb …«

Ich tapste ins Bad und putzte mir die Zähne. Damit hatte ich die Hälfte meines Tagespensums schon mal erledigt. Leider fiel mein Blick währenddessen in den Spiegel. Meine naturblonden langen Haare hingen schlapp herunter, und ein neuer Schnitt wäre mal wieder dringend nötig gewesen. Vor meiner Verletzung war ich sportlich gewesen und hatte viel Zeit im Freien verbracht, doch meine gesunde Bräune war inzwischen einer fahlen Blässe gewichen. Das herzförmige Muttermal, das seit meiner Geburt unübersehbar auf meiner Wange prangte, wirkte dadurch noch auffälliger. Außerdem hatten die nächtlichen Albträume für dunkle Ringe unter meinen blauen Augen gesorgt. Kein Wunder, dass sich kein Mann zum Kuscheln in mein Bett verirrte! Für einen quälenden Moment wünschte ich mir nichts sehnlicher, als wieder die unbeschwerte und lebenslustige Merle von früher zu sein.

Ich duschte und wusch mir die Haare, was mit meiner verletzten Schulter nicht gerade leicht war. Als ich endlich fertig angezogen aus dem Badezimmer trat, wartete Kalle schon an der Wohnungstür auf mich.

»Weißt du eigentlich, wie geehrt du dich fühlen kannst, dass ich dir zuliebe auf meinen Morgenkaffee verzichte?«

Er bellte zur Antwort, ich leinte ihn an, und wir gingen nach unten. Als ich die Wohnungstür des Mehrfamilienhauses öffnete, empfing mich ein strahlender Junimorgen. Die Vögel zwitscherten, eine Hummel flog an mir vorbei zu unserem Blumenbeet, und irgendwo hämmerte ein Nachbar in seinem Garten. Doch anstatt nach draußen zu treten, blieb ich wie angewurzelt im Türrahmen stehen. Kalle schaute ungeduldig zu mir auf.

»Gib mir einen Moment, Kleiner!«

Nervös ließ ich meinen Blick über die Straße schweifen. Clara und ich wohnten am Rande von Greetsiel in einer friedlichen Gegend mit gepflegten Gärten und netten Anwohnern. Hierher verirrten sich kaum Touristen. Ganz im Gegensatz zur Ortsmitte, wo man die historischen Giebelhäuser und den Hafen mit der bunten Krabbenkutterflotte bestaunen konnte.

Ein Auto fuhr gerade die Straße entlang, und Frau Hoferland von gegenüber putzte ächzend ihr Küchenfenster. Weit und breit keine erkennbare Gefahr. Auch kein harmlos wirkender Rentner mit Rollator, der heimlich in der Hosentasche eine Waffe aus dem Zweiten Weltkrieg mit sich führte. Nur leider sah mein rasendes Herz das anders. Nervös fuhr ich mir mit der Zunge über die Lippen, während Kalle winselte und begann, an der Leine zu ziehen.

»Gleich geht es los!«

Ich schloss die Augen, atmete tief ein und ließ die Luft langsam aus mir herausströmen. Nachdem ich das drei Mal wiederholt hatte, fühlte ich mich besser.

»Gut, wir können!« Ich nickte Kalle zu, und wir machten uns auf den Weg.

Wir nahmen unsere übliche Route, die am Leyhörner Sieltief entlangführte. Dort konnte ich wunderbar Schiffe beobachten, während wir entlang der saftig grünen Wiesen liefen. Über uns spannte sich heute auch noch ein glasklarer blauer Morgenhimmel. Ein beglückendes Gefühl der Freiheit durchströmte mich, das Kalle ebenfalls zu empfinden schien. Er tollte herum, jagte vergeblich ein paar Vögel und bellte mich an, als ob er mich fragen wollte, ob ich auch so viel Spaß hätte. Die Natur, die Ruhe und die Bewegung taten mir gut, und inzwischen konnte ich unsere Spaziergänge genießen. Am Anfang, kurz nach der Reha, hatte mich dabei permanent ein schreckliches Gefühl der Angst begleitet. Oft hatte ich deshalb nach kurzer Strecke wieder umkehren müssen. Mittlerweile kämpfte ich nur noch am Hauseingang mit einer Panikattacke. Im Grunde war das natürlich als Erfolg zu werten, dennoch war ich unzufrieden mit mir. Warum ließ mich die Erinnerung an dieses traumatische Erlebnis nicht endlich los?

Mir war klar, dass Kalle in den vergangenen Monaten meine Rettung gewesen war, denn der Kleine sorgte dafür, dass ich mich Tag für Tag der Welt stellen musste. Ohne ihn hätte ich mich wahrscheinlich ständig im Haus verkrochen. Clara hatte keine Ahnung, wie wichtig ihr Hund für mich geworden war!

Denn von den Panikattacken hatte ich niemandem erzählt. Ohnehin machten sich alle schon genug Sorgen um mich.

Als wir zurück in der Wohnung waren, füllte ich Kalles Napf und machte mir ein Müsli. Gemeinsam kuschelten wir uns aufs Sofa und streamten einen schrecklich kitschigen Liebesfilm. Dennoch seufzte ich am Ende neidisch auf.

»Ach, Kalle, vielleicht wartet die große Liebe auch noch auf uns, was meinst du?«

Er gab seinem Quietsche-Ei, das zwischen seinen Vorderpfoten lag, einen zärtlichen Stups. Anscheinend hatte er seine große Liebe schon gefunden.

»Ich freue mich, dass wenigstens einer von uns in einer erfüllten Partnerschaft lebt!«

Ich rappelte mich vom Sofa auf, um mich für die Therapie fertigzumachen. Diese Termine lagen mir wie ein Stein im Magen. Doktor Weigl war mir empfohlen worden, weil er schon häufiger traumatisierte Kollegen behandelt hatte, aber ich wurde mit dem Mann einfach nicht warm. Vielleicht lag es auch daran, dass er ständig äußerst unangenehme Themen ansprach, über die ich überhaupt nicht reden wollte.

Ich zog meine Schuhe an, schnappte mir die Handtasche und wollte gerade die Wohnungstür öffnen, als mein Blick auf Kalle fiel. Er hatte sich in die Ecke im Flur gedrückt, ließ die Ohren hängen, und in seinen Augen funkelte die reinste Verzweiflung. Er sah aus wie ein professionelles Hundemodel für *Tiere in Not*.

Ich seufzte. »Nein, Kalle, ich kann dich nicht mitnehmen! Du musst jetzt tapfer sein.«

Nun gab er traurige Wimmertöne von sich. Es zerriss mir das Herz, und ich fühlte mich elend.

»Nein, Kalle!«, wiederholte ich, dieses Mal jedoch deutlich weniger entschlossen. »Du bleibst hier.«

Jetzt legte er sich auch noch eine Pfote über die Augen. Mist!

Kapitel 2

»Sie haben einen *Hund* zur Therapie mitgebracht?«

Doktor Weigl alias Doktor Brain saß hinter seinem Schreibtisch und sah mich mit einem Ausdruck äußersten Missfallens an. Er war Ende fünfzig, hatte grau meliertes Haar und besaß eine beeindruckende Kollektion an Pullundern, die er stets mit farblich passender Fliege kombinierte.

Kalle saß auf meinem Schoß und war überglücklich, dass er und sein Quietsche-Ei hatten mitkommen dürfen.

»Das ist mein Therapiehund«, erklärte ich. »Er hilft mir, meine Ängste zu überwinden und besseren Kontakt zu meinen Emotionen herzustellen.«

Das war nicht gelogen. Insgeheim hatte ich sogar das Gefühl, dass Kalle mir bisher mehr geholfen hatte als die Sitzungen bei Doktor Weigl.

Er wedelte mit dem Schwanz und kaute gut gelaunt auf seinem Ei herum. *Quietsch, quietsch.*

Doktor Weigl zuckte bei dem durchdringenden Geräusch sichtlich zusammen und fasste sich an ein Ohr.

»Wie sind Sie eigentlich mit ihm an meiner Sekretärin vorbeigekommen? Sie weiß doch, dass Tiere in der Praxis verboten sind.«

Ich zuckte mit den Schultern. »Wie gesagt, Kalle ist mein Therapiehund.«

Davon abgesehen war Hannah, seine Sekretärin, sehr nett,

und wir hatten uns in den vergangenen Monaten angefreundet. Ich brachte ihr immer Plunderteilchen vom Bäcker mit.

Kopfschüttelnd tippte Doktor Weigl mit der Kappe seines goldenen Füllers auf den Mahagonitisch. »Wir besprechen hier ernste Themen, Frau Muschelknautz, und Sie wollen doch Fortschritte machen, um wieder Ihren Dienst bei der Polizei antreten zu können. Ein hyperaktiver Hund ist bei Ihrer Genesung wenig hilfreich.«

Er machte sich gar nicht erst die Mühe, seinen Unmut auf freundliche Weise zu äußern. Ich hatte das Gefühl, der Mann konnte mich nicht leiden. Und Hunde mochte er anscheinend ebenso wenig.

»Also erstens ist Kalle nicht hyperaktiv. Sein Verhalten ist für einen jungen Hund völlig normal. Und zweitens verspreche ich, dass er mich nicht ablenken wird. Wir werden genauso gut vorwärtskommen wie immer!«

Doktor Weigl rang noch einen Moment mit sich, doch dann gab er nach und nickte knapp. Er zog meine Akte hervor, öffnete seinen Füller und musterte mich mit ernster Miene. Wie immer befragte er mich zu Anfang nach meinem Allgemeinbefinden und meinem derzeitigen Alltag. Anschließend wollte er über den *Vorfall* sprechen und ihn detailliert durchgehen.

»Muss das sein?«, sagte ich seufzend. »Ich erlebe diese Sache doch sowieso fast jede Nacht in meinen Albträumen.«

Er hob den Zeigefinger. »Das ist nicht das Gleiche! Denn bei Tag steuern Sie die Erinnerung. Außerdem haben wir Ihren Verstand mit an Bord. Das ist wichtig, denn Träume neigen dazu, sich von persönlichen Gefühlen beeinflussen zu lassen. Eine starke Emotion wie Angst kann einen Traum so sehr verzerren, dass er mit der wahren Begebenheit nichts mehr zu tun hat. Nur wenn Sie in unseren Sitzungen bewusst die Erinnerung zulassen, lernen Sie mit der Angst umzugehen!«

Da war etwas Wahres dran. In meinen Träumen starben Herr Schluff und ich schließlich jedes Mal. Etwas, das in der Realität zum Glück nicht passiert war, denn Antjes Schuss hatte Herrn Schluff nur gestreift.

Ich gab meine Gegenwehr auf. Mit monotoner Stimme berichtete ich Doktor Weigl zum x-ten Mal, was sich auf dem Hof ereignet hatte, nachdem Antje und ich angekommen waren.

»Und wie haben Sie sich gefühlt, als plötzlich die Waffe im Spiel war?«, hakte er nach. »Bitte schließen Sie die Augen, und fühlen Sie sich ganz in die Situation ein!«

Reflexartig krallte ich mich in Kalles Fell fest. Ich schloss zwar wie geheißen die Augen, aber anstatt die Bilder in meinem Inneren heraufzubeschwören, blockte ich sie ab. Diese Szene noch einmal zu erleben war das Letzte, was ich wollte.

»Fassungslos. Ängstlich«, gab ich kurz angebunden zurück. Das war meine übliche Antwort an dieser Stelle.

Doktor Weigl seufzte tief. »Und als Sie angeschossen wurden – was haben Sie da empfunden?«

»Ich war *noch* fassungsloser und *noch* ängstlicher«, antwortete ich und stieß ebenfalls einen Seufzer aus.

Eine unangenehme Stille trat ein. Vorsichtshalber öffnete ich ein Auge. Mein Arzt rieb sich gerade mit gequältem Gesichtsausdruck die Schläfen. Er tat mir fast ein wenig leid.

»Hören Sie, Doktor Brai… ähm … Doktor Weigl, ich denke, andauernd über den Vorfall zu reden bringt mich nicht weiter«, erklärte ich. »Ich weiß ja, dass nichts Schlimmes passiert ist. Da zwei Schusswaffen abgefeuert worden sind, hatten Herr Schluff und ich großes Glück, dass wir nur leicht verwundet wurden.«

Er schien einzusehen, dass wir an dieser Stelle nicht weiterkamen.

»Apropos verwundet: Sprechen wir mal über Ihren verletzten Arm!«, sagte Doktor Weigl. »Sie waren letztens bei einem Spezialisten und haben mir die Erlaubnis erteilt, mir die medizinischen Unterlagen zusenden zu lassen. Ich habe daraufhin mit meinem Kollegen ein sehr aufschlussreiches Telefonat geführt.«

»Ah ja?«, entgegnete ich mit einem unguten Gefühl in der Magengegend. Ich setzte Kalle ab, der sogleich aufgeregt das Zimmer erkundete. »Und was war so aufschlussreich an diesem Telefonat?«

Er sah mich über den Rand seiner Brille hinweg an. »Ich denke, das wissen Sie. Schließlich hat mein Kollege mit Ihnen über seine Diagnose gesprochen.«

Er blätterte in meiner Akte. »Es gibt medizinisch jedenfalls keinen erkennbaren Grund für Ihre Beschwerden. Inzwischen ist alles bestens verheilt, und mein Kollege konnte keine muskulären, neurologischen oder funktionellen Schäden entdecken.«

Ich presste die Lippen zusammen. Der Termin bei dem Spezialisten lag schon zehn Tage zurück, und bisher hatte ich mit niemandem über die Diagnose gesprochen. Weder mit Clara, meiner Mutter oder dem Rest meiner Familie, denn ich ertrug schon jetzt kaum ihre mitleidigen Blicke. Ich wollte mir gar nicht ausmalen, wie sie reagieren würden, wenn sie von dem ärztlichen Befund erfuhren. Davon abgesehen schämte ich mich. Wenn man seinen Arm nicht mehr richtig bewegen konnte, obwohl er eigentlich ganz normal funktionieren sollte, legte dies tatsächlich einen Besuch beim »Irrenarzt« nahe.

»Das wirft natürlich die Frage auf, wieso Sie Ihren Arm angeblich nicht höher als bis zur Brust heben können«, stellte Doktor Weigl fest.

Ruckartig sah ich auf. Hatte er gerade *angeblich* gesagt?

»Wollen Sie mir etwa unterstellen, ich würde lügen? Und das alles nur vortäuschen?«

Er zuckte mit den Schultern. »Sie wären nicht die Erste, die das versucht. Bei einer dauerhaften Dienstunfähigkeit haben Sie immerhin Anspruch auf ein Ruhegehalt nach dem Beamtenversorgungsgesetz.«

Empört schnappte ich nach Luft. »Sie vergessen wohl, dass ich noch relativ jung bin und sich dieses Gehalt nach den absolvierten Dienstjahren errechnet. Mit dem Geld kann ich mich bestimmt nicht zur Ruhe setzen. Außerdem liebe ich meinen Job und will nicht in Frührente gehen!«

»Ach, jetzt seien Sie doch mal ehrlich zu sich selbst!«, forderte Doktor Weigl. »Sie haben viel zu viel Angst, um wieder als Polizistin zu arbeiten. Schließlich könnten Sie jederzeit erneut angeschossen werden. Eine vorgetäuschte chronische Verletzung wäre die perfekte Entschuldigung Ihren Kollegen, Freunden und Familienmitgliedern gegenüber, um nie mehr in den Dienst zurückkehren zu müssen.«

Es kostete mich große Mühe, meine Fassung zu wahren und nicht auszuflippen. Tag für Tag litt ich unter meinem steifen Arm, musste zur Physiotherapie bei der doofen Nicole Dittmer und war selbst für den kleinsten Fortschritt dankbar. Was Doktor Weigl mir unterstellte, war eine bodenlose Frechheit. Eine Ader an meiner Schläfe pulsierte im Takt meines rasenden Herzschlags.

»Ich bin keine Lügnerin!«, zischte ich. »Wenn ich mich nicht mehr dazu in der Lage fühlen sollte, als Polizistin zu arbeiten, würde ich die Konsequenzen ziehen: Ich würde kündigen und mir eine andere Beschäftigung suchen. Ich habe es ganz bestimmt nicht nötig, so einen armseligen Betrug am deutschen Staat abzuziehen, wie sie es mir gerade unterstellen!«

Aus den Augenwinkeln bemerkte ich, wie mein Therapiehund ein Bein hob und die Zimmerpflanze hinter Doktor Weigl anpinkelte. Oh, verdammt! Andererseits war ich gerade so genervt von meinem Therapeuten, dass ich Kalle gerne begeistert applaudiert hätte.

»Schön, dass wir das geklärt hätten!« Doktor Weigl lächelte mich zufrieden an. »Ihnen scheinen Moral und Anstand etwas zu bedeuten. Und es ist gut zu wissen, dass Sie im Ernstfall einen Berufswechsel in Betracht ziehen würden. Ich hatte schon einige Ihrer Kollegen hier, für die das niemals infrage gekommen wäre.«

Irritiert sah ich ihn an. Hatte er mich absichtlich provoziert, um mich zu testen? Ich hatte keine Ahnung, ob ich seine Therapiemethoden gutheißen konnte.

»Nur noch eine Sache … Setzen Sie sich doch bitte mal auf Ihre rechte Hand!«

Ich zog skeptisch die Augenbrauen in die Höhe, tat jedoch wie geheißen. »Und jetzt?«

Er zog eine Schublade an seinem Schreibtisch auf, griff hinein und mit einer Schnelligkeit, die ich ihm nicht zugetraut hatte, warf er eine Mandarine nach mir. Reflexartig zuckte zwar mein linker Arm nach oben, aber nicht hoch genug, um das Wurfgeschoss abzuwehren. Die Mandarine knallte mir an die Stirn und fiel zu Boden, wo sie sofort von Kalle in Augenschein genommen wurde.

»Spinnen Sie jetzt?«, entfuhr es mir.

»Entschuldigen Sie! Ich wollte nur austesten, wie tief die Blockade sitzt«, erklärte er und machte sich sofort einige Notizen in meiner Akte.

Eigentlich war die Sitzung erst in fünf Minuten zu Ende, aber für heute hatte ich genug.

»Ich gehe jetzt besser«, verkündete ich.

Ich schnappte mir meinen Therapiehund, nahm ihm die Mandarine aus dem Maul und legte sie auf den Schreibtisch. Doktor Weigl betrachtete angewidert die von Kalle großzügig eingespeichelte Zitrusfrucht.

»Ihrem CO_2-Abdruck zuliebe sollten Sie übrigens in dieser

Jahreszeit auf Mandarinen verzichten«, fügte ich in kritischem Unterton hinzu.

Ich gab Kalle sein Quietsche-Ei, nahm meine Handtasche und marschierte kochend vor Wut hinaus.

»Bis nächste Woche, Frau Muschelknautz!«, rief mir Doktor Weigl ungerührt hinterher. »Und dann bitte ohne Hund!«

Im Vorzimmer blieb ich an Hannahs Schreibtisch stehen und übergab ihr den gesamten Inhalt meines Portemonnaies. Das waren sechzig Euro.

»Für die professionelle Teppichreinigung«, informierte ich sie. »Wenn es nicht reicht, zahle ich nächstes Mal den Rest.«

Hannah schaute erst fragend zu mir, dann richtete sich ihr Blick auf Kalle. Sie seufzte nachsichtig.

»Haben dich die negativen Schwingungen im Raum nervös gemacht, und du musstest den Druck loswerden?« Sie lehnte sich vor und kraulte ihn am Kinn, sodass er verzückt die Augen schloss.

»Da drin gab es negative Schwingungen bis zum Abwinken«, berichtete ich.

Hannah sah mich mitfühlend an. »Doktor Weigl hat nun mal seine ganz eigenen Methoden, seine Patienten aus der Reserve zu locken. Das ist nicht immer angenehm.«

»Das kann man wohl sagen.«

Ich atmete tief durch, und langsam ließ meine Anspannung etwas nach.

»Entschuldige bitte, dass ich dir wegen des Teppichs Unannehmlichkeiten bereite! Normalerweise ist Kalle stubenrein.«

»Kein Problem, wir haben einen professionellen Reinigungsdienst! Sie werden sich über das Trinkgeld freuen.«

»Okay, danke.« Ich nickte ihr zu. »Dann bis zum nächsten Mal!«

Als ich die Praxis verließ, klingelte mein Handy. Offenbar

hatte ich vergessen, es während der Therapie abzustellen. Mein Unterbewusstsein boykottierte die Sitzungen bei Doktor Weigl anscheinend auf allen nur möglichen Ebenen.

»Luisa, was gibt es?«, fragte ich, nachdem ich abgenommen hatte.

Am anderen Ende der Leitung quiekte meine Cousine aufgeregt. »Merle, du musst sofort zu deiner Mutter kommen! Etwas ganz Tolles ist passiert.«

»Du bist schwanger«, tippte ich.

»Quatsch!«, erwiderte sie, und ich konnte Luisa förmlich vor mir sehen, wie sie die Augen verdrehte. »Es ist wegen dir. Du musst dir unbedingt etwas ansehen. Das wirst du nicht glauben!«

Kapitel 3

Ich stellte mein Auto daheim ab und ging mit Kalle zu Fuß zum Haus meiner Mutter, denn sie wohnte am Hafen mitten in Greetsiel. Das gute Wetter hatte jedoch noch mehr Touristen als üblich ins Dorf gelockt: Im strahlenden Sonnenschein standen überall Leute herum, schossen Fotos, kauften sich ein Eis und bewunderten die historischen Bürgerhäuser aus dem 18. Jahrhundert, das alte Sieltor und natürlich die Krabbenkutterflotte. Um schneller vorwärtszukommen, nahm ich Kalle auf den Arm und schlängelte mich durch die Touristentrauben.

Eigentlich hätte ich wegen Luisas ominöser Andeutung vor Neugier fast platzen müssen, aber einige Dinge, die Doktor Weigl gesagt hatte, beschäftigten mich noch immer. Würde ich es tatsächlich nicht mehr zurück in meinen Beruf schaffen? Bisher hatte ich nie angezweifelt, irgendwann wieder meinen Dienst antreten zu können. Meine Arbeit, mein Revier und meine Kollegen fehlten mir. Wenn ich meine Panikattacken und Schulterprobleme jedoch nicht endlich in den Griff bekommen würde, könnte ich sicher nicht mehr als Polizistin arbeiten. Wie würde meine Zukunft dann aussehen?

Nachdem ich das historische Amtmannshaus passiert hatte, wurde es ruhiger, und ich setzte Kalle wieder ab. Das Haus meiner Mutter lag ganz am Ende des schmalen Fußwegs neben dem Deich. Es hatte schon meinen Großeltern gehört, und mein Bruder Björn und ich waren dort aufgewachsen. Bis vor Kurzem war das Häuschen in einem ziemlich erbärmlichen Zustand gewesen, doch da meine Mutter vergangenes Jahr unverhofft zu Geld gekommen war, hatte sie es komplett renovieren lassen. Die alte Ziegelsteinfassade und das Dach waren saniert worden, ebenso die Sprossenfenster und der Holzzaun. Jetzt erinnerten nur noch die grün lackierte Haustür, der Hortensienbusch und die Kletterrosen an frühere Zeiten. Natürlich hatte sich auch im Inneren des Hauses einiges zum Positiven verändert.

Gerade als ich in meiner Tasche nach dem Schlüssel kramen wollte, wurde auch schon die Tür aufgerissen. Die Wangen meiner Cousine waren gerötet.

»Da bist du ja endlich!«, stieß sie atemlos aus.

Wer Luisa und mich nicht kannte, hätte uns wahrscheinlich für Schwestern gehalten. Wir waren beide hochgewachsen, hatten blonde Haare, die gleichen hohen Wangenknochen und vollen Lippen. Bei genauerem Hinsehen hatte Luisa jedoch dunklere Augen und einen kleinen Höcker auf der Nase, während ich durch den Sport einen athletischeren Körper besaß. Jedenfalls bevor ich angeschossen worden war. In den vergangenen Monaten waren mein straffer Bauch und die strammen Waden immer mehr verschwunden. Davon abgesehen hatte Luisa seit ihrer Kindheit eine gezackte Narbe auf der Wange. Die tragische Geschichte dahinter fand ich weitaus schlimmer als ihr eigentliches Aussehen, denn für mein Empfinden war die Narbe kaum sichtbar. Aber für Luisa war sie ein Makel, den sie ständig zu kaschieren versuchte.

Sie zog mich zur Begrüßung in eine herzliche Umarmung. Zwar hatten wir uns erst vor einem Jahr kennengelernt, aber wir waren sofort auf einer Wellenlänge gewesen. Unsere Mütter hatten sich in jungen Jahren zerstritten, denn sie hatten sich unglücklicherweise in denselben Mann verliebt, meinen späteren Vater. Als er sich für meine Mutter entschieden hatte, war Tante

Marianne so enttäuscht und wütend gewesen, dass sie ihre Koffer gepackt und Greetsiel verlassen hatte. Erst letzten Sommer hatte sie sich ein Herz gefasst und war zusammen mit Luisa zurückgekehrt, um mit ihrer Schwester Frieden zu schließen. Tante Marianne war auch der Grund, weshalb meine Mutter plötzlich zu Geld gekommen war.

Ungeduldig zog Luisa mich ins Haus. »Komm, wir sitzen im Garten!«

Bereitwillig folgte ich ihr. Als wir durch die Hintertür traten, entdeckte ich meine Mutter und Tante Marianne unter dem Kirschbaum bei Tee und Kuchen. Die Pfingstrosen standen noch in voller Blüte, Insekten summten in den Staudenbeeten, und über uns krächzten ein paar Möwen. Wie üblich befanden sich unsere Mütter in einer hitzigen Diskussion. Den Großteil des Tages waren sie damit beschäftigt, miteinander zu streiten – dennoch verbrachten sie jede freie Minute miteinander. Die Schwestern waren wie Feuer und Wasser, aber genauso schnell wie die Streitigkeiten aufflammten, schlossen die beiden auch wieder Frieden.

»… die Wettervorhersagen im Internet ist völlig unzuverlässig«, verkündete meine Mutter gerade. »Ich habe dir gestern gesagt, dass heute die Sonne scheint, und jetzt sieh dir diesen strahlend blauen Himmel an! Das habe ich in den Knochen gespürt. Und das schöne Abendrot gestern war ebenfalls ein eindeutiger Hinweis. Wie heißt die alte Bauernregel: *Abendrot gut Wetterbot', Morgenrot schlecht Wetter droht.*«

Meine Tante schnaubte abfällig. Wie immer trug sie ihren geliebten Perlenschmuck, war perfekt geschminkt, und jede Strähne ihrer goldblonden Kurzhaarfrisur saß an Ort und Stelle. Im ersten Moment wirkte sie wie eine unnahbare erfolgsverwöhnte Geschäftsfrau, aber mittlerweile wusste ich, dass sie das Herz am rechten Fleck hatte.

»In den Knochen gespürt, dass ich nicht lache! Ich glaube an die Wissenschaft, Helga. Das ist so typisch für dich, dass du lieber schlecht gereimte Bauernsprüche zitierst, anstatt dich der modernen Welt zu öffnen.«

»Das sind überlieferte Weisheiten unserer Vorfahren«, keifte meine Mutter. »Aber wenn man so lange in der Schickimicki-Gesellschaft von Hamburg gelebt hat wie du, ist man sich wohl zu fein für solche Dinge.«

Im Gegensatz zu ihrer Schwester gab sie nicht viel auf Äußerlichkeiten. Meistens trug meine Mutter eine bequeme Stoffhose oder Jeans, ein T-Shirt und darüber ein weiches Hemd. Sie hatte es auch schon lange aufgegeben, ihre Haare zu färben, und stand zu ihrem altersbedingten Grau.

»Oh, ich kenne sehr wohl einige althergebrachte Sprüche«, entgegnete Tante Marianne. »Zum Beispiel: Trinkt der Bauer zu viel Rum, werden alle Furchen krumm. Oder: Fällt der Pastor in den Mist, lacht der Bauer, bis er pisst.« Sie brach in ein gackerndes Gelächter aus, das ihre seriöse Aufmachung Lügen strafte. In ihr steckte eben immer noch das ostfriesische Mädel vom Dorf.

Meine Mutter verdrehte kopfschüttelnd die Augen. »Ich weigere mich, auf diesem Niveau eine Unterhaltung zu führen.«

In diesem Moment bemerkte mich meine Tante. »Moin, Merle, du kommst wie gerufen! Jetzt sag mal: Sollte der Deutsche Wetterdienst sich in Zukunft lieber auf die Knochen deiner Mutter verlassen anstatt auf meteorologische Fakten?«

»Ähm …« Ich fing einen warnenden Blick von Luisa auf, mich keinesfalls in den Streit einzumischen. Dabei konnte man nur verlieren.

»Wie kommt ihr denn auf dieses Thema?«, fragte ich.

»Wir wollten heute eigentlich einen Ausflug nach Baltrum zu einer alten Freundin machen«, erklärte meine Mutter. »Aber Marianne hat darauf bestanden, ihn zu verschieben, weil die Wettervorhersage schlecht war. Obwohl ich ihr zig Mal gesagt habe, dass wir fahren können, weil die Sonne scheinen wird.« Mit einem triumphierenden Lächeln deutete sie gen Himmel.

»Ihr könnt den Ausflug ja nachholen«, erwiderte ich diplomatisch und setzte mich. »Wieso sollte ich eigentlich herkommen?«

»Hast du schon die neue Ausgabe des *Krummhörner Wochenblatts* gelesen?«, fragte Luisa und schob die Zeitung zu mir über den Tisch, doch ich schob sie umgehend zurück.

»Nein, danke, das lese ich nicht! Darin stehen nur schlecht recherchierte Artikel und haltlose Gerüchte. Dieser schreckliche Journalist Koslowski hat den Ruf unserer Familie in den Dreck gezogen und dafür gesorgt, dass Björn und ich als Kinder ausgegrenzt und schikaniert worden sind.« Ich sah vorwurfsvoll zu meiner Mutter. »Wie kannst du nach allem, was geschehen ist, dieses Schmierblatt überhaupt in deiner Nähe dulden?«

»Ach, Merle, daran erinnert sich doch mittlerweile kein Mensch mehr!« Meine Mutter winkte ab. »Außerdem ist die Zeitung viel besser geworden, seit dieser neue Redakteur sie letztes Jahr übernommen hat. Er schreibt richtig interessante Artikel, auch über problematische Themen, die die Menschen hier in der Region bewegen«, erzählte sie, während sie mir Tee einschenkte und ungefragt ein riesiges Stück ostfriesischen Butterkuchen auf den Teller schaufelte. Ehe ich mich wehren konnte, verschwand der Kuchen einen Augenblick später unter einem großen Berg Sprühsahne. Ich seufzte. So bekam ich meine athletische Figur garantiert nicht zurück!

Kalle bellte auffordernd. Meine Mutter lächelte ihn verzückt an, schüttelte die Dose erneut und sprühte unter dem Tisch Sahne aufs Gras. Begierig stürzte er sich darauf.

»Mama!«, ermahnte ich sie. »Er darf eigentlich nur sein teures Hundefutter essen. Clara dreht schon durch, wenn ich ihm ein Stück Wurst gebe.«

»Ach, so ein bisschen Sahne schadet dem Kleinen doch nicht!« Sie winkte ab und kam stattdessen zurück zum Thema: »Auf alle Fälle versucht dieser neue Redakteur Bastian Everts sehr engagiert, den Ruf des *Krummhörner Wochenblatts* zu verbessern. Kürzlich hat er den Wettbewerb ›Strandkorbbriefe‹ ausgeschrieben, in dem er die Männer in der Region dazu aufgefordert hat, die Tradition des Briefeschreibens wiederzubeleben. Sie sollten einen Liebesbrief verfassen, an die Zeitung schicken, und die Leser konnten einen Sieger küren. Und der hier hat gewonnen …« Sie deutete auf die Zeitung.

Notgedrungen überflog ich den Artikel, jedoch ohne wirkliches Interesse, schließlich hatte ich andere Sorgen. Das *Krummhörner Wochenblatt* bedankte sich bei den Männern für die überraschend zahlreichen Einsendungen. Anscheinend waren die Briefe im Auricher Rathaus im Rahmen einer Ausstellung ausgehängt worden, und man hatte dort für seinen Favoriten abstimmen können. Danach folgte eine Abschrift des prämierten Briefes.

Ich blickte auf. »Ja, nette Aktion. Und wieso soll mich das kümmern?«

»Jetzt lies doch endlich den Brief!«, forderte Luisa mich auf.

Tante Marianne und meine Mutter nickten in ungewohnter Eintracht.

»Na schön«, sagte ich stöhnend und las laut vor:

»Meine liebste M., der Tag unserer ersten Begegnung hat sich für immer in mein Gedächtnis und mein Herz gebrannt. Deine Augen haben mich angestrahlt so tief und blau wie die Nordsee. Du kamst auf mich zu mit Deinen blonden Haaren und Deinem Lächeln – lieber Himmel, Dein wundervolles, bezauberndes Lächeln! Ich war Dir vom ersten Augenblick an verfallen. Und mit dem Kuss, den Du mir geschenkt hast,

war es endgültig um mich geschehen. Dein herzförmiges Muttermal ist in Wirklichkeit mein Herz, das Du mir gestohlen hast, liebste M.!
Schon lange will ich Dir meine Liebe gestehen. Besonders seit Deinem Unfall, der mich bis ins Mark erschüttert hat. Doch um meinen Gefühlen für Dich Ausdruck zu verleihen, fehlt meinen Worten der Zauber: Sie sollten leicht und frei und schwerelos sein, um direkt in Dein Herz zu schweben. Meine Worte sollten vor Wonne erschaudern, weil Deine Augen sie berühren, und sie sollten strahlen vor Glück, wenn unsere Gedanken sich entsprechen. Und am Ende, wenn Du sie beiseitelegst, sollten sie vor Trauer und Sehnsucht zerfließen. Doch da ich diese Worte nicht finden kann, liebe ich Dich weiter aus der Ferne – heimlich, still und voller Bewunderung.
Dennoch bin ich beinahe glücklich: Weil ich Dich getroffen habe und Du mir gezeigt hast, was Liebe bedeuten kann. Dank Dir habe ich das Träumen nicht verlernt: Ich träume von einem nächsten Kuss von Dir, einer weiteren sanften Berührung und – irgendwann vielleicht – von der Möglichkeit, Dich endlich glücklich machen zu dürfen.
Mit all meiner Liebe,
Dein stiller Verehrer«

Ich verstand, warum die anderen mich gedrängt hatten, mir den Brief anzuschauen. Auf unheimliche Weise passte alles zu mir: der Anfangsbuchstabe meines Vornamens, meine Augen- und Haarfarbe, der herzförmige Leberfleck und sogar der Unfall.

Mein Herz pochte laut in meiner Brust, und die wunderschönen Worte der Liebe hatten auf meiner Zunge den Geschmack von honigsüßem Nektar hinterlassen. In mir erwachte eine diffuse Sehnsucht, die wie das Licht eines Leuchtturms meine innere Dunkelheit erhellte.

Langsam hob ich den Kopf und schaute in drei erwartungsvolle Gesichter.

»Na, wer ist es, Merle? Wer ist der stille Verehrer, der solch wundervolle Zeilen für dich verfasst hat?«, fragte meine Tante aufgeregt.

Genau, wer hatte den Brief eigentlich geschrieben? Stirnrunzelnd überflog ich die Seite noch mal. Ganz am Ende erwähnte der Redakteur, dass der Sieger seinen Beitrag leider anonym eingesandt habe und deshalb der erste Preis – ein romantischer Wochenendtrip für zwei Personen nach Juist – nicht vergeben werden konnte.

Luisa schien vor Neugier fast zu platzen. »Wer ist es, Merle? Jetzt sag doch!«

Ich hob den Zeigefinger. »Gib mir bitte noch einen Moment!«

Ich durchforstete mein Hirn nach möglichen Kandidaten. Vielleicht war es Jochen, meine erste große Liebe? Aber ich hatte ihn seit über fünfzehn Jahren nicht mehr gesehen. Dass er nach all der Zeit einen Liebesbrief für mich schreiben und zu einem Wettbewerb einschicken würde, ohne vorher Kontakt zu mir aufzunehmen, hielt ich für unwahrscheinlich. Womöglich war es Timo, mit dem ich vor einigen Jahren eine relativ glückliche Beziehung gehabt hatte? Meines Wissens war er inzwischen jedoch verheiratet und hatte zwei Kinder. Mein letzter Freund Olaf dagegen verspürte wohl kaum das Bedürfnis, mir zu schreiben. Unsere Trennung war derart hässlich gewesen, dass ich von meinen Freunden verlangt hatte, ihn *Arschgesicht* zu nennen, sobald wir auf Olaf zu sprechen kamen. Im Nachhinein erschien mir das auch übertrieben, aber er hatte mich damals wirklich zutiefst verletzt.

Natürlich hatte es auch noch andere Männer in meinem Leben gegeben, aber so sehr ich mir auch den Kopf zermarterte, mir fiel niemand ein, der derart in Liebe für mich entbrannt sein könnte. Enttäuschung machte sich in mir breit, denn das ließ nur einen einzigen Schluss zu …

»Es gibt niemanden, der so einen Brief für mich schreiben würde«, sagte ich betrübt. »Der Verfasser muss eine andere Frau meinen.«

Meine Familie sah mich an, als wäre ich nicht mehr ganz bei Trost.

»Aber das passt doch alles haargenau!«, widersprach meine Tante.

Meine Mutter nickte nachdrücklich. »Das mit der Augen- und Haarfarbe könnte noch ein Zufall sein. Aber außer dir kenne ich niemanden mit einem herzförmigen Leberfleck. Das fällt jedem auf, der dich zum ersten Mal sieht. Merle, damit kannst nur *du* gemeint sein!«

»Und dann noch der Unfall, der erwähnt wird!«, warf Luisa ein. »Damit ist garantiert deine Schusswunde im Dienst gemeint.«

»Ich gebe zu, die Indizien sprechen dafür.« Ich seufzte. »Aber das sind noch lange keine handfesten Beweise! Man denkt immer, man sei einzigartig, aber in Wahrheit ist niemand so außergewöhnlich, wie er es gerne hätte. Offensichtlich treffen all diese Fakten, die in dem Brief erwähnt werden, auch auf jemanden anderen zu.«

»Blödsinn!« Meine Mutter warf verzweifelt die Hände in die Luft. »Wie kann man nur so ignorant sein?«

»Deine Tochter ist genauso stur wie du«, sagte Tante Marianne verschnupft.

Stöhnend fuhr ich mir übers Gesicht. »Leute, jetzt vertraut mir doch mal! Als Polizistin habe ich gelernt, auf meine Umgebung zu achten, und kann Menschen einschätzen …« Außer es handelte sich um harmlose Rentner, die urplötzlich eine Waffe zogen. »Deshalb wäre es mir garantiert aufgefallen, wenn ein

Mann heimlich in mich verliebt wäre. Aber da gibt es niemanden – das kann ich euch versichern!« Mir entfuhr ein Lachen, in dem unüberhörbar Bitterkeit mitschwang.

Ich legte demonstrativ die Zeitung beiseite und aß ein Stück Butterkuchen, der mittlerweile von der verflüssigten Sahne durchtränkt war.

»Ich glaube dir«, sagte Luisa nach kurzem Nachdenken. »Du hast eine tolle Beobachtungsgabe und kannst verdammt gut kombinieren, das habe ich schon oft genug erlebt. Wenn du sagst, dass du keinen Mann kennst, der so etwas für dich schreiben würde, dann wird das stimmen. Auch wenn ich es schade finde, dass du nicht die besagte Herzensdame bist.«

Dankbar lächelte ich sie an. »Ich finde es auch schade«, entgegnete ich kauend. »Welche Frau möchte nicht so einen schönen Brief bekommen?«

»Offensichtlich du«, murmelte meine Mutter. Sie hatte anscheinend weniger Vertrauen in meine Urteilsfähigkeit als Luisa.

Auch meiner Tante stand die Enttäuschung ins Gesicht geschrieben. Ich fühlte mich fast schuldig, weil ich nicht an meinen heimlichen Verehrer glaubte. Das Klingeln meines Handys erlöste mich aus der unangenehmen Situation.

»Ja, Clara, was gibt's?«, fragte ich, nachdem ich abgenommen hatte.

»Merle, du wirst nicht glauben, was im *Krummhörner Wochenblatt* steht! Dort ist ein wunder-wunder-wundervoller Liebesbrief, der …«

Ach herrje, nicht auch noch sie! Zu erwarten, dass nur meine Familie die falschen Schlüsse gezogen hatte, war wohl etwas blauäugig von mir gewesen.

»Ich weiß!«, fiel ich ihr ins Wort. »Und bevor du fragst: Nein, ich kenne den Verfasser nicht und bin mir auch sicher, dass er den Brief nicht für *mich* geschrieben hat.«

»Aber … aber wieso?«, stammelte sie irritiert. »Die Hinweise passen doch alle! Du *musst* es sein.«

Ich atmete tief durch und wiederholte meine Argumentation. Genau wie meine Mutter und Tante Marianne schien jedoch auch Clara enttäuscht zu sein.

»Och, Mensch«, maulte sie. »Jetzt sei doch nicht so schrecklich realistisch!«

Ich lachte. »Clara, du bist seit der Schulzeit meine beste Freundin und kennst all meine Ex-Freunde. Du als versierte Deutschlehrerin: Welchem Typen, mit dem ich zusammen war, würdest du zutrauen, mir solche Zeilen zu schreiben?«

Sie schien sich darüber ernsthaft den Kopf zu zerbrechen, denn für einige Momente hörte ich von ihr nur unzusammenhängendes Gemurmel: »…also Jonas war absolut kein geistiger Überflieger … und dieser Patrick hatte schon zwei Komma- und einen Ausdrucksfehler, als er diese kurze Nachricht am Kühlschrank hinterlassen hat … und Arschgesicht Olaf hat Jane Austen für eine Automarke gehalten …«

Während meine Familie sich zum Glück wieder anderen Gesprächsthemen zugewandt hatte, lauschte ich mit zunehmender Irritation Claras Analyse. Anscheinend hatte sie von der Wahl meiner Partner nicht die allerbeste Meinung. Interessant, dass ich das auf diese Weise erfuhr!

Schließlich stieß sie einen tiefen Seufzer aus. »Du könntest mit deiner Vermutung richtig liegen. Ich würde keinem deiner Verflossenen diesen Brief zutrauen.«

Obwohl ich erleichtert über ihre Schlussfolgerung hätte sein müssen, fühlte ich mich auf seltsame Weise gekränkt. War mein Männergeschmack wirklich so unterirdisch schlecht?

»Du, ich muss wieder rein, unsere Lehrerkonferenz geht weiter!«, informierte sie mich, ehe ich nachhaken konnte. »Wir sehen uns heute Abend! Knuddle Kalle von mir, ja?«

»Wird gemacht!«

Gerade als ich das Handy beiseitelegen und mich wieder meiner Familie widmen wollte, bemerkte ich, dass ich inzwischen vier WhatsApp-Nachrichten erhalten hatte: Von einem Kollegen auf dem Revier, einer ehemaligen Schulfreundin, meiner Friseurin und einer Bekannten aus dem Fitnessstudio. Und alle drehten sich nur um eins: den Liebesbrief im *Krummhörner Wochenblatt*. Ich stieß Luisa neben mir an.

»Sieh dir das mal an!« Ich schüttelte ungläubig den Kopf. »Man könnte meinen, die Leute hätten kein eigenes Leben, um das sie sich kümmern können.«

Sie grinste. »Ich kann es ihnen nicht verübeln. Ein anonymer Verehrer, der in romantischer Liebe entbrannt ist, und alle Anhaltspunkte deuten auf dich – das klingt wie der Anfang einer wundervollen Liebesgeschichte.«

Ich seufzte und beschloss, die Nachrichten zu ignorieren. Wahrscheinlich wären meine Bekannten ohnehin nicht glücklich damit, wenn ich meine nüchterne Einschätzung zum Besten gab.

Ich zuckte zusammen, weil meine Mutter unvermittelt aufsprang.

»Kalle, nein!«, rief sie empört aus. »Nicht auf meine Bodendecker kotzen!«

Als ich über die Schulter blickte, würgte der Kleine jedoch schon seinen Mageninhalt in die Rabatte.

Meine Mutter sah mich vorwurfsvoll an. »Kannst du nicht besser auf deinen Hund aufpassen?«

»Vielleicht hättest du ihm nicht so viel Sahne geben sollen?«, entfuhr es mir spitz. »Und genau genommen ist Kalle gar nicht mein Hund.«

Er kam zurück und drückte sich Schutz suchend an mein Bein. Von den Ohren bis zum Schwanz hing alles an ihm herab. Offenbar ging es ihm nicht gut.

»Komm her, mein Schatz!« Ich zog ihn auf meinen Schoß. »Ich massiere dir dein Bäuchlein.«

»Von wegen, das ist nicht dein Hund!«, schnaubte meine Mutter und stapfte davon, um sich den Schaden anzusehen.

»Ich glaube, es geht ihr eigentlich um was anderes«, mutmaßte Luisa mit gesenkter Stimme. »Du hättest mal ihre leuchtenden Augen sehen sollen, als sie gedacht hat, dass du mit dem Liebesbrief gemeint bist. Sie hat dich quasi schon vor dem Traualtar gesehen und wollte gleich die Hochzeit planen.«

Ich stöhnte gequält. »Als ob ich nicht schon genug Probleme am Hals hätte.«

Meine Tante erhob sich. »Ich schau mal nach ihr! Bestimmt streiten wir uns dann gleich wieder, und ihre Enttäuschung über die geplatzte Liebeshochzeit ist vergessen.«

»Danke! Lieb von dir, dass du dich opferst.«

Sie winkte ab. »Das mache ich doch gern! Was denkst du, warum ich so oft hier bin? Die Auseinandersetzungen mit Helga halten meinen Kreislauf wunderbar auf Trab.«

Tatsächlich war sie mittlerweile so oft in Greetsiel, dass sie Björns altes Zimmer dauerhaft in Beschlag genommen hatte. Offenbar wollte sie die verlorene Zeit mit ihrer Schwester nachholen. Dass Luisa inzwischen hier mit ihrem Freund Holger zusammenwohnte, trug wahrscheinlich ebenfalls zu ihren häufigen Besuchen bei.

Da fiel mir etwas ein. »Wieso bist du eigentlich nicht in Hamburg?«, fragte ich Luisa. »Ich dachte, du müsstest für zwei Tage weg.«

Sie arbeitete nach wie vor in Teilzeit für *Natürlich schön*, die erfolgreiche Naturkosmetikfirma ihrer Mutter. Zwar meistens im Homeoffice, aber ab und zu musste sie dennoch nach Hamburg fahren. Ursprünglich hätte sie eigentlich die Firmenleitung übernehmen sollen, und es hatte sie letztes Jahr viel Mut gekostet, sich von den Erwartungen ihrer Mutter zu befreien und ihren eigenen Weg einzuschlagen. Mittlerweile hatte Tante Marianne einen vertrauenswürdigen und überaus engagierten Geschäftspartner gefunden, der auch ihr die Möglichkeit gab kürzerzutreten. Es war eine Lösung, mit der alle zufrieden waren.

»Ich musste nicht nach Hamburg, da meine Mutter mir die Unterlagen gebracht und den Rest persönlich geklärt hat«, erzählte sie. »Ihr ist wirklich jeder Vorwand recht, nach Greetsiel zu kommen.«

Offenbar war das nicht nur mir aufgefallen! Lächelnd sah ich zu unseren Müttern. Ich war froh, dass die beiden sich wieder vertrugen. Kurz nach ihrer Versöhnung letztes Jahr wäre es nämlich fast erneut zum Bruch zwischen den Schwestern gekommen. Denn Tante Marianne hatte ein hässliches Geheimnis gehütet, das erst durch Zufall herausgekommen war: Sie hatte für ihre Firma eine Rezeptur, die eigentlich meine Mutter geerbt hatte, heimlich für die Herstellung ihrer Gesichtscreme *Kräuterzauber* genutzt und damit viel Geld verdient. Diese Enthüllung hatte in unserer Familie natürlich eingeschlagen wie eine Bombe. Ohne Luisas unermüdlichen Einsatz und ihre Bereitschaft, einen Kompromiss für alle Seiten zu finden, würden unsere Familien heute wohl wieder getrennte Wege gehen. Inzwischen hatte meine Mutter eine beträchtliche finanzielle Entschädigung erhalten, die ihr Leben erheblich leichter und sorgenfreier machte.

Luisa legte mir die Hand auf den Arm. »Vielleicht kann ich dich mit einer Esseneinladung aufmuntern? Ich möchte ein paar neue Rezepte ausprobieren. Clara kann auch gerne kommen.«

Tatsächlich hob das meine Stimmung sofort. Luisa war eine begnadete Köchin und bisher hatte ich alles geliebt, was sie mir vorgesetzt hatte. Abends arbeitete sie sogar zusammen mit Holger in der Küche seines Restaurants *Häuptlingsstube*. Über ihre gemeinsame Leidenschaft fürs Kochen hatten Luisa und er sich kennen und lieben gelernt. Sie gaben ein perfektes Paar ab. Jedes Mal, wenn ich die beiden zusammen sah, erwachte in mir die heimliche Sehnsucht, ebenfalls meinen Seelenverwandten zu finden.

»Wo und wann?«, fragte ich begeistert.

»Wie wäre es morgen Abend bei uns in Pilsum?«

»Passt perfekt!«

Mein Handy klingelte schon wieder. Dieses Mal wollte mir offenbar mein Bruder Björn von der sagenhaften Neuigkeit berichten.

Ich hielt mich nicht mit langen Vorreden auf. »Ja, ich habe den Brief gelesen«, sagte ich umgehend, nachdem ich abgenommen hatte. »Und ich bin absolut sicher, dass ich nicht gemeint sein kann.«

»Dann ist ja gut«, erwiderte Björn und legte wieder auf.

Manchmal liebte ich seine wortkarge Art! Im ersten Moment wirkte mein älterer Bruder auf andere oft schroff oder abweisend, doch eigentlich war er ein herzensguter Teddybär, dem seine Familie über alles ging. Nur sein Beschützerinstinkt nahm zuweilen etwas überhand. Als ich angeschossen worden war, hatte man ihn im Krankenhaus nur schwer beruhigen können, weil er vor Angst und Sorge um mich fast durchgedreht wäre. Unsere nicht ganz einfache Kindheit hatte eben auch bei ihm Spuren hinterlassen.

»Lass mich raten: Das war mein liebster Cousin? Das Telefonat war so ungewöhnlich kurz.«

Ich erwiderte Luisas Grinsen. »Exakt.«

Leider schwante mir, dass das nicht das letzte Gespräch zum Thema Liebesbrief sein würde und mich die Veröffentlichung im *Krummhörner Wochenblatt* noch eine Weile in Atem halten würde.

Kapitel 4

»Mir reicht's«, verkündete ich zwei Tage später. »Ich habe keine Lust mehr. Sind denn alle wahnsinnig geworden? Es gibt so viele Dinge, über die man sich den Kopf zerbrechen kann: Kriege, Klimawandel, Armut, Hungersnöte …« Ich holte tief Luft. »Aber anscheinend ist ein Liebesbrief in einem zweitklassigen Regionalblatt alles, was die Leute beschäftigt.«

Ich war durch meine Familie und meinen Job in der Gegend leider bekannter, als ich angenommen hatte. Nach mittlerweile Dutzenden Anrufen und Handynachrichten hatte ich endgültig genug.

»Die Menschen mischen sich einfach ungefragt in fremde Angelegenheiten ein, die sie überhaupt nichts angehen!«

»Mhm«, brummte Clara, die am Steuer ihres Wagens saß.

Für ihr Empfinden war wohl eher ich das Problem, da ich mich schon den ganzen Tag darüber aufregte und sie diejenige war, die meinen Frust abbekam. Finaler Auslöser war mein heutiger Besuch beim Bäcker gewesen, wo ich von der Verkäuferin angeblafft worden war, weil ich »nicht endlich meinen romantischen Verehrer erhörte und damit seine Liebesqualen beendete«. Ihrer Meinung nach war ich eine gefühllose Frau, die einen so tollen Mann überhaupt nicht verdient hatte. Das war der Tropfen gewesen, der bei mir das Fass zum Überlaufen gebracht hatte.

»Jetzt nimm dir das doch nicht so zu Herzen«, erwiderte

Clara und bog nach Pilsum ab. »Die Aufregung wird sich bald wieder legen. Die Leute vergessen schnell.«

»Hoffentlich«, murmelte ich.

In Pilsum stellten wir den Wagen gleich am Ortseingang in einer Baumallee ab, weil es vor Holgers und Luisas Haus keine Parkmöglichkeiten gab. Clara öffnete die Hintertür und schnallte Kalle vom Hundeautositz los, während ich mir unsere Mitbringsel schnappte: einen guten Weißwein und einen Blumenstrauß. Clara trug ihre lockigen Haare heute offen, und die strenge Bluse hatte sie gegen ein schulterfreies T-Shirt mit dem Logo ihrer Lieblingsband Coldplay eingetauscht. Ihre Schüler hätten sie wohl kaum wiedererkannt. Ich hatte mich für meinen üblichen Freizeitlook mit Jeans, Sneakern und einem sommergelben T-Shirt entschieden.

Pilsum war ein Warfendorf – und somit ging es gleich bergauf. Wie immer nahm mich schon nach wenigen Metern die dörfliche Idylle gefangen. Ein verträumtes Häuschen reihte sich an das nächste, die Gärten waren gepflegt und voller Blumen. Die Atmosphäre dieses Ortes war so friedlich, dass man sich sofort wohlfühlte. Kein Lärm war zu hören, kein Auto, kein Touristengeplapper. Nur das Rauschen der Bäume, Vogelgezwitscher und in der Ferne das rhythmische Rattern eines Rasenmähers.

Wir erreichten das kleine Backsteinhaus mit den weißen Sprossenfenstern, das in direkter Nähe der Kirche stand. Holger hatte es von seinen Großeltern geerbt und schon vor Jahren liebevoll restauriert.

Nachdem wir geklingelt hatten, dauerte es einen Moment, bis Luisa uns öffnete. Sie hatte sich eine Kochschürze umgebunden, ein Mehlfleck zierte ihre Wange, und sie wirkte gestresst. Das machte mir mal wieder deutlich, wieso ich eher ungern in der Küche stand: Mir war es zu viel Arbeit für einen nur allzu flüchtigen Moment des Genusses.

»Wie schön, dass ihr gekommen seid!« Sie winkte uns herein. »Ich habe draußen auf der Terrasse den Tisch gedeckt. Meine Freundin Katja aus Hamburg ist auch schon da. Sie ist mit ihren Zwillingen so gestresst, dass ich sie gedrängt habe, endlich mal wieder herzufahren. Sie übernachtet heute bei mir.«

Wir gingen hinaus und begrüßten Katja, mit der wir uns schon letztes Jahr angefreundet hatten. Mit ihrer Herzlichkeit und offenen Art war sie mir sofort sympathisch gewesen. Sie betrieb mit ihrem Mann in Hamburg eine Werbeagentur und hatte letzten Sommer Zwillinge bekommen. Ihrer eigenen Aussage nach waren die Kleinen auch für ihre dunklen Augenringe verantwortlich.

»Ihr glaubt gar nicht, wie sehr ich mich auf diesen Mädelsabend gefreut habe«, sagte Katja, nachdem wir uns in die bequemen Korbstühle gesetzt hatten. Sie strich ihre kastanienroten Haare nach hinten und schwenkte fröhlich ihr Weinglas. »Ich bin dankbar, dass Luisa mich überredet hat, mir mal wieder eine kleine Auszeit zu gönnen.«

Mitfühlend sah ich sie an. »Schlafen die Kleinen immer noch nicht durch?«

Sie schüttelte den Kopf. »Ich habe einen Grad der Erschöpfung erreicht, der mir bisher völlig fremd war. Zwar hatte ich schon vor der Geburt die Vermutung, dass es verdammt anstrengend wird, aber das ist nichts gegen die Realität.«

In diesem Moment trat Luisa auch schon mit stolzer Miene und einem voll beladenen Tablett nach draußen. »Seid ihr bereit für die Vorspeisen? Ich habe euch heute als Testesser eingeladen, weil ich ein neues Kochbuch über ostfriesische Gerichte in moderner Interpretation plane«, erklärte sie, während sie die Köstlichkeiten vor uns auf den Tisch stellte.

»Wow, noch ein Kochbuch?«, entfuhr es Clara beeindruckt.

Neben ihrer Teilzeitarbeit in der Naturkosmetikfirma und in

Holgers Restaurant schrieb meine Cousine nämlich auch noch Kochbücher. Und als wäre das alles nicht genug, drehte sie in ihrer Freizeit Videos für ihren Koch-Kanal im Internet. Ich bewunderte Luisa – und ein wenig neidisch war ich auch.

»Ist dir eigentlich schon mal in den Sinn gekommen, dass du uns Normalsterbliche mit deiner Energie und Kreativität wie faule, ideenlose Säcke erscheinen lässt?«, fragte ich vorwurfsvoll.

Sie zwinkerte mir zu. »Sieh es doch lieber als Ansporn, dich ein bisschen mehr ins Zeug zu legen!«, gab sie schlagfertig zurück.

Auch ich hatte früher meine ganze Leidenschaft in meinen Job gesteckt. Ich war mit Leib und Seele Polizistin gewesen, doch im Augenblick fühlte ich mich wie ein unbeschriebenes Blatt Papier. Ich fragte mich, ob es wirklich so leicht für mich wäre, mir ein neues Betätigungsfeld zu suchen, wie ich Doktor Weigl gegenüber behauptet hatte.

»Ich habe für euch mehrere Gerichte zum Probieren.« Luisa deutete auf die Teller. »Zum einen Crostini mit Quarkdillcreme, *Billkes* und verlorenem Ei …«

Katja hob fragend die Hand. »Was ist *Billkes?*«

»Gepökelter Schinken vom Schaf«, erkläre Luisa. »Hier haben wir Parmesankörbchen gefüllt mit Greetsieler Krabben, gewürfelten Cocktailtomaten und Rucolasalat. Und daneben gibt es noch eine schaumige Grünkohlmousse mit einem Schuss Cognac, mariniertem Kümmelkäse und Blätterteig mit Pümmelfüllung.«

Katja runzelte die Stirn. »Wie bitte? Pimmelfüllung?«

Wir brachen in Gelächter aus.

»*Pümmelwurst* ist eine ostfriesische Spezialität«, antwortete ich. »Sie ähnelt Salami, wird meist aus Schweinefleisch hergestellt und bis zu acht Wochen an der Luft getrocknet. Die Wurst ist sehr lecker, lass dich vom Namen nicht abschrecken!«

Heißhungrig machten wir uns über die Vorspeisen her. Luisa hatte sich mal wieder selbst übertroffen! Ich musste mich selbst ermahnen, noch Platz für die Hauptspeise zu lassen. Leider kam meine Cousine beim Essen wieder auf das leidige Thema Liebesbrief zu sprechen.

»Gibt es was Neues in Sachen anonymer Verehrer?«, wollte sie wissen. »Haben dich noch ein paar Leute darauf angesprochen?«

»Ein *paar* Leute?« Mir entfuhr ein sarkastisches Schnauben, bei dem ich mich fast an der Grünkohlmousse verschluckte.

Ehe ich mich jedoch über die nervtötende Anzahl an Nachrichten und die Verkäuferin in der Bäckerei beschweren konnte, stieß Clara einen Seufzer aus.

»Können wir bitte, bitte nicht über den Liebesbrief reden?«, flehte sie. »Ich musste mir das Gejammer schon den ganzen Tag anhören.«

Doch es war schon zu spät: In Katjas Augen war ein neugieriges Funkeln getreten.

»Was für ein Liebesbrief? Ein anonymer Verehrer? Von Merle?«

Ich erzählte ihr, was geschehen war, und Luisa ließ es sich nicht nehmen, aus dem Haus eine Ausgabe des *Krummhörner Wochenblatts* zu holen.

»Oh Gott, ist der schön!«, schniefte Katja, nachdem sie den Brief gelesen hatte. »Wieso hat *mir* noch kein Mann so was geschrieben?«

»Wenn es dich beruhigt: Mir hat auch noch niemand so einen Brief geschrieben«, erwiderte ich. »Denn ich kann damit nicht gemeint sein.«

Luisa legte ihr Besteck beiseite und blickte mich mit großen Augen nachdenklich an, während sie an ihrer Unterlippe nagte.

»Ich weiß, ich habe versprochen, auf dein Urteil zu vertrauen«, sagte sie schließlich. »Du hast jedoch sofort entschieden, dass der Brief nicht für dich ist, kaum dass du ihn gelesen hast.« Sie beugte sie über den Tisch und griff nach meiner Hand. »Aber jetzt lass diesen Gedanken mal zu nur für einen Moment! Schließ die Augen, und stell dir vor, da draußen gibt es tatsächlich einen Mann, der dir diese Zeilen geschrieben hat, Merle!«

Auch die anderen nickten mir aufmunternd zu. Offenbar war ich überstimmt. Seufzend schloss ich die Augen und rief mir die Zeilen des Briefs in Erinnerung.

Du kamst auf mich zu mit Deinen blonden Haaren und Deinem Lächeln – lieber Himmel, Dein wundervolles, bezauberndes Lächeln! Ich war Dir vom ersten Augenblick an verfallen.

»Stell dir vor, da draußen gibt es einen Mann, der dich so sehr vergöttert«, sagte Luisa beschwörend. »Der glaubt, dass ihr füreinander bestimmt seid.«

Ich schluckte schwer, und in meiner Brust breitete sich eine tiefe Wärme aus.

Meine Worte sollten vor Wonne erschaudern, weil Deine Augen sie berühren, und sie sollten strahlen vor Glück, wenn unsere Gedanken sich entsprechen.

»Ein Partner, der davon träumt, dich auf Händen zu tragen und sein Leben mit dir zu verbringen«, flüsterte Luisa.

Dennoch bin ich beinahe glücklich: Weil ich Dich getroffen habe und Du mir gezeigt hast, was Liebe bedeuten kann. Dank Dir habe ich das Träumen nicht verlernt: Ich träume von einem nächsten Kuss von Dir, einer weiteren sanften Berührung und – irgendwann vielleicht – von der Möglichkeit, Dich endlich glücklich machen zu dürfen.

Ich sah mich plötzlich mit einem Mann an meiner Seite, den ich ebenfalls liebte und dem ich blind vertrauen konnte. Wir waren füreinander da, in guten wie in schlechten Zeiten, und gaben einander Halt. In seinen Armen fand ich Trost und Geborgenheit … Gerade in den vergangenen Monaten hätte ich so jemanden wirklich dringend nötig gehabt. Zu der Wärme in meinem Inneren gesellte sich ein schmerzhaftes Ziehen, das ich als Sehnsucht identifizierte.

»Was empfindest du jetzt?«, fragte Luisa leise.

Die Worte sprudelten aus mir heraus wie von selbst: »Ich will ihn finden! Unbedingt. Ich will wissen, ob wir eine Chance zusammen hätten. Ob seine Vision von unserer gemeinsamen Zukunft Wirklichkeit werden könnte.«

»Und genau das ist das Gefühl, das wir alle haben, seit dieser Brief in der Zeitung stand«, drang Claras Stimme an mein Ohr. »Du solltest wenigstens versuchen, ihn zu finden. Kampflos aufzugeben ist nicht deine Art.«

Ich öffnete die Augen. Leider schaltete sich damit auch wieder meine Vernunft ein.

»Selbst wenn der Liebesbrief tatsächlich an mich adressiert ist: Wie soll ich den heimlichen Verehrer denn ausfindig machen?« Fragend sah ich in die Runde. »Nach wie vor habe ich keinen Schimmer, wer der Mann sein könnte.«

Luisa hatte sich darüber wohl schon Gedanken gemacht. »Das ist relativ einfach: In dem Brief steht, dass ihr euch schon mal geküsst habt. Also musst du nur eine Liste von den betreffenden Männern erstellen. Dann wissen wir, dass Mister X darunter ist, und du wirst ihn ruckzuck identifizieren.«

»Eine Liste von allen Typen, die ich geküsst habe?«, wiederholte ich entgeistert.

»Das können ja nicht so viele sein!«, entgegnete Luisa optimistisch.

Alle waren sofort Feuer und Flamme für diese Idee.

»Oh, das wird ein Spaß!« Clara klatschte in die Hände. »Luisa, schnell, wir brauchen Papier und einen Stift.«

Darum ließ sich meine Cousine nicht zweimal bitten.

Ich seufzte ergeben. »Okay, ich spiele mit, aber unter einer Bedingung: Ihr erstellt ebenfalls eine Liste eurer Knutschbekanntschaften«, erklärte ich und verteilte das Papier an die anderen. »Ich will hier nicht die Einzige sein, die sich die Blöße gibt.«

Tatsächlich dämpfte das umgehend die Begeisterung am Tisch. Clara zog eine Grimasse, und Katja fuhr sich stöhnend übers Gesicht. Nur Luisa meckerte nicht.

»Sorry, ich kann nicht mitmachen!«, erklärte sie grinsend. »Schließlich muss ich mich um die Hauptspeise kümmern.«

»Feigling!«, knurrte ich.

»Kein Problem! Wenn ich mit meiner Liste fertig bin, fange ich mit deiner an«, bot Katja hilfsbereit an. »Als beste Freundin werde ich den Großteil deiner Typen noch zusammenkriegen.«

Luisas schadenfrohes Grinsen erlosch. »Danke, sehr nett von dir.«

Katja warf ihr kichernd einen Luftkuss zu.

Luisa verschwand nach drinnen, und wir machten uns an unsere Listen. Da fiel mir auf, dass wir noch ein paar Regeln festlegen mussten.

»Wir notieren alle Bekanntschaften, bei denen es zu einem Kuss gekommen ist. Seit dem Kindergarten?«

Clara nickte. »Ich weiß noch genau, wen ich im Kindergarten geküsst habe. Der Kuss zählt zu den Wichtigsten im Leben.«

»Find ich auch!«, sagte Katja.

In stiller Eintracht begannen wir zu schreiben. Zuerst noch zügig, doch dann wurden unsere Denkpausen immer länger. Wir kauten auf unseren Stiften herum, starrten brütend ins Leere oder gingen stirnrunzelnd die Namen durch.

»Zählen eigentlich auch Frauen?«, hakte Katja nach.

»Wie bitte?« Clara starrte sie mit geöffnetem Mund an.

»Natürlich, auch geküsste Frauen zählen!«, antwortete ich mit breitem Grinsen.

Ich hatte mich geirrt: Das machte doch mehr Spaß als erwartet. In diesem Moment kratzte Kalle an meinem Bein. Anscheinend hatte er Luisas Garten zur Genüge erkundet und wollte nun ein Schläfchen auf meinem Schoß halten. Mit einem Lächeln nahm ich den Kleinen hoch, und er kuschelte sich an mich. Aus den Augenwinkeln nahm ich wahr, wie ein Ausdruck des Missfallens über Claras Gesicht huschte. Doch als ich den Kopf zu ihr umwandte, hatte sie wieder eine neutrale Miene aufgesetzt. Vielleicht hatte ich mich auch nur getäuscht?

»Was ist eigentlich mit Flaschendrehen?«, wollte sie nun wissen. »Das waren zwar Küsse, aber keine romantischen im eigentlichen Sinne.«

Ich zog eine Grimasse, denn daran hatte ich überhaupt noch nicht gedacht. »Aber Kuss ist Kuss, oder? Ich kann nicht ausschließen, dass mein heimlicher Verehrer den besagten Kuss auf diese Weise erhalten hat.«

Katja stöhnte. »Grundgütiger! Wenn wir das Flaschendrehen auch noch dazunehmen, brauche ich mehr Papier.«

Wir lachten, und ich reichte ihr demonstrativ ein paar zusätzliche Blätter.

Als Luisa mit den Hauptspeisen erschien, waren wir immer noch nicht fertig. Dankbar für die Unterbrechung stürzten wir uns auf das Essen. Erneut hatte meine Cousine eine Auswahl ostfriesischer Spezialitäten mit kleinen kreativen Änderungen zusammengestellt: Bei dem Gericht *Peter in de Büx* hatte sie die Buchweizenpfannkuchen in eine vegane Variante umgewandelt, *bei Bohnen un Peeren* mit *Duffkook* hatte sie den Mehlklößen unterschiedliche Füllungen verpasst, und dem Snirtjebraten hatte sie eine leicht asiatische Note verliehen. Letzteres war zwar durchaus interessant, aber mir schmeckte das Original besser. Luisa war dankbar für unsere ehrliche Rückmeldung und machte sich fleißig Notizen.

»Und wie seid ihr mit euren Listen vorwärtsgekommen?«, wollte sie wissen, nachdem wir fertig waren.

»Den Großteil habe ich schon zusammen, aber ich habe das dumpfe Gefühl, ich habe ein paar Jungs vergessen«, antwortete Clara und schüttelte unzufrieden den Kopf. »Zwischen vierzehn und sechzehn war ich auf den Partys nicht wählerisch, jedenfalls, was das Küssen anbelangt.«

Ich grinste. »Daran kann ich mich noch erinnern. Anstatt den Jungs zur Begrüßung die Hände zu schütteln, hast du ihnen gleich deine Zunge in den Hals gesteckt.«

Beleidigt streckte sie mir prompt besagte Zunge raus. »Das ist eine gnadenlose Übertreibung, und das weißt du auch.«

Katja tippte vor sich auf die Liste. »Es ist wirklich erstaunlich, wie viele da zusammenkommen. Ich hatte nur mit vier Männern Sex, aber ich habe deutlich viel mehr Typen … äh …«, sie hielt kurz inne und korrigierte sich mit geröteten Wangen, »… viel mehr *Menschen* geküsst. Ganz anders als die Pretty-Women-Regel vermuten ließe.«

Ich hob den Zeigefinger. »Die trifft auf uns auch nicht zu! Sex ist im Normalfall immer noch intimer als Küsse. Bei gegenseitiger Anziehung und Sympathie probiert man als Erstes aus, wie man kusstechnisch harmoniert. Wenn die Umsetzung jedoch unbefriedigend ist, schließt sich jeder weitere Körperkontakt aus. Ein schlechter Küsser hat bestimmt deutlich schlechtere Chancen, eine Frau ins Bett zu kriegen.«

Die anderen nickten zustimmend.

Clara konnte ihre Neugier offenbar nicht mehr zurückhalten. »Du hast also schon mal Frauen geküsst? Wie war das so?«

»Ich habe es nur mal ausprobiert. Es war tatsächlich anders, eine Frau zu küssen«, erzählte sie bereitwillig. »Die Lippen sind so viel weicher und voller, die Berührungen zarter. Es war ein sehr einfühlsamer und spielerisch leichter Kuss. Für einen kurzen Moment habe ich ehrlich bedauert, auf Männer zu stehen.«

»Verdammt!«, fluchte ich. »Jetzt wünschte ich, ich wäre in meiner Jugend etwas experimentierfreudiger gewesen.«

»Kein Problem, das lässt sich nachholen!« Clara kam mir mit gespitzten Lippen und schmatzenden Kussgeräuschen näher.

»Nein, danke!« Lachend wehrte ich sie ab.

»Aber jetzt mal im Ernst«, sagte ich und deutete auf meine Liste. »Ich komme immerhin auf elf Männer, mit denen ich rumgeknutscht habe. Und noch mehr, wenn ich die Kerle vom Flaschendrehen dazuzähle.«

»Okay, dann lass die erst mal weg!«, schlug Luisa vor.

Ich nickte. Zu dem Schluss war ich auch schon gekommen. »Trotzdem wird die Suche nicht einfach werden. Zu den meisten hatte ich seit Jahren keinen Kontakt mehr. Ich habe nur noch ihre Namen.«

»Die Adressen könntest du doch ganz leicht auf dem Polizeirevier rauskriegen«, sagte Katja.

»Das wäre gegen das Gesetz!«, entgegnete ich entrüstet. »Ich darf diese Daten nicht für private Zwecke nutzen. Nein, mir bleibt nur der Weg übers Internet und die sozialen Medien.«

»Das könnte ewig dauern«, stellte Clara fest. »Du musst die Typen ja auch noch treffen und befragen. Wer weiß, wo die mittlerweile alle wohnen?«

Nachdenklich tippte Katja sich an die Lippen. »Oder du stattest der Redaktion des *Krummhörner Wochenblatts* einen Besuch ab? Womöglich wissen sie mehr über die Identität des Verfassers, als sie im Artikel öffentlich gemacht haben.«

Luisa nickte begeistert. »Oder er hat sich inzwischen bei ihnen wegen des Hauptpreises gemeldet. Wahrscheinlich hat er beim Einsenden des Briefs überhaupt nicht damit gerechnet zu gewinnen.«

»Es ist definitiv einen Versuch wert!«, sagte Clara.

Ich konnte nicht abstreiten, dass der Vorschlag vernünftig war und vielversprechend klang. Leider wussten Luisa und Katja nicht, dass mich mit dem *Krummhörner Wochenblatt* eine unschöne Vergangenheit verband. Auch Clara schien das im Eifer des Gefechts vergessen zu haben. Sogar sie kannte jedoch nicht jedes Detail meiner persönlichen Fehde mit diesem Schmierblatt. Manche Dinge erzählte ich nicht mal meiner besten Freundin. Hauptsächlich solche, auf die ich nicht besonders stolz war und die mein Karmakonto in den Minusbereich befördert hatten. Dummerweise war das *Krummhörner Wochenblatt* tatsächlich mein bester Anhaltspunkt. Um den Redakteur zur Mithilfe zu bewegen, musste ich mir jedoch definitiv etwas einfallen und meinen Charme spielen lassen – ansonsten durfte ich mich auf eine lange und aufwendige Suche gefasst machen.

Kapitel 5

Am Montagmorgen stand ich in Aurich am Rande der Innenstadt in einem heruntergekommenen Hinterhof. Unkraut spross in dem rissigen Asphalt hervor, und das dreistöckige Bürogebäude vor mir hatte definitiv schon bessere Tage gesehen. Von den Fensterrahmen blätterte die Farbe ab, und die Fassade war so stark mit Ruß und Dreck bedeckt, dass die ursprüngliche Farbe kaum noch auszumachen war. Eine Zeitungsredaktion hatte ich mir irgendwie glamouröser vorgestellt. Ohne das Schild, das am Eingang zum *Krummhörner Wochenblatt* im Erdgeschoss wies, hätte ich geglaubt, an der falschen Adresse zu sein. Eine Reinigungsfirma, eine Pfandleihe und ein Sonnenstudio befanden sich ebenfalls in dem Gebäude.

Ich sah zu Kalle hinab. »Wenn du da drin negative Schwingungen empfängst, darfst du auf keinen Fall pinkeln! Das würde unsere Chancen auf Erfolg ungemein schmälern.«

Ich rechnete ohnehin damit, innerhalb kürzester Zeit hinausgeworfen zu werden. Leider war mir inzwischen keine geniale Idee gekommen, wie ich den Redakteur Bastian Everts überreden könnte, mir zu helfen. Somit war ich auf meinen angeborenen Charme und Esprit angewiesen.

Kalle beschnupperte gerade eine Löwenzahnpflanze zu seiner Rechten und hob sein Bein, um sie anzustrullern. Sehr schön! Ein Problem weniger, um das ich mir Sorgen machen musste.

»Auf in den Kampf!«, murmelte ich und ging zum Eingang.

Die in die Jahre gekommene Tür bestand aus geriffeltem Sicherheitsglas mit einem breiten Riss und einem Schloss, das einen Einbrecher nur ein müdes Lächeln gekostet hätte. Zudem klemmte sie. Auch als ich stärker dagegen drückte, tat sich nichts. Vielleicht war überhaupt niemand hier?

Doch dann wurde die Tür von innen aufgezogen. Ein Mann Mitte vierzig mit Vollbart und deutlichem Bauchansatz lächelte mich freundlich an. »Sorry, sie klemmt manchmal etwas! Ich hab dem Chef schon so oft gesagt, dass endlich eine neue Tür fällig ist.« Er hielt mir die Hand hin. »Konrad Appelhagen, freut mich. Meine Freunde nennen mich Konny.«

»Merle Muschelknautz«, entgegnete ich. Meine Erleichterung darüber, nicht Bastian Everts in die Arme gelaufen zu sein, konnte ich kaum verbergen. »Freut mich ebenfalls! Ich bin hier, weil ich dringend Hilfe brauche. In der letzten Ausgabe …«

»Tut mir leid«, unterbrach mich Konny. Er verzog bedauernd das Gesicht. »So gern ich helfen würde, ich muss dringend zu einem Interviewtermin. Ich bin schon zu spät dran.«

Erst jetzt fiel mir auf, dass er einen großen Fotorucksack geschultert hatte und in Eile wirkte. Offensichtlich hatte er die Redaktion gerade verlassen wollen, als ich mit der Tür gekämpft hatte. Er deutete nach drinnen.

»Aber mein Chef hilft immer gern. Er ist die gute Seele unseres Ladens, und ohne ihn läuft nix. Moin, Merle!« Er zwinkerte mir zum Abschied zu, ehe er sich an mir vorbeischob und in Richtung Parkplatz davoneilte.

Die Redaktion bestand aus einem lang gezogenen Raum mit mehreren Schreibtischen, Aktenschränken und einem Tresen, der Besucher auf Abstand halten sollte. Bastian Everts stand mit dem Rücken zu mir und telefonierte.

Neugierig sah ich mich um. Die Einrichtung war zwar etwas nüchtern, aber in besserem Zustand als das Gebäude. Die Wände schmückten einige gerahmte Titelseiten des *Krummhörner Wochenblatts*. Da Bastian Everts die Zeitung erst vor knapp einem Jahr übernommen hatte, ging ich davon aus, dass sein Vorgänger Herbert Koslowski sie aufgehängt hatte. Schon bei dem Gedanken an diesen miesen Kerl zog sich mein Magen zusammen. Ich hasste ihn und dieses Schmierblatt.

Mein Blick blieb an Bastian Everts hängen. Er trug ein hellblaues enganliegendes Hemd und eine dunkelgraue, perfekt geschnittene Hose. Seiner aufrechten Haltung und den breiten Schultern nach zu urteilen, trieb er in seiner Freizeit Sport. Ich wusste nicht viel über ihn – nur seinen Namen, dass er ein Jahr älter war als ich und in Greetsiel in der Nähe meiner Mutter wohnte. Bisher hatten wir nur beruflich miteinander zu tun gehabt und unsere wenigen Begegnungen waren – vorsichtig formuliert – nicht sonderlich positiv verlaufen. Da ich jedoch schon seit mehr als einem halben Jahr außer Dienst war, bestand wenigstens die Hoffnung, dass er mich in der Zwischenzeit vergessen hatte.

»… ja, ich habe Ihre Stellungnahme gelesen«, sagte er gerade mit ruhiger, kultiviert klingender Stimme. »Aber die hätte wohl kaum nichtssagender ausfallen können. Unsere Leser haben ein Recht darauf, die Wahrheit zu erfahren, Herr Petersen!«

Ich schnaubte leise. Tja, das war wohl des Journalisten täglich Brot: den Leuten auf die Nerven gehen, sie unter Druck setzen und sich in private Dinge einmischen, die niemanden etwas angingen.

Bastian Everts fuhr sich ungeduldig durch die dunklen Haare. »Sie halten achttausend Euro, die einfach so aus dem öffentlichen Haushalt der Gemeinde verschwinden, für einen unbedeutenden Betrag?«, fragte er ungläubig. »Wenn man bedenkt, dass Sie dem örtlichen Kindergarten die dringend benötigte Renovierung der sanitären Anlagen aus Kostengründen verweigert haben, finde ich diesen Betrag durchaus beachtenswert. Herr Petersen, ich werde nicht lockerlassen, bis ich in dieser Sache Licht ins Dunkel gebracht habe!« Er tippte nachdrücklich mit dem Zeigefinger auf den Schreibtisch. »Deshalb wäre es auch für Ihre politische Zukunft besser, wenn Sie sich bei der Aufklärung des Vorfalls etwas mehr ins Zeug legen.«

Na schön, offenbar ging es hierbei tatsächlich um etwas Relevantes! Mir fiel wieder ein, dass meine Mutter sich lobend über Bastian Everts geäußert hatte. Anscheinend bemühte er sich, der Zeitung ein neues Image zu verpassen.

Er beendete das Telefonat, stemmte die Hände in die Taille und atmete tief durch. Wahrscheinlich wäre es für mein Anliegen besser gewesen, ihn in besserer Stimmung anzutreffen. Aber das ließ sich jetzt schwerlich ändern. Kalle, dem es offenbar zu langweilig wurde, stieß mich mit der Schnauze an und bellte ungeduldig.

Immerhin nahm Bastian Everts dadurch meine Anwesenheit wahr.

»Entschuldigung, dass Sie warten mussten!« Mit einem höflichen Lächeln drehte er sich zu mir um. »Was kann ich für Sie tun?«

»Moin!«, sagte ich und strahlte ihn übertrieben freundlich an.

Wie ich hatte Bastian Everts blaue Augen, die bei ihm jedoch von langen Wimpern eingerahmt wurden und einen faszinierenden Kontrast zu seinen dunklen Haaren bildeten. Sein kantiger Kiefer und die markanten Wangenknochen wurden durch seine vollen Lippen und die geschwungenen Augenbrauen abgemildert. Wäre er kein Journalist gewesen, hätte ich ihn sicherlich für sehr attraktiv gehalten. So fiel er jedoch leider in die Kategorie Männer, die ich nicht mal mit der Kneifzange anfassen würde.

Er stutzte. »Sind wir uns nicht schon mal begegnet?«

Er legte den Kopf schräg und musterte mich mit gerunzelter Stirn.

Ohne meine Uniform fiel es vielen Menschen schwer, mich als die Polizistin zu identifizieren, die sie kennengelernt hatten. Heute hatte ich versucht, den Effekt mit knallrotem Lippenstift, Peperoni-Ohrringen aus Plastik und einem bunten Batikschal noch zu verstärken. Mit diesem Outfit wirkte ich eher wie eine flippige Streetworkerin als eine Beamtin. Anscheinend hätte ich mir die farbenfrohe Maskerade jedoch sparen können, denn schon einen Atemzug später blitzte das Erkennen in seinen Augen auf. Sein Gesicht verzog sich zu einer Grimasse, durch die er plötzlich deutlich weniger attraktiv aussah.

»Was wollen *Sie* denn hier?«, fragte er säuerlich. »Sind Sie als verdeckte Ermittlerin unterwegs, um mir mal wieder einen Strafzettel zu verpassen? Vielleicht wegen klimaschädlichem Verhalten, weil ich beim Seufzen zu viel CO_2 ausgestoßen habe?«

Ich fummelte mit nervösem Lächeln an meinem Peperoni-Ohrring herum. »Ach, jetzt übertreiben Sie aber! Ich habe nur meinen Job gemacht. Das müssen Sie als Journalist doch verstehen.«

»Ich muss verstehen, dass Sie mich offensichtlich auf dem Kieker haben?«, gab er gereizt zurück. »Einen Moment …«

Er marschierte zu seinem Schreibtisch und wühlte in den Schubladen herum. Schließlich kam er mit mehreren Zetteln zurück, die mir leider bekannt vorkamen.

»All diese Anzeigen haben *Sie* ausgestellt! Hier habe ich beispielsweise eine wegen Verunreinigung eines Tatortes!« Er knallte besagtes Formular vor mir auf den Tresen.

Ich nickte mit ernster Miene. »Meine Kollegin und ich waren gerade dabei, die Beweise zu sichern, und Sie sind einfach ohne jede Rücksicht auf dem Bauernhof herumgelatscht. Damit haben Sie alle Fußabdrücke und DNA-Spuren nutzlos gemacht.«

Er warf mir mit seinen tiefblauen Augen einen stechenden Blick zu. »So etwas wäre durchaus relevant gewesen, wenn es tatsächlich ein Tatort gewesen wäre und es sich um Entführung oder Mord gehandelt hätte. Das war allerdings nicht der Fall.«

»Es war eine *mutmaßliche* Entführung!«, hielt ich dagegen. »Bauer Hinnerks Lieblingshenne Berta war schließlich spurlos verschwunden. Er war am Boden zerstört und völlig verzweifelt. Wir mussten den Täter finden.«

»Sie haben mir ein Ordnungsgeld verpasst wegen eines verschwundenen *Huhns!* Und ich war nur zufällig vor Ort, weil Berta einige Tage zuvor einen Zuchtpreis gewonnen hat und ich darüber berichten wollte.«

Tatsächlich war dies unsere allererste Begegnung gewesen. Bastian Everts hatte sich uns damals als neuer Redakteur und Inhaber des *Krummhörner Wochenblatts* vorgestellt. Womöglich war mein Willkommensgruß danach etwas frostig ausgefallen. Clara wusste bis heute nichts von diesem Strafzettel, der mein Karmakonto sicherlich stark belastet hatte.

»Dennoch haben Sie die Polizeiarbeit behindert«, erwiderte ich, weil ich mir keine Blöße geben wollte.

Genau genommen hatte es sich sogar um einen Mordfall gehandelt. Nach einem kurzen Verhör hatte Hinnerks Frau gestanden, Berta mit einem anderen Huhn verwechselt und versehentlich fürs Mittagessen geschlachtet zu haben. Wobei ich Zweifel hatte, dass es sich tatsächlich um ein Versehen gehandelt hatte. Es war allgemein bekannt, dass Hinnerk sich lieber mit der Hühnerzucht als mit seiner Familie beschäftigte. Für mich war das eindeutig ein Hühnermord aus Eifersucht und Rache gewesen.

»Und was ist damit?« Aufgebracht deutete er auf die anderen Papiere. »Drei Mal musste ich ein Ordnungsgeld zahlen, weil ich mit meinem Wagen ohne Genehmigung in der autofreien Zone in Greetsiel unterwegs war. Dabei wussten Sie genau, dass ich ein Anwohner und dazu berechtigt bin.«

Offenbar war es ihm schon lange ein Bedürfnis, mit mir darüber zu sprechen. Anders war es jedenfalls nicht zu erklären, weshalb er jetzt derart kleinlich auf jedem Vorkommnis herumhackte. Selbst das Telefon, das seit Minuten penetrant klingelte, ignorierte er.

Ich zuckte mit den Schultern. »Als Beamtin zählen für mich nur amtliche Papiere. Aber Sie scheinen wohl der Meinung zu sein, dass für Leute von der Presse die allgemeinen Vorschriften nicht gelten. Außerdem könnte man ja erwarten, dass jemand mit Intelligenz und Denkvermögen spätestens nach dem zweiten Ordnungsgeld die Genehmigung immer bei sich hätte, oder?«

Tatsächlich wirkte er ertappt. »Tja, nun … Ich bin manchmal etwas verzettelt und neige dazu, Dinge zu verlegen«, gab er zu. »Aber da Sie mich und meinen Wohnort kannten, war das Ordnungsgeld dennoch unnötig. Sie hätten durchaus darüber hinwegsehen können.«

»Hätte ich, wenn ich meinen Job nicht ernst nehmen würde.«

Er schüttelte seufzend den Kopf und warf einen Blick auf das letzte Formular. »Und was haben wir hier noch? Ach ja, da haben Sie mich wegen Tierquälerei verwarnt.«

Daran konnte ich mich leider noch allzu gut erinnern. Nur ein paar Tage später war ich angeschossen worden.

»Sie haben schließlich Frau Ketelsens Hund getreten.« Ich wedelte demonstrativ mit dem Ende von Kalles Leine in der Luft herum. »Als Tierfreundin und auch Polizistin konnte ich das nicht tolerieren.«

Er funkelte mich voller Entrüstung an. »Attila hatte sich in meinem Knöchel festgebissen, als ich auf dem Weg zu meiner Wohnung war. Er mag ein kleiner Hund sein, aber seine Fangzähne haben sich so tief in mein Fleisch gebohrt, dass meine Socken und Schuhe voller Blut waren. Der reflexartige Tritt geschah aus reiner Notwehr.«

»Der Chihuahua ist daraufhin mehrere Meter durch die Luft

geflogen«, entgegnete ich ebenso entrüstet. »Davon gibt es sogar ein Handyvideo. Der Kleine hat wahrscheinlich geglaubt, er hätte sich in eine Taube verwandelt. Sie hätten Attila sicherlich auch weniger brutal abschütteln können.«

Er kniff die Augen zusammen und lehnte sich zu mir über den Tresen. Sein angenehmer Duft nach frischer Wäsche und Kiefernnadeln stieg mir in die Nase.

»Wissen Sie, wie weh der Biss getan hat?«, fragte er mit gefährlich leiser Stimme. »Ich habe davon heute noch eine Narbe am Knöchel. Atilla dagegen hat den Tritt unbeschadet überstanden.«

Na gut, womöglich war mein Verhalten ihm gegenüber nicht ganz fair, aber ich wäre lieber tot umgefallen, als das zuzugeben.

»Ich habe auch Frau Ketelsen verwarnt und ihrem Hund eine Maulkorbpflicht auferlegt«, verteidigte ich mich. »Ich finde das durchaus gerecht.«

»Das nennen Sie gerecht?«, echote er sarkastisch.

Wütend zerknüllte er die von mir so liebevoll ausgefüllten Formulare zu Ordnungswidrigkeiten und Verwarnungen. Seinen saloppen Umgang mit amtlichen Dokumenten konnte ich zwar nicht gutheißen, aber da ich nicht im Dienst war, sah ich großzügig darüber hinweg.

So kam ich hier offenbar nicht weiter. Wie ich befürchtet hatte, war Bastian Everts mir nicht sonderlich wohlgesonnen. Es schmerzte zwar, aber ich musste ihm gegenüber wohl etwas Reue zeigen. Ich schluckte meinen Stolz herunter und gab mir einen Ruck.

»Hören Sie, wenn Sie das Gefühl haben, unfair behandelt worden zu sein, tut mir das leid!«, brachte ich mit bemühtem Lächeln hervor.

»Was soll das sein – etwa eine Entschuldigung?«

Ich knirschte mit den Zähnen. »Natürlich, was denn sonst?«

»Genau genommen haben Sie gerade Ihr Bedauern darüber ausgedrückt, dass ich offenbar so eine empfindliche Memme bin«, stellte er fest. »Das ist keine Entschuldigung für Ihr Verhalten.«

So ein kleinkarierter, sturer Idiot! Für einen Moment kämpfte ich mit dem Bedürfnis, einfach zu verschwinden und mein Anliegen zu vergessen. Doch dann dachte ich an die brennende Sehnsucht nach einem liebenden Partner, die ich bei der Vorstellung empfunden hatte, der Brief wäre für mich. Das *Krummhörner Wochenblatt* war mein bester Anhaltspunkt, um mich auf die Suche nach dem anonymen Briefeschreiber zu machen.

In diesem Moment erklang zu meinen Füßen ein leises Winseln. Ich blickte nach unten und sah Kalle, der mit hängendem Schwanz nervös im Kreis rannte. Abrupt machte er vor dem Schirmständer Halt und hob sein Bein. Mist, die negativen Schwingungen!

»Pinkelalarm!«, rief ich hektisch aus.

»Wie bitte?«, entgegnete Bastian Everts irritiert.

Statt einer Antwort hechtete ich zu Kalle, riss ihn in die Höhe und drückte ihn an mich. Auf dem Schirmständer waren zum Glück keine Tropfen zu sehen. Da er sein Geschäft draußen schon erledigt hatte, hätte ohnehin nicht mehr viel kommen können.

»Nichts passiert!« Ich atmete auf, drehte mich mit Kalle im Arm um. »Er reagiert neuerdings empfindlich darauf, wenn ich Stress habe und mich aufrege. Das schlägt ihm auf die Blase.«

Zu meiner Überraschung verschwand schlagartig der verärgerte Ausdruck auf Bastian Everts Gesicht. Stattdessen beugte er sich lächelnd über den Tresen.

»Das ist ja ein süßer kleiner Kerl. Darf ich?«

Ich nickte, ehe mir einfiel, dass ich gerade einem polizeibekannten Hundetreter erlaubt hatte, meinen Therapiehund anzufassen. Doch Kalle schien nichts dagegen zu haben, denn als er von Bastian Everts am Ohr gekrault wurde, wedelte er so heftig mit dem Schwanz, dass sein ganzes Hinterteil wackelte und ich ihn kaum noch halten konnte. Kalles Menschenkenntnis ließ wirklich stark zu wünschen übrig!

»Du hast aber einen beeindruckenden Unterbiss«, murmelte Bastian Everts mit warmer Stimme. »Du bist wohl ein kleiner Grüffelo und zeigst der Welt die Zähne.«

»Das ist kein Unterbiss«, gab ich reflexartig zurück. »Er lächelt.«

Mein Kommentar erinnerte ihn wohl wieder an meine Anwesenheit, denn er hob den Kopf, und unsere Blicke trafen sich.

»Natürlich ist das ein Unterbiss!«, widersprach er. »Ihre Fähigkeit, die Realität nach Ihrem Gusto umzudeuten, ist wirklich beeindruckend.«

»So etwas ist reine Interpretationssache. Wie die Frage, ob das Wasserglas halb voll oder halb leer ist. Für die einen hat Kalle eine hässliche Kieferfehlstellung, für die anderen unterstreicht dieses markante Attribut sein sonniges Wesen.«

Wieder klingelte das Telefon. Das machte mich ganz nervös. »Wollen Sie nicht rangehen? Vielleicht ist es wichtig.«

»Einer meiner Mitarbeiter wird sich darum kümmern.«

Mit gerunzelter Stirn sah ich mich in der menschenleeren Redaktion um.

»Rufweiterleitung auf die Handys«, erklärte er. »Meine Angestellten sind gerade alle unterwegs.«

Das machte bei Journalisten durchaus Sinn. Für gute Storys musste man auf die Straße.

»Was führt Sie eigentlich hierher?«, wollte er wissen und ließ zu Kalles Enttäuschung die Hand sinken.

Endlich kamen wir zum Thema! Wenn ich Glück hatte,

würde ich schon in wenigen Minuten den Namen meines anonymen Verehrers erfahren.

»Es geht um den Liebesbrief, der den Wettbewerb ›Strandkorbbriefe‹ gewonnen hat. Es gibt fundierte Gründe zu der Annahme, dass ich die Frau bin, über die der Verfasser geschrieben hat.«

Seine Augenbrauen schossen ungläubig in die Höhe. »Der Brief soll für *Sie* gewesen sein?«

Offensichtlich hielt er es für unvorstellbar, dass jemand ausgerechnet mir solche romantischen Zeilen schrieb. Schon wollte ich ihm eine gepfefferte Antwort an den Kopf werfen, aber ich ermahnte mich zur Ruhe. Auch wenn dieser Kerl es mit traumwandlerischer Sicherheit schaffte, mich zur Weißglut zu treiben, musste ich freundlich bleiben.

»Das ist nicht nur meine Meinung. Seit der Veröffentlichung des Briefs werde ich permanent von unzähligen Leuten darauf angesprochen. Zum Beispiel wegen dieses herzförmigen Muttermals.« Ich wandte ihm mein Profil zu und deutete auf meine Wange.

Erneut beugte er sich dicht zu mir. Wäre seine kritisch gerunzelte Stirn nicht gewesen, hätte ich vermutet, er wollte mich mit seiner Nähe absichtlich aus der Fassung bringen. So wirkte er jedoch eher wie ein Hautarzt, der einen angeblich auffälligen Leberfleck untersuchte.

»Das soll ein Herz sein?«, fragte er skeptisch.

Ich schnaubte. »Natürlich ist das Muttermal nicht mit der Schablone gezeichnet worden! Aber jeder, dem ich bisher begegnet bin, ist zu dem Schluss gekommen, dass es herzförmig ist. Wirklich *jeder*.«

Statt einer Antwort zuckte er nur mit den Schultern. Anscheinend biss auch er sich lieber die Zunge ab, als mir recht zu geben.

»Davon abgesehen passt das Aussehen, das im Brief beschrieben wird, ebenfalls zu mir«, fuhr ich fort. »Und sogar mein Unfall wird erwähnt. Sie wissen vielleicht, dass ich … äh …« Ich schluckte schwer, denn es fiel mir immer noch schwer, darüber zu sprechen. »… vor ein paar Monaten im Dienst angeschossen worden bin?«

Zum ersten Mal zeigte sich so etwas wie Mitgefühl auf seinem Gesicht. »Ich habe damals darüber berichtet.«

Natürlich hatte er das. Schließlich war er Journalist – und die stürzten sich auf solche Neuigkeiten wie die Geier. Für ihn war eine angeschossene Polizistin bestimmt wie ein Sechser im Lotto gewesen, denn das steigerte die Auflage. Damit waren in diesem grässlichen Schmierblatt insgesamt schon drei Artikel über mich und meine Familie erschienen.

»Sie sind noch nicht wieder im Dienst, nehme ich an?«

Ich reckte das Kinn. »Wie kommen Sie darauf?«

»Ansonsten wäre die Zahl meiner Ordnungsgelder sicherlich wieder sprungartig angestiegen«, gab er bissig zurück.

»Tja … Nein, Sie haben recht, ich bin noch im Krankenstand«, gab ich widerstrebend zu.

Ich räusperte mich und kam wieder auf den Grund meines Besuches zurück. »Jedenfalls sind in dem Brief die Hinweise auf mich zu zahlreich, um sie als Zufall abzutun. Deshalb wollte ich fragen, ob es weitere Anhaltspunkte zur Identität des Verfassers gibt. Etwas, das Sie nicht in dem Artikel veröffentlicht haben.«

»Sie wissen nicht, wer Ihnen den Brief geschrieben haben könnte, stimmt's?«, entgegnete er mit einem fiesen Grinsen. »Und jetzt soll ich Ihnen helfen …«

Ich schluckte meinen Stolz herunter. »Ja, das wäre wirklich nett von Ihnen.«

Er regte sich nicht und sah mich nur abwartend an.

Deshalb fügte ich demütig hinzu: *»Bitte.«*

Er stieß langsam die Luft aus. »Tatsächlich habe ich alle Informationen, die uns vorlagen, öffentlich gemacht.« Er holte einen Aktenordner aus dem Schrank. »Hier drin sind alle Einsendungen.«

Er legte den Ordner zwischen uns auf den Tresen und blätterte ihn durch. Als Beamtin stellte ich wohlwollend fest, dass alles feinsäuberlich abgeheftet war. In zahlreichen Klarsichthüllen befanden sich Anschreiben, Briefumschlag und Liebesbrief des jeweiligen Teilnehmers.

Schließlich hielt er inne. »Hier haben wir unseren Gewinner. Kein Anschreiben, wie Sie sehen können! Uns wurde lediglich der Liebesbrief übersandt. Und auf dem Briefumschlag …«, er zog ihn aus der Klarsichthülle und zeigte mir Vor- und Rückseite, »… steht ebenfalls kein Absender.«

Enttäuschung machte sich in mir breit. »Schade.«

Ich drückte Kalle an mich und zwang mich zu einem Lächeln. Ich war selbst überrascht, wie sehr mich dieser Fehlschlag traf. Anscheinend sehnte ich mich noch mehr nach Liebe und Zweisamkeit, als ich mir selbst eingestehen wollte. Um meinen heimlichen Verehrer ausfindig zu machen, musste ich nun wohl oder übel all meine Ex-Freunde abklappern.

»Danke, Herr Everts, dass Sie sich die Zeit …« Ich verstummte mitten im Satz, denn in diesem Moment blieb mein Blick an einer der Titelseiten der Zeitung haften, die die Wand schmückten.

Ich spürte, wie mir das Blut aus dem Gesicht wich. Ach, du meine Güte! Wieso hatte Herbert Koslowski ausgerechnet diese Ausgabe aufgehängt? War die Auflage besonders hoch gewesen? Oder hatte er sich so köstlich darüber amüsiert? Obwohl ich die Überschrift aus dieser Entfernung nicht exakt entziffern konnte, wusste ich genau, was dort stand: *Mafia-Merle: Eine junge Polizistin macht sich zur Lachnummer!* Darunter war ein unscharfes

Foto, wie ich gerade den unschuldigen Fredo Corleone in Pewsum festnahm. Er war der Inhaber der örtlichen Pizzeria, und ich hatte damals geglaubt, er hätte sich aus krimineller Kaltschnäuzigkeit so genannt wie eine der Figuren aus *Der Pate*. Dummerweise hatte sich jedoch herausgestellt, dass er tatsächlich so hieß.

Ich biss die Zähne zusammen. *Mafia-Merle*. Dieser schreckliche Spitzname hatte mich jahrelang begleitet. Dabei hatte sich der eigentliche Vorfall schnell aufgeklärt: Die Männer, die Fredo Corleone hinter der Theke Codewörter ins Ohr raunten, um dann klammheimlich in der Küche der Pizzeria zu verschwinden, waren keine Mafiosi gewesen, sondern lediglich alte Bekannte aus der Heimat. Der Restaurantbesitzer hatte zum Spaß eine Art Altherren-Club im Hinterzimmer gegründet, wo er den guten Chianti ausschenkte, man Zigarren rauchen durfte und nervige Ehefrauen verboten waren. Niemand von denen hatte je gegen das Gesetz verstoßen. Nachdem ich mich reumütig entschuldigt hatte, war Fredo Corleone mir zum Glück nicht böse gewesen, und mein Chef hatte das Ganze als Anfängerfehler eingestuft. Doch dann war der Zeitungsartikel im *Krummhörner Wochenblatt* erschienen. Der einseitig verfasste Artikel von Herbert Koslowski hatte dafür gesorgt, dass sich die ganze Region über mich lustig gemacht hatte. Anstatt objektiv zu bleiben und beide Seiten zu Wort kommen zu lassen, hatte der Journalist mich so dargestellt, als wäre ich eine hirnlose Idiotin in Uniform. Und dennoch war das noch nicht mal das Schlimmste, das er meiner Familie angetan hatte.

»Ist was?« Bastian Everts Stimme riss mich aus meinen Gedanken. Er blickte über die Schulter und versuchte zu erkennen, was mich abgelenkt hatte.

»Nein, alles in Ordnung«, gab ich säuerlich zurück.

Zu meiner Enttäuschung, dass dieser Besuch mich keinen Schritt weitergebracht hatte, gesellte sich nun auch noch mein

Ärger über den doofen Artikel. Selbst nach all den Jahren nagte dieser Vorfall an mir.

»Wie gesagt, danke für die Auskunft. Schönen Tag noch!«

Ich setzte Kalle auf den Boden und wandte mich zum Gehen.

»Moment, ich war noch nicht fertig!«, hielt er mich zurück. »Bis zur Veröffentlichung hatten wir tatsächlich keinen Hinweis auf die Identität des Gewinners. Doch inzwischen hat er sich bei uns gemeldet, um das Romantik-Wochenende in Juist nicht verfallen zu lassen.«

»Sie … Sie wissen seinen Namen?«, stammelte ich atemlos.

Luisa hatte tatsächlich recht behalten: Der Verfasser hatte sich wegen des Preises zu erkennen gegeben.

»Einen Augenblick, bitte!« Er suchte seinen chaotischen Schreibtisch ab, der vor Blättern und Haftnotizzetteln schier überquoll. Schließlich schnappte er sich einen Zettel und hielt ihn in die Luft. »Hier haben wir ihn! Name und Adresse des Gewinners.«

»Wie heißt er?« Vor Anspannung hielt ich die Luft an.

Er schaute auf den Zettel und zurück zu mir. Ganz langsam verzogen sich seine Lippen zu einem dünnen Lächeln.

»Aber, aber, Frau Muschelknautz!«, erwiderte er in jovialem Ton. »Sie wissen doch sicherlich, dass ich Ihnen den Namen nicht geben darf. Schließlich halten wir von der Presse uns an die Gesetze. Und Datenschutz ist oberstes Gebot! Auf dessen Einhaltung wird hierzulande schließlich viel Wert gelegt.«

Ich schaute ihn fassungslos an. »Sie sagen mir den Namen nicht?«

Er zuckte mit den Schultern. »Tut mir leid, ich kann nicht. Mir sind die Hände gebunden.«

Ich konnte ihm deutlich ansehen, dass es ihm kein bisschen leidtat. Das war lediglich eine fiese Retourkutsche.

Wider besseres Wissen versuchte ich, an sein Mitgefühl zu

appellieren. »Aber es würde niemand erfahren, versprochen!« Sehnsüchtig starrte ich auf den Zettel in seiner Hand. »Hier geht es nicht um das Gesetz, hier geht es um *Liebe!* Dieser Mann hat so tiefe Gefühle für mich, dass ich ihn unbedingt ausfindig machen muss. Das könnte sein Leben verändern und meins.«

Bastian Everts hatte schließlich einen Schreibwettbewerb zum Thema Liebe ausgelobt. Da konnte ihn ein Happy End, das zum Greifen nah war, doch nicht kalt lassen!

Er schüttelte jedoch unnachgiebig den Kopf. »Ich vertraue Ihnen nicht mal so weit, wie ich spucken kann, Frau Muschelknautz. Sie können noch so betteln, von mir erfahren Sie nichts.«

Ich ballte die Fäuste. Offensichtlich würde ich aus diesem sturen Kerl nichts herausbekommen. Hätte ich das vorher gewusst, hätte ich Kalle nicht davon abgehalten, seinen Schirmständer anzupinkeln!

Kapitel 6

»Ich hasse ihn«, verkündete ich mit schwerer Zunge und knallte mein Schnapsglas auf den Küchentisch. »Er ist neugierig, stur, besserwisserisch und zu gut aussehend.«

Clara betrachtete mich amüsiert. »Ich wusste nicht, dass Attraktivität eine negative Eigenschaft ist.«

»Doch! Denn die verdirbt über kurz oder lang den Charakter. Das weiß doch jeder«, erklärte ich. »Dieser Kerl ist einfach viel zu sehr von sich und seiner Meinung überzeugt.«

»So wie du vielleicht?« Sie grinste.

»Pfff!«, entgegnete ich wortgewandt.

Seit ich die Redaktion verlassen hatte, köchelte mein Zorn auf Bastian Everts kontinuierlich vor sich hin. Um mich zu beruhigen, hatte ich inzwischen die Wohnung geputzt und Clara zum Abendessen Spaghetti Bolognese gekocht. Angesichts meiner rudimentären Fähigkeiten als Küchenfee war das gleichzusetzen mit einem Drei-Gänge-Menü. Leider hatten all die Anstrengungen nicht geholfen, mich abzuregen. Dieser blöde Kerl!

»Dann müssen wir uns jetzt darauf konzentrieren, die Adressen deiner Verflossenen herauszukriegen.« Clara tippte auf die Liste, die ich bei unserem Mädelsabend erstellt hatte. »Einige dürften wohl noch in der Gegend leben.«

Unmotiviert schaute ich auf die Liste der Männer. Bei erschreckend vielen legte ich keinen gesteigerten Wert darauf, sie wiederzusehen – und ihnen erging es sicherlich ebenso.

Ich seufzte und füllte mein Schnapsglas erneut mit Möwenschiss, einem süßen Kirschlikör. Clara verabscheute das Zeug, seit sie davon als Teenager ihren ersten Kater bekommen hatte.

Meine Freundin nippte nachdenklich an ihrem Kamillentee. Sie hatte ihre Haare zu einem Messy Bun hochgesteckt und trug ihr Feierabendoutfit in Form von Jogginghose und einem Schlabberpulli.

»Weißt du was? Ich erstelle eine WhatsApp-Gruppe mit Luisa und Katja und mache ein Foto von deiner Liste. Wenn wir zusammenarbeiten, kommen wir mit den Adressen bestimmt schneller voran.«

»Okay«, entgegnete ich deutlich weniger enthusiastisch.

Es musste doch einen einfacheren Weg geben! Ich starrte brütend aus dem Küchenfenster. Draußen war es schon dunkel, und die ersten Sterne zeigten sich am Himmel. Mir kam der Gedanke, eine Anzeige im *Krummhörner Wochenblatt* aufzugeben und mich öffentlich mit der Bitte an den heimlichen Verehrer zu wenden, sich mir zu offenbaren. Doch diese Art der Aufmerksamkeit war nichts für mich. Ich schätzte meine Privatsphäre.

»Weißt du, ich hatte in der Redaktion den Zettel direkt vor Augen.« Demonstrativ hob ich den Arm und streckte die Hand in die Luft. »Ich hätte fast zugreifen können. Wenn Bastian Everts mich nur einen kurzen Blick darauf hätte werfen lassen, wüsste ich jetzt den Namen.«

Clara, die gerade meine Liste abfotografiert hatte, ließ ihr Handy sinken. »Es ist Zeitverschwendung, sich den Kopf darüber zu zerbrechen«, stellte sie pragmatisch fest. »Er kennt den Namen, du nicht.«

»Aber das ließe sich so schnell ändern«, murmelte ich frustriert.

Ich trank noch ein Gläschen Kirschlikör, um mich zu trösten.

Erstaunlicherweise brachte das hochprozentige Getränk meine Gehirnzellen in ungeahnter Weise in Schwung. Ruckartig richtete ich mich auf.

»Ich könnte ohne seine Erlaubnis einen Blick auf den Zettel werfen ...«

Clara stutzte. »Ich fürchte, ich kann deinem Gedankengang nicht folgen.«

»Wir könnten in die Redaktion fahren, und ich verschaffe mir schnell Zutritt. Um diese Uhrzeit ist dort bestimmt niemand. Wenn ich drin bin, gucke ich kurz auf den Zettel und haue wieder ab. Das wäre eine Sache von fünf Minuten. Das Schloss an der Eingangstür ist ein Witz und lädt zu einem spontanen Besuch außerhalb der Öffnungszeiten regelrecht ein.«

Clara sah mich mit aufgerissenen Augen an. »Du willst da einbrechen? Bist du übergeschnappt?«

Ich winkte ab. »Da ich nichts klauen will, ist das eigentlich kein Einbruch. Es dreht sich nur um eine winzige Information, die ich mir aneignen will.«

Sie schüttelte fassungslos den Kopf. »Ja, genau wie ein Hacker, der sich *nur* Informationen über deine Bankdaten aneignen will.« Sie beugte sich über den Tisch und hielt meinen Blick fest. »*Natürlich* ist das auch eine Form des Einbruchs, Merle!«

»Das kannst du doch nicht vergleichen«, widersprach ich mit einer Sorglosigkeit, die ich bisher nicht von mir kannte. »Bei mir kommt kein Mensch zu Schaden. Niemand hat dadurch einen Nachteil. Der Mann, dessen Namen ich wissen will, möchte sogar von mir gefunden werden.«

»Na schön, du schadest niemandem«, gab sie widerwillig zu. »Trotzdem hast du vor, ohne Erlaubnis in die Redaktion einzudringen. Das ist eine Straftat, Himmel noch mal!«

Leider war ich schon viel zu begeistert von der Idee, um mich durch vernünftige Argumente davon abbringen zu lassen.

»Ich kann nur dann bestraft werden, wenn ich erwischt werde«, entgegnete ich. »Beruflich bedingt habe ich jedoch schon genügend Einbrüche untersucht, um zu wissen, worauf es ankommt. Günstig ist, dass das Gebäude in einem Industriegebiet liegt und sich dort um diese Uhrzeit bestimmt niemand mehr herumtreibt. Somit wird es keine Zeugen geben. Ich werde in der Redaktion keine Spuren hinterlassen, und da ich nichts stehle, wird niemand etwas bemerken.« Ich lächelte triumphierend. »Ein geradezu perfektes Verbrechen.«

Clara deutete mit dem Zeigefinger auf mich. »Jetzt gibst du also zu, dass es ein Verbrechen ist?«

»Vielleicht ein klitzekleines«, räumte ich ein. »Aber ich bin bereit, das Risiko einzugehen.«

Sie musterte mich mit gerunzelter Stirn. »Wieso willst du das machen? Ich verstehe das nicht.« Sie schüttelte so sehr den Kopf, dass ihr Messy Bun wackelte. »So kenne ich dich überhaupt nicht. Das bist nicht du, Merle!«

Wahrscheinlich hatte sie recht. Betrübt drehte ich das leere Schnapsglas zwischen meinen Händen.

»Und wer bin ich, in deinen Augen?«, fragte ich leise. »Ich weiß das leider nicht mehr so genau.«

»Wie meinst du das?«

Obwohl Clara meine engste Vertraute war, fiel es mir schwer, darüber zu sprechen. Seit jeher machte ich meine Probleme lieber mit mir selbst aus, weil ich niemandem auf die Nerven gehen wollte. Am Ende entpuppten sich die meisten drohenden Katastrophen ohnehin als halb so schlimm wie befürchtet. Allerdings spürte ich, dass sich meine Probleme dieses Mal nicht wie von Zauberhand in Luft auflösen würden.

»Die alte Merle war gern Polizistin und hat ihren Job geliebt«, antwortete ich mit brüchiger Stimme. »Doch jetzt weiß ich nicht mehr, ob ich je wieder in meinen Beruf zurückkehren kann … oder *will*. Weil ich dauernd mit der Angst kämpfe, dass ein harmloser Mitbürger plötzlich seine Waffe auf mich richtet. Wie soll ich mich dann verteidigen? Was soll ich tun, um es beim nächsten Mal richtig zu machen? Und meinen Hobbys kann ich auch nicht mehr nachgehen. Früher habe ich viel Sport gemacht«, sprudelte es mir heraus. »Aber stattdessen sitze ich die meiste Zeit hier rum und streame Serien – nur wegen meines verrückten psychosomatischen Arms …«

»Dein verrückter psychosomatischer Arm?«, fragte Clara verständnislos.

Ich stieß langsam die Luft aus. Es war wohl an der Zeit, ihr die gesamte Wahrheit zu beichten.

»Ich war doch bei diesem Spezialisten, und er meinte, dass die Verletzung an meiner Schulter perfekt verheilt sei. Eigentlich müsste ich meinen Arm wieder anheben können. Das bedeutet, dass meine motorische Einschränkung psychosomatisch bedingt ist.« Beschämt wich ich ihrem Blick aus. »Doktor Weigl hat von einer psychischen Blockade gesprochen. Irgendwas stimmt nicht mit meinem Kopf, Clara!«

Sie formte mit den Lippen ein stummes »Oh« und schwieg betroffen. Offenbar hatte sie mit dieser Diagnose genauso wenig gerechnet wie ich.

Schließlich griff sie nach meiner Hand und drückte sie sanft. »Mit deinem Kopf stimmt alles«, versicherte sie mir. »Du hast etwas Schlimmes erlebt, das du erst mal verarbeiten musst. Das dauert nun mal seine Zeit! Außerdem kann sich auch ein Spezialist täuschen. Vielleicht hat er etwas übersehen.«

»Und wenn nicht?« Ich blinzelte, weil mir Tränen in die Augen stiegen. Der Alkohol sorgte wohl dafür, dass ich meine Emotionen nicht so gut unter Kontrolle hatte wie üblich. »Was ist, wenn ich meinen Arm nie mehr heben kann? Dann bin ich meinen Job los, meine Hobbys, einfach alles. Wer bin ich dann noch?« Mir entfuhr ein Schluchzen. »So wie es im Augenblick aussieht, ist mein Leben ein einziger Scherbenhaufen.«

»Du hast noch mich, deine Freunde und deine Familie«, entgegnete Clara mit strenger Miene. »Zählt das denn nichts?«

»Natürlich zählt das«, versicherte ich ihr und schniefte. »Und dafür bin ich auch unglaublich dankbar. Aber alles andere …« Ich zuckte hilflos mit den Schultern.

Sie sah mich voller Mitgefühl an. Wortlos reichte sie mir ein Taschentuch, und ich putzte mir geräuschvoll die Nase. Eine traurige Stille breitete sich in unserer kleinen Küche aus, die nur von Kalles Schnarchen unter dem Tisch durchbrochen wurde.

»Wahrscheinlich wollte ich deshalb nicht wahrhaben, dass der Liebesbrief für mich sein könnte«, sagte ich leise. »Weil sich mein Leben im Augenblick total … falsch anfühlt. Ich will ja tapfer sein, aber seit Wochen und Monaten bin ich wie festgefahren, und nichts geht vorwärts! Da konnte ich nicht glauben, dass mir tatsächlich mal wieder etwas Positives widerfahren könnte.« Ich lächelte traurig. »Jetzt, da ich den Gedanken zugelassen habe, wünsche ich mir so sehr, dass ich wirklich einen heimlichen Verehrer habe. Dass es da draußen tatsächlich jemanden gibt, der mich liebt und glücklich machen will. Denn das würde bedeuten, dass die qualvollen Monate endlich hinter mir liegen und es wieder aufwärtsgeht. Dass ich Hoffnung haben und einen Weg finden kann, ein ganz normales Leben zu führen, so wie früher, bevor ich …« Ich presste die Hand vor den Mund, doch mein Schluchzen war unüberhörbar.

»Ach, Merle!« Clara kamen nun ebenfalls die Tränen. Sie beugte sich zu mir und schloss mich weinend in die Arme. Eine Zeit lang saßen wir nur so da und hielten einander fest.

»Ich kann zwar selbst nicht fassen, dass ich das sage, aber lass uns in diese Redaktion einbrechen«, verkündete sie schließlich. »Besorgen wir uns den Namen deines Verehrers!«

Ungläubig sah ich sie an. »Bist du sicher?«

»Ich finde es immer noch nicht gut und würde dich am liebsten davon abhalten«, erklärte sie. »Aber ich verstehe jetzt, wieso dir das so wichtig ist. Und als deine beste Freundin bin ich natürlich mit von der Partie.«

Gerührt fasste ich mir ans Herz. »Du bist die Beste!«

Sie nickte seufzend. »Und jetzt? Wie sieht der Plan aus?«

»Saufen!«, verkündete ich kurz entschlossen und füllte mein Schnapsglas.

Sie starrte mich verständnislos an. »Du willst dich betrinken?«

»Falls ich erwischt werde, kann ich mit einem hohen Alkoholwert im Blut auf Unzurechnungsfähigkeit pochen«, erklärte ich und kippte den Kirschlikör herunter. »Das wirkt sich strafmildernd aus.«

»Ich gebe es ungern zu, aber das ist ziemlich clever.« Sie füllte erneut mein Glas. »In diesem Sinne: Nicht lang schnacken, Kopp in 'n Nacken!«

Kurze Zeit später standen wir vor der Tür der Redaktion. Wie erwartet brannte nirgendwo mehr Licht, und auch die anderen Firmen hatten schon Feierabend gemacht. Weit und breit war kein Mensch zu sehen.

»Wie lange dauert das denn noch?«, zischte Clara, die den Hinterhof im Auge behielt. Kalle hatten wir zu seinem Leidwesen daheim gelassen, und meiner Freundin hatte ich das Versprechen abgenommen, dass sie sich sofort aus dem Staub machen würde, falls wir entdeckt wurden.

»Moment!« Ich fummelte am Türschloss herum. Alle alten Kreditkarten, die ich mitgebracht hatte, waren mittlerweile verbogen oder zerbrochen, und mit den Haarklammern kam ich auch nicht weiter.

»So 'n störrisches Ding!«, fluchte ich mit schwerer Zunge. Bei einem Lehrgang zum Thema Einbruchsprävention hatte ich zwar mal gezeigt bekommen, wie unfassbar schnell sich ein Schloss knacken ließ, aber der Polizist, der dies demonstriert hatte, schien über äußerst geschickte Finger verfügt zu haben. Bei mir tat sich nämlich überhaupt nichts. Das lag vielleicht auch daran, dass ich das Schloss nur unscharf erkennen konnte, und meine feinmotorischen Fähigkeiten stark zu wünschen übrig ließen. Die meiste Zeit verbrachte ich damit, die verbogenen Haarklammern schwankend vom Boden aufzuklauben. Die letzten Schnäpse waren eindeutig zu viel des Guten gewesen! Sollte ich jemals wieder einen Einbrecher festnehmen, der es geschafft hatte, volltrunken in ein Haus einzubrechen, würde ich ihm meine Hochachtung aussprechen.

»Haben wir 'n Brecheisen im Auto?«, wollte ich wissen.

»Aber selbstverständlich!«, entgegnete Clara höhnisch. »Warte, ich hol es schnell!«

»Sarkasmus ist hier völlig fehl am Platz«, murrte ich.

Seufzend richtete ich mich wieder auf und stützte mich schweratmend an der Tür ab. Ich stellte zwei Dinge fest: Zum einen war mir ziemlich übel, und zum anderen kam ich hier eindeutig nicht weiter. Denn eine Sache wusste ich definitiv über Einbrüche – sie mussten so schnell wie möglich über die Bühne gebracht werden. Je länger man sich am Tatort aufhielt, desto höher war die Wahrscheinlichkeit, entdeckt zu werden.

Ich zog meine Einmalhandschuhe aus, packte meine Sachen zusammen und ging zu Clara, die am Durchgang zum Hinterhof stand.

»Ich krieg das Schloss nicht auf«, sagte ich zerknirscht.

»Gepriesen sei der Herr!« Erleichtert streckte sie wie ein Fernsehprediger die Handflächen gen Himmel. »Dann lass uns hier verschwinden!«

»Mir wird wohl nichts anderes übrig bleiben, als …« Ich brach ab, denn mein Blick fiel zur Seite auf die Fenster der Redaktion.

Obwohl sie sich im Erdgeschoss befanden, waren sie nicht vergittert und bestanden jeweils aus einem Hauptfenster und einem Oberlicht. Ich erinnerte mich, wie mir heute Morgen die abblätternde Farbe aufgefallen war. Sicherlich besaßen diese Fenster keine Einbruchssicherung. Neugierig trat ich näher.

»Guck mal, das ist ja supernachlässig von diesem Everts!« Begeistert deutete ich auf ein Oberlicht, das nach innen gekippt war. »Das ist ja quasi eine Einladung für Einbrecher.«

Skeptisch sah Clara nach oben. »Das ist doch viel zu hoch! Wie willst du denn da raufkommen?« Mit einem Blick auf mich fügte sie spitz hinzu: »Außerdem ist es zu schmal. Da passt du niemals durch.«

»Also, erlaube mal!«, empörte ich mich, während ich den Bauch einzog. »Ich bin schlank wie ein Reh.«

»Du *warst* mal schlank.« Unerbittlich griff sie nach der Speckrolle, die über den Bund meiner Jeans quoll. »Du hast zugenommen, Süße!«

Ich schlug beleidigt ihre Hand weg. »Ich passe wohl da durch!«

Entschlossen zog ich wieder die Handschuhe über und schaffte es trotz alkoholbedingter Gleichgewichtsstörungen, mich auf die Fensterbank zu hangeln. Ich musste mich jedoch auf die Zehenspitzen stellen, um meine Hand durch den offenen Spalt am Oberlicht zu drücken und innen nach der Befestigung zu tasten.

»Und?«, fragte Clara von unten.

»Das Fenster hängt nur an einem einzigen Scharnier, das

schon recht alt …« Es knirschte, und während ich mein Gesicht von außen an die Fensterscheibe drückte, umklammerte meine Hand im Inneren plötzlich einen abgebrochenen Teil des Scharniers. Sofort gab das Oberlicht nach, und das Gewicht des Fensters zog an meinem Arm. Das war zwar genau das, was ich im Sinn gehabt hatte, trotzdem traf es mich unvorbereitet, dass mein Plan so reibungslos funktioniert hatte. »Oh, Mist!«

»*Oh Mist?* Das gehört zu den Sätzen, die ich in so einer Situation nicht hören will.«

»Wenn ich jetzt loslasse, kippt das Oberlicht nach innen und knallt an das Hauptfenster«, erklärte ich. »Das wird einen Heidenlärm verursachen. Du musst mich von unten hochschieben!«

»Kein Problem! Ich war doch mal Cheerleaderin und stand immer unten in der Pyramide, um das Gewicht der anderen zu halten.«

»Ernsthaft? Das wusste ich ja gar nicht.«

»Das war Sarkasmus, du doofe Kuh!«

Jetzt wurde sie auch noch ausfällig. Anscheinend war es um ihr Nervenkostüm nicht zum Besten bestellt. Sie hätte lieber auch mal vom Kirschlikör trinken sollen.

»Jetzt mach schon!«, verlangte ich.

Clara stöhnte gequält, tat aber wie geheißen. Sie packte mich an den Knöcheln und drückte mich in die Höhe. Die Oberarmmuskeln meiner Freundin waren offenbar nur schwach ausgeprägt, denn wir kamen lediglich zentimeterweise vorwärts. Auch mein linker Arm stellte ein Hindernis dar. Vor meiner Schulterverletzung hätte ich mich locker allein hochziehen können, aber jetzt war ich auf tatkräftige Unterstützung angewiesen. Clara stöhnte und ächzte so laut, als würde sie gerade als Gewichtheberin an den Olympischen Spielen teilnehmen. Endlich schafften wir es mit vereinten Kräften, dass ich mit dem Oberkörper über dem Fensterrahmen hing und das Oberlicht leise nach innen absenken konnte. Ich schob mich zur Seite und zog behände ein Bein nach innen. Na also, das klappte doch wie am Schnürchen!

Leider hatte der obere Rahmen auf meine Hüftpölsterchen den gleichen Effekt wie ein Schneeschieber. Nachdem ich mich einige Zentimeter erfolgreich nach innen gedrückt hatte, türmte sich auf der anderen Seite so viel Haut auf, dass ein Weiterkommen unmöglich war. Ich ruckelte vor und zurück, ächzte und fluchte.

»Steckst du etwa fest?«, fragte Clara alarmiert.

»Nein«, log ich reflexartig.

Zu allem Überfluss bohrte sich der untere Fensterrahmen schmerzhaft in meinen Bauch, was meinem Magen überhaupt nicht gut bekam. Der Druck, die Aufregung und vor allen Dingen die beachtliche Menge an Kirschlikör sorgten dafür, dass mich eine Welle der Übelkeit überrollte.

In diesem Augenblick hörte ich ein Geräusch, das mir das Blut in den Adern gefrieren ließ. Vor der Tür der Redaktion erklang das metallische Klimpern eines Schlüsselbundes. Zuerst erstarrte ich zu Eis, dann erfasste mich blinde Panik. Ich ruderte hektisch mit Armen und Beinen, in dem Versuch, mich aus meiner misslichen Lage zu befreien. Nun wollte ich jedoch natürlich wieder zurück in den Hinterhof.

»Was ist denn?«, drang Claras Stimme wie aus weiter Ferne an mein Ohr.

Es war nichts zu machen: Ich steckte fest, egal, in welche Richtung ich drückte. Mit rasendem Herzen mobilisierte ich meine letzten Kraftreserven. Der Rahmen quetschte sich schmerzhaft in meine Hüfte, während sich die Tür zur Redaktion öffnete.

»Scheiße!«, wisperte ich. »Scheiße, scheiße, scheiße!«

Ich sah den Umriss eines Mannes, der regungslos auf der Schwelle stehen blieb.

Das Licht in der Redaktion ging an, und in diesem Augenblick waren meine Bemühungen endlich von Erfolg gekrönt: Mit einem scharfen Brennen, das sich anfühlte, als würden sich mehrere Hautschichten gleichzeitig abschälen, löste sich meine Schwimmringblockade. Ich kippte zur Seite und fiel …

Kapitel 7

Benommen lag ich auf dem Boden. Anscheinend hatte ich den Sturz unbeschadet überstanden, denn meine Knochen und mein Kopf fühlten sich noch heil an. Nur die aufgerissene Haut über meinem Hintern brannte wie Feuer. Blinzelnd öffnete ich die Augen und sah direkt in Bastian Everts Gesicht. Verdammt, ich war auf der falschen Seite des Fensters gelandet!

Er beugte sich mit gerunzelter Stirn über mich. »Frau Muschelknautz?«

»Oh Gott, es tut mir so leid …«, murmelte ich.

Meine Erleichterung, mir nichts gebrochen zu haben, verflog schlagartig, als mir bewusst wurde, in welchem Schlamassel ich nun steckte. Ich war auf frischer Tat ertappt worden! Mit einer Vorstrafe konnte ich garantiert nicht mehr als Polizistin arbeiten, und die Enttäuschung meiner Mutter über mein Vergehen wollte ich mir gar nicht erst vorstellen. Wenigstens konnte ich die schlechten Gene meines Vaters für meine kriminelle Laufbahn verantwortlich machen. Anscheinend war ich meinem Erzeuger ähnlicher, als mir lieb war. Dieser Gedanke löste eine neue Welle der Übelkeit in mir aus. Ruckartig setzte ich mich auf.

»Sie sind kalkweiß im Gesicht. Geht es Ihnen gut? Der Sturz war wirklich heftig.«

»Mhmpf«, machte ich nur und presste mir die Hand auf den Mund.

Geistesgegenwärtig stellte er einen Mülleimer vor mich, in

den ich mich umgehend erbrach. Nie wieder würde ich Kirschlikör trinken, das schwor ich mir! Schweiß perlte mir über die Stirn, und ich zitterte am ganzen Leib, während ich mich an den Mülleimer klammerte. Da spürte ich, wie zwei warme Hände meine Schultern umfassten und mich sanft in die Höhe zogen.

»Ich bringe Sie zur Toilette«, sagte er und führte mich zu einer Tür am anderen Ende des Raums. »Lassen Sie sich Zeit, bis Ihr Magen sich beruhigt hat! Soll ich vielleicht einen Krankenwagen rufen?«

»Nein.« Ich schüttelte entschieden den Kopf, obwohl das meinen Schwindel wieder verstärkte. »Nein, *bitte* nicht.« Ich hörte selbst den flehenden Unterton in meiner Stimme.

»Okay, wenn Sie meinen ...« Bastian Everts schaltete das Licht an und schob mich in die kleine Toilette. Ehe er mich allein ließ, nahm er mir sogar noch den Mülleimer ab. Ich musste zugeben, das war richtig nett von ihm. Vor allen Dingen, da ich gerade bei ihm eingebrochen war.

Kraftlos lehnte ich mich über das Waschbecken, durch dessen Porzellan ein länglicher Riss verlief. Mein Magen war inzwischen leer, und der Würgereiz hatte nachgelassen. Nur die Übelkeit wollte nicht verschwinden. Keine Ahnung, ob das am Sturz, dem Alkohol oder meiner aussichtslosen Situation lag.

Ich gurgelte mit Wasser, um den schlechten Geschmack zu vertreiben. Nachdem ich mir auch kaltes Wasser ins Gesicht gespritzt hatte, fühlte ich mich ein wenig besser. Ich warf einen Blick in den Spiegel und erschrak vor mir selbst.

»Ach, du lieber Himmel!«

Mein Zopf hatte sich in seine Bestandteile aufgelöst, ich hatte Ringe unter den Augen, und meine Gesichtsfarbe konnte man als wasserleichenblass bezeichnen. Selten hatten mein äußeres Erscheinungsbild und mein seelischer Zustand so gut zusammengepasst wie in diesem Augenblick.

Wenigstens meine Gehirnzellen kamen langsam wieder in Gang. Ich zog mein Handy hervor, das den Sturz zum Glück unbeschadet überstanden hatte. Schnell tippte ich eine Nachricht an Clara: *Bin unverletzt, aber Bastian Everts hat mich erwischt. Bist du noch da???*

Es dauerte nur Sekunden, ehe ihre Antwort eintraf: *Ich bin sofort abgehauen, als das Licht angegangen ist.*

Mir fiel ein Stein vom Herzen, dass sie sich wie abgesprochen aus dem Staub gemacht hatte. Ich hätte mir niemals verziehen, wenn sie meinetwegen Ärger bekommen hätte.

Gleich darauf schickte sie mir die nächste Nachricht: *Ich sitze im Auto und warte auf dich. Versuche, an sein Herz zu appellieren und dich mit einer rührseligen Geschichte rauszureden!!*

Ich bezweifelte, dass er der Typ war, der sich von weiblichem Charme oder einer rührseligen Geschichte von seinen Überzeugungen abbringen ließ.

Dennoch schrieb ich zurück: *Ich gebe mein Bestes! Wenn er doch noch die Polizei holt, fahr bitte heim zu Kalle.*

Ich steckte das Handy weg und atmete tief durch, ehe ich die Tür öffnete und nach draußen trat. Bastian Everts saß an seinem Schreibtisch und sah mir mit undurchdringlicher Miene entgegen.

»Sie schulden mir einen Mülleimer«, informierte er mich. »Ich musste ihn wegwerfen.«

»Natürlich«, murmelte ich beschämt.

Ich setzte mich an einen Schreibtisch ihm gegenüber. Mein Blick fiel auf das kaputte Oberlicht, durch das ich hereingeklettert war. Meine Wangen begannen zu glühen.

»Haben … haben Sie die Polizei gerufen?«, fragte ich mit erbärmlich dünner Stimme.

Er schüttelte wortlos den Kopf.

Vor Erleichterung traten mir die Tränen in die Augen. In Anbetracht unserer schlechten Beziehung konnte ich sein Verhalten jedoch nicht ganz nachvollziehen. »Aber wieso nicht?«

Er zuckte mit den Schultern. »Ich wollte zuerst Ihre Erklärung hören.«

Nervös fuhr ich mir mit der Zunge über die Lippen. Mir eine rührselige Geschichte einfallen zu lassen und an sein Mitgefühl zu appellieren, war leider nicht so einfach.

»Ich … ähm … habe heute Morgen hier einen meiner Lieblingsohrringe verloren. Erbstücke meiner Großmutter. Ich bin in Panik geraten und wollte ihn so schnell wie möglich wieder zurück. Deshalb bin ich eingebrochen. Das war natürlich eine völlig bescheuerte Idee, die dem Alkohol geschuldet war. Aber meine Oma war ein sehr, sehr wichtiger Mensch für mich.«

»Sprechen Sie etwa von diesen billigen Peperoni-Ohrringen aus Plastik, die Sie getragen haben?«, entgegnete er trocken.

Ach, verdammt! Und da hieß es immer, Männer hätten kein Auge für Accessoires. Anscheinend war er ein besserer Beobachter, als mir lieb war.

»Diese Ohrringe haben einen hohen emotionalen Wert für mich«, behauptete ich wenig überzeugend.

Er seufzte, stützte die Ellbogen auf und nahm mich ins Visier. »Okay, neuer Versuch! Und dieses Mal will ich die Wahrheit hören!«, befahl er. »Sonst ruf ich die Polizei.«

Ich schluckte schwer. Noch nie hatte ich mir mit solcher Inbrunst gewünscht, unsichtbar zu werden.

»Sie können sich doch denken, weshalb ich hier eingedrungen bin«, sagte ich leise. »Ich wollte nur einen kurzen Blick auf den Zettel werfen, auf dem der Name des Gewinners steht. Damit hätte ich doch niemandem geschadet. Schließlich liebt mich dieser Mann. Ich bin dieses Risiko nur eingegangen, weil Sie mir nicht helfen wollten und ich …«, ich atmete tief durch, »für die Liebe kämpfen wollte.«

»Sie sind wegen *der Adresse* eingebrochen?«, hakte er ungläubig nach. »Sie haben eine Straftat begangen, um die Identität eines Mannes herauszufinden, der womöglich einen Liebesbrief für Sie geschrieben hat?«

»Ich weiß, dass es falsch war, was ich getan habe«, beteuerte ich. »Und ich weiß auch, dass ich Ihre Nachsicht nicht verdient habe. Natürlich komme ich für die Kosten des kaputten Fensters und des Mülleimers auf. Aber bitte denken Sie daran, dass ich nie vorhatte, etwas zu stehlen! Wenn Sie jetzt meine Kollegen informieren, kann ich nie mehr in den Dienst zurück.« Die Verzweiflung, die in meiner Stimme lag, war nicht gespielt.

Ich lehnte mich vor und suchte seinen Blick. »Bitte, haben Sie Mitgefühl! Ich tue auch alles, was Sie wollen«, flehte ich.

Er hatte die Ereignisse bisher erstaunlich gelassen hingenommen, doch nun starrte er mich zum ersten Mal sprachlos an. Erst da wurde mir bewusst, was ich gerade gesagt hatte.

»Natürlich tue ich nicht *alles*«, verbesserte ich mich hastig. »Nix Sexuelles. Und nichts Ungesetzliches.«

»Ein Glück«, murmelte er.

Er lehnte sich in seinem Stuhl zurück und musterte mich nachdenklich. »Sie würden also *fast* alles tun, um mich milde zu stimmen?«

Sein berechnender Tonfall stimmte mich misstrauisch.

»Ja, grundsätzlich schon …«

Womöglich verlangte er gleich von mir, dass ich Attila, Frau Ketelsens bissigen Chihuahua, entführte? Oder er wollte Straffreiheit für sämtliche zukünftigen Vergehen, sobald ich wieder im Dienst war? Das würde mich in gewaltige Schwierigkeiten bringen.

Er schwieg einen quälend langen Moment, und ich rutschte unruhig auf meinem Stuhl hin und her. Um mich abzulenken, ließ ich meinen Blick über die Wand hinter ihm schweifen. Da fiel mir auf der Tapete ein rechteckiger Schatten auf, wo plötzlich eins der gerahmten Cover fehlte. Moment mal … Hing da heute Morgen nicht noch die »Mafia-Merle«-Ausgabe? Merkwürdig, dass Bastian Everts sie abgehängt hatte.

»Sie wollen den Verfasser des Briefes unbedingt ausfindig machen?«, durchbrach er die Stille. »Und für die Liebe kämpfen?«

»Ja, das möchte ich.«

Er nickte zufrieden. »Dann hätte ich eine Idee, wie wir uns einigen könnten.«

Mein Herz machte einen freudigen Satz. Ich hatte nicht erwartet, dass ausgerechnet er mir die Chance geben würde, aus dieser Sache unbeschadet herauszukommen. Mein Bauchgefühl warnte mich allerdings, dass mir sein Vorschlag nicht gefallen würde.

»Wie Sie erzählt haben, werden Sie von Ihrer Umgebung dauernd auf den Liebesbrief angesprochen«, sagte er und faltete vor sich die Hände auf dem Tisch »Unsere Leser nehmen großen Anteil an dieser Geschichte. Die Leute würden gerne erfahren, wie Sie darauf reagieren und ob die Chance auf ein Happy End besteht.«

Mir schwante Übles. »Mhm«, brummte ich.

»Deshalb würde ich gerne einen Artikel über Ihre Suche schreiben«, erklärte er. »Berichten Sie mir, wie Sie von dem Liebesbrief erfahren haben. Schildern Sie mir Ihre Gefühle so genau wie möglich und von Ihrer Sehnsucht, den Verfasser ausfindig zu machen.«

Es gab Menschen, die wollten unbedingt in die Zeitung oder ins Fernsehen. Sie träumten davon, Aufmerksamkeit zu erregen und im Mittelpunkt zu stehen. Ich verspürte jedoch nicht das geringste Bedürfnis, in der Öffentlichkeit einen Seelenstriptease hinzulegen und in einem Artikel meine privaten Gedanken und Gefühle preiszugeben.

»Die Sache mit dem Einbruch lassen wir natürlich unerwähnt«, versicherte er mir. »Dafür begleiten Sie mich, wenn ich den Gutschein für das Wochenende an unseren Gewinner überreiche. So erfahren Sie endlich die Identität Ihres Verehrers – und ich bin live dabei, um über Ihr Zusammentreffen zu berichten.«

Ach, du lieber Himmel! Umgehend hatte ich eine kitschige Überschrift vor Augen wie *Happy End auf ostfriesisch* oder *Zwei Liebende endlich vereint.* Passend dazu ein Artikel mit einem gestellten Kussfoto von mir und dem noch unbekannten Briefeschreiber. Ich verzog schaudernd das Gesicht.

»Das ist Erpressung!«

Er kniff die Augen zusammen. »Wie bitte? Sie flehen mich an, nicht die Polizei zu rufen, nachdem Sie hier eingebrochen sind, und behaupten dann, dass Sie fast alles für mich tun würden, und kaum mache ich Ihnen ein entsprechendes Angebot, werfen Sie mir Erpressung vor?« Er schnaubte ungläubig.

Okay, das war wohl tatsächlich nicht fair gewesen. Aber ich war durchaus in der Lage, Fehler zuzugeben.

»Entschuldigung«, murmelte ich kleinlaut.

Ich ließ mir seinen Vorschlag noch mal durch den Kopf gehen. Auch wenn es mir nicht gefiel, war es zweifellos besser, die Öffentlichkeit an einem Liebesleben teilhaben zu lassen, als wegen Einbruchs festgenommen zu werden.

Ich räusperte mich. »Okay, ich stimme zu! Allerdings habe ich eine Bedingung.«

Skepsis zeichnete sich auf seinem Gesicht ab, doch er gab mir einen Wink weiterzusprechen.

»Wir machen alles so, wie Sie es vorgeschlagen haben. Aber bevor der Artikel erscheint, möchte ich ihn lesen und meinen Segen zur Veröffentlichung geben.«

»So etwas machen wir normalerweise nicht«, sagte er und

schüttelte den Kopf. Er wirkte richtiggehend beleidigt. »Es wäre schön, wenn Sie mir wenigstens ein klein wenig Vertrauen schenken würden. Ich bin ausgebildeter Journalist und gut in meinem Job.«

»Bitte, das ist mir wichtig! Es geht mir auch gar nicht um jede Einzelheit. Ich muss einfach sicher sein, dass Sie mich nicht in die Pfanne hauen oder mich zum Gespött der Leute machen werden.«

Bastian Everts beobachtete mich schweigend. Sein innerer Kampf war ihm deutlich anzusehen.

»Na schön«, sagte er schließlich. »Damit Sie beruhigt sind, dürfen Sie den Artikel vor der Veröffentlichung lesen. Dann haben wir einen Deal?« Er erhob sich und streckte mir die Hand hin. »Ich behalte Ihre kriminellen Aktivitäten für mich, und Sie erlauben mir und meinen Lesern, Sie auf der Suche nach Ihrem heimlichen Verehrer zu begleiten!«

Ich schlug ein, und seine Hand schloss sich warm und fest um meine. Ein angenehmes Kribbeln schoss meinen Arm hinauf und sorgte dafür, dass ich ihm einen Augenblick zu lang in die blauen Augen schaute.

Ich räusperte mich hastig. »Darf ich fragen, wieso Sie noch so spät in die Redaktion gekommen sind? Arbeiten Sie oft um diese Uhrzeit?«

»Tut mir leid, dass ich mit meinem unpassenden Erscheinen Ihre Einbruchspläne vereitelt habe«, antwortete er bissig, »aber ich war heute Abend auf einer Premiere des Arttheaters hier um die Ecke. Ein selbst geschriebenes Stück von Laienschauspielern, darunter auch die Frau des Bürgermeisters. Drei Stunden meiner Lebenszeit einfach dahin.« Seine leidende Miene sprach Bände.

Ich konnte mir nur schwer ein Grinsen verkneifen. Anscheinend hatte sein Beruf auch Schattenseiten.

Um einen Termin für ein Treffen vereinbaren zu können,

tauschten wir unsere Handynummern aus. Beim Tippen hielt er jedoch nachdenklich inne.

»Ist was?«, fragte ich irritiert.

»Ich überlege gerade, unter welchem Namen ich Sie abspeichere«, teilte er mir mit. »*Zwielichtige Polizistin* oder lieber *Nervensäge*. Letzteres bringt es so schön prägnant auf den Punkt.«

»Wenn Ihnen das weiterhilft – ich habe mich bei Ihnen für *Schmierfink* entschieden«, konterte ich mit süßlichem Lächeln.

Er zog eine Grimasse. »Ich hasse diesen Ausdruck! Sie mögen die Bezeichnung *Bullenschweine* bestimmt auch nicht.«

Ich war zwar der Meinung, dass man die beiden Verunglimpfungen nicht mal ansatzweise miteinander vergleichen konnte, aber in einem Anflug von Friedfertigkeit schlug ich vor: »Oder wir duzen uns ab sofort und benutzen unsere Vornamen. Ich bin Merle!« Ich reichte ihm die Hand.

»Okay, aber nur, damit du mich nicht als *Schmierfink* abspeicherst!« Er schlug ein. »Bastian.«

Erneut stellte sein Händedruck seltsame Dinge mit mir an: Mein Herzschlag geriet aus dem Takt, und ein leichter Schauer rieselte meinen Rücken hinab. Das war wirklich bedenklich. Wenn ich auf diesen reizbaren, pedantischen und arroganten Typen schon derart intensiv reagierte, brauchte ich offenbar ganz dringend wieder einen Mann in meinem Leben!

Kapitel 8

Zwei Tage später trafen wir uns wieder. Wir hatten vereinbart, dass wir zuerst in der Redaktion ein Interview führen und danach zum Gewinner des Wettbewerbs fahren würden.

Es war seltsam, Bastian wieder gegenüberzutreten. Obwohl er sich jede bissige Anspielung wegen meines Einbruchs verkniff. Heute trug er ein weißes Hemd und eine beigefarbene Stoffhose zu weißen Sneakern. Dieser sportlich-legere Businessstil stand ihm wirklich gut. Allerdings war ich viel zu angespannt, um ihm mehr als nur einen flüchtigen Blick zu schenken. Er führte mich zu einem ruhigen Tisch in der Ecke, da zwei seiner Angestellten – darunter auch Konny Appelhagen, der mich mit freundlichem Lächeln grüßte – an ihren Plätzen saßen und konzentriert an ihren Texten tippten. Kaum, dass ich mich gesetzt hatte, trommelte ich mit den Fingern nervös auf der Tischplatte herum, während Bastian Notizblock und Aufnahmegerät bereitlegte. Schade, dass ich nicht Kalle bei mir hatte! Aber Clara war heute früher nach Hause gekommen, weil zwei ihrer Klassen auf Exkursion waren, und hatte darauf bestanden, dass Knuddel-Kalle bei ihr blieb.

»Du musst nicht aufgeregt sein«, sagte Bastian. »Ich beiße nicht.«

»Lass uns einfach anfangen!« Sanftmütiger fügte ich hinzu: »*Bitte*. Ich möchte es nur hinter mich bringen.«

Die nächste halbe Stunde schwitzte ich Blut und Wasser.

Obwohl Bastian zu keiner Zeit indiskret wurde und mir tatsächlich nur zu den Dingen Fragen stellte, die wir abgesprochen hatten, war ich die ganze Zeit über angespannt. Zu groß war mein Misstrauen der Presse gegenüber. Ständig machte ich mir Sorgen, dass ich mich verplapperte oder etwas Privates von mir preisgab, das niemanden etwas anging. Deshalb gestaltete sich das Gespräch etwas zäh. Schleppend schilderte ich ihm, wie ich von dem Liebesbrief erfahren hatte, welche Gefühle er in mir geweckt hatte und warum alle glaubten, dass der Brief mir galt. Auch als er fragte, weshalb ich den Verfasser unbedingt finden wollte, bemühte ich mich, nicht zu viel von mir preiszugeben.

Schließlich klappte Bastian mit einem Seufzen sein Notizbuch zu und schaltete das Aufnahmegerät aus.

»Hab ich es geschafft?«, fragte ich mit unverhohlener Erleichterung. »Sind wir fertig?«

»Offensichtlich«, brummte er unzufrieden.

»Ist was?«

»Ehrlich gesagt habe ich schon korrupte Politiker mit anhängigen Strafverfahren interviewt, die weniger zugeknöpft waren als du.«

»Tut mir leid«, murmelte ich halb reumütig, halb stolz. Ich hatte nicht geahnt, dass ich dieses Talent besaß. Womöglich könnte ich Pressesprecherin der Polizeidienststelle werden, wenn ich wegen meines Arms nicht mehr auf Streife gehen konnte?

Wir brachen zu dem Besuch bei dem Gewinner auf, und ich folgte Bastian mit meinem Wagen. Ich hatte darauf bestanden, mit getrennten Autos zu fahren, denn ich brauchte etwas Zeit für mich. Außerdem wollte ich nicht auf engstem Raum mit ihm allein sein. Das hätte auf Dauer nur zu unschönen Streitereien geführt.

Die Fahrt dauerte nicht lange, und wir landeten in einer etwas schäbigen Ecke der Stadt. Welcher meiner Verflossenen wohnte wohl hier? Mit seinen knapp über 40 000 Einwohnern war das idyllische Aurich sicherlich keine Großstadtmetropole und die Verbrechensrate hielt sich dementsprechend in Grenzen. Aber die Gegend, in der wir uns befanden, gehörte nicht zu den besten. Die Mehrfamilienhäuser aus den späten Siebzigern hatten schon bessere Zeiten erlebt, die Vorgärten waren ungepflegt, und in einer Straßenecke sammelte sich Sperrmüll.

Nachdem ich ausgestiegen war, steckte ich die Hände in die Hosentaschen und sah mich zweifelnd um.

Bastian fiel offenbar meine Skepsis auf. »Bist du enttäuscht, dass dein heimlicher Verehrer nicht im Villenviertel wohnt?«, fragte er herausfordernd.

Ich wies seine Anschuldigung empört zurück. »Das ist mir wirklich egal!« Ich deutete auf unsere Umgebung. »Es ist nur so, dass ich als Polizistin hier schon Einsätze hatte. Einmal gab es einen Klingelstreich, der in eine Massenschlägerei mit über zwanzig Beteiligten ausgeartet ist. Sechs Leute mussten danach ins Krankenhaus.«

Das entlockte selbst Bastian einen Laut der Überraschung. Er zeigte auf eines der Mehrfamilienhäuser.

»Dort wohnt unser Gewinner. Als er sich gemeldet hat, haben wir vereinbart, dass ich in den nächsten Tagen vorbeikomme und ihm den Gutschein für das Romantikwochenende überreiche. Von dir weiß er natürlich nichts.«

»Dann hoffen wir mal, dass er sich freut, mich zu sehen!« Ich sah von dem Haus zu Bastian zurück. »Hast du alles fürs Interview dabei? Handy, Schlüssel, Kamera, Notizblock?«

»Natürlich! Das Handy hab ich in der Tasche, hier ist mein Notizblock und …« Stirnrunzelnd hielt er inne und sah an sich herab.

Ich seufzte. »Okay, was hast du dieses Mal vergessen?«

»Die Kamera«, murmelte er zerknirscht. »Sie ist im Auto.«

Nachdem er sie geholt hatte, gingen wir zu dem Haus, und Bastian drückte auf den Klingelknopf mit dem Namen *Joachim Maier*. Ganz sicher stand dieser Mann nicht auf der Liste meiner Kussbekanntschaften. Dennoch löste der Name ein Gefühl des Wiedererkennens in mir aus. Irgendwas stimmte hier nicht, das sagte mir mein Bauchgefühl.

Über die knarzende Sprechanlage teilte uns eine Stimme mit, dass wir in den zweiten Stock kommen sollten. Das Treppenhaus war trist, und es roch nach einer Mischung aus Knoblauch und muffiger Umkleidekabine.

Kurz vor unserem Ziel gab mir Bastian ein Zeichen, dass ich erst einmal in Deckung bleiben sollte. Anscheinend wollte er den Moment des Aufeinandertreffens für seine Leser auf einem Foto festhalten. Ich verdrehte die Augen, tat aber wie geheißen und blieb auf der Treppe stehen, während er die Wohnungstür von Joachim Maier ansteuerte.

Ich hörte, wie die beiden sich begrüßten und mit dem üblichen Small Talk begannen. Joachim Maiers Stimme klang tiefer und reifer, als ich angenommen hatte. Das war merkwürdig, denn ich war noch nie mit einem erheblich älteren Mann zusammen gewesen. Geduckt ging ich eine weitere Stufe hinauf und beugte mich langsam vor.

An der Tür stand ein Kerl Mitte fünfzig mit Bierbauch, schütterem Haar und gräulichem Teint. Er trug einen Trainingsanzug, eine Halskrause und stützte sich schwer auf zwei Krücken ab. Offenbar hatte er einen schlimmen Unfall gehabt. Dennoch unterhielt er sich unbeschwert mit Bastian und hatte ein äußerst gewinnendes Lächeln. Es veränderte seine ganze Erscheinung und ließ ihn sympathisch und vertrauensvoll wirken.

Plötzlich fiel bei mir der Groschen. Mir entwich ein ungläubiges Schnauben, womit ich leider sofort Joachim Maiers Aufmerksamkeit auf mich zog. Sein Kopf ruckte zu mir herum.

»Hallo, Herr Maier! So sieht man sich wieder«, sagte ich mit dünnem Lächeln.

Ich stellte mich neben Bastian, der mich – mal wieder – säuerlich anfunkelte. Dieses Mal wahrscheinlich, weil ich mich nicht an seine Anweisungen gehalten hatte. Aber gleich würde er mir für meine Hilfe dankbar sein! Ich stellte mich breitbeinig auf, streckte die Schultern nach hinten und hängte meine Daumen in die Laschen meiner Jeans, als würde ich meinen Einsatzgürtel tragen – eine kleine Gedächtnisstütze für Herrn Maier. Wie gewöhnlich dauerte es dennoch einen Moment, ehe er mich ohne meine Uniform erkannte. Das gewinnende Lächeln erlosch, und er wurde bleich im Gesicht.

»Sie … Sie sind doch von der Polizei«, stammelte er. »Was wollen Sie hier?«

»Ach, ich wollte nur mal kurz Hallo sagen«, entgegnete ich schulterzuckend. »Ich wusste gar nicht, dass Sie schon aus dem Gefängnis entlassen worden sind. Das ist ja eine Überraschung!« Ich legte den Kopf schräg. »Ihr Bewährungshelfer ist sicherlich ganz begeistert, weil Sie diesen Wettbewerb gewonnen haben, oder?«

Er zuckte bei dem Wort *Bewährungshelfer* sichtlich zusammen. »Kommen Sie rein!«, brummte er.

Er ging voraus durch den vollgestellten Flur. Nach zwei Schritten stellte er die Krücken beiseite und zog sich mit einem genervten Ruck die Halskrause ab. Anscheinend hatte er mal wieder einen Versicherungsbetrug am Laufen. Er war eben ein typischer Kleinkrimineller und dementsprechend ein alter Bekannter auf dem Revier.

Nur Bastian schien völlig ahnungslos zu sein. Er stupste mich an und warf mir einen fragenden Blick zu. Mit einer beschwichtigenden Geste signalisierte ich ihm, dass er sich noch gedulden solle. Das schien dem Herrn Journalisten offenbar nicht zu passen, denn er deutete demonstrativ auf seine Kamera, mit der er das Wiedersehensfoto hatte aufnehmen wollen. Meine Güte, dachte er etwa noch immer, Herr Maier sei mein heimlicher Verehrer? Und dass ich mit diesem Typen herumgeknutscht hätte? Igitt!

Ich zog eine Grimasse und zeigte Bastian einen Vogel, was er anscheinend so interpretierte, dass ich keine Lust mehr hatte, mich an unseren Deal zu halten. Er funkelte mich zornig an, und ich warf entnervt die Hände in die Luft. Dieser Kerl trieb mich noch in den Wahnsinn! Das Misstrauen, das er mir entgegenbrachte, hatte ich fast überhaupt nicht verdient.

»Kommen Sie jetzt?«, fragte Herr Maier.

Das Wohnzimmer war mit einem zerschlissenen Ecksofa, einem gefliesten Couchtisch und einem Fernseher recht spärlich eingerichtet. Doch der Zigarettenrauch, der in der Luft hing, wirkte fast so massiv wie ein zusätzliches Möbelstück. Herr Maier gab uns mit einer wedelnden Handbewegung zu verstehen, dass wir Platz nehmen sollten. Mit spitzen Fingern schob ich alte Zeitschriften und einen Pizzakarton zur Seite und setzte mich auf die Außenkante des Sofas, das mit undefinierbaren Flecken übersät war. Bastian zog es vor, stehen zu bleiben, was ich ihm nicht verübeln konnte.

Ich redete nicht lange um den heißen Brei herum. »Herr Maier, wir wissen beide, dass Sie diesen Brief nicht verfasst haben. Sie haben in der Zeitung gelesen, dass der Gewinner ihn anonym eingesandt hat und deshalb der Hauptpreis theoretisch verfällt. Für einen Mann wie Sie muss das ja geradezu eine Einladung gewesen …«

»Ich bin sehr wohl der Verfasser«, behauptete er, während er sich eine neue Zigarette drehte. »Und Sie können nicht das Gegenteil beweisen! Ich habe ein Anrecht auf diesen Preis, und ich finde es verletzend, dass Sie mir so eine Schandtat unterstellen.

Haben Sie den Brief nicht gelesen? Ich erleide Seelenqualen, weil mich meine Angebetete nicht erhört.«

Seine Stimme nahm einen erstickten Ton an, und er griff sich mit einer Hand ans Herz. »Können Sie sich vorstellen, wie das ist, wenn man so sehr liebt? Diese Frau ist mir unter die Haut gegangen, ich denke Tag und Nacht an sie. Und dennoch ist sie unerreichbar für mich. So eine große unerfüllte Liebe ist …«, er holte zitternd Luft, »süß und grausam zugleich.«

Er konnte wirklich gut mit Worten umgehen, und seine schauspielerische Leistung war erstaunlich. Fast hätte ich ihm seine angeblichen Seelenqualen abgekauft. Aber ich wusste genau, aus welchem Holz er geschnitzt war!

In einem Punkt lag er jedoch richtig: Ich hatte keine Beweise. Deshalb musste ich wohl zu einem Bluff greifen. Ich warf Bastian einen vielsagenden Blick zu, um ihm zu signalisieren, jetzt mitzuspielen. Dummerweise hatte ich gerade schon im Flur festgestellt, dass wir uns auch wortlos mit traumwandlerischer Sicherheit missverstanden. Doch Bastians Verärgerung über mich schien verflogen zu sein. Stattdessen betrachtete er mich mit kaum verhohlener Überraschung. Ohne mich hätte er wahrscheinlich längst den Gutschein an unseren wortgewandten Betrüger überreicht und ihm zum Gewinn gratuliert.

»Herr Maier, wussten Sie, dass der Liebesbrief handschriftlich verfasst wurde?«, behauptete ich. Bastian hatte ihn mir zwar kurz in dem Ordner gezeigt, aber offengestanden hatte ich nicht darauf geachtet, weil ich auf die Suche nach dem Absender konzentriert gewesen war. »Mit einer Schriftprobe von Ihnen können wir die beiden Handschriften leicht miteinander vergleichen und herausfinden, ob Ihre Behauptung stimmt.«

Anscheinend ungerührt drehte er seine Zigarette fertig, doch an dem leichten Zucken seiner Augen erkannte ich, dass ich ihn fast so weit hatte.

Ich beugte mich vor. »Herr Maier, verkaufen Sie uns nicht für dumm! Ihnen muss ich ja nicht sagen, wie es um Ihre Glaubwürdigkeit bestellt ist. Schließlich haben Sie gerade erst eine Strafe abgesessen, weil Sie übers Internet Dinge verkauft haben, die sich niemals in Ihrem Besitz befunden hatten.«

Ruckartig schaute er auf. »Hab ich gar nicht!«, erwiderte er aufgebracht. »Ich habe im Auktionstext geschrieben, dass ich das verkaufe, was zu sehen ist. Und was war zu sehen? Ein Foto von einer Playstation 5 oder einer X-Box. Und genau das habe ich den Leuten geschickt, ein Foto. Ich kann nix dafür, dass die so doof sind und nicht lesen können.«

Ich schüttelte seufzend den Kopf. Auf diese Diskussion würde ich mich nicht einlassen. »Ich mache Ihnen einen Vorschlag: Geben Sie einfach zu, dass Sie den Brief nicht geschrieben haben. Wir wollen nur die Wahrheit wissen. Ich könnte mir vorstellen, dass Bastian Everts dann keine große Sache aus dem Vorfall macht. Er hat nämlich ein großes Herz für geständige und reumütige Gesetzesbrecher, nicht wahr?«

Ich schaute schmunzelnd zu Bastian. Er erwiderte kopfschüttelnd meinen Blick, doch das amüsierte Funkeln, das dabei in seinen Augen aufblitzte, ließ mein Herz schneller schlagen.

Er wandte sich an Herrn Maier, der sich gerade die Zigarette anzündete. Offenbar verfolgte der Kleinkriminelle die Taktik, uns des letzten bisschen Sauerstoffs hier drin zu berauben und uns elendig ersticken zu lassen.

»Sollten Sie weiterhin auf den Gutschein bestehen, verlange ich eine Schriftprobe, Herr Maier. Ich für meinen Teil habe keinen Zweifel mehr an Ihrer Schuld«, sagte Bastian scharf. Offenbar nahm er Herrn Maiers Täuschungsmanöver persönlicher als meinen dilettantischen Einbruchsversuch.

»Obwohl ich bei Ihrem Anruf natürlich anfangs skeptisch war, haben Sie es mit Ihrer rührseligen Geschichte geschafft, mich zu überzeugen. Meine Güte, Sie haben sogar aus dem Stegreif Passagen aus dem Brief zitiert! Offengestanden finde ich es schrecklich, dass Sie mein Vertrauen derart missbraucht haben.«

Ich konnte seine Reaktion nachvollziehen. Für viele Opfer war dieser Punkt fast so schlimm wie der Betrug selbst: Sie waren eiskalt belogen worden, wodurch sie den Glauben an das Gute im Menschen für immer verloren.

Eine Rauchschwade zog an mir vorbei, und ich musste husten. »Müssen Sie uns so vollqualmen?«, fragte ich gereizt.

Herr Maier zuckte mit den Schultern. »Öffnen Sie halt ein Fenster, wenn es Ihnen nicht passt!«

Dieses Angebot nahm ich gerne an. Tief sog ich die frische Luft ein, die von draußen hereinströmte. Bastian stellte sich neben mich.

»Danke«, raunte er mir zu.

Ich winkte ab. »Kein Problem! Ich war auch kurz vor dem Ersticken.«

»Nein, nicht deshalb!« Er wandte seinen Blick von dem verwilderten Hinterhof ab und schaute mich an. »Danke, dass du mich davor bewahrt hast, mich betrügen zu lassen«, erklärte er mit gesenkter Stimme und seufzte. »Auch wenn ich mich jetzt wie ein gutgläubiger Idiot fühle.«

Ich grinste. »Dabei helfe ich gerne. Mir ist nur wichtig, dass dir ein grundsätzliches Idiotengefühl erhalten bleibt.«

»Das glaub ich dir sofort.«

Wir lächelten uns an, und ausnahmsweise war die nonverbale Kommunikation zwischen uns unmissverständlich. Zwar waren wir noch weit davon entfernt, Frieden miteinander zu schließen, aber ein Waffenstillstand war durchaus möglich. Vielleicht war Bastian doch kein so übler Kerl.

Er drehte sich zu Herrn Maier um, der gerade seine Zigarette ausdrückte. »Frau Muschelknautz hat mit Ihrer Einschätzung durchaus recht: Ich werde die Sache auf sich beruhen lassen, wenn Sie uns die Wahrheit sagen. Haben Sie den Brief geschrieben?« Er hob den Zeigefinger. »Denken Sie an den Ärger, den Sie bekommen, wenn Sie lügen! Ist das ein Romantikwochenende auf Juist wirklich wert?«

Herr Maier schien mit sich zu kämpfen. Schließlich siegte offenbar die Vernunft.

»Na schön, ich habe geschwindelt. Der Brief ist nicht von mir. Sind Sie jetzt zufrieden?«

»In gewisser Weise schon«, entgegnete ich und trat näher an ihn heran. »Mich würde allerdings interessieren, wieso Sie nur wegen eines romantischen Kurztrips diese Mühe auf sich genommen haben. Laut Herrn Everts haben Sie den Brief sogar auswendig gelernt. Dazu das Risiko, das Sie damit gegen Ihre Bewährungsauflagen verstoßen. Wofür das alles?«

Er sank in sich zusammen und starrte vor sich ins Leere »Wegen Geli«, sagte er leise. »Sie ist meine Freundin, wissen Sie?«

Seine Miene bekam etwas Weiches, Verletzliches. Fort waren sowohl der charmante Betrüger als auch der ausgebuffte Kriminelle. Zum ersten Mal hatte ich den Eindruck, den echten Joachim Maier vor mir zu haben.

»Geli arbeitet in dem kleinen Kiosk um die Ecke, und seit über zehn Jahren sind wir ein Paar.« Er sah kurz mit stolzem Lächeln zu mir auf, ehe er wieder auf seine groben Hände starrte und fortfuhr: »Beziehungsweise wir waren ein Paar. Sie hatte genug davon, dass ich dauernd im Knast sitze. Das letzte Mal war das eine Mal zu viel, hat sie gesagt.« Er schluckte schwer und befeuchtete die Lippen. »Seit ich wieder raus bin, versuche ich sie zurückzugewinnen. Aber sie glaubt mir nicht mehr.«

Ich ließ mich wieder aufs Sofa sinken, ungeachtet der Flecken. »Das tut mir leid.«

»Sie ist meine große Liebe.« Seine Augen glänzten verdächtig. »Was soll ich denn nur machen? Ohne sie hat nichts einen Sinn.«

»Als wir telefoniert haben …«, sagte Bastian. »Da haben Sie von ihr gesprochen, nicht wahr? Deshalb hat es sich so überzeugend angehört.«

Herr Maier nickte und zog geräuschvoll die Nase hoch. »Ich wollte Geli mit diesem Trip nach Juist überraschen. Ihr meine Liebe zeigen. Da der Gewinner sich nicht gemeldet hat, hätte ich doch niemandem etwas weggenommen. Aber für Geli und mich wäre es eine Chance gewesen!«

Betretenes Schweigen breitete sich im Wohnzimmer aus. Schließlich räusperte sich Bastian.

»Danke, dass Sie uns die Wahrheit gesagt haben! Ich halte mich an mein Versprechen, und wir behalten den Vorfall für uns. Sie werden deshalb keinen Ärger kriegen. Und mit Geli wünsche ich Ihnen viel Glück!«

Herr Maier nickte schniefend. »Danke.«

Ich stand auf und wandte mich zum Gehen. An der Tür blieb ich jedoch noch mal stehen. »Darf ich Ihnen einen Tipp geben? Versuchen Sie es doch ab sofort mal mit der Wahrheit. Vielleicht kann Geli Ihnen dann auch wieder vertrauen. Das wird Ihrer Beziehung bestimmt besser helfen als ein erschwindelter Trip nach Juist.«

»Ja. Vielleicht.«

Bei seiner Vita war es leider unwahrscheinlich, dass er die Betrügereien sein ließ. Das war nicht nur meine persönliche Einschätzung, sondern besagte auch die Rückfallstatistik des Bundesjustizministeriums. Deshalb beschloss ich, Herrn Maier tatkräftig unter die Arme zu greifen: Im Flur nahm ich kurzerhand seine Krücken und die Halskrause an mich.

Als ich im Erdgeschoss hinter Bastian aus dem Haus trat, betrachtete er mit hochgezogenen Augenbrauen mein Diebesgut. »Beklaust du jetzt auch schon Kriminelle?«, fragte er kopfschüttelnd.

»Das ist ein Diebstahl für den guten Zweck«, verteidigte ich mich. »Es wird ihm bei Geli sicherlich nicht helfen, wenn er wegen Versicherungsbetrug wieder im Knast landet.«

Bastian nickte zustimmend und ließ sich mit brütendem Blick auf die Steinstufen sinken. Ich checkte kurz unsere Umgebung. Diese verrufene Gegend förderte leider das schwelende Angstgefühl in meinem Inneren. Zum Glück konnte ich weit und breit keine Gefahr entdecken. Nur ein paar spielende Kinder und zwei tratschende Frauen, die ihre Einkäufe nach Hause trugen.

Ich setzte mich neben Bastian auf die Stufen und legte die Krücken neben mich. »Es ist schwer, Herrn Maier für diesen Betrugsversuch zu verurteilen. Er hat es schließlich nur aus Liebe getan.«

Bastian nickte erneut. Ich beobachtete ihn aus den Augenwinkeln. Im Profil verloren seine scharfgeschnittenen Wangenknochen an Härte, und im Sonnenschein schimmerten seine Haare fast schwarz. Der Kontrast zu dem warmen Blau seiner Augen gefiel mir.

»Trotzdem komme ich mir furchtbar naiv vor. Ich bin Journalist, verdammt noch mal! Es ist mein Job, Lügen aufzudecken und mich nicht für dumm verkaufen zu lassen.«

Es wäre leicht gewesen, seinen schwachen Moment auszunutzen und ihn damit aufzuziehen, aber mein Bedürfnis, Bastian zu ärgern, hatte seltsamerweise nachgelassen. Es fiel mir immer schwerer, in ihm den sensationsgeilen Journalisten ohne moralische Werte zu sehen.

»Du musst bedenken, dass das Betrügen quasi sein Beruf ist, und den beherrscht er echt gut!«, erwiderte ich. »Ein Mensch mit funktionierendem Gewissen kann sich gar nicht vorstellen, wie man mit einer derartigen Leichtigkeit und Skrupellosigkeit lügen kann.«

Er rieb sich mit der flachen Hand über das Kinn. »Bei Politikern, Reichen und Großindustriellen bin ich nicht so gutgläubig. Aber als Herr Maier mir erzählt hat, dass er berufsunfähig ist, von Sozialleistungen lebt und seiner großen Liebe außer schönen Worten und tiefen Gefühlen nichts zu bieten hat, hat mich das berührt …«

Ich lächelte. »Du hast also ein Herz für die Schwachen und Unterdrückten?«

Er zuckte mit den Schultern. »Im *Krummhörner Wochenblatt* will ich den Vergessenen in der Gesellschaft eine Stimme geben und ihnen helfen. Und ich möchte gern an das Gute im Menschen glauben.«

Das hatte ich früher auch getan. Leider hatte die Tatsache, dass ich angeschossen worden war, mich argwöhnisch und misstrauisch werden lassen.

Bastian sah mich an. »Was hast du jetzt vor?«

»Mit Herrn Maiers Geständnis ist die beste Spur zu meinem heimlichen Verehrer gerade kalt geworden. Jetzt muss ich mich wohl an Plan B halten.«

Neugier blitzte in seinen Augen auf. »Und wie sieht Plan B aus?«

»Ich werde all die Männer kontaktieren, die ich schon mal in romantischem Sinne geküsst habe. Das wird zwar etwas zeitaufwendig werden, aber es ist die einzige Möglichkeit.«

Mit grübelnder Miene tippte er sich an die Lippen. »Da sich der Verfasser des Briefes nicht zu erkennen gegeben hat, vermute ich, dass er ein ziemlich schüchterner Typ ist. Vielleicht weil er in der Vergangenheit schon eine große Enttäuschung erleben musste. Oder kein Vertrauen zu sich selbst hat. Er hat wohl Angst, dass du ihn abweist, sobald er dir seine Liebe gesteht. Wahrscheinlich wäre es besser, wenn du deine Ex-Freunde persönlich aufsuchst«, schlug Bastian vor. »Am Telefon oder per Mail könnte er leichter schwindeln und reflexartig abstreiten, dass er dein heimlicher Verehrer ist. Aber wenn du persönlich vor ihm stehst, wird ihm das bestimmt schwerer fallen – immerhin liebt er dich.«

Leider musste ich ihm zustimmen. Auch wenn mir die Vorstellung, meinen Ex-Freunden persönlich gegenüberzutreten, Magengrimmen verursachte. Zugegeben, bei dem einen oder anderen war ich durchaus neugierig, wie sich sein Leben inzwischen entwickelt hatte. Aber es hatte natürlich auch hässliche Trennungen gegeben, wodurch ein Wiedersehen recht unangenehm werden würde.

Ich seufzte.

»Der Gedanke, dass es mit einer kurzen Nachricht auf Social Media nicht getan ist, kam mir auch schon. Alle elf Männer, die infrage kommen, persönlich zu treffen, wird jedoch eine lange und anstrengende Tour durch Ostfriesland werden. Genau deshalb habe ich schließlich den bescheuerten Einbruchsversuch in die Redaktion unternommen.«

Wie in Zeitlupe breitete sich ein Lächeln auf Bastians Gesicht aus. Mein Instinkt schrie mir förmlich zu, dass ihm gerade eine Idee gekommen war, die mir nicht gefallen würde.

»Nun ja, wenigstens befindest du dich bei deinem Roadtrip in bester Gesellschaft!«

»Wie bitte?«, fragte ich irritiert.

»Ich komme natürlich mit«, verkündete er entschlossen.

»Nein, kommst du nicht!«, entgegnete ich ebenso entschlossen. »Ich habe dir ein Interview gegeben, und danach sind wir genau wie vereinbart zusammen zu dieser Adresse …«

Er fiel mir ins Wort: »Über unseren Besuch bei Herrn Maier kann ich wohl kaum etwas Brauchbares verfassen. Also schuldest du mir für deinen Einbruch nach wie vor einen Artikel. Unser Deal war, dass ich dich auf der Suche nach deinem heimlichen Verehrer begleiten und darüber schreiben darf.«

Tatsächlich hatte ich genau diesem Wortlaut zugestimmt. Trotzdem schüttelte ich vehement den Kopf.

»Nein, nein und nochmals nein! Als wir den Deal vereinbart haben, sind wir beide davon ausgegangen, dass wir nur diesen einen Termin gemeinsam absolvieren werden. Dass du auf einen Betrüger hereingefallen bist, ist schließlich nicht meine Schuld. Ich habe ganz bestimmt nicht zugestimmt, dass du mich zu all meinen Ex-Freunden begleiten …«

»Doch, im Grunde hast du das!«, unterbrach er mich.

»Aber das ist Privatsache«, spie ich empört aus. »Meine Ex-Freunde gehen dich überhaupt nichts an. Und die Leser des *Krummhörner Wochenblatts* ebenfalls nicht.«

Schon allein beim Gedanken daran, wurde mir abwechselnd heiß und kalt. Das aufkeimende Pflänzchen der Sympathie, das zwischen uns gewachsen war, verkümmerte sofort wieder. Stattdessen kam ich zu meiner ursprünglichen Einschätzung zurück, dass Bastian Everts wie alle Journalisten eine linke Bazille war.

Er hob wie zum Schwur die Hand. »Ich verspreche dir, dass ich nur über denjenigen schreiben werde, der auch tatsächlich dein heimlicher Verehrer ist. Alle anderen bleiben unerwähnt, denn du hast recht: Das ist deine Privatsache. Aber da ich nicht weiß, welcher deiner Verflossenen der Gesuchte ist, muss ich dich nun mal zu allen begleiten. Selbstverständlich bleibt es auch bei unserer Abmachung, dass du den Artikel vor der Veröffentlichung lesen darfst.«

Seine Vermittlungsversuche stießen bei mir auf taube Ohren. Ich war sauer! »Hast du eigentlich nichts Besseres zu tun, als mir auf die Nerven zu gehen?«, zischte ich.

»Eigentlich nicht«, erwiderte er mit süßlichem Lächeln. »Ich freue mich jedenfalls schon auf unseren ersten Ausflug. Das wird bestimmt ein großer Spaß, Merle!«

Wie immer waren wir unterschiedlicher Meinung, denn das bezweifelte ich stark.

Er erhob sich. »Schreib mir, wann es losgeht! Ich halte mich bereit.«

Ich kniff die Augen zusammen und hob drohend den Finger. »Du … du …«

Meine Wut legte offenbar mein Sprachzentrum lahm, denn mein kompletter Wortschatz beschränkte sich plötzlich nur noch auf dieses Personalpronomen. Jedenfalls fiel mir keine adäquate Beschimpfung ein, die auch nur annähernd zum Ausdruck brachte, was ich für Bastian im Augenblick empfand.

Achselzuckend wandte er sich ab und schlenderte selbstgefällig zu seinem Auto.

Kapitel 9

Heute stand unsere erste Tour zu zwei meiner Verflossenen auf dem Programm, und Bastian sollte mich um Punkt fünfzehn Uhr im Restaurant *Häuptlingsstube* abholen. Ich hatte ihn vorgewarnt, dass ich maximal fünf Minuten auf ihn warten würde, ansonsten würde ich allein fahren, und er könnte seinen Artikel vergessen. Somit blieb mir noch als kleiner Hoffnungsschimmer, dass er zu den chronisch unpünktlichen Leuten gehörte.

Eineinhalb Stunden vor dem Termin spazierte ich mit Kalle zu dem Restaurant, und genau wie ich vermutet hatte, hielt ein Schild an der Tür mit der Aufschrift *Privatgesellschaft* heute unerwünschte Gäste fern. Ich baute darauf, dass auch Bastian sich nachher davon abschrecken ließe, und sobald er unverrichteter Dinge abgezogen wäre, würde ich allein zu meiner Tour aufbrechen. Zugegeben, das war kein sonderlich guter Plan, aber ich war nun mal verzweifelt.

Als ich eintrat, befand sich meine Familie im Gastraum schon im Zustand der eifrigen Betriebsamkeit, denn wir planten an diesem Abend eine Überraschungsparty zum vierzigsten Geburtstag meines Bruders Björn. Meiner Meinung nach war das eine ziemlich gewagte Idee, denn selbst einem unaufmerksamen Beobachter konnte nicht entgangen sein, dass mein Bruder das Konzept von Geburtstagsfeiern grundsätzlich ablehnte. Als waschechter Ostfriese mochte er es nun mal nicht, wenn viel Wirbel um seine Person gemacht wurde. In den vergangenen

Jahren hatte er es aus den fadenscheinigsten Gründen abgelehnt, seinen Jubeltag zu feiern. Beispielsweise weil er angeblich einen dringenden Friseurtermin hatte oder plötzlich unbedingt das Wohnzimmer renovieren musste. Aber seine Frau Meike und meine Mutter hatten es sich in den Kopf gesetzt, zu seinem runden Geburtstag eine große Party zu veranstalten.

Ich schnallte Kalle von der Leine ab, der sofort interessiert herumlief. Die *Häuptlingsstube* gehörte Holger, dem besten Freund meines Bruders. Seit unsere Cousine Luisa mit ihm zusammen war und abends mit Holger in der Küche zauberte, war ich sogar noch öfter hier als früher. Die weiß getünchten Wände waren mit alten Fotografien des Dorfes geschmückt, und auf den glänzenden Dielen spiegelten sich die Lichter. Über den urigen Holztischen hingen moderne Leuchter, und die dick gepolsterten Lederstühle wirkten mit ihren hohen Rückenlehnen bequem und einladend.

Meine Mutter und Tante Marianne diskutierten gerade lautstark über die beste Aufstellung der Tische. Holger stand auf einer Leiter, um eine Girlande aufzuhängen, und meine Schwägerin Meike versuchte, mit meinem kleinen Neffen Oskar im Arm einhändig die Luftballonmaschine zu bedienen. Da ich Luisa nirgends entdecken konnte, ging ich davon aus, dass sie in der Küche das Fingerfood vorbereitete.

»Da bist du ja, mein Schatz!« Meine Mutter schloss mich zur Begrüßung in die Arme. Sie roch nach Kuchenteig und Vanille. Wahrscheinlich hatte sie für die Party seit dem frühen Morgen schon eine Unmenge an Torten und Kuchen gebacken.

»Ich habe doch versprochen, beim Aufbau zu helfen.«

Sie schob mich von sich und betrachtete mich kritisch. »Du siehst verändert aus. Deine Wangen sind ganz rosig, deine Augen funkeln …« Sie legte den Kopf schräg. »Gibt es dafür einen Grund?«

»Der Grund ist groß, arrogant, dickköpfig und selbstgerecht«, entfuhr es mir säuerlich.

Sie lachte. »Aha, es dreht sich also um einen Mann! Deswegen siehst du aus, als hättest du plötzlich das Lebenselixier entdeckt.«

»Dieser Kerl ist eher ein Wutelixier«, widersprach ich. »Wir sind immer unterschiedlicher Meinung. Wirklich *immer*. Es ist unglaublich. Wir könnten uns sogar über die Farbe des Himmels streiten.«

»Du hast also einen Mann getroffen, der von seiner Meinung genauso überzeugt ist wie du von deiner?«, entgegnete sie mit gutmütigem Spott. »Darf ich wissen, wie er heißt? Kenne ich ihn?«

»Äähm …«, sagte ich lang gezogen, um Zeit zu gewinnen.

Aus offensichtlichen Gründen wollte ich meine Zusammenarbeit mit Bastian lieber geheim halten. Dass ich ihm erlaubte, einen Artikel über mich zu schreiben, warf zu viele unangenehme Fragen auf. Zum Glück rettete meine Schwägerin mich vor einer Antwort.

»Helga, hilfst du mir mal?«, bat Meike meine Mutter und hielt ihr den strampelnden Oskar hin. »Mit einer Hand geht das mit den Luftballons einfach nicht.«

Meine Mutter streckte die Arme aus. Wie immer strahlte sie ihren einjährigen Enkel voller Liebe an. »Komm zu Oma, mein süßer Spatz!«

Da Meike nun die Hände frei hatte, schloss sie mich zur Begrüßung in die Arme. »Schön, dass du gekommen bist! Wir können jede helfende Hand gebrauchen.«

»Sag mir einfach, was ich tun soll!«

Björns Frau war ein paar Jahre älter als ich, doch das sah man ihr nicht an. Ihre Nase war mit Sommersprossen gesprenkelt, und ihre rotblonden Haare stylte sie zu einer modernen Kurzhaarfrisur, aber ansonsten war sie eher der natürliche Typ. Sie war schon seit über zehn Jahren mit Björn zusammen, und ihr war es zu verdanken, dass mein Bruder offener geworden war. Zwar sprach er noch immer ungern über seine Gefühle, aber ab und an gab er immerhin mal kurze und erhellende Einblicke, was in ihm vorging.

Ein schauerliches Quietschen sorgte dafür, dass die Aufmerksamkeit meiner Mutter von Oskar wieder zu ihrer Schwester gelenkt wurde. Tante Marianne hatte nämlich den Moment genutzt und begonnen, die Tische wieder in die andere Ecke des Raums zu schieben.

»Nein, Marianne!«, rief sie empört aus und eilte mit ihrem Enkel davon. »Ich habe dir gesagt, die Tische sollen genau so stehen bleiben.«

Meike stöhnte. »Ich wünschte, die zwei Meckerbüddel würden sich weniger kabbeln. Ich bevorzuge Frieden und Harmonie.«

Ich beobachtete meine Mutter und ihre Schwester, die erneut leidenschaftlich diskutierten. Ich konnte mich noch gut an meine Kindheit erinnern, als meine Mutter weit weniger selbstbewusst gewesen war. Jedenfalls wenn es darum ging, sich selbst zu behaupten. Tante Marianne weckte eine Seite an ihr, die mir gefiel. Auch wenn das bedeutete, dass sie permanent stritten.

»Oskar kann von dem, was er da lernt, nur profitieren!«, sagte ich tröstend. »Sobald er ein Geschwisterchen bekommt, ist er in Sachen Streitkultur von den beiden schon perfekt ausgebildet.«

Sie fasste sich an die Brust. »Bitte sprich nicht von einem zweiten Kind! Ich bin mit dem einen schon total ausgelastet und versuche mehr schlecht als recht, alles auf die Reihe zu kriegen.«

Ich nickte verständnisvoll. Seit ein paar Wochen arbeitete sie wieder bei der Greetsieler Tourismus GmbH, genau wie Björn.

Meike hatte schon mehrfach angedeutet, wie anstrengend die Umstellung für sie war.

»Ich sag dir, es zerreißt mir jeden Morgen das Herz, wenn ich Oskar in der Krippe abgebe«, erzählte sie, während wir uns gemeinsam den Luftballons widmeten. »Und gleichzeitig bin ich auch erleichtert, dass ich wieder zur Arbeit gehen und mich mit Erwachsenen unterhalten kann.«

Erneut nickte ich mitfühlend, obwohl ich als kinderlose Singlefrau nur eine diffuse Vorstellung von ihrer Situation hatte. Ich bekam ja kaum mein eigenes Leben in den Griff. Die Verantwortung für ein Kind zu tragen und es täglich zu umsorgen, war für mich eine absolut bewundernswerte Leistung.

Holger war inzwischen mit den Girlanden fertig und verschwand in der Küche. Auch meine Mutter und Tante Marianne hatten sich endlich geeinigt und schmückten nun die Tische. Meike und ich standen derweil in einem Meer aus Ballons, die wir zu einer Luftballongirlande über dem Büfett zusammenbanden. Hoffentlich wusste mein Bruder auch zu schätzen, was wir an Arbeit und Mühe investierten!

»Wie läuft es denn bei dir?«, wollte Meike wissen.

Ich berichtete ihr von meinem Entschluss, den Verfasser des Liebesbriefs ausfindig zu machen und wie schwierig es in manchen Fällen war, die Adressen herauszubekommen. Zum Glück half mir Clara bei der Suche. Die WhatsApp-Gruppe mit Luisa und Katja hatte sich leider als Fehlschlag erwiesen, da die beiden anscheinend anderweitig beschäftigt waren. Jedenfalls hatten sie nicht auf das Foto von der Liste reagiert.

»Aber hast du letztes Jahr nicht für immer der Liebe abgeschworen? Ich dachte, du hattest nach der hässlichen Trennung von …« Meike stockte, ihre Wangen bekamen einen rötlichen Schimmer und mit sichtlichem Widerwillen fuhr sie fort: »… *Arschgesicht* endgültig genug von Männern.«

Ich winkte ab. »Du darfst ihn wieder Olaf nennen. Ich bin über meinen Ex hinweg.«

»Ein Glück!« Sie atmete auf. »Auf alle Fälle verstehe ich nicht, wieso du jetzt die Mühe auf dich nimmst, deinen Verehrer zu suchen. Sicher, der Brief war gefühlvoll geschrieben, gar keine Frage! Aber wenn du den Mann schon mal geküsst hast und dir dieser Kuss nicht als sagenhaft und einzigartig im Gedächtnis geblieben ist, dann ist der Funke bei dir offensichtlich nicht übergesprungen.«

Ihr Argument besaß eine bestechende Logik.

»Womöglich war ich bei diesem Kuss zu gestresst oder mit anderen Problemen beschäftigt gewesen, um zu bemerken, was das für ein toller Mann ist«, wandte ich ein. »Manchmal hat man Phasen im Leben, da ist man nicht man selbst. Wie letztes Jahr, als ich die Liebe verteufelt habe, nur weil mich Olaf so verletzt hatte. Aber durch diesen Brief habe ich festgestellt, dass ich das Singleleben satthabe. Mir fehlt Zärtlichkeit, eine starke Schulter zum Anlehnen und nun ja …« Mit gesenkter Stimme gestand ich ihr: »… auch Sex. Wenn dieser Mann mich so sehr liebt, möchte ich wissen, wer er ist und ob wir eine Chance zusammen haben könnten.«

»Du hoffst also, dass du beim ersten Mal zu blind und zu doof warst, um zu erkennen, dass er deine große Liebe ist«, schlussfolgerte Meike.

»So in etwa.«

Ich beschloss, sie auch in die Sache mit Bastian einzuweihen – wenigstens teilweise. Da Meike nichts von meiner Aversion gegen Journalisten wusste, lief ich nicht Gefahr, sie stutzig zu machen und ihr von dem Einbruch erzählen zu müssen.

»Leider habe ich Bastian Everts, dem Redakteur des *Krummhörner Wochenblatts*, erlaubt, mich auf der Suche zu begleiten. Da er den Wettbewerb *Strandkorbbriefe* ausgeschrieben hat, ist er ganz begeistert von der Idee, einen Artikel über ein mögliches Happy End zu verfassen.«

Als ich über ihn sprach, erhöhte sich sofort mein Puls, und ich bekam Schnappatmung. »Aber er ist eine Nervensäge sondergleichen!«

»Dann sag ihm doch wieder ab!«

»Das geht nicht …«, heulte ich auf. »Ich habe Bastian den Artikel versprochen. Jetzt habe ich ihn im Schlepptau. Dabei brauche ich meine komplette Konzentration, um mich auf das Wiedersehen mit meinen Verflossenen zu fokussieren und auszuloten, ob ich in der Vergangenheit die große Liebe verpasst habe. Damit ich wieder Zärtlichkeit, Zweisamkeit und Sex bekommen kann.«

Und das war noch nicht mal mein einziges Problem. Ich konnte nicht leugnen, wie intensiv ich selbst auf alltägliche Berührungen von Bastian wie auf seinen Händedruck reagierte, und das regte mich noch viel mehr auf. Wie konnte mein Körper mir nur derart in den Rücken fallen?

»Weißt du, was das Problem ist, wenn man schon lange keinen Sex mehr hatte?«, keifte ich.

»Offensichtlich wird man ziemlich reizbar«, gab Meike trocken zurück.

Ich räusperte mich und atmete tief durch. »Es stimmt, man wird *reizbar* – auf ganz unterschiedliche Weise.«

In diesem Moment ging die Schwingtür zur Küche auf, und Holger streckte seinen Kopf heraus. »Merle, kann ich kurz mit dir sprechen?«

Meike nickte mir zu. »Geh ruhig! Den Rest kann ich allein machen.«

Kalle wollte mir sofort in die Küche folgen, aber ich wusste, dass Holger dann einen Tobsuchtsanfall bekommen würde.

»Du bleibst hier!«, befahl ich. »Manche Leute denken nämlich, du wärst unhygienisch.«

Ich sah dem Kleinen förmlich an, wie sehr diese Neuigkeit sein Weltbild erschütterte.

In der Küche fand ich zu meiner Überraschung nur Holger vor. »Ist Luisa nicht da?«

Er lehnte sich an die Anrichte aus glänzendem Edelstahl. Mit seiner etwas schiefen Nase, den kurzen Haaren und dem legeren Kleidungsstil entsprach Holger nicht unbedingt dem Bild eines männlichen Supermodels. Aber seine breiten Schultern, sein jungenhafter Charme und das humorvolle Funkeln in seinen Augen verliehen ihm das gewisse Etwas, das Frauenherzen verzaubern konnte. Im Augenblick war jedoch nicht die geringste Spur davon zu entdecken.

»Genau deshalb wollte ich mit dir reden.«

Sein ernster Tonfall sorgte dafür, dass mein Lächeln erlosch. »Ist was passiert?«

Er verschränkte die Arme vor der Brust und zuckte mit den Schultern. »Seit einigen Tagen ist Luisa wie ausgewechselt. Sie ist in sich gekehrt und spricht kaum mit mir. Und gestern ist sie spontan für ein paar Tage nach Hamburg gefahren.«

Ich runzelte die Stirn. »Trotz Björns Geburtstagsparty?«

Das sah Luisa überhaupt nicht ähnlich. An der Planung hatte sie sich noch eifrig beteiligt.

»Angeblich gab es eine dringende Angelegenheit in der Firma«, erklärte Holger. »Aber als ich vorhin ihre Mutter darauf angesprochen habe, wusste sie nichts davon. Außerdem reagiert Luisa nicht auf meine Anrufe, und selbst ihre Nachrichten hält sie so knapp wie möglich.«

Das klang nicht gut. »Gab es irgendeinen Vorfall, der ihr Verhalten erklären könnte?«

»Nicht dass ich wüsste.« Er rang die Hände. »Mir fällt einfach nichts ein, was ich falsch gemacht haben könnte.« Er sah mich hoffnungsvoll an. »Hast du vielleicht eine Idee?«

Ich ging im Kopf meine letzten Treffen mit Luisa durch. Allerdings fiel mir nichts Besorgniserregendes ein. Bei unserem Abendessen in Pilsum hatte es den Anschein gehabt, als wäre ihr Leben absolut perfekt.

»Vielleicht hat sie wieder ein Problem mit ihrer Mutter – so wie letztes Jahr?«

Er schüttelte den Kopf. »Darüber hätte sie garantiert mit mir gesprochen.«

Holger sah so betrübt aus wie ein kleiner Welpe, den man bei strömendem Regen ausgesetzt hatte.

Ich legte ihm mitfühlend die Hand auf den Arm. »Hey, womöglich braucht sie nur etwas Zeit für sich? Manchmal haben Frauen solche Phasen. Wenn Luisa so weit ist, wird sie zu dir kommen und das Gespräch suchen, da bin ich mir sicher!«

»Kann sein …« Holger zuckte halbherzig mit den Schultern.

Ich konnte es kaum mit ansehen, wie er litt. Er liebte Luisa aufrichtig.

»Kann ich irgendwas für dich tun?«

Er sah ruckartig auf. »Du musst mit ihr reden, Merle!«, sagte er eindringlich. »Vielleicht vertraut sie sich dir an.«

Aha, daher wehte also der Wind! Er wollte, dass ich mit meiner Cousine ein Gespräch von Frau zu Frau führte.

»Natürlich! Nachdem, was du gerade erzählt hast, hätte ich mich sowieso bei ihr gemeldet«, erwiderte ich und versetzte ihm einen tadelnden Klaps. »Du hättest mich auch gleich darum bitten können. Du weißt doch, dass du quasi mein großer Bruder bist!«

Er nickte. »Ich hatte Sorge, du würdest dich nicht in unsere Beziehung einmischen wollen. Weil du bei Luisa und mir zwischen den Stühlen sitzt.«

Ich winkte ab. Damit würde ich schon klarkommen. »Ich rufe sie an, sobald ich kann«, versprach ich.

Holger atmete erleichtert auf. »Ich danke dir!«

Ich schaute mich in der blitzblanken Küche um. Von dem Fingerfood und den Salaten für die Party war keine Spur zu sehen.

»Brauchst du Hilfe bei den Vorbereitungen? Ich kann schnell mit anpacken.«

»Ist schon alles fertig. Die Sachen stehen im Kühlraum. Das Kochen hat mich abgelenkt. Außerdem … sei mir nicht böse, aber du wärst die Letzte, von der ich Hilfe beim Kochen annehmen würde.«

»Hey, erst letztens habe ich eine ziemlich essbare Mahlzeit hinbekommen!«, verteidigte ich mich. »Spaghetti Bolognese.«

»Mit Kräutern und frischem Hack?«, entgegnete er skeptisch. »Oder hast du Bolognesesoße aus dem Glas genommen?«

Ich rümpfte die Nase. »Pah, du bist so ein Snob! Das Hackfleisch in Fertigsoßen ist auch frisch. Da schmeckt man fast überhaupt keinen Unterschied.«

»Na, wenn du das sagst …« Er konnte sich ein Schmunzeln nicht verkneifen.

Ich war zufrieden. Immerhin hatte ich ihn etwas ablenken können!

»Ich melde mich, sobald ich etwas erfahren habe«, versprach ich, ehe ich die Küche verließ.

Im Gastraum schaute ich kurz auf mein Handy und stellte fest, dass die Zeit verflogen und es schon kurz vor 15 Uhr war. Von Bastian war bisher nichts zu sehen. Wundervoll!

Ich half Meike schnell beim Aufhängen der Luftballongirlande, und wir traten zurück, um unser Werk zu begutachten.

»Meinst du, Björn wird sich über die Feier freuen?«, fragte sie.

Ich schwieg und kratzte mich verlegen am Hals.

Sie stöhnte. »Ich weiß ja auch, dass er es hasst, im Mittelpunkt zu stehen. Wahrscheinlich war das eine bescheuerte Idee! Dein Bruder ist der größte Partymuffel in ganz Ostfriesland.«

Ich hielt sie an den Schultern fest und suchte ihren Blick. »Hey, selbst wenn er die Party doof findet, wird er so tun, als ob er Spaß hätte. Und weißt du, warum? Weil du ihn damit überraschen wolltest und er dich abgöttisch liebt!«

»Ja, das tut er«, stimmte Meike mir unumwunden zu. »Er weiß nämlich, was gut für ihn ist.«

Ich grinste. »Ich glaube sogar, dass ein klitzekleiner Teil von ihm enttäuscht wäre, wenn wir uns an seine Bitte gehalten und seinen Geburtstag ignoriert hätten. Auch wenn er das natürlich niemals zugeben würde.«

Sie hob den Kopf, und ich sah, wie sich ihre Augen vor Erstaunen weiteten.

»Moin, die Damen!«, sagte eine tiefe Stimme hinter mir.

Ich seufzte schwer. Ach, verdammt!

»Moin, Bastian«, sagte ich matt und drehte mich zu ihm um. »Hast du das Schild an der Tür mit der Aufschrift *Privatgesellschaft* nicht gesehen?«

Er lächelte zuckersüß. »Da du mich herbestellt und eindringlich gewarnt hast, mich nicht zu verspäten, habe ich mich eingeladen gefühlt hereinzukommen.«

Kalle sprang begeistert an ihm hoch, und Bastian ging in die Knie, um ihn zu begrüßen.

»Hallo, mein kleiner Grüffelo!«, sagte er lächelnd. Kalle, der Verräter, legte sich prompt auf den Rücken, um sich von ihm den Bauch kraulen zu lassen.

Heute war Bastian ganz in Schwarz gekleidet mit Jeans und einem gut geschnittenen Hemd, das perfekt zu seinen dunklen Haaren passte. Dieses Outfit verlieh ihm für mein Empfinden etwas Teuflisches, aber vielleicht spielte bei dieser Einschätzung auch meine persönliche Aversion eine Rolle.

Meike räusperte sich, um auf sich aufmerksam zu machen. »Sind Sie etwa Bastian Everts, der …«, setzte sie an.

Ich winkte hastig ab. »Ja, ja, ist er!«

Da er mich nun leider gefunden hatte, war es wohl besser, wir machten uns schnellstmöglich auf den Weg. Ich fasste Bastian an der Schulter, um ihn in Richtung Ausgang zu schieben. Doch der sture Kerl bewegte sich keinen Millimeter vom Fleck.

»Ja, ich bin Bastian Everts, Inhaber des *Krummhörner Wochenblatts*«, stellte er sich Meike mit gewinnendem Lächeln vor. »Und mit wem habe ich das Vergnügen?«

»Ich bin Meike Muschelknautz, Merles Schwägerin«, gab sie mit verzückter Miene zurück. »Sie haben schon mal meinen Mann Björn interviewt. Er arbeitet für die Tourismus GmbH Greetsiel, und Sie haben ihn auf einen Krabbenkutterausflug für Touristen begleitet.«

Er nickte. »Daran kann ich mich noch gut erinnern. Die Hingabe und das Engagement Ihres Mannes für seine Heimat haben mich tief beeindruckt. Ich hoffe, ich konnte das in meinem Artikel ausreichend würdigen.«

Sie beugte sich vertraulich zu ihm. »Mein Mann gehört normalerweise zu den zurückhaltenden Menschen, aber von Ihnen war er sofort angetan. Er meinte, so angenehm hätte er sich das Interview mit der Presse nicht vorgestellt.«

»Das freut mich zu hören!« Bastian sah mich mit vielsagender Miene an. Anscheinend genoss er seinen Triumph.

»Meine Schwägerin ist nur höflich«, raunte ich ihm zu.

Ich drückte ihn mit deutlich mehr Kraft in Richtung Ausgang, aber ich hätte mich genauso gut an einer massiven Mauer abmühen können. Dazu hatte er auch noch den Nerv, mich amüsiert anzugrinsen.

»Oh, Herr Everts!«, jauchzte meine Mutter in diesem Moment.

Ich konnte mir ein gequältes Stöhnen nicht verkneifen.

Meine Mutter trug immer noch Oskar mit sich herum, der gerade mit großer Hingabe an einem Butterkeks herumlutschte. »Was führt Sie denn hierher, Herr Everts?«

»Wir sind verabredet, Mama«, antwortete ich hastig an seiner Stelle. »Und wir gehen jetzt.«

Sie sah zwischen uns hin und her. »Ach, Sie sind also der Mann, der ihr ständig Kontra gibt und für Merles rosige Wangen sorgt?«

Bastian wandte sich zu mir und grinste wie ein Honigkuchenpferd. »Ach, tue ich das?«

Ich knirschte mit den Zähnen. »Wir haben nur beruflich miteinander zu tun«, stellte ich richtig, ehe mir klar wurde, dass ich meine Mutter damit auf eine noch unangenehmere Fährte lockte.

»Ach ja? Inwiefern?«, hakte sie nach, während Oskar seinen eingespeichelten Butterkeks betrachtete und ihn dann kurzerhand auf den Stoff ihrer Bluse drückte. Anscheinend hegte er die Hoffnung, ihn dadurch wieder trocken zu bekommen.

Ich suchte Bastians Blick. Mit den Augen flehte ich ihn an, meiner Familie nichts von dem Einbruchsversuch zu sagen.

»Ihre Tochter hat mir von den glaubhaften Hinweisen erzählt, dass sie die Herzensdame unseres anonymen Briefeschreibers ist. Merle hat mir erlaubt, sie auf der Suche nach ihrem Verehrer zu begleiten, damit ich unseren Lesern – so hoffe ich natürlich – von einem Happy End berichten kann.«

Zwar lächelte meine Mutter, aber zwischen ihren Brauen bildete sich eine Furche. »Meine Tochter hat Ihnen erlaubt, einen Artikel über sie zu schreiben? Und im *Krummhörner Wochenblatt* zu veröffentlichen?«

Oh, oh! Ihr Misstrauen war unwiderruflich geweckt. Schließlich hatte ich in ihrer Gegenwart oft genug mein Missfallen über diese Zeitung zum Ausdruck gebracht.

»So ist es«, bestätigte Bastian.

»Das ist eine sehr schöne Idee!«, entgegnete sie mit süßlicher Stimme.

Sie wandte mir den Kopf zu, und an ihrer argwöhnischen Miene konnte ich ablesen, dass wir in nächster Zeit ein Gespräch unter vier Augen führen würden. Na großartig!

»Hab ich was verpasst?«, fragte Tante Marianne, die gerade von der Toilette zurückkam.

Meine Mutter übernahm es, sie mit Bastian bekanntzumachen.

Tante Marianne war von unserem Besucher sofort begeistert. »Ich fand Ihre Idee mit dem Wettbewerb *Strandkorbbriefe* ganz bezaubernd. Schön, dass Sie sich vorgenommen haben, die Tradition des Briefeschreibens wiederzubeleben! Und dass Sie Merle jetzt helfen, Ihren Verehrer zu finden, ist ja richtig nett von Ihnen. Wissen Sie was? Kommen Sie doch heute Abend zu unserem Familienfest! Bei der Gelegenheit können Sie noch etwas mehr über Merle und uns erfahren.«

Ich war so geschockt, dass ich meine Tante nur entgeistert anstarrte. War sie denn von Sinnen?

Anstatt ihrer Schwester wie üblich zu widersprechen, nickte meine Mutter nachdrücklich. »Sie sind herzlich eingeladen, Herr Everts.«

»Bastian hat sicherlich schon etwas anderes vor, nicht wahr?« Ich drehte mich zu ihm um. »Vielleicht musst du wieder zu einer Aufführung des Arttheaters? Zu einem Schulkonzert? Oder einem Sommerfest im ortsansässigen Swingerklub?«

»Nein, eigentlich habe ich heute Abend noch nichts vor«, sagte er gut gelaunt und wandte sich an Tante Marianne und meine Mutter. »Wie könnte ich zu einer Einladung von zwei so bezaubernden Damen schon Nein sagen?«

Die beiden kicherten wie Schulmädchen.

Nun fiel mir auch noch Meike in den Rücken. »Sehr schön!«, sagte sie lächelnd. »Björn wird sich freuen.«

Ich dagegen freute mich überhaupt nicht. Aber das schien meiner Familie wohl egal zu sein, die offenbar ohnehin etwas völlig anderes beschäftigte.

»Es gibt hier im Ort einen Swingerklub?«, platzte es aus Tante Marianne heraus. »Im Ernst?«

»Und woher weißt du überhaupt davon?« Die Stimme meiner Mutter überschlug sich.

Ich verdrehte die Augen. »Es gibt tatsächlich so ein privatgeführtes Etablissement, aber ich weiß davon nur aus beruflichen Gründen. Wir hatten da mal einen Einsatz.«

Alle Anwesenden bis auf Bastian und Oskar schnappten nach Luft. Diese Information war Dorftratsch de luxe.

Bevor ich mit Fragen bestürmt werden konnte, hob ich abwehrend die Hände. »Gebt euch keine Mühe: Ich verrate nix! Das ist ein Berufsgeheimnis.«

Meike und meine Mutter zogen einen enttäuschten Flunsch. Tante Marianne gab sich jedoch nicht so einfach geschlagen.

»Gibt es bei Polizisten wirklich eine Schweigepflicht?«, fragte sie skeptisch. »Und selbst wenn: Könntest du uns nicht wenigstens einen kleinen Tipp geben? Kennen wir die Leute? Sind es Zugezogene?«

»Natürlich sind es Zugezogene!«, wies meine Mutter sie zurecht. »Ein Einheimischer würde so etwas niemals machen.« Sie wandte sich an mich. »Stimmt's?«

Aber ich blieb hart. Auch in meinem Job gab es ethische Grundsätze, an die ich mich hielt. »Nein, es gibt keinen Tipp!«, entgegnete ich. »Außerdem müssen wir jetzt los. Bastian und ich haben noch was vor.« Ich deutete auf seine Kamera. »Hast du Lust, ein Foto von meiner Mutter und mir zu machen? Vielleicht kannst du das für den Artikel gebrauchen.«

Er zuckte mit den Schultern. »Klar!«

Ich posierte lächelnd neben meiner Mutter, der bis jetzt nicht aufgefallen war, dass überall Butterkeksstückchen auf ihrer Bluse klebten, die Oskar liebevoll darauf verteilt hatte. Von diesem Foto brauchte ich unbedingt einen Abzug!

Kapitel 10

Bastian hatte auf dem Rücksitz für Kalle extra eine kuschelige Decke bereitgelegt, und ich machte den Kleinen mithilfe eines Karabinergurts verkehrssicher. Kaum dass wir losgefahren waren, kamen die Greetsieler Zwillingsmühlen am Ortseingang in Sicht. In der grünen Mühle befand sich mittlerweile eine Teestube mit Kunstgalerie, die rote Mühle war noch funktionstüchtig, und es gab im Erdgeschoss einen Laden mit frischem Brot und regionalen Produkten.

Ich stutzte, als ich dort auf dem Gehweg jemanden entdeckte. »Oh, mach mal langsamer!«, bat ich Bastian aufgeregt.

»Wieso?«, fragte er, tat jedoch wie geheißen.

Ich lehnte mich so weit wie möglich aus dem Fenster.

»Juhuuuu«, rief ich im allerschönsten Sopran und winkte wie eine Irre. »Juhu, Björn!«

Mein Bruder, der gerade vor einer Gruppe Touristen stand und zweifellos über die historische Bedeutung der Zwillingsmühlen referierte, drehte sich erstaunlich zackig zu mir um. Als er mich entdeckte, kniff er die Augen zusammen. Björn trug seine hellbraunen Haare in einem schlichten Männerkurzhaarschnitt, und seinen Kleidungsstil konnte man nur als gepflegte Langeweile bezeichnen. Einzig seine grasgrüne Brille ließ darauf schließen, dass er doch nicht ganz so angepasst war.

»Alles Gute zum vierzigsten Geburtstag!«, brüllte ich ihm aus dem Auto zu. »Herzlichen Glückwunsch, Bruderherz!«

Er funkelte mich an und hob drohend den Zeigefinger. Doch schon einen Moment später stimmten die ersten Leute aus seiner Reisegruppe *Happy Birthday* an. Björn wandte sich mit hängenden Schultern zu der Truppe um.

Während Bastian auf die Landstraße bog, ließ ich mich kichernd auf den Sitz zurücksinken.

»Mein Bruder hasst Geburtstagsständchen!«, erklärte ich. »Er bekommt dann immer einen knallroten Kopf und weiß nie, wo er hingucken soll.«

»War das nicht etwas gemein? Immerhin *hat* er heute Geburtstag.«

Ich winkte ab. »Du hast ja keine Ahnung, was er mir schon für üble Streiche gespielt hat! Juckpulver in meinen Klamotten, Klebstoff in meinen Schuhen oder Regenwürmer im Bett – mein Bruder war sich für nichts zu schade.«

Er schmunzelte. »Deine Familie scheint aus eigenwilligen Menschen zu bestehen. Aber alle, die ich bisher kennengelernt habe, sind sehr nett und herzlich.«

Ja, das waren sie: eigenwillig, nett und herzlich. Ohne meine Familie und Clara hätte ich die vergangenen Monate kaum überstanden. Ich war dankbar, sie in meinem Leben zu haben.

Ich sah ihn an. »Hast du Geschwister?«

Die Stimmung im Auto kippte so plötzlich, als hätte ich einen unsichtbaren Schalter gedrückt.

»Nein.«

»Und haben deine Eltern …?«

»Meine Familie geht dich nichts an«, fiel er mir so barsch ins Wort, dass ich zusammenzuckte.

Es dauerte einen Moment, bis ich mich wieder gefasst hatte. Allerdings gehörte ich nicht zu den Frauen, die sich so einen Tonfall stillschweigend gefallen ließen.

»Botschaft angekommen, Blödmann!«, fauchte ich.

Mit verschränkten Armen starrte ich aus dem Fenster. Ich konnte durchaus nachvollziehen, dass es Themen gab, über die man ungern redete. Aber man konnte seinem Gegenüber so etwas auch auf höfliche Weise verständlich machen. Allerdings war es wohl meine eigene Schuld: Warum hatte ich auch versucht, ein normales Gespräch mit Bastian zu führen?

Im Auto herrschte eine so angespannte Atmosphäre, dass Kalle auf dem Rücksitz zu winseln anfing. Die negativen Schwingungen setzten ihm wohl zu. Ich streckte mich nach hinten, um ihn zu beruhigen.

»Lass ruhig laufen, wenn der Blasendruck zu schlimm wird!«, raunte ich ihm aufmunternd zu.

Ich hatte geahnt, dass es besser gewesen wäre, getrennt zu fahren. Bastian hatte jedoch darauf bestanden, dass wir eine Fahrgemeinschaft bildeten. Er hatte wohl Sorge, dass ich ansonsten versuchen würde, ihn unterwegs abzuhängen. Ein Gedanke, der mir durchaus in den Sinn gekommen war. In Sachen Umweltschutz war es natürlich sinnvoller, mit nur einem Auto zu fahren. Im Augenblick wünschte ich mir jedoch sehnlichst meinen eigenen Wagen herbei, und mein CO_2-Fußabdruck hätte mir kaum gleichgültiger sein können. Daran scheiterten wohl die meisten Bemühungen in Sachen Klimaschutz: Wenn es hart auf hart kam, zählten die persönlichen Bedürfnisse der Gegenwart immer noch mehr als die klimatechnischen Unannehmlichkeiten, mit denen das spätere Ich irgendwann einmal konfrontiert sein würde.

Der menschliche Geist war einfach zu beschränkt, um diffuse Probleme, die weiter als fünf Jahre in der Zukunft lagen, zu erfassen. Deshalb klammerten wir uns an das Prinzip Hoffnung: Entweder redeten wir uns ein, dass es schon nicht so schlimm werden würde, oder wir bauten darauf, dass ein genialer Mensch bis dahin eine Lösung gefunden hatte. Jeder tote Kettenraucher konnte allerdings bestätigen, dass das Prinzip Hoffnung ein schlechter Ratgeber war.

Ich verzog das Gesicht, als mir klar wurde, dass das Hoffnungsprinzip auch positive Seiten hatte. Dieser naive Idealismus half uns Menschen nämlich, die Gefahren des Lebens einfach auszublenden. Man konnte beispielsweise locker und unbeschwert den Polizeidienst antreten, ohne ständig damit zu rechnen, an der nächsten Straßenecke niedergeschossen zu werden. Dummerweise hatte ich diesen naiven Idealismus verloren. Anscheinend hatte die Kugel, die ich mir eingefangen hatte, mehr Schaden an meiner Seele als an meiner Schulter angerichtet.

Mit einem Räuspern durchbrach Bastian die Stille. Er hielt sich beim Fahren bisher peinlich genau an die Verkehrsvorschriften. Das war leider auch ein üblicher Effekt, wenn man als Polizistin mit anderen im Auto saß.

»Dieser Mann, zu dem wir unterwegs sind, welche Rolle hat er in deinem Leben gespielt?«, wollte er wissen. »Wie hoch ist die Chance, dass er dein heimlicher Verehrer ist?«

Für einen Moment war ich sprachlos. Ernsthaft? Nachdem er mich rüde angeblafft hatte, nur weil ich mich nach seiner Familie erkundigt hatte, sollte ich ihm jetzt private Einblicke in mein Liebesleben geben?

»Das erzähle ich dir auf gar keinen Fall. Nicht nach gerade eben«, gab ich gereizt zurück.

Er wandte für ein paar Sekunden den Blick von der Straße ab. »Versuchter Einbruch«, erinnerte er mich mit süßlicher Stimme.

Ich presste wütend die Lippen zusammen.

»Wir sind auf dem Weg zu meinem Kindergartenfreund«, erzählte ich notgedrungen. »Er ist damals weggezogen, aber mittlerweile hat es ihn zurück in die Heimat verschlagen. Er wohnt jetzt in Upgant-Schott. Clara hat ihn auf Social Media ausfindig gemacht und war zuversichtlich, dass wir ihn um diese Uhrzeit zu Hause antreffen.«

»Hattest du noch irgendwann Kontakt mit ihm?«

»Nein! Ich schätze, die Wahrscheinlichkeit, dass er der heimliche Verehrer ist, liegt im Promillebereich.« Ich zuckte mit den Schultern. »Aber einen Versuch ist es wert. Außerdem wohnt er in der Nähe meines Ex-Freundes Timo.«

Ich war gespannt auf das Treffen mit Lars. Er hatte damals eine süße Stupsnase, und seine blonden Locken waren ihm ständig ins Gesicht gefallen. Clara hatte durchaus recht: Den ersten Kuss vergaß man nie. Ich wusste noch genau, wie aufgeregt mein kleines Herz damals geschlagen hatte, als unsere Lippen sich in der Leseecke für einen kurzen Moment berührt hatten. Zwar hatte ich damals noch keine Ahnung, was Liebe bedeutete, aber ich wusste, dass dieser Junge mir aus irgendeinem Grund wichtiger war als die anderen. Wahrscheinlich machte genau dieser Umstand den Kindergartenkuss so besonders: Er trug eine bezaubernde Unschuld und Naivität in sich, die kein weiterer Kuss im Leben je wieder besitzen sollte. Zudem war Lars auch noch der Schwarm aller Mädchen gewesen, und ich hatte mich wie eine Prinzessin gefühlt, weil er mich erwählt hatte.

Wir erreichten Upgant-Schott, eine kleine Gemeinde, die direkt an Marienhafe grenzte und zur Samtgemeinde Brookmerland gehörte. Sie besaß eine schöne Windmühle, eine Kartbahn und friedliche Wohngebiete mit verkehrsberuhigten Straßen.

Genau in einer solchen Straße standen wir nun und beobachteten ein Haus mit der Nummer 17. Viel zu sehen war leider nicht, da uns eine gewaltige Hecke die Sicht versperrte. Bei den zwei Fenstern, die man erkennen konnte, waren allerdings die Rollläden heruntergelassen.

»Vielleicht hättest du vorher anrufen und deinen Besuch ankündigen sollen?«, bemerkte Bastian kritisch.

»Clara war sich sicher, dass wir das nicht brauchen. Laut Social Media ist Lars alleinstehend, Content Manager und arbeitet um diese Zeit im Homeoffice.«

Er sah mich an. »Da wir schon festgestellt haben, dass dein heimlicher Verehrer schüchtern sein muss und eventuell nicht den Mut besitzt, dir spontan seine Liebe zu gestehen, muss ich fragen: Hast du einen Plan?«

»Ja, in der Tat!« Ich lächelte zuversichtlich. »Ich klingele und lasse meine gewinnende Persönlichkeit ihre Wirkung entfalten.«

Anscheinend hegte er Zweifel am Erfolg meines ausgeklügelten Vorhabens, denn er verdrehte die Augen. »Ich befürchte, dieser Besuch wird eine große Enttäuschung für uns alle.«

Ich marschierte auf das Haus zu. Ein flaues Gefühl machte sich in meiner Magengrube breit. Schließlich begegnete man nicht alle Tage seiner Kindergartenliebe. Wie Lars wohl reagieren würde? Ich zupfte meine sonnengelbe Bluse zurecht, die meine blonden Haare zum Leuchten brachte. Jedenfalls hatte das Clara behauptet.

»Halt mal kurz«, bat ich Bastian und überreichte ihm die Hundeleine.

Er nahm die Rolle des unbeteiligten Beobachters ein und hielt mit Kalle diskret Abstand. Der weiße Maltesermischling und der ganz in schwarz gekleidete Bastian gaben ein seltsames, aber dennoch recht süßes Paar ab.

Ich klingelte und wartete. In die Stille hinein murmelte Bastian etwas hinter mir, dass sich wie »'tschuldigung« anhörte.

Ich drehte mich zu ihm um. »Wie?«

»Entschuldigung«, wiederholte er lauter. »Wegen vorhin. Das war nicht nett und völlig unnötig.«

»Und das sagst du mir jetzt?«, zischte ich. »Kurz bevor …«

Ich brach mitten im Satz ab, denn in diesem Moment ging die Tür auf. Vor mir stand ein kahlrasierter massiger Kerl, der von oben bis unten tätowiert war. Sogar sein Gesicht wurde von schlängelnden dunklen Ranken eingerahmt. Er trug ein weißes Muskelshirt, das seinen durchtrainierten Oberkörper betonte, eine graue Sporthose, weiße Socken und Adiletten. Von einer süßen Stupsnase war definitiv nichts zu sehen. An diesem Typen war überhaupt nichts süß, im Gegenteil. Er wirkte eher furchteinflößend. Ich hoffte inständig, dass die Glatze einem frühen Haarverlust geschuldet und nicht politisch motiviert war.

»Lars?«, fragte ich fassungslos. »Bist du das?«

»Wer will das wissen?«, entgegnete er unfreundlich.

Der Lars von heute hatte eine durch und durch negative Ausstrahlung. Wäre ich allein gewesen, hätte ich mir jetzt wahrscheinlich eine Ausrede einfallen lassen, um mich schnellstmöglich aus dem Staub zu machen. Aber mit Bastian im Schlepptau war das leider keine Option.

Ich räusperte mich. »Moin, ich bin Merle Muschelknautz. Wir waren zusammen im Kindergarten.«

»Merle?« Er begutachtete mich kritisch von oben bis unten, als wäre ich ein Stück Fleisch in der Frischhaltetheke.

Schließlich zuckte er mit den Schultern. »Sorry, kann mich nicht an dich erinnern.«

Mit dieser Reaktion hatte ich nicht gerechnet. Dass ich so wenig bleibenden Eindruck hinterlassen hatte, schmerzte.

»Aber … aber wir haben uns damals geküsst.«

Das brachte ihn zum Lachen. »Im Kindergarten habe ich fast alle Mädels geküsst.«

Okay, das war bitter! Als ich festgestellt hatte, dass man beim ersten Kuss naiv und unschuldig war, hatte ich nicht ahnen können, wie zutreffend das war. Ich musste als Fünfjährige wirklich unfassbar naiv gewesen sein, wenn ich nicht einmal bemerkt hatte, dass ich auf den Kindergarten-Casanova hereingefallen war.

»Gut, ähm … okay«, erwiderte ich ernüchtert.

Ich hatte absolut keine Lust, diesem Kerl zu erklären, aus welchem Grund ich ihn heute aufgesucht hatte. Die Wahrscheinlichkeit, dass es sich bei ihm um meinen heimlichen Verehrer handelte, war ohnehin gering gewesen, aber dieser Typ hatte garantiert keinen gefühlvollen Liebesbrief verfasst.

»Ich schätze, dann hat sich die Angelegenheit erledigt. Tut mir leid wegen der Störung!«

Erneut wanderte sein Blick an mir auf und ab. »Wenn du noch mal von mir geküsst werden willst, lässt sich das durchaus arrangieren.«

Bäh! Um ein Haar hätte ich angeekelt das Gesicht verzogen. »Danke, aber ich verzichte.«

Er fuhr sich mit der Zunge über die Lippen. »Sicher? Eine Frau wie dich würde ich nicht von der Bettkante stoßen. Wir beide könnten ein paar schöne Dinge zusammen anstellen. Wenn du schon meinen Kuss im Kindergarten nicht vergessen konntest, dann kann ich dir gerne noch ein paar heiße bleibende Erinnerungen verschaffen.«

Entrüstet schnappte ich nach Luft und hob drohend den Zeigefinger. Ich sah rot. Lars' Muskelberge und seine unterschwellige Ausstrahlung von Gewalt waren mir plötzlich gleichgültig. Für diesen geschmacklosen Kommentar würde ich diesen Kindergarten-Casanova ordentlich zusammenstauchen. Dem Mistkerl würde ich beibringen, was ein respektvoller Umgang mit Frauen im Detail bedeutete!

In diesem Augenblick trat Bastian von hinten an mich heran, legte mir eine Hand auf die Schulter und zog mich scheinbar besitzergreifend an seine Seite. Ehe ich mich versah, befand ich mich in inniger Umarmung mit dem Schmierfinken. Was sollte das denn?

Lars, der uns fraglos für ein Paar halten musste, musterte

Bastian stirnrunzelnd. Anscheinend hatte er meine männliche Begleitung bis jetzt nicht registriert.

»Und du bist?«, blaffte er ihn an.

Da Bastian sicherlich nicht in plötzlicher Zuneigung für mich entbrannt war, wollte er mich wohl davon abhalten, Opfer meines Temperaments zu werden und einem Kerl wie Lars offen die Meinung zu geigen. Womöglich war dessen Einstellung zum Schlagen von Frauen eher indifferent.

»Ich bin Merles Freund«, erwiderte er. »Und ich möchte, dass meine Freundin mit Respekt und wenigstens einem Mindestmaß an Höflichkeit behandelt wird.«

Okay, das war im Prinzip die nettere Version dessen, was ich Lars hatte an den Kopf werfen wollen! Ich musste zugeben, dass Bastians Lösung, die Situation zu entspannen, durchaus Vorteile hatte. Wie er mich so fest und sicher im Arm hielt, fühlte sich ausgesprochen gut an. Außerdem fiel mir wieder auf, wie fantastisch er roch.

»Wir gehen jetzt besser«, sagte er knapp. »Danke für Ihre Zeit!«

Wie ein eingespieltes Team machten wir auf dem Absatz kehrt und wollten uns mit Kalle aus dem Staub machen.

»Moment!«, rief Lars. Für einen Mann in Badelatschen eilte er uns erstaunlich flink hinterher. Mit einem bedrohlichen Funkeln in den Augen baute er sich vor uns auf.

»Wenn du in festen Händen bist, wieso wolltest du mich dann sehen, Merle? Wollt ihr mich verarschen, oder was?«

Ich schluckte schwer. Durch unsere Flunkerei war meine Suche nach dem Briefeschreiber leider keine glaubhafte Erklärung mehr.

»Bastian und ich … werden bald heiraten«, sog ich mir kurzerhand eine Geschichte aus den Fingern. »Es ist mir wichtig, dass er alles über mich und meine Vergangenheit weiß. Dazu gehören auch all meine Verflossenen. Keine Geheimnisse, das ist unser Motto. Nicht wahr, Schnuckiputz?«

Demonstrativ schlang ich die Arme um seine Hüfte und kuschelte mich noch enger an ihn. Mein *Verlobter* versteifte sich ein wenig. Zum Glück fing Bastian sich schnell wieder.

»Natürlich, mein Muffin!«, erwiderte er. »Ich habe Merle zwar gesagt, dass das nicht nötig ist, weil ich ihr vertraue, doch sie hat nun mal ihren eigenen Kopf. Aber genau das macht sie so bezaubernd und liebenswert!«

Irgendwie schade, dass er das nicht ernst meinte. Ich hätte gern einen Verlobten gehabt, der meine verrückten Ideen liebenswert fand.

»Jetzt kennst du jedenfalls den Mann, in den ich zum ersten Mal in meinem Leben verknallt war, Schnuckiputz.« Ich deutete auf Lars, dessen Misstrauen offenbar verschwunden war. Dafür sah er uns nun an, als wären wir total bekloppt.

»Und ich verspreche dir, dass ich dich im Gegensatz zu ihm niemals vergessen werde!«, gelobte Bastian, der perfekte Verlobte.

Er sah lächelnd auf mich herab und beugte sich vor, so als wolle er mich küssen. Aber dann schien er zu zögern. Ich dagegen verlor mich in meiner Rolle als Verlobte und stellte mich auf die Zehenspitzen.

»Danke, Schnuckiputz!«, hauchte ich und gab ihm einfach einen Kuss.

Er war so kurz und flüchtig wie der typische Abschiedsschmatzer langjähriger Paare und daher ungemein glaubwürdig. Allerdings spürte ich deutlich Bastians warme, weiche Lippen auf meinen, und mein Körper reagierte darauf prompt mit einem aufgeregten Flattern in der Magengrube.

Als ich wieder die Augen öffnete, blickte ich in Bastians erstaunte Miene, und mein Herz stolperte unregelmäßig in der Brust. Ich konnte selbst kaum fassen, was ich gerade getan hatte.

»Gut, okay«, sagte Lars schlecht gelaunt. »Dann habt ihr zwei ja jetzt, was ihr wolltet. Tschüss denn!«

»Tschüss, Lars!«, entgegnete ich.

Er machte eine genervte Handbewegung und schlappte zurück zum Haus.

Was für ein schreckliches Wiedersehen! Erst als wir alle wieder im Auto saßen, erlaubte ich mir, erleichtert aufzuatmen.

»Schnuckiputz?«, beschwerte sich Bastian. »Sehe ich etwa aus wie ein *Schnuckiputz?*«

Ernsthaft? Ich hatte ihm gerade einen Kuss gegeben, und das Einzige, was er erwähnenswert fand, war der Kosename, den ich ihm verpasst hatte? Außerdem hatte er mich *Muffin* genannt, das war sicherlich nicht schmeichelhafter. Immerhin quoll ihr Teigrand über die Papierform, und zur Mitte hin wurden Muffins deutlich breiter. Ich zog verstohlen meinen Hosenbund höher, um meinen Schwimmring wieder mit Stoff zu bedecken.

»Ich musste improvisieren!«, verteidigte ich mich und schüttelte den Kopf. »Ich fasse es nicht, dass ich diesen Typen mal süß fand.«

Das war offenbar Bastians Stichwort, wieder in den Interviewmodus zu wechseln. »Fühlst du dich gekränkt, weil er dich nicht wiedererkannt hat?«

Ich verdrehte die Augen. »Nein.«

Nun gut, ein kleines bisschen vielleicht. Aber das würde ich ihm garantiert nicht auf die Nase binden. Da Lars nicht mein heimlicher Verehrer war, ging ihn das nämlich überhaupt nichts an.

»Fühlst du dich vor den Kopf gestoßen?«, bohrte er weiter. »Weil er außer dir auch fast alle anderen Mädchen im Kindergarten geküsst hat?«

»Nein«, antwortete ich entnervt und sah ihn an. »Fühlst du dich wie eine Nervensäge?«

»Nein.« Er seufzte. »Ich fühle mich wie ein Mann, der immer wieder gegen eine Mauer rennt. Du machst mir das Leben nicht leicht.«

»Falls dich das tröstet: Du mir auch nicht! Immerhin ist das mal etwas, das wir gemeinsam haben.«

Er schnaubte.

Ich warf ihm einen Seitenblick zu. Es fuchste mich ungemein, dass er offenbar vorhatte, unseren Kuss unerwähnt zu lassen. Demonstrativ zog ich meine Kussliste hervor und zückte meinen Stift.

Wie erwartet weckte das Bastians notorische Neugier. »Was machst du da?«

»Ich setze dich auf meine Liste«, informierte ich ihn. »Schließlich habe ich dich vorhin geküsst.«

»Das war doch kein Kuss!«, gab er zurück.

Ich runzelte die Stirn. Offenbar waren wir schon bei simpelsten Definitionen der zwischenmenschlichen Interaktionen unterschiedlicher Meinung. »Aber unsere Lippen haben sich berührt.«

Er winkte ab. »Das war höchstens ein kleiner Schmatzer. Die meisten Leute küssen ihr Handy mit mehr Inbrunst und Leidenschaft.«

»Schön, dass du das so locker nimmst«, sagte ich.

Heute war wirklich nicht mein Tag! Lars hatte mich einfach aus seinem Gedächtnis gelöscht, und Bastian hielt eine Lippenberührung von mir für so schlecht ausgeführt, dass er sie nicht mal als Kuss gelten ließ.

Er deutete auf das Papier. »Warst du mit all diesen Typen in einer Beziehung?«

»Nein, natürlich nicht. Ungefähr die Hälfte habe ich nur geküsst – aber *richtig*.« Selbstbewusst strich ich mir über die Haare. »Ich bin als flüchtiges Glück in das Leben der Männer getreten und habe unvergessliche Erinnerungen hinterlassen.«

»Wie eine Herpesinfektion?«, gab er trocken zurück.

Ich knirschte wütend mit den Zähnen. Besser ich konzentrierte mich wieder auf unsere Mission.

Ich deutete auf die Liste. »Mit Lars können wir jetzt schon zwei Typen von der Liste streichen. Mit einem dieser Männer bin ich nämlich noch heute befreundet und kann garantieren, dass er nicht der Briefeschreiber ist.«

Bastian stutzte. »Das klingt für mich aber genau nach dem Typen, den wir suchen. Bist du dir sicher?«

Ich nickte nachdrücklich. »Absolut, für ihn lege ich meine Hand ins Feuer. Er ist so etwas wie mein großer Bruder und schon in festen Händen. Genau wie Timo übrigens, den wir jetzt besuchen. Er ist mittlerweile verheiratet und hat zwei Kinder. Schon seiner Familie zuliebe hoffe ich, dass er nicht der heimliche Verehrer ist.«

Wie aufs Stichwort erreichten wir Halbemond. Es war ein idyllisches Dörfchen umgeben von alten Bäumen und grünen Wiesen mit Milchkühen. Wir bogen in eine Einfahrt direkt an der Hauptstraße. Timo wohnte mit seiner Familie in einem typisch ostfriesischen Einfamilienhaus, und in dem gepflegten Vorgarten standen ein Schaukelgestell und ein abgedeckter Sandkasten. Da wir unsere Beziehung vor fünf Jahren in gegenseitigem Einvernehmen beendet hatten, gab es zwischen Timo und mir kein böses Blut. Ich war auch so vorausschauend gewesen, meinen Besuch telefonisch anzukündigen.

»Timo ist ein ruhiger, netter Typ«, erzählte ich Bastian, als wir auf die Haustür zugingen. »Das wird ein friedliches und harmonisches Wiedersehen.«

»Du unterschätzt dein Talent, andere zur Weißglut zu treiben!«, prophezeite er mit dünnem Lächeln.

Noch ehe ich klingeln konnte, öffnete sich die Tür. Timo stand in einer fleckigen Kochschürze vor mir und musterte mich von oben bis unten. Seine Stirn legte sich in Falten, und er deutete mit dem Zeigefinger anklagend auf mich.

»Duuu!«, stieß er aufgebracht aus.

Ich schielte nervös zu Bastian, der triumphierend grinste.

»Moin, Timo!«, sagte ich vorsichtig.

»Du hast sie tatsächlich vergessen, oder?«, entgegnete er vorwurfsvoll, ohne sich mit einer Begrüßung aufzuhalten. »Ich habe dich am Telefon gebeten, mir *endlich* meine Star-Wars-DVD Sonderedition Extended Version zurückzugeben. Die vermisse ich schon seit Jahren.«

Ach so, deshalb regte er sich so auf! Ich griff in meine Handtasche, die deutlich geräumiger war, als es den Anschein hatte. Ich reichte ihm lächelnd die DVD-Sammlung mit dem Abbild von Darth Vader, Prinzessin Leia, Han Solo und Luke Skywalker.

»Hier, bitte!«

Timo nahm sie sichtlich gerührt entgegen. »Endlich hab ich dich wieder!«, hauchte er verzückt und drückte einen innigen Kuss auf den Schuber.

»Siehst du, *das* war ein Kuss!«, raunte Bastian mir zu.

Ich rang mit dem starken Bedürfnis, ihm an den Hals zu springen. Dieser Idiot! Ich konzentrierte mich lieber wieder auf Timo, der mich nun mit gewohnt sanftmütigem Lächeln ansah.

»Moin, Merle!« Er schloss mich in die Arme. »Schön, dich wiederzusehen!«

Er roch nach gekochten Möhren und Babypuder, aber nicht nur sein Geruch hatte sich verändert. Timo hatte inzwischen ein paar Kilo mehr auf den Hüften und deutlich sichtbare Geheimratsecken.

»Das ist übrigens Bastian Everts, der Redakteur des *Krummhörner Wochenblatts*. Er begleitet mich auf meiner Suche.«

Timo begrüßte ihn mit einem Kopfnicken. »Auf deiner Suche?«, fragte er irritiert.

Ehe ich zu einer Erklärung ansetzen konnte, ertönte aus dem Haus Kindergeschrei.

»Kommt rein!«, sagte Timo und lief hastig in Richtung des Tumults.

Im Wohnzimmer saß ein kleiner Junge, der im Alter von Oskar sein musste, auf dem Teppichboden. Er heulte bitterlich, während sich ein etwa dreijähriges Mädchen mit Schleife im Haar einen bunten Stofffetzen an die Brust drückte.

»Jetzt hab *ich* es!«, brüllte sie.

Timo ging vor ihr in die Knie. »Emma, das Schnüffeltuch gehört deinem Bruder Paul«, sagte er mit sanfter Stimme.

Er versuchte, es ihr wegzunehmen, aber Emma klammerte sich daran fest.

»Ich *will* es!«, rief sie bockig.

In diesem Moment entdeckte sie jedoch Kalle an meiner Seite. Das Schnüffeltuch war sofort vergessen.

»Wauwau!«, kreischte sie und stürzte mit ausgebreiteten Armen auf Kalle zu.

Sofort drückte der Kleine sich an mein Bein. Auch ich bekam Panik, dass er gleich wie ein lebendig gewordenes Kuscheltier zu Tode geherzt wurde.

»Stopp!«, sagte ich zu Emma in einem Befehlston, den sie wahrscheinlich noch nie gehört hatte. Sie hielt mitten in der Bewegung inne und sah mich mit großen Augen an.

»Tiere muss man mit Respekt behandeln!«

Noch ehe ich den Satz beendet hatte, wurde mir klar, wie wenig Ahnung ich von Kleinkindern hatte. Das war peinlich.

Hilfe suchend wandte ich mich an Timo. »Kalle hatte noch nicht viel Kontakt mit Kindern.«

Zum Glück nickte er verständnisvoll. »Emma, Schätzchen, ein Hund kann dir ganz schlimm Aua machen. Spiel doch lieber wieder mit deiner Puppe!«

Leider schien sie diesen Vorschlag grundsätzlich abzulehnen und brüllte erneut aus Leibeskräften. Paul, der sich gerade wieder beruhigt hatte, stimmte sofort mit ein.

Es dauerte fast zehn Minuten, bis Timo die Kinder wieder beruhigt hatte. Während Bastian die Zeit nutzte, um mit seinem Mitarbeiter Konny zu telefonieren, sah ich mich ein wenig im Wohnzimmer um. Ich wusste zwar, dass Timos Frau Marie-Louise hieß, doch wir waren uns noch nie persönlich begegnet. Auf den Familienfotos, die überall die Wand schmückten, wirkte sie auf mich wie eine recht strenge Frau. Selbst auf dem großen Hochzeitsfoto über dem Sofa blickte sie mit energischer Miene in die Kamera.

Nachdem Timo seine Tochter vor den Fernseher gesetzt hatte und Paul auf dem Arm hielt, bot er uns einen Kaffee in der Küche an. Dem Chaos nach zu urteilen, war er gerade beim Backen gewesen.

»Kuchenverkauf für die Kita«, erklärte er. »Heutzutage ist das echt kompliziert: Zuckerarm und gluten- und lactosefrei sind Grundvoraussetzung. Auch Marie-Louise legt viel Wert auf gesunde Ernährung. Sie besteht darauf, dass ich Pauls Brei selbst koche.«

Aha, deshalb roch er nach Karotten! Marie-Louise hatte hier wohl das Sagen. Aber solange es Timo nicht störte, war das natürlich in Ordnung.

»Bist du gerade in Elternzeit?«, fragte ich und nippte am Kaffee.

Er nickte. »Das ist so anstrengend, dass mir mein alter Job wie ein Tag im Wellnesscenter vorkommt. Aber das Lächeln der Kleinen ist es wert.«

Ich konnte es nicht fassen, wie unterschiedlich sich unsere Leben entwickelt hatten. Aber Timo hatte genau das bekommen, was er sich gewünscht hatte – eine Ehefrau und Kinder.

Das war auch unser Trennungsgrund gewesen, denn ich hatte mich noch nicht bereit gefühlt, mich fest zu binden. Bis auf die Tatsache, dass Timo eine Spur zu nett und nachgiebig war, hatte eigentlich alles zwischen uns gepasst. Für einen Moment stellte ich mich in der Rolle von Marie-Louise vor. Wäre ich als Frau von Timo jetzt glücklicher? Ich konnte mich jedoch selbst unter Aufbringung all meiner Fantasie nicht als Mutter dieser Kinder vorstellen. Der Gedanke, länger als zehn Minuten allein mit Emma in einem Raum zu sein, jagte mir vielmehr eine Heidenangst ein.

»Was ist das für eine Suche, von der du vorhin gesprochen hast?«, wollte Timo nun wissen.

Ich erzählte ihm von dem Wettbewerb des *Krummhörner Wochenblatts*, dem Liebesbrief des anonymen Gewinners und den zahlreichen Anhaltspunkten, die auf mich deuteten.

»Deshalb klappere ich nun alle Männer ab, die ich jemals geküsst habe«, erklärte ich.

»Du denkst, ich bin der heimliche Verehrer?« Ehrliche Empörung zeichnete sich auf seinem Gesicht ab. »Merle, ich bin ein glücklicher Familienvater! Ich liebe Marie-Louise und die Kinder, ich würde sie niemals hintergehen.« Er wiederholte inbrünstig: *»Niemals!«*

Ich sah ihm tief in die Augen – und beschloss, ihm zu glauben. Timo war nicht der Mann, den ich suchte.

»Außerdem war unsere Beziehung alles andere als erfüllend«, fügte er hinzu. »Du hast mich permanent auf Abstand gehalten, wolltest partout nicht mit mir zusammenziehen, und über Gefühle zu reden war dir ein Graus. Höchstens zwei Mal im Jahr hast du ein ›Ich liebe dich‹ förmlich aus dir herausgequetscht, sodass man sich Sorgen machen musste, dass du vor Anstrengung gleich ein Aneurysma kriegst.«

Ich schien ihn mit meiner Verdächtigung tatsächlich beleidigt zu haben. Dennoch war das noch lange kein Grund, gleich in bösartiger Weise zurückzuschlagen.

Beschwichtigend hob ich die Hände. »Beruhige dich, bitte! Ich habe dich nicht für einen potenziellen Ehebrecher gehalten. Du warst nur der Vollständigkeit halber auf der Liste.«

Er atmete hörbar auf. »Nun gut, das kann ich verstehen. Du warst schließlich schon immer penibel. Typisch Beamtin!«

»Womit er recht hat«, brummte Bastian zustimmend.

Ich warf ihm einen genervten Seitenblick zu. »Du hast Redeverbot! Hier geht es schließlich nicht um Material für deinen Artikel.«

Er lächelte dünn. »Schon mal was von Redefreiheit gehört? Immerhin bin ich heute unnütz mit dir durch die Gegend gefahren, weil du mit pingeliger Genauigkeit eine Liste abarbeitest, anstatt die Besuche bei deinen Verflossenen nach Logik und Wahrscheinlichkeit zu staffeln.«

Ich hatte sehr wohl gestaffelt! Meine Kriterien waren dabei Entfernung und geringe Peinlichkeit des Wiedersehens gewesen. Bei Lars hatte ich mich im zweiten Punkt leider völlig getäuscht. Davon abgesehen durfte Bastian sich nicht beschweren, denn er hatte sich mir bei dieser Suche aufgedrängt. Nicht nur bei der Suche, er hatte sich in mein ganzes Leben gedrängt. Und heute Abend würde er auch noch an der Geburtstagsfeier meines Bruders teilnehmen …

Kapitel 11

Die Stimmung auf der Party meines Bruders war großartig! Ich hatte mich für den Abend in Schale geworfen, trug dezentes Make-up und ein kirschrotes Wickelkleid, das meine Vorzüge betonte. Offenbar hatte ich mich viel zu sehr auf die negativen Seiten meiner Gewichtszunahme fokussiert, dabei hatte ich auch etwas Neues dazugewonnen: Busen.

»Guck mal, ist das nicht der Hammer!«, rief ich Clara über den Partylärm hinweg zu. Ich machte ein paar Tanzbewegungen zur Musik und deutete stolz auf mein wippendes Dekolleté.

Meine Freundin warf nur einen kurzen Blick darauf. »Ja, toll, Busen. Kenn ich. Hab ich selber.«

Das tat meiner Begeisterung keinen Abbruch. »Aber ich bisher nicht! Jedenfalls nicht in diesem Ausmaß.«

Sie grinste. »Geh tanzen, und lass die Mädels schwingen!«

»Später vielleicht. Schließlich hast du mir so eine tolle Frisur gemacht. Die soll noch ein bisschen halten.«

Clara hatte ein Talent dafür, Hochsteckfrisuren zu zaubern. Heute hatte sie meine blonden Haare zu Locken auf meinem Kopf drapiert, ein goldenes Band eingeflochten und ein paar Strähnen kringelten sich verführerisch um meinen Hals. Ich sah aus wie eine griechische Göttin. Zum ersten Mal seit langer Zeit fühlte ich mich wieder frei und unbeschwert. Nun ja, fast jedenfalls! Denn alle paar Minuten schielte ich in Richtung Eingang, ob Bastian inzwischen aufgetaucht war.

Clara deutete auf meinen Bruder. »Björn ist richtig in Partystimmung!«

Ich nickte grinsend. Für Außenstehende war es kaum ersichtlich, aber Björn tanzte sogar mit seiner Frau: Meike schwang vor ihm die Hüfte, während er mit den Fußspitzen im Takt tippte und bei jedem vierten Schlag das Standbein wechselte. Er wurde noch zu einer Partykanone! Das lag wahrscheinlich auch daran, dass er dazu genötigt worden war, mit jedem Anwesenden auf seinen Geburtstag anzustoßen. Jetzt schien er seine Feier richtiggehend zu genießen.

Clara griff nach meinem Arm. »Meine Güte, ist er das?«

Ich folgte ihrem Blick. Bastian war soeben eingetreten und sah sich suchend um. Seine dunklen Haare fielen ihm in die Stirn, er trug eine eng anliegende Jeans und ein dunkelblaues Hemd, das selbst im schummrigen Licht seine blauen Augen leuchten ließ.

»Wieso hast du nicht erzählt, dass er so verdammt gut aussieht?«, quiekte Clara.

Ich zuckte mit den Schultern. »Weil sein nerviges Verhalten alles andere in den Schatten stellt. Sobald du ein paar Worte mit ihm gewechselt hast, fällt dir sein gutes Aussehen überhaupt nicht mehr auf, vertrau mir!«

Meine Warnung schien ihr Gehirn jedoch nicht zu erreichen. Sie starrte Bastian so begeistert an wie einen fehlerfreien Schulaufsatz.

»Dieses Zuckerstückchen schnappe ich mir!«, verkündete sie.

Ehe ich sie davon abhalten konnte, eilte sie auch schon auf ihn zu. Notgedrungen folgte ich ihr. Clara übernahm die Vorstellung gleich selbst und erzählte Bastian, dass sie – als engagierte Deutschlehrerin – seinen Wettbewerb *Strandkorbbriefe* wahnsinnig erfreulich fände, da heutzutage eigentlich nichts mehr geschrieben würde außer WhatsApp-Nachrichten.

»… und die strotzen auch noch vor Fehlern, alles ist kleingeschrieben, keine Satzzeichen, von Kommasetzung will ich gar nicht erst anfangen«, ereiferte sie sich. »Am liebsten würde ich einen digitalen Rotstift zücken und die Nachricht korrigiert zurücksenden. Wo soll das denn hinführen, wenn die Menschen sich nicht mal in ihrer Muttersprache korrekt ausdrücken können? Wir verblöden immer mehr …«

Sie gab Bastian nicht mal die Gelegenheit, etwas zum Gespräch beizusteuern. Sein Blick fiel auf mich, und Überraschung blitzte in seinen Augen auf. Gefiel ich ihm etwa? Und warum war mir das überhaupt wichtig?

»Hallo, Merle!«, sagte er mit tiefer, rauer Stimme.

»Hallo«, entgegnete ich in einer etwas zu hohen Tonlage.

Clara unterbrach ihren Vortrag und schaute stirnrunzelnd zwischen uns hin und her.

»Das Kleid steht dir gut.«

Ich spürte, wie mir Hitze in die Wangen stieg. »Danke.«

Ein Grinsen breitete sich auf Claras Gesicht aus. »Ahaaaa«, murmelte sie in süffisantem Unterton.

Ich warf ihr einen strengen Blick zu.

»Wo ist denn dein Bruder?«, fragte Bastian. »Ich möchte ihm gratulieren.«

»Komm mit!« Ich ging voraus zum Büfett, wo Björn gerade den Alkohol mit Nahrungsmitteln neutralisieren wollte.

»Hey, Björn, hier lauert dir noch ein Gratulant auf!«

Er stöhnte, weil er wohl davon ausging, dass er wieder mit jemandem anstoßen musste. Als er sich umdrehte und seinen neuen Gast entdeckte, lächelte er jedoch erfreut.

»Bastian, wie schön! Meine Frau hat mir schon erzählt, dass du heute auch noch kommst.«

Bastian gratulierte ihm und zog ein Geschenk aus der Tasche seines Jacketts. »Ich habe hier etwas für dich!«

Erstaunt sah ich ihn an. Er hatte ein Geschenk für Björn organisiert? In der kurzen Zeit? Der Mann wusste offensichtlich, was sich gehörte. Meine Mutter wäre in höchstem Maße entzückt. Zum Glück unterhielt sie sich gerade an der Bar mit ihrer Nachbarin.

Björn packte das Geschenk aus und bekam große Augen. »Wahnsinn, ein antiker Kupferstich vom Greetsieler Hafen!«

»Er ist aus dem 17. Jahrhundert.« Er deutete auf die Gravur. »Damals hieß es noch Grietzil.«

Björn streichelte verzückt über die Oberfläche, aber dann schüttelte er den Kopf. »Vielen Dank, aber das kann ich nicht annehmen.«

Er wollte es ihm wieder zurückgeben, doch Bastian wehrte ab.

»Offengestanden hab ich es selbst geschenkt bekommen, und bei mir lag es nur rum. Das ist ja eher ein Liebhaberstück. Du hast mir damals beim Interview erzählt, dass du davon träumst, ein Heimatmuseum zu eröffnen und schon angefangen hast, Stücke zu sammeln. Deshalb ist es bei dir deutlich besser aufgehoben.«

Björn drückte den Kupferstich an sich. »Vielen Dank!«

Er sah mich an. »Da hast du einen richtig guten Kerl an deiner Seite, kleine Schwester.«

»Mhm«, brummte ich wenig überzeugt und deutete auf Björns voll beladenen Teller. »Ich würde an deiner Stelle meinen Magen nicht mit so viel Essen belasten. Sei lieber vorsichtig, sonst wird dir schlecht!«

»Ich bin jetzt vierzig, Merle!«, wies er mich mit gerecktem Kinn zurecht. »Ich weiß, was ich tue.«

»Wenn du meinst …«

»Ich hole mir auch mal was zu trinken«, sagte Bastian und verschwand an die Bar.

Erleichtert atmete ich auf. Damit hatte ich meiner Pflicht als Aufpasserin sicherlich genüge getan. Ich schnappte mir einen Brownie vom Büfett und ging zurück zu Clara, die mich bereits mit breitem Grinsen erwartete.

»So, so … du und der Journalist also!«

»Das ist nichts! Du müsstest am besten wissen, wie sehr mir der Kerl auf die Nerven geht. Ich habe mich bei dir oft genug über ihn beschwert.«

Sie schnalzte mit der Zunge. »Mir kannst du nix erzählen! Da läuft doch mehr zwischen euch.«

Mir lag eine aufgebrachte Erwiderung auf der Zunge, aber mein Handy bewahrte uns vor einer hitzigen Diskussion. Ich warf einen Blick aufs Display und schüttelte ungläubig den Kopf.

»Schon wieder eine Nachricht wegen des Liebesbriefs«, sagte ich und verdrehte die Augen. »Meine Friseurin will wissen, ob sich wegen des heimlichen Verehrers inzwischen was getan hat.«

»Die Leute schreiben dir immer noch?«

Ich nickte. »Es sind überwiegend Frauen, die sich dafür interessieren. Den Männern ist entweder die Liebe gleichgültig, oder sie vertreten die Auffassung, dass sie das nichts angeht.«

»Ich würde auf Letzteres tippen«, mischte sich Bastian ein.

Überrascht drehte ich mich zu ihm um. Offenbar ließ er sich nicht so leicht abschütteln.

Er nippte an seinem Wein. »Dass Männern die Liebe gleichgültig ist, halte ich für eine Mär. Sie zeigen ihr Interesse nur nicht so deutlich. Aber im Grunde ist jeder Mensch auf der Suche danach.«

Clara seufzte zustimmend. »Wie wahr! Selbst Merle sehnt sich mittlerweile nach einer erfüllten Partnerschaft, obwohl sie früher eine überzeugte unabhängige Singlefrau war. Der Unfall hat sie weicher gemacht und offen für die Liebe«, behauptete sie in verheißungsvollem Tonfall.

Was war das denn? Ein plumper Verkupplungsversuch? Ich erdolchte sie mit Blicken, aber sie grinste nur süffisant.

»Apropos Unfall: Wann trittst du eigentlich wieder deinen Dienst an?«, fragte mich Bastian. »Du wirkst erfreulich fit und scheinst die Sache gut überwunden zu haben.«

Ich wusste seinen Versuch, Small Talk zu betreiben, zu schätzen, nur hatte er sich damit leider das ganz falsche Thema ausgesucht.

»Da trügt der Schein, leider«, entfuhr es Clara betrübt.

Ich brachte sie mit einem Kopfschütteln zum Schweigen.

»Darüber möchte ich nicht reden«, sagte ich zu Bastian und warf meiner Freundin einen mahnenden Blick zu.

Aber selbstverständlich ließ er sich nicht einfach abwimmeln. Das war bei ihm wohl eine Art Berufskrankheit.

»Warum nicht? Wieso meint Clara, dass der Schein trügt?«

»Ich will wirklich nicht darüber reden«, beharrte ich. »Denn es ist für mich nicht leicht, über den Vorfall zu sprechen. Was du bemerkt hättest, wenn dir die Gefühle anderer Menschen nicht gleichgültig wären. Etwas Empathie würde dir wirklich guttun!«

Er lachte ungläubig. »Das sagt die Richtige.«

Ich schnappte nach Luft. »Hey, ich bin total empathisch!«, widersprach ich. »Auf dem Revier bin ich sogar die Kontaktbeamtin für Opfer von Gewaltverbrechen.«

»Du?«, entgegnete er mit hochgezogenen Augenbrauen. »Was hat dein Vorgesetzter sich denn dabei gedacht? Dass die Opfer nach fünf Minuten mit dir allein in einem Raum erkennen, dass der kürzlich erlebte Schrecken doch gar nicht so schlimm war?«

Clara neben mir prustete in ihr Glas und schlug sich lachend die Hand vor den Mund.

Gott, wie ich Bastians Schlagfertigkeit hasste! Man konnte einfach nicht vernünftig mit ihm reden.

»Ich finde dich unerträglich«, zischte ich.

»Und du raubst einem den letzten Nerv!«, entgegnete er mit zusammengekniffenen Augen. »Seit ich dich kenne, weiß ich meine Ruhe nach Feierabend erst richtig zu schätzen.«

Erfreulicherweise wies mein Gehirn mich umgehend auf eine Logiklücke in seiner Behauptung hin.

»Ach ja? Dann frage ich mich doch, warum du deinen geliebten Feierabend ausgerechnet auf der Party *meines Bruders* verbringst.«

»Weil der Rest deiner Familie ausgesprochen nett und sympathisch ist«, schoss er zurück.

Clara seufzte übertrieben. »Ach ja, Beleidigungen und vorgetäuschte Abneigungsbezeugungen! Typische Verhaltensweisen des menschlichen Balzverhaltens bei der Partnersuche.«

Bastian und ich fuhren zu ihr herum und funkelten sie wütend an.

»Ups! Ich … ich hole mir noch schnell was zu trinken«, sagte sie hastig und eilte in Richtung Bar.

»Und ich muss dringend an die frische Luft!«

Kurzerhand ließ ich Bastian stehen.

Ich bahnte mir einen Weg nach draußen. Dort empfing mich die typische Kühle einer ostfriesischen Juninacht, und ich atmete tief durch, um meinen Kopf freizubekommen. Wieso reizte mich Bastian nur so sehr? Normalerweise kam ich gut mit den Leuten aus und war nicht so kratzbürstig. Ich schien bei ihm allerdings ebenso zielsicher die richtigen Knöpfe zu drücken, um ihn in Rage zu bringen. Er war nun mal nicht der sanftmütige Typ wie mein Ex-Freund Timo, der sich lächelnd alles gefallen ließ. Das machte die Dynamik zwischen Bastian und mir höchst explosiv. Ob Clara recht hatte und das ein Anzeichen dafür war, dass wir uns gegen unseren Willen zueinander hingezogen fühlten? Natürlich fand ich Bastian körperlich attraktiv. Aber im Grunde wusste ich nichts über ihn. Und ich war ebenso wenig bereit, ihm gegenüber etwas von mir preiszugeben. Stattdessen provozierte ich lieber den nächsten Streit …

Ich seufzte und sah die schwach beleuchtete Gasse entlang. Um diese Zeit waren in Greetsiel kaum noch Leute unterwegs. Einsamkeit ergriff mich und verband sich mit dem diffusen Angstgefühl, das seit dem Unfall mein ständiger Begleiter war. Ich schlang schützend die Arme um meinen Oberkörper und schüttelte den Kopf. Ich war nicht wehrlos, verdammt! Wann begriff mein Kopf das endlich? Wobei mein Kopf wohl nicht das Problem war … Ein Kälteschauer überlief mich, und ich beschloss, wieder reinzugehen. Womöglich konnte ich zur Abwechslung mal ein vernünftiges Gespräch mit Bastian führen, wenn ich mir etwas mehr …

In diesem Augenblick legte sich von hinten eine Hand auf meine Schulter. Meine Instinkte setzten so schnell ein, dass ich selbst überrascht war. Mein rechter Arm schoss nach oben, packte die Hand des Angreifers, ich rollte mich ein und ließ den Mann über meine Schulter zu Boden fallen.

Das war der Moment, in dem ich Bastian erkannte. Ihm entfuhr ein schmerzhaftes »Uff«, als ihm beim Aufprall die Luft aus der Lunge wich. Benommen blinzelte er mich an.

»Um Himmels willen, das war keine Absicht!« Ich ging neben ihm in die Knie. »Tut dir was weh? Soll ich einen Arzt rufen?«

»Das soll keine Absicht gewesen sein?«, stöhnte er.

Ich konnte ihm seine Zweifel nicht verübeln. »Ich schwöre dir, ich wollte dir nicht wehtun! Du warst so leise, und ich … ich hatte mir gerade Sorgen gemacht, weil ich hier draußen ganz allein war.«

Er setzte sich auf, ließ seine Schultern kreisen und drehte den Kopf probehalber nach rechts und links. »Ich glaube, es ist noch alles an Ort und Stelle.«

Ich legte ihm die Hand auf den Arm. »Bitte verzeih mir! Es tut mir wirklich, wirklich leid.«

Sein Blick glitt über mein Gesicht, als suche er dort nach verräterischen Anzeichen von Schuld. Doch schließlich nickte er mir zu.

»Ich hätte mich wohl wirklich vorher bemerkbar machen sollen«, räumte er ein und erhob sich ächzend. »Hey, das ist das erste Mal, das ich von einer Frau vermöbelt worden bin«, sagte er mit schiefem Lächeln.

»Und wie hat es sich angefühlt?«

»Wie im Schleudergang einer Waschmaschine«, entgegnete er. »Ich hätte es nicht für möglich gehalten, dass eine Frau mich so schnell außer Gefecht setzen kann.«

Ich zuckte mit den Schultern. »Damit rechnen die wenigsten Männer. Im Rahmen meiner Polizeiarbeit habe ich Selbstverteidigungskurse gegeben, und den Frauen habe ich immer ans Herz gelegt, das Überraschungsmoment bestmöglich zu nutzen.«

Er fuhr sich mit beiden Händen durch die zerzausten Haare. »Darüber könnte ich doch einen Artikel schreiben. Um junge Mädchen und Frauen für solche Kurse zu interessieren. Und du könntest meine Expertin zum Thema sein.«

»Du planst schon den nächsten Artikel mit mir?«

»Du bist eben ein interessanter und faszinierender Mensch.« Obwohl er grinste, klang es ernst und aufrichtig.

Bastian hob eine Strickweste vom Boden auf, die mir bisher gar nicht aufgefallen war, und hielt sie mir hin. »Von deiner Freundin Clara. Sie hat mich gebeten, sie dir rauszubringen, weil dir sicherlich kalt ist. Sie meinte, die Wut auf mich hält dich bestimmt nicht unbegrenzt warm.«

Auch wenn das ein weiterer äußerst durchschaubarer Verkupplungsversuch meiner Freundin war, kuschelte ich mich dankbar in ihre Strickweste.

»Das ist nett von dir. Vor allem, da unser Streit echt unnötig war. Es tut mir leid!«

Er winkte ab. »Schon okay! Wir beide geben nun mal eine explosive Mischung ab«, stellte er schmunzelnd fest.

Für einen Moment sahen wir uns in die Augen, und mein Herz flatterte aufgeregt in meiner Brust.

Ich räusperte mich. »Sollen wir ein paar Schritte gehen?«

»Gerne!«

Wir setzten uns in Richtung Dorfmitte in Bewegung. Mit Bastian an meiner Seite genoss ich die einsamen Gassen und friedliche Ruhe des Dorfes. Friede war ein gutes Stichwort. Ich fasste mir ein Herz.

»Wie wäre es, wenn wir noch mal von vorn anfangen? Und ich meine tatsächlich ganz von vorn! All die Strafzettel, die ich dir verpasst habe ...« Ich stieß die Luft aus. »Die waren nicht fair. Ich habe in der Vergangenheit ein paar unschöne Erfahrungen mit Journalisten gemacht, und du hast diesen Frust leider abbekommen.«

Er nickte wissend. *»Mafia-Merle ...«*

Ich zuckte bei dem hässlichen Spitznamen zusammen. »Mafia-Merle, die junge, übereifrige und dumme Polizistin«, murmelte ich bitter.

»Sag das nicht!« Er blieb stehen und sah mich mit ernster Miene an. »Dieser Artikel war Müll vom ersten bis zum letzten Satz! Mein Vorgänger hat das *Krummhörner Wochenblatt* in ein reißerisches Boulevardblatt verwandelt. Dabei war er sich nicht zu schade, auch die kleinen Leute bloßzustellen. Koslowski war kein Journalist, sondern ein bösartiges Tratschweib.«

Ich runzelte die Stirn. »Aber all die gerahmten Ausgaben von ihm, die bei dir in der Redaktion hängen ...«

Er verzog das Gesicht. »Schon letztes Jahr an meinem ersten Tag hätte ich sie am liebsten rausgeworfen. Aber leider wäre dann auch ein frischer Anstrich nötig gewesen. Bisher hatte ich weder die Zeit noch das Geld für eine Renovierung.«

Ich fand es beruhigend, dass er die Arbeit von Herbert Koslowski verurteilte. Aber Bastian musste auch den Rest der Geschichte erfahren. »Er hat noch einen Artikel über meine Familie geschrieben, vor vielen Jahren.«

Wir liefen weiter und erreichten den Hafenbereich. Die Straßenlaternen und das goldene Licht, das aus den Fenstern der Restaurants fiel, gaben der historischen Kulisse einen romantischen Charakter.

»Ich habe keine gute Beziehung zu meinem Vater, denn er hat eher verschwommene Moralvorstellungen«, erzählte ich. »Schon als Kind war mir schnell klar, dass er sich nicht an die Werte hielt, die meine Mutter uns predigte: Ehrlichkeit, Loyalität, Hilfsbereitschaft, all das sind für meinen Vater Fremdworte.«

Schnöde Arbeit war ihm schon damals zu anstrengend gewesen, außerdem hatte er einen Hang zu Glücksspielen und war deshalb ständig in Geldnot. Oft genug hatte er Ärger mit dem Gesetz wegen krimineller Kurierdienste und kleinerer Diebstahlsdelikte. Die bittere Wahrheit war, dass ich mich für meinen Vater schämte.

»Meine Mutter ist eine ehrliche Frau, die leider an den falschen Mann geraten ist. Sie hat versucht, den Ärger, den er verursacht hat, von uns Kindern fernzuhalten. Aber natürlich hat das nicht immer geklappt.«

Wir schlenderten am Teeladen vorbei und dem Eiscafé, vor dem sich tagsüber immer eine lange Schlange bildete. Jetzt war alles in Dunkelheit getaucht.

»Das war sicher nicht leicht für sie«, sagte er mitfühlend.

Für Björn und mich war sie immer eine wahre Bärenmama gewesen, die ich geliebt und bewundert hatte, doch sobald mein Vater ins Zimmer trat, war sie wie ausgewechselt. Allein seine

Gegenwart hatte ausgereicht, um sie still und gefügig zu machen. Eine Frau, die blind vor Liebe war, schwach und nicht mehr sie selbst. Diese Version meiner Mutter hatte ich ganz und gar nicht bewundert.

»Sie hat jeden erdenklichen Job angenommen, einmal war sie Zimmermädchen in einem Hotel«, fuhr ich fort. »Doch dann haben Gäste Anzeige erstattet, weil ihnen Geld, Schmuck und andere Wertgegenstände gestohlen worden waren. Die Polizei nahm die Ermittlungen auf, aber Koslowski wollte offenbar nicht das Ergebnis abwarten. Schon in der nächsten Ausgabe des *Krummhörner Wochenblatts* hat er der Öffentlichkeit meine Mutter als mutmaßliche Täterin präsentiert, die wegen ihres kriminellen Ehemanns zur Diebin geworden war. Die Überschrift lautete: *Die Greetsieler Langfingerfamilie*.«

Bastians Gesichtszüge entgleisten. »*Das* hat er geschrieben?«

Ich nickte. »Eine so skandalöse Neuigkeit glaubten die Leute anscheinend gern. Meine Mutter wurde umgehend entlassen, Björn und ich wurden in der Schule schikaniert, und ein Gang durchs Dorf wurde zum Spießrutenlauf …«

Die Erinnerungen, die in mir hochkamen, waren alles andere als schön. Ich stieß langsam die Luft aus. »Als die Polizei den wahren Täter bekannt gab, haben leider nur wenige Leute den Anstand aufgebracht, sich bei uns für das unangebrachte Verhalten zu entschuldigen.«

Bastian ballte die Fäuste. »Es war unverantwortlich und ungesetzlich von Koslowski, so eine Behauptung zu veröffentlichen. Diesem Mistkerl war sogar gleichgültig, dass er damit zwei unschuldige Kinder belastet!«

»In Wahrheit war der Hotelbesitzer für die Diebstähle verantwortlich«, erzählte ich weiter. »Er brauchte dringend Geld, und als meine Mutter öffentlich verdächtigt wurde, hat er sie nur allzu gern entlassen, um sie noch schuldiger aussehen zu lassen.«

Wir blieben auf der Steinbrücke stehen. Die Krabbenkutter, die unter uns vor Anker lagen, schaukelten friedlich im Wasser.

»Jetzt verstehe ich, dass du solch einen Groll auf das *Krummhörner Wochenblatt* hegst. Koslowski hätte es verdient, dass ihr ihn wegen Verleumdung und übler Nachrede verklagt.«

»Für einen Anwalt fehlte uns damals das Geld.« Ich atmete tief durch. »Aber immerhin habe ich damals den Entschluss gefasst, Polizistin zu werden. Um für Gerechtigkeit zu sorgen und Menschen, die sich nicht wehren können, zu helfen. Und vielleicht auch ein wenig, um zu zeigen, dass ich nicht so bin wie mein Vater.«

Bastian schwieg und stützte sich mit den Händen auf der Brückenmauer ab. Er wirkte unzufrieden.

»Was ist?«, fragte ich stirnrunzelnd.

»Ich fühle mich schrecklich. Nach alldem, was du mit dem *Krummhörner Wochenblatt* durchgemacht hast, zwinge ich dich auch noch zu diesem Artikel! Natürlich musst du jetzt denken, dass ich genauso wenig Integrität und Anstand besitze wie Koslowski.«

»Blödsinn! Ich weiß, dass du nicht so schlimm bist wie er«, versicherte ich ihm und stieß ihn freundschaftlich mit der Schulter an. »Er hätte mich wegen des versuchten Einbruchs bestimmt mit Freude der Polizei übergeben, ein Foto in Handschellen von mir gemacht und dann einen reißerischen Artikel geschrieben. Aber du hast mir eine Chance gegeben, aus der Sache rauszukommen.« Ich grinste. »Für einen Journalisten bist du ganz in Ordnung!«

Er erwiderte mein Grinsen und warf mir einen Seitenblick zu. »Außerdem sind wir gar kein so schlechtes Team, oder? Gib es zu, die Zusammenarbeit mit mir hat auch Vorzüge!«

»Und die wären?«, fragte ich skeptisch.

»Na, unsere Wortgefechte voller Intelligenz, Esprit und

Scharfzüngigkeit besitzen ihren eigenen Charme. Und auf meinen überbordenden Humor muss ich wohl nicht explizit hinweisen.«

»Ja, ganz besonders der sucht seinesgleichen«, entgegnete ich schnaubend.

Ich setzte mich auf den Rand der Brückenmauer, und Bastian tat es mir gleich, während ein älteres Paar Händchen haltend und verliebt kichernd an uns vorbeilief.

»Wieso hast du dieses Schmierblatt überhaupt übernommen?«, wollte ich wissen.

Bastian lehnte den Kopf in den Nacken und sah hinauf zum Sternenhimmel. »Nach meinem Studium wollte ich mit meiner Arbeit etwas bewegen. Ungerechtigkeiten aufdecken, Lügen entlarven, solche Dinge eben.« Er verzog die Mundwinkel. »Leider war die Realität anders. Jede Zeitung hat ihre spezielle Zielgruppe, und dementsprechend werden die Themen ausgewählt. Daraus entsteht oft ein ziemlich einseitiges Bild der Wahrheit. Dazu kommen Redakteure, die die Artikel nach eigenem Gutdünken zusammenstreichen. Für mich war das kein unabhängiger Journalismus.«

Das passte zu meinem Eindruck von Bastian. Er wollte sich nichts vorschreiben lassen und stand zu seiner Meinung.

»Ich stamme ursprünglich aus Bremen«, fuhr er fort. »Aber meine letzte Arbeitsstelle war in München bei einer großen Zeitung. Sehr konservativ, sehr bayrisch. Kritik an der Landesregierung war unerwünscht.«

»Lass mich raten: Du konntest deinen Mund nicht halten?«

Er fasste sich getroffen an die Brust. »Bin ich so leicht zu durchschauen?«

Ich grinste. »Natürlich nicht! Das war nur geraten.«

Er atmete erleichtert auf. »Zum Glück! Das Geheimnisvolle ist nämlich Teil meiner charismatischen Ausstrahlung.«

»Ja, ja, rede dir das nur weiter ein.« Ich verdrehte kichernd die Augen. »Und wie hat es dich dann von München nach Ostfriesland verschlagen?«

»Ich habe über einen Bekannten erfahren, dass Herbert Koslowski einen Nachfolger sucht. Es war wie ein Wink des Schicksals, und ich habe sofort zugegriffen. Der schlechte Ruf der Zeitung hat mich nicht abgeschreckt, denn ich wusste, dass ich das ändern kann.« Ein Anflug von Stolz zeichnete sich auf seiner Miene ab. »Ich denke, die Leser haben inzwischen bemerkt, dass das Niveau deutlich gestiegen ist.«

Das mochte stimmen, trotzdem fiel es mir schwer, seine Entscheidung nachzuvollziehen. »Aber von der Großstadt und einer renommierten Zeitung hierher aufs Land zu einem Regionalblatt – war das nicht ein … Rückschritt?«

Er schüttelte den Kopf. »Ich bin glücklich in Ostfriesland. Mein Ziel war es, etwas zu bewegen – und genau das mache ich. Davon abgesehen haben mich die Leute hier freundlich empfangen, ich habe schnell Anschluss gefunden, und mein Mitarbeiter Konny ist einer meiner besten Kumpels geworden.« Er seufzte. »Allerdings ist für die Erfüllung meines Traums meine Beziehung in die Brüche gegangen.«

Ich horchte auf. »Du hattest in München eine Freundin?«

Er nickte. »Wir waren fast zwei Jahre zusammen. Aber Katarina wollte wegen ihres Jobs nicht an die Küste ziehen. Deshalb haben wir es mit einer Fernbeziehung versucht.« Er zog die Schultern in die Höhe. »Trotz aller guten Vorsätze haben wir uns aber nur selten gesehen. Vor einigen Monaten haben wir dann festgestellt, dass es nicht funktioniert, und haben uns getrennt.«

Mir brannte die Frage auf der Zunge, ob er seine Freundin vermisse. Und ob er sie zurückwolle. Stattdessen fragte ich: »Bereust du jetzt, dass du hergekommen bist?«

Sein nachdenklicher Blick schweifte über die Fassaden der historischen Giebelhäuser. Schließlich wiegte er den Kopf hin und her.

»Nein, aber ich fühle mich schuldig. Ich würde gern behaupten, dass es in unserer Beziehung schon vorher gekriselt hat, aber sie war gut. Wir waren ziemlich glücklich. Trotzdem habe ich mich für meine Karriere entschieden – und mit diesem Entschluss muss ich jetzt leben.«

»Wie meinst du das?«

»Ich habe mein persönliches Glück über unser gemeinsames gestellt. Das war nicht in Ordnung, und ich kann verstehen, dass Katarina mir das übel genommen hat. Sie hat mich als egoistischen Mistkerl beschimpft.«

Seine Schuldgefühle standen ihm ins Gesicht geschrieben. Ich griff nach seiner Hand, die neben mir auf dem kalten Mauergestein lag. Kaum, dass ich ihn berührte, spürte ich wieder das leichte Kribbeln in meiner Magengegend.

»Manchmal müssen wir im Leben verdammt schwere Entscheidungen treffen«, sagte ich mitfühlend. »Entscheidungen, bei denen es immer eine Art von Verlierer gibt. Wärst du deiner Freundin zuliebe in München geblieben und hättest in der Redaktion dort weiterhin Frust geschoben, hättest du ihr womöglich unterbewusst die Schuld gegeben. Dann hättet ihr jetzt auch keine glückliche Beziehung mehr.«

Er warf mir einen Seitenblick zu. »Dann hältst du mich nicht für einen herzlosen Egoisten?«

Ich lächelte. »Ich halte dich für vieles, aber nicht für einen herzlosen Egoisten. Jedenfalls nicht mehr als wir anderen auch.«

Er atmete tief durch. »Danke, Merle«, sagte er kaum hörbar.

Eigentlich hätte ich dankbar für die friedliche Stimmung zwischen uns sein müssen, dennoch konnte ich mir eine Frage nicht verkneifen.

»Wieso erzählst du mir das alles? Bisher warst du nicht gerade mitteilungsfreudig.«

Unwillkürlich dachte ich an seinen rüden Tonfall, als ich nach seiner Familie gefragt hatte.

»Weil ich erkannt habe, dass ich nicht fair dir gegenüber bin«, gestand er mir. »Ich habe mich dir bei deiner Suche aufgedrängt und frage dich permanent nach deinem Privatleben aus. Dabei weißt du rein gar nichts über mich. Ich möchte für einen gerechten Ausgleich sorgen. Nach dem, was du mir gerade von Herbert Koslowski erzählt hast, will ich nicht, dass du mich für einen neugierigen Schnüffler hältst.«

Ich grinste. »Tja, dafür ist es leider zu spät!«

Er erwiderte mein Grinsen nicht, sondern sah mich mit ernster Miene an. »Meinst du, du kannst mir jetzt verraten, wieso du immer noch nicht als Polizistin arbeitest?«

»Wieso? Vermisst du die Strafzettel, die du von mir bekommen hast?«, flüchtete ich mich in einen Scherz.

Ich hätte ahnen müssen, dass er dieses Thema nicht einfach auf sich beruhen lassen würde. Auch wenn Bastian einen Schritt in die richtige Richtung getan hatte, spürte ich immer noch eine Art Widerstand, mich ihm gegenüber zu öffnen. Bastian war nun mal ein Journalist, und auch wenn er ein anständiger Typ zu sein schien, so ließen sich jahrzehntealte Vorbehalte nicht einfach wegwischen.

»Wieso kannst du mir nicht vertrauen, Merle?«, fragte er.

Ich glaubte, Enttäuschung in seiner Stimme mitschwingen zu hören. Entschuldigend zog ich die Schultern in die Höhe. »Ich würde gerne, aber Vertrauen muss wachsen. Gib mir noch ein bisschen Zeit! Heute Abend ist es … einfach noch zu früh.«

Nach kurzem Nachdenken nickte er mir zu.

»Du hast recht! Erzähl mir ein anderes Mal davon«, lenkte er ein. »Wenn du bereit dazu bist, okay?«

»Abgemacht!« Erleichtert atmete ich auf. »Sollen wir auf die Party zurückgehen?«

»Gerne!« Er stand auf und streckte sich. »Uh, das zwickt in meinem Rücken! Der Sturz hat ihm anscheinend nicht gefallen.«

Ich biss mir auf die Unterlippe. »Entschuldige! Wie gesagt, du bist genau in dem Moment gekommen, als ich mich gefragt habe, ob im Dunkeln …« Ich stockte, denn in diesem Moment wurde mir etwas klar. »Hey, ich habe mich gewehrt! Ohne Zögern, mit all meiner Kraft. Ich … ich bin kein Opfer mehr.« Ein Lächeln breitete sich auf meinem Gesicht aus.

Bastian blinzelte mich verständnislos an. »Ja, das Opfer war wohl eindeutig ich!«

»Aber ich dachte, *ich* wäre in Gefahr, weil du dich von hinten an mich rangeschlichen hast. Mein Instinkt hat mich nicht wie bei Herrn Schluff im Stich gelassen. Ich bin dir etwas schuldig, Bastian.«

Ehe ich mich versah, fiel ich ihm glücklich um den Hals. Zuerst stöhnte er wegen seiner Rückenschmerzen auf, doch dann schloss er mich in die Arme, und seine warmen Hände legten sich auf meine Taille. Überdeutlich spürte ich jeden Zentimeter, an denen sich unsere Körper berührten. Am liebsten hätte ich mich noch enger an ihn geschmiegt. Um Himmels willen, was war nur mit mir los? Ich musste mich selbst daran erinnern, dass dies aus so vielen Gründen falsch war. Schließlich war ich auf der Suche nach meinem heimlichen Verehrer, nach dem Mann, der mich anscheinend abgöttisch liebte. Und dieser Mann war ganz sicher nicht Bastian Everts.

Kapitel 12

Wo blieb er denn nur? Ich stand am Fenster und sah ungeduldig die Straße vor unserem Haus entlang.

»Du scheinst nervös zu sein«, stellte Clara süffisant fest.

Sie saß am Küchentisch und korrigierte die Aufsätze ihrer Schüler. Ihrem neugierigen Blick nach zu urteilen, waren diese jedoch nicht annähernd so spannend wie mein Leben. Kalle schnarchte selig in seinem Körbchen, nachdem ich vorhin einen langen Spaziergang mit ihm unternommen hatte.

»Wenn Bastian kommt, will ich bereit sein«, entgegnete ich so gleichgültig wie möglich. »Wir haben heute schließlich einiges vor.«

Die Party lag schon drei Tage zurück, und seither hatten wir uns nicht mehr gesehen. Bis auf eine kurze Korrespondenz per WhatsApp, in der wir einen Termin für die nächste Tour vereinbart hatten, hatte Funkstille zwischen uns geherrscht.

»Und warum hast du dich so aufgedonnert?« Clara deutete auf meinen geblümten Rock, die Wickelbluse und die Riemchensandalen.

»Um meine Ex-Freunde zu beeindrucken«, gab ich schulterzuckend zurück. »Deine fixe Idee, dass zwischen Bastian und mir etwas laufen könnte, ist lächerlich. Ich habe nicht das geringste Interesse an ihm.«

Das Piepsen meines Handys erlöste mich vor weiteren Sticheleien. Nach einem Blick auf das Display stieß ich erleichtert die Luft aus. Luisa hatte mir endlich geantwortet! Seit Holger mich um Hilfe gebeten hatte, war ich bemüht gewesen, mein Versprechen zu halten und herauszufinden, ob meine Cousine sich mit Problemen herumschlug, von denen sie ihm nichts gesagt hatte. Aber auch ich hatte sie weder telefonisch noch per WhatsApp erreicht. Meine Sorge um Luisa war mit jedem Tag gewachsen. Aber anscheinend ging es ihr gut:

Sorry, dass ich nicht geantwortet habe! Zuerst hatten wir in der Firma Schwierigkeiten in der Produktion, und jetzt ist unser Geschäftsführer Erik wegen einer Lebensmittelvergiftung ausgefallen. Muss wohl länger in Hamburg bleiben! Grüße

Schnell tippte ich eine Antwort, in der ich mich für die Info bedankte und ihr liebe Grüße schickte.

Als ich wieder aufsah, klappte Clara gerade ein Schulheft zu, auf das jemand den Umriss eines männlichen Geschlechtsteils gekritzelt hatte. Allerdings fehlerhaft, denn offenbar hatte der Schüler keine Ahnung von männlicher Anatomie, oder die Zeichnung stellte eine seltene medizinische Anomalie dar. Es dauerte einen Moment, bis ich mich erinnerte, wo ich diese Zeichnung schon mal gesehen hatte: als Graffito auf dem Pilsumer Leuchtturm.

»Von wem ist dieses Heft?«, fragte ich.

»Von Tamara Winkler aus der 5c. Wieso?«

»Fünfte Klasse?«, entfuhr es mir erstaunt. »Wow, das ist jung für Vandalismus!«

Clara blickte von mir zurück auf Tamaras Heft. »Also ich würde das Bekritzeln eines Schulheftes nicht unbedingt als Vandalismus bezeichnen.«

Ich ersparte mir eine weitere Erklärung. In diesem Alter war die Schülerin ohnehin zu jung, um strafrechtlich belangt zu werden. Sollte sie in Zukunft jedoch häufiger Gebäude mit ihrem speziellen Graffito verunstalten, wusste ich immerhin, an wessen

Eltern sich die Kollegen wenden mussten. Tja, so einfach konnte Strafverfolgung sein!

Von draußen erklang ein Hupen, und ich fuhr zackig zum Fenster herum. »Er ist da!«, entfuhr es mir aufgeregt.

Clara zwinkerte mir zu. »Viel Spaß bei eurer Tour!«

Ich schnappte mir meine Tasche, eilte nach unten und lief ohne weiteres Nachdenken aus dem Haus. Erst als ich am Gartentor ankam, fiel mir ein, dass ich meinen üblichen Gefahrencheck an der Haustür vergessen hatte. Abrupt blieb ich stehen und dachte einen unsinnigen Moment darüber nach, ob ich wieder zurückgehen sollte. Aber das wäre völlig unsinnig, oder? Der rationale Teil in mir stellte jedenfalls fest, dass ich trotz meiner Gedankenlosigkeit bisher weder angeschossen oder hinterrücks überfallen worden war.

»Hallo, Merle!«, sagte Bastian in diesem Augenblick. Er war ausgestiegen und lächelte mich an. »Schön, dich wiederzusehen!«

Ich beschloss, mich zusammenzureißen und einfach weiterzugehen. Als ich auf die Straße hinaustrat, hatte ich jedoch das Gefühl, dass sich eine Armee von Feuerameisen in meinem Körper ausbreitete, die jeden einzelnen Muskel unter Spannung setzten. Sogar meine Schädeldecke kribbelte.

»Hallo, Bastian!« Ich schaffte es irgendwie, sein Lächeln zu erwidern. »Wie geht's dem Rücken?«

Er winkte ab. »So ein kleiner Sturz kann doch einen Mann wie mich nicht außer Gefecht setzen!«

Ich betrachtete ihn skeptisch. »Du hattest Schmerzen?«

Er verzog die Mundwinkel. »Und wie!«

»Oh, das tut mir leid!«

»Keine Sorge, jetzt geht es mir wieder gut! Ich bin bestens gewappnet, die nächsten Stunden mit einer kratzbürstigen Ostfriesin zu verbringen und mich beschimpfen und beleidigen zu lassen. Ich habe sogar einige bissige Universalerwiderungen vorbereitet, mit denen ich kontern kann.«

»Na, da bin ich mal gespannt!«

Ich stellte fest, dass es half, mich auf ihn zu konzentrieren. Bastian schaffte es stets, mich abzulenken, und im Augenblick war ich äußerst dankbar dafür.

Er deutete an meine Seite. »Wo ist denn Kalle? Begleitet er uns heute nicht?«

»Er muss zu Hause bleiben«, sagte ich betrübt. »Clara hat darauf bestanden, dass er bei ihr bleibt. Ich glaube, sie hat Angst, dass ich ihr den Hund ausspanne.«

Wir setzten uns ins Auto, und ich nannte Bastian unser Ziel. Als Erstes würden wir zu Patrick nach Norddeich fahren. Mit ihm hatte ich zwischen Timo und Olaf eine kurze Affäre gehabt.

»Während wir fahren, möchte ich, dass du dir etwas ansiehst«, sagte Bastian und tippte auf seinem Handy herum.

Im Wagen fühlte ich mich deutlich entspannter, und das nervöse Kribbeln in meinem Körper hatte nachgelassen. Konnte ich es nun als Erfolg werten, weil ich ohne Gefahrencheck das Haus verlassen hatte? Oder zählte das nicht, weil es nur Zufall gewesen war? Das war wahrscheinlich ein gutes Gesprächsthema für mein morgiges Therapiegespräch bei Doktor Brain.

Bastian reichte mir sein Handy. »Das ist der dritte Artikel, der im *Krummhörner Wochenblatt* über dich erschienen ist, aber dieser stammt von mir. Kennst du ihn schon?«

Ich schüttelte den Kopf. Zu dem Zeitpunkt war ich noch im Krankenhaus und mit wichtigeren Dingen beschäftigt gewesen.

»Du willst, dass ich ihn lese? Jetzt?«

Er startete den Wagen. »Ja, es wäre mir wichtig.«

Also vertiefte ich mich in den Text. Die Überschrift lautete: *Ein Nachbarschaftsstreit eskaliert.* Das klang fast enttäuschend nüchtern. Selbst mir wären aufregendere Versionen eingefallen, wie *Schusswechsel auf der Warft* oder *Zwei Verletzte nach Schießerei.* Auch im Weiteren hatte Bastian sich streng an die Fakten gehalten und seine Leser methodisch über die genauen Vorkommnisse informiert. Er hatte das Verhalten von Antje und mir beim Nachbarschaftsstreit als vorschriftsmäßig und beherzt bezeichnet, sodass nicht mal ansatzweise der Verdacht aufkam, die Eskalation sei unsere Schuld gewesen. Sein Vorgänger Herbert Koslowski hätte sich die Chance, die ostfriesische Polizei als unfähig und dilettantisch darzustellen, sicherlich nicht entgehen lassen. Am Ende des Artikels hatte Bastian noch einen Waffenexperten zu Wort kommen lassen, der sich über die Zahl der nicht registrierten Waffen in Deutschland geäußert und eindringlich gebeten hatte, solche vererbten Waffen an der nächsten Polizeidienststelle abzugeben.

Ich ließ das Handy sinken. »Das ist ein guter Artikel! Informativ und kein bisschen sensationslüstern.«

Er warf mir einen Seitenblick zu. »Dann glaubst du mir, dass ich nicht so bin wie Koslowski?«

»Das habe ich dir doch schon gesagt!«, erwiderte ich nachsichtig. »Ja, ich glaube, ich kann dir vertrauen.«

Sein objektiver Artikel war noch weitaus bemerkenswerter, wenn man bedachte, was für einen schlechten Eindruck Bastian damals von mir sicherlich gehabt hatte. Bei all den Strafzetteln und Verwarnungen, die ich ihm verpasst hatte, hätte ich ihm einen negativen Bericht nicht verübeln können.

»Du kannst mir übrigens auch vertrauen.« Ich deutete vielsagend auf seinen Tacho. »Du musst dich nicht penibel an die Verkehrsvorschriften halten, nur weil eine Polizistin neben dir sitzt!«

»Das sagst du jetzt …« Er verzog das Gesicht. »Aber womöglich stellst du mir nachträglich Strafzettel aus. Oder du informierst heimlich deine Kollegen, damit sie uns unterwegs abfangen, weil mein Reifenprofil abgefahren ist.«

Mein Lächeln erlosch schlagartig. »Dein Reifenprofil ist abgefahren?«, fragte ich streng.

Er sah so besorgt aus, dass ich in schallendes Gelächter ausbrach.

»Nur ein Spaß!«, japste ich. »Du kannst mir wirklich vertrauen.«

»Gut zu wissen!«

Das amüsierte Lächeln, das er mir dabei schenkte, ließ mein Herz unwillkürlich schneller schlagen.

Nur wenige Augenblicke später erreichten wir die Seehundstation in Norddeich, wo Patrick arbeitete. Bei unserem Kennenlernen hatte ich ihn für einen etwas naiven, aber süßen Träumer und Weltverbesserer gehalten. Spätestens jedoch, als er mir erklärt hatte, dass die Kondensstreifen von Flugzeugen – die sogenannten Chemtrails – eine ernsthafte Gefahr für unsere Gesundheit darstellten und man davon poröse Knochen bekäme, wurde mir klar, dass ich ihn offenbar falsch eingeschätzt hatte. Ich beendete die Beziehung nach einer Woche.

Bevor wir ausstiegen, hielt ich Bastian noch einmal zurück. »Du hast mir vorgeworfen, dass die Termine bei Lars und Timo Zeitverschwendung waren. Aber ehrlich gesagt, kann ich unsere Touren nicht nach Wahrscheinlichkeit ordnen. Ich habe keine Ahnung, wer der heimliche Verehrer sein könnte.«

»Überhaupt nicht?«

Ich schüttelte den Kopf. »Tut mir leid.«

Nach kurzem Nachdenken zuckte er mit den Schultern und grinste verschmitzt. »Hey, ich darf mich nicht beschweren, oder? Schließlich habe ich mich dir aufgedrängt. Und vielleicht haben wir ja Glück und finden heute schon den Autor des Briefes, wer weiß?«

Wir stiegen aus und fragten an der Kasse der Seehundstation nach Patrick. Nach kurzem Telefonat schickte uns die Mitarbeiterin zu meinem Bedauern jedoch nicht zu den Seehundbecken, sondern in einen nüchtern gestalteten Nebenraum, in dem Patrick gerade die Fütterung vorbereitete. Man musste Fisch schon sehr lieben, um den intensiven Geruch in dem kleinen Raum länger als fünf Minuten ertragen zu können. Patrick hatte sich inzwischen kaum verändert und war immer noch ein Teddybärtyp mit hellbraunen Wuschelhaaren und kleinem Bauchansatz. Unser Wiedersehen nahm er mit relativem Gleichmut hin. Womöglich trug er mir noch nach, dass ich ihn bei unserer Trennung als Schwurbler bezeichnet hatte.

Ich erzählte ihm in knappen Worten von dem Liebesbrief und fragte ihn freiheraus, ob er der Verfasser wäre. Dies verneinte er durchaus glaubwürdig, indem er fünf Minuten lang schallend lachte und sich dabei an dem Edelstahltisch festhielt, um nicht das Gleichgewicht zu verlieren.

»Ich war das garantiert nicht!«, japste er mit Tränen in den Augen.

Nachdem er sich beruhigt hatte, verabschiedete ich mich kühl von ihm, und wir gingen wieder.

»Tja, das war wohl nix!«, sagte Bastian, als wir wieder draußen standen.

»Und ich habe noch nicht mal einen einzigen Seehund zu Gesicht bekommen«, ergänzte ich unzufrieden.

Wir gingen zum Auto und setzten unsere Tour fort. Der Nächste auf meiner Liste war Lutz Feddersen. Mit ihm hatte ich mit achtzehn Jahren eine abendliche, alkoholgeschwängerte Knutscherei auf dem Auricher Stadtfest. Es hatte nicht viel Mühe gekostet, ihn ausfindig zu machen, da er eine kleine Berühmtheit in der Region war. Lutz hatte während des Studiums ein erfolgreiches Start-up gegründet und war schon in jungen Jahren zu Geld gekommen. Wie reich er tatsächlich geworden war, ahnte ich erst, als wir eine halbe Stunde später vor einem wundervoll renovierten

Gutshaus standen. Der Rasen war offenbar mit einer Schere getrimmt worden, und ein Brunnen plätscherte neben der Zufahrt.

»Lutz ist der Verfasser des Briefs!«, hauchte ich hingerissen. »Das hab ich im Gefühl.«

Bastian schnaubte. »Da wette ich fünf Euro dagegen. Typen mit so viel Geld haben es nicht nötig, Liebesbriefe zu schreiben.«

Sein Argument prallte leider ungehört an mir ab. Vor meinem inneren Auge sah ich mich schon an der Seite von Lutz über das Anwesen schreiten.

Wir klingelten, ein Dienstmädchen öffnete und teilte uns vorwurfsvoll mit, dass uns der Hausherr bereits seit zehn Minuten erwartete. Da ich unser Kommen nicht angekündigt hatte, war diese Rüge merkwürdig, aber immerhin kamen wir auf diese Weise problemlos ins Haus. Sie führte uns in den Salon, der mit schweren Teppichen, einer schimmernden Stofftapete und teuren Antiquitäten ausgestattet war.

»Siehst du, er erwartet mich bereits«, raunte ich Bastian zu. »Er ist ganz bestimmt mein glühender Verehrer.«

»Für eine Polizistin fällst du dein Urteil überraschend schnell, selbst bei äußerst dünner Faktenlage«, entgegnete er muffig.

»Pah, Fakten!« Ich machte eine wegwerfende Handbewegung. »Eine Frau spürt so was. Das nennt man weibliche Intuition.«

»Soll ich schon mal das Aufgebot für Lutz und dich bestellen?«, fragte er spitz.

Ich lächelte. »Gern! So hilfsbereit kenne ich dich sonst gar nicht.«

»Da sind Sie ja endlich!«, ertönte in diesem Moment eine männliche Stimme hinter uns. »Ich hoffe, Sie werden Ihrem Ruf gerecht und können die Überraschungsparty zügig auf die Beine stellen. Haben Sie die großen Herzballons dabei, um die ich Sie gebeten habe?«

Ich drehte mich um und erkannte Lutz kaum wieder. Aus

dem schlaksigen Achtzehnjährigen mit wenig Gespür für Mode war ein gepflegter Mann Mitte dreißig geworden. Lutz betrachtete mich ebenfalls erstaunt, da er offenbar jemand anderes erwartet hatte. Sein beigefarbener Kaschmirpullover schmiegte sich an seinen Oberkörper, und in der Hand hielt er ein Glas mit einem grünen Gesöff, das unfassbar gesund aussah.

»Sie sind nicht vom Partyservice Häusermann?«, hakte er nach.

Seine Zähne waren derart gebleicht, dass sie bestimmt im Dunkeln leuchteten.

»Ähm, nein. Ich bin Merle.« Ich streckte ihm die Hand hin. »Wir haben vor einer halben Ewigkeit auf einem Stadtfest miteinander geknutscht.«

Er schüttelte meine Hand, während er anscheinend angestrengt in seinen Erinnerungen kramte und versuchte, mein Bild irgendwo unterzubringen.

»Merle … Merle …«, murmelte er.

Schließlich schien der Groschen zu fallen, denn ein Lächeln erschien auf seinem Gesicht. »Ja, jetzt erinnere ich mich! Das war ein lustiger Abend. Und wie jung wir damals noch waren …«

»Ja, jung und unbeschwert!«

»Du warst doch mit deiner Freundin auf dem Fest, die mit meinem Kumpel Karsten rumgemacht hat«, sagte er und trank einen Schluck von seinem Smoothie. »Wie hieß sie noch mal? Kerstin? Claudia?«

»Clara.«

Offensichtlich hatte er seit damals keinen Gedanken mehr an mich verschwendet – und somit war er mit großer Wahrscheinlichkeit nicht mein heimlicher Verehrer. Bastians zufriedenem Grinsen nach zu urteilen, ging ihm gerade Ähnliches durch den Kopf. Damit hatte er seine Wette gewonnen. Das fuchste mich ungemein!

»Wer ist denn dein Begleiter?«, wollte Lutz wissen.

»Das ist Bastian Everts, Inhaber des *Krummhörner Wochenblatts* und Fluch meiner Existenz.«

Bastian legte sich tief bewegt die Hand auf die Brust. »Ich fühle mich geehrt, dass du mir in deinem Leben einen so hohen Stellenwert einräumst.«

Mist, damit hatte er leider recht! Schnell versuchte ich, mich zu korrigieren.

»Eigentlich meinte ich, dass ... ähm ...« Ich kam ins Stocken. »Also, du bist in meinem Leben natürlich nur so wichtig wie ...«

»Ja?«, hakte Bastian höchstinteressiert nach.

»Äääh ...«

Und da ging er hin, der maximale Moment für schlagfertige Erwiderungen. Verdammt!

Er lächelte süßlich. »Ich bin mir sicher, heute Nacht, wenn du im Bett liegst, fällt dir ein guter Konter ein. Du kannst mir dann gern eine WhatsApp-Nachricht schicken.«

»Blödmann!«, fauchte ich.

Lutz' leises Lachen erinnerte mich daran, dass wir ihn aus einem bestimmten Grund aufgesucht hatten. In knappen Worten erzählte ich ihm von dem Liebesbrief und meiner Suche.

»... aber ich nehme an, du bist nicht derjenige, der mich seit dem Kuss nicht mehr vergessen kann«, nahm ich seine Antwort vorweg.

»Tut mir leid!«, sagte Lutz mit bedauernder Miene. »Du musst wohl weitersuchen. Ich bin sozusagen in festen Händen. Deshalb plane ich auch eine Überraschungsparty. Leider etwas kurzfristig, da ich gestern erst aus Dubai zurückgekehrt bin. Aber meine Freundin hat heute um Mitternacht einen runden Geburtstag – sie wird zwanzig.«

Bei dieser Information verrutschte mein höfliches Lächeln eine Spur, aber ich hatte mich schnell wieder im Griff. Zwanzig, meine Güte! Das bedeutete, dass seine Freundin heute noch *neunzehn* war. Aber ich wollte keinen Vorurteilen frönen! Bestimmt war sie nicht an seinem Geld interessiert, und er liebte sie hauptsächlich wegen ihres Intellekts.

Wir verabschiedeten uns und dankten ihm für seine Zeit. Als wir aus der Tür traten, war die Sonne verschwunden, und es ballten sich dicke Regenwolken am Himmel. Für die Küste ein typischer Wetterumschwung. Hinter Bastians Auto parkte nun ein Kleinlaster mit der Aufschrift *Partyservice Häusermann.* Zwei Männer in schwarzen Hosen und weißen Hemden räumten gerade unzählige Partyutensilien von der Ladefläche.

Ich wandte mich ab und öffnete die Beifahrertür, als neben mir unvermittelt ein lauter Pistolenschuss ertönte. Ich zuckte zusammen und schrie auf.

Kapitel 13

Mein Herz schien einfach stehen zu bleiben, und jeder Muskel in meinem Körper verkrampfte sich. Ich ließ mich so schnell zu Boden fallen, dass ich mir das Handgelenk verdrehte, doch ich nahm den Schmerz kaum wahr. Die Angst war wieder so präsent wie in dem Augenblick, als Herr Schluff die Waffe auf mich gerichtet hatte.

Ich spürte, wie Hände nach mir griffen, aber ich schlug sie panisch weg.

»Merle«, nahm ich Bastians Stimme wie aus weiter Ferne wahr. »Merle, es ist alles in Ordnung.«

»Ein Schuss«, keuchte ich. »Jemand hat geschossen.«

»Das war nur ein Ballon, der geplatzt ist. Vom Partyservice«, sagte er in beruhigendem Tonfall.

Als er mir dieses Mal eine Hand auf die Schulter legte, schlug ich sie nicht weg.

Ein Ballon, der geplatzt war? Okay, das war gut. Ich war nicht in Lebensgefahr. Obwohl mein Verstand die Information registrierte, konnte ich die Reaktionen meines Körpers nicht mehr kontrollieren. Ich zitterte wie Espenlaub und war unfähig, wieder aufzustehen. Außerdem atmete ich viel zu schnell. Ich fasste mir an die Kehle.

»Keine … Luft«, japste ich. Die Welt schien sich immer schneller um mich herum zu drehen.

»Komm mit!«

Bastian zog mich in die Höhe, und einen Augenblick später saß ich mit ihm auf dem Rücksitz seines Autos. Er nahm mein Gesicht in beide Hände und hielt meinen Blick fest.

»Du hast eine Panikattacke, Merle!«, erklärte er mit seiner ruhigen, tiefen Stimme. »Aber du bist in Sicherheit. Ich bin bei dir. Dir kann nichts geschehen. Hast du mich verstanden?«

Ich nickte, und seine Daumen strichen sanft über meine feuchten Wangen. Erst in diesem Moment bemerkte ich, dass ich weinte.

»Konzentriere dich auf mich. Atme mit mir langsam ein … und jetzt bewusst langsam wieder aus … Sehr gut!«

Ich folgte seinen Anweisungen. Keine Ahnung, wie lange wir so dasaßen, aber irgendwann zeigten die Geborgenheit des Wagens, Bastians Gegenwart und das warme Funkeln seiner Augen Wirkung. Der Schwindel ließ nach, und die Geräusche der Umgebung drangen wieder zu mir durch. Mittlerweile hatte ein Regenguss eingesetzt, und die Tropfen prasselten aufs Autodach.

Leider schaltete sich nun auch wieder mein Verstand ein. Scham wallte in mir auf, als mir bewusst wurde, was für ein jämmerliches Bild ich gerade abgeben hatte: Durch das Platzen eines harmlosen Partyballons war ich ausgetickt und zusammengebrochen. Erneut sammelten sich Tränen in meinen Augen.

»Ich bin so ein Wrack. Entschuldige bitte!«

»Du bist kein Wrack, Merle«, widersprach er entschieden. »Und du musst dich für überhaupt nichts entschuldigen. Du kannst nichts dafür.«

»Aber du hast mich doch gerade gesehen …«

»Nach dem, was du erleben musstest, ist das völlig normal«, sagte er und zog mich an sich.

Unter anderen Umständen hätte ich seine Fürsorge niemals zugelassen. Ich war stolz darauf, mit meinen Problemen allein klarzukommen. Aber diese Panikattacke hatte mich so schutzlos und verwundbar zurückgelassen wie ein Robbenbaby. Ich klammerte mich an Bastian fest und vergrub schluchzend das Gesicht an seiner Schulter. Zum ersten Mal, seit ich angeschossen worden war, ließ ich zu, dass jemand meinen Schmerz mitbekam. Meine Schwäche. Weil ich eben nicht so tough war, wie ich die Leute immer glauben lassen wollte. Aber meine Kraft war nach diesen acht langen und qualvollen Monaten vollständig aufgebraucht.

»Wieso kann ich das nicht alles hinter mir lassen und vergessen? Ich will doch nur wieder so sein wie früher …«

Bastian zauberte von irgendwo ein Taschentuch hervor und reichte es mir. »Ich bin kein Spezialist für Posttraumatische Belastungsstörungen, aber vielleicht versuchst du es zu angestrengt.«

Ich putzte mir die Nase. »Zu angestrengt?«

Er strich mir in ruhigen Bewegungen über den Rücken, und ich konnte nicht anders, als mich wieder an seine Schulter sinken zu lassen.

»Womöglich willst du es so sehr hinter dir lassen, dass du den Vorfall nur beiseiteschiebst, anstatt dich damit auseinanderzusetzen.«

Mit einem unguten Gefühl in der Magengegend dachte ich an meine Sitzungen bei Doktor Brain und wie ich mich jedes Mal aufs Neue weigerte, emotional in die Szenerie jenes Tages einzutauchen, weil es zu schmerzhaft für mich war. Das war wahrscheinlich nicht die Art von Mitarbeit, die einem Patienten half, Fortschritte zu machen und das Erlebte hinter sich zu lassen.

»Das könnte sein«, gab ich leise zu.

Ich fühlte mich in Bastians Umarmung sicher und aufgehoben. Es waren nur wir beide und der Regen, der in gleichmäßigem Rhythmus auf den Wagen prasselte. Die Stille zwischen uns war angenehm und beruhigend. Als ich endlich das Gefühl hatte, wieder ich selbst zu sein, löste ich mich von ihm.

»Danke«, brachte ich mit heiserer Stimme hervor. »Dafür, dass du so schnell reagiert hast, dein Verständnis und für … alles eben.«

Er hielt meinen Blick fest und erwiderte mein Lächeln. »Jederzeit wieder.«

Ich drehte probehalber mein Handgelenk, auf das ich gefallen war.

»Hast du dich verletzt?«

Ich schüttelte den Kopf. »Ich denke nicht. Es zwickt nur noch ein bisschen.«

»Wie wäre es, wenn wir unsere Tour für heute abbrechen?«, schlug er vor. »Eigentlich würde ich dir ja stattdessen einen Spaziergang am Meer vorschlagen, weil das immer zuverlässig den Kopf klärt, aber bei dem Wetter ist das nicht verlockend.«

Da musste ich ihm zustimmen. Auch mich lockte es bei diesem Schietwetter nicht an die Nordsee. Davon abgesehen war ich dankbar für seinen Vorschlag. Ich fühlte mich tatsächlich nicht mehr in der Verfassung, auf weitere Ex-Freunde zu treffen.

Bastians Gesicht hellte sich auf. »Wie wäre es, wenn wir stattdessen zu mir nach Hause fahren, und ich mache dir meinen patentierten Seelentröster?«

Sprachlos starrte ich ihn an. Er wollte mir seinen *Seelentröster* machen? Sicher, wenn ein Mann Erfahrung und geschickte Finger hatte, war er durchaus in der Lage, eine Frau aufzumuntern und in bessere Stimmung zu versetzen. Aber ich hätte das dennoch etwas anders formuliert …

»Ich habe das Rezept von meiner Großmutter«, fuhr er fort. »Sie hat es mir immer gemacht, wenn ich als Kind niedergeschlagen war und behauptete, nichts könne mich aufmuntern. Aber er hat immer gewirkt, und ich habe festgestellt, dass man auch als Erwachsener ab und an einen Seelentröster gebrauchen kann.«

Oh, okay. Anscheinend handelte es sich dabei nicht um etwas Sexuelles. Trotzdem blieb ich skeptisch.

»Ist das was mit Alkohol?«

Er schnaubte. »Also, bitte! Unterstellst du meiner Großmutter, dass sie mich als Kind mit Alkohol abgefüllt hat? Nein, es ist eine heiße Zimtschokolade mit einem schönen Klecks Vanillesahne und zarten Schokoraspeln.«

Ich lächelte. »Das klingt köstlich! Ich glaube, das würde mir jetzt guttun.«

Wir fuhren nach Greetsiel zurück, und bis wir im Dorf ankamen, nieselte es nur noch. Bastian wohnte am Ende einer Sackgasse in einem kleinen verklinkerten Häuschen. Im Vorgarten stand ein knorriger Apfelbaum, und Immergrün, Pfennigkraut und Elfenblumen säumten den Kiesweg zur Haustür. Dort legten wir eine ungeplante Pause ein, da Bastian mit nachdenklicher Miene seine Taschen absuchte.

»Hast du zufällig meine Schlüssel gesehen?«

Unfassbar, dieser Mann verlegte dauernd etwas! Er brauchte dringend mehr Ordnung in seinem Leben.

Ich schlug die Kapuze meiner Jacke hoch, um mich vor dem Nieselregen zu schützen. »Vielleicht ist er im Auto?«

Er nickte. »Gute Idee! Warte hier, ich sehe mal nach.«

Er ging zur Straße zum Wagen zurück, und schon nach kurzer Suche hörte ich seinen Jubelruf. Ein Glück! Ich hatte schon Sorge, ich müsste erneut meine Fähigkeiten als Einbrecherin unter Beweis stellen.

»Hab ihn!« Bastian wedelte über dem Autodach mit dem Schlüssel herum. Doch dann wandte er zackig den Kopf nach rechts. »Oh, oh!«

Plötzlich schien er es sehr eilig zu haben, denn er rannte hastig in Richtung Haus zurück. Hinter ihm ertönte ein wenig eindrucksvolles Kläffen.

»Was ist denn?«, fragte ich irritiert.

Er bedeutete mir, ihm Platz zu machen. »Die Bestie ist los! Bring dich in Sicherheit, Merle!«

Ihm auf dem Fuß folgte Attila, der bissige Chihuahua seiner Nachbarin. Der winzige Hund sprintete hinter ihm her, hatte die Zähne gefletscht und versuchte, nach Bastians Knöchel zu schnappen. Attila hatte wohl noch eine Rechnung mit ihm offen! Und seine Besitzerin Frau Ketelsen pfiff offenbar auf die Maulkorbpflicht. Geistesgegenwärtig griff ich mir den Besen, der an der Hauswand lehnte. Als Bastian mit gezücktem Schlüssel auf die Haustür zustürmte, stellte ich mich Attila damit entgegen.

»Hau ab, du kleine Giftspritze!«, herrschte ich ihn in meinem strengsten Polizistentonfall an. Der hatte schließlich schon Timos Tochter Emma in Schach gehalten. »Hier wird niemand gebissen.«

Attila machte abrupt Halt und beäugte misstrauisch den Besen. Er schien unschlüssig, ob ihm das Teil gefährlich werden konnte. Immerhin verschaffte ich Bastian damit Zeit, die Tür zu öffnen.

»Komm schnell rein!«, rief er mir zu.

Ohne den Hund aus den Augen zu lassen, lief ich mit dem Besen rückwärts, und Bastian dirigierte mich in die richtige Richtung, damit ich nicht stolperte. Gerade als Attila sich duckte und unter dem Besen durchflitzen wollte, zog Bastian mich mit einem Ruck zu sich ins Haus und warf die Tür ins Schloss. Von draußen erklang wütendes Kläffen.

»Das war knapp!«, sagte ich und stützte mich auf den Besenstiel.

»Ja, Attila ist wieselflink.«

Ich kicherte. »Zwei Erwachsene auf der Flucht vor einem Chihuahua. Meinst du, das wäre Stoff für einen Thriller?«

»Auf alle Fälle!«, sagte er lachend. »Ich könnte mich mit den Hauptdarstellern identifizieren.«

Er schüttelte den Kopf. »Ich verstehe echt nicht, weshalb niemand wegen dieses Terrorzwergs Anzeige erstattet. Fast täglich sieht man Fußgänger panisch die Straße entlangrennen.«

»Weil wir in Greetsiel stolze Ostfriesen sind«, klärte ich ihn auf. »Und niemand will zugeben, von einer Handtaschenratte durchs halbe Dorf gejagt worden sein. Da macht man sich doch zum Gespött der Leute.«

Er nahm mir den Besen ab und deponierte ihn neben der Garderobe. »Zu zweit ist Attila jedenfalls deutlich besser zu bekämpfen«, sagte er und grinste. »Kann ich dich vielleicht als Bodyguard engagieren? Du könntest mich jeden Morgen abholen und abends nach Hause bringen.«

»Du willst mich als Bodyguard, obwohl du mich vorhin bei einer Panikattacke erlebt hast?«, entgegnete ich skeptisch. »Ich glaube, für den Job wäre ich nicht gut geeignet.«

Er wurde ernst. »Ich denke, du wärst perfekt für den Job! Weil du reaktionsschnell, clever und mutig bist. Du hast nur dein Vertrauen in dich selbst verloren.«

Ich spürte die Aufrichtigkeit in seinen Worten. Ein warmes Gefühl breitete sich in meinem Bauch aus und wanderte hoch in Richtung meines Herzens.

»Denk nur mal dran, wie du dich gerade einem bissigen Köter entgegengestellt hast«, fuhr er fort. »Du hast keinen Moment gezögert und bist einem verängstigten Journalisten in Not zur Rettung geeilt.«

Ich kicherte. »Ich konnte dich diesen Kampf doch nicht allein ausfechten lassen.«

Er hob den Zeigefinger. »Deshalb sollst du auch mein Bodyguard werden! An Tagen, an denen Attila besonders angriffslustig ist, musst du mich allerdings huckepack zum Auto tragen.«

Ich prustete los, und Bastian stimmte mit ein. Ich konnte kaum glauben, dass ich vor Kurzem noch weinend und wimmernd in seinem Wagen gesessen hatte.

»Ich werde mir dein Jobangebot durch den Kopf gehen lassen«, versprach ich.

»Dann gebe ich mir mal Mühe, dich als zukünftiger Arbeitgeber zu beeindrucken und bereite dir den versprochenen Seelentröster zu.«

Er nahm mir die Jacke ab und deutete auf die Tür zur Linken. »Warte doch so lange im Wohnzimmer und schau dich ein bisschen um!«

Bisher hatte ich noch keine Gelegenheit gehabt, auf meine Umgebung zu achten, doch nun erwachte meine Neugier. Während Bastian in der Küche verschwand, betrat ich den Wohnbereich, der das halbe Erdgeschoss einnahm. Im vorderen Teil befand sich das Wohnzimmer mit zwei cremefarbenen Sofas, einem Couchtisch aus poliertem Holz, einem Flachbildfernseher und mehreren abstrakten Gemälden an den Wänden. Für meinen Geschmack waren sie etwas zu farbenfroh, aber ich hatte auch keine Ahnung von Kunst. Ich hatte meine Schuhe im Flur ausgezogen, und nun sanken meine Füße in einen herrlichen weichen Teppich.

Zu meiner Überraschung war es im Zimmer nicht so chaotisch, wie ich vermutet hatte. Nirgendwo lagen alte Pizzakartons oder anderweitiger Müll herum, nur auf dem Couchtisch stand ein benutztes Glas. Anscheinend war Bastian durchaus imstande, Ordnung zu halten. Seine Schusseligkeit rührte wohl eher daher, dass er mit den Gedanken oft woanders war.

Den hinteren Bereich nutzte Bastian als Arbeitszimmer. In der Mitte stand ein großer Schreibtisch aus dunklem Rauchglas, und alle Wände waren mit Bücherregalen bedeckt. Darin befanden sich auch viele Zeitschriftensammlungen, was bei einem Journalisten wohl zu erwarten war. Auf dem Schreibtisch lagen Papierstapel, Zettel und Mappen, in denen Bastian anscheinend die Informationen zu seinen aktuellen Recherchen sammelte. Dazwischen entdeckte ich eine gerahmte schwarz-weiß Fotografie – die erste wirklich persönliche Note im ganzen Raum. Ich betrachtete die ältere Frau mit den Grübchen und weißen Löckchen, die freundlich in die Kamera lächelte. Sie hatte Bastians Augen, und ich vermutete, dass sie seine Großmutter gewesen war. Im Bilderrahmen waren Geburts- und Sterbedatum eingraviert. Aber was war mit dem Rest seiner Familie? Ich schaute mich um. Nirgendwo gab es weitere Fotografien. Was war mit Bastians Eltern?

In meinem Zimmer konnte man allein aufgrund der großen Fotocollage, die Clara mir zum dreißigsten Geburtstag geschenkt hatte, mein halbes Leben nachvollziehen. Darauf befanden sich meine Familie und all meine Freunde seit meiner Kindergartenzeit. Selbst mein Vater war darauf zu sehen.

Die Nähe und Verbundenheit, die ich bis eben noch zu Bastian verspürt hatte, begann sich zu verflüchtigen. Wieder einmal wurde mir bewusst, wie wenig er bisher von sich preisgegeben hatte. Dabei wusste er mittlerweile fast alles über mich. Seufzend stellte ich den Bilderrahmen zurück und ging mit einem Gefühl der Leere zurück ins Wohnzimmer.

Gerade als ich mich aufs Sofa setzte, kam Bastian mit einem Tablett zurück. Darauf befanden sich zwei dampfende Becher und ein Teller Schokoladenkekse. Sofort erfüllte der Geruch nach Zimt und Vanille den Raum.

»Und bist du mit der Hausdurchsuchung fertig?«, zog er mich auf, während er mir die heiße Zimtschokolade mit Vanillesahne reichte.

»Du hast die Drogen besser versteckt, als ich erwartet hatte«, konterte ich gespielt betrübt. »Aber ich krieg dich schon noch hinter Gitter, verlass dich drauf!«

Er setzte sich und verzog das Gesicht. »Diese Worte aus deinem Mund klingen für meinen Geschmack viel zu glaubwürdig.«

Ich deutete auf die Gemälde an der Wand. »Sind die echt?«

»Mein Freund Matteo hat sie gemalt«, erzählte er. »Er war an der Kunsthochschule Meisterschüler eines bekannten Professors, aber der große Durchbruch lässt noch auf sich warten. Immer, wenn er knapp bei Kasse ist, schafft er es, mir eines seiner Gemälde aufzuschwatzen. Angeblich eine Investition in die Zukunft.« Er seufzte. »Behauptet er jedenfalls.«

Ich schmunzelte und nippte an meinem Becher. Der Geschmack der dunklen Schokolade legte sich wie eine warme Decke auf meine Zunge, die zimtige Würze erinnerte mich an Weihnachten, und die Vanillesahne bildete den perfekten Abschluss. Genießerisch schloss ich die Augen.

»Das ist unglaublich lecker! An deiner Stelle hätte ich meiner Großmutter jeden Tag weisgemacht, dass ich einen Seelentröster brauche.«

»Für solche Tricks war sie zu clever. Sie konnte in mir lesen wie in einem Buch«, sagte er mit leichter Wehmut in der Stimme.

»Sie ist tot?«, fragte ich, obwohl ich die Antwort bereits kannte.

»Sie hatte vor über zehn Jahren einen Herzinfarkt.« Er seufzte. »Es war ein Tod, genau wie sie sich ihn gewünscht hatte, ohne lange Krankheit. Ich hätte allerdings gern noch die Möglichkeit gehabt, mich von ihr zu verabschieden.«

Mitfühlend sah ich ihn an. »Sie wusste sicherlich, was sie dir bedeutet. Manche Dinge muss man nicht extra aussprechen.«

»Wahrscheinlich hast du recht.« Er lächelte traurig und trank einen Schluck. »Du hast wieder mehr Farbe im Gesicht. Geht es dir besser?«

Ich nickte. »Ich hatte noch nie eine so schlimme Panikattacke. Dabei dachte ich eigentlich, ich wäre auf dem Weg der Besserung.«

»Versuchst du, allein damit klarzukommen? Oder hast du Hilfe?«, fragte er vorsichtig.

»Ich bin bei einem Therapeuten, aber irgendwie kommen wir nicht vorwärts«, erzählte ich und verzog beim Gedanken an Doktor Brain die Mundwinkel.

»Vielleicht habt ihr keinen Draht zueinander? Ich habe die Erfahrung gemacht, dass jeder Therapeut anders arbeitet, und wenn die Wellenlänge nicht passt, kann das fatal sein.«

Erstaunt sah ich ihn an. »Du warst auch schon in Therapie?«

»Ja, allerdings ist das schon einige Jahre her. Es gab schwierige Zeiten in meinem Leben. Verluste, mit denen ich nur schwer fertig wurde.« Seine Miene verdunkelte sich. »Irgendwann hab ich gemerkt, dass ich diesen Ballast loswerden und mit jemand darüber reden muss. Jemand, der eine objektive Meinung hat. Meine erste Therapeutin war sehr esoterisch angehaucht. Für mich war das der falsche Ansatz. Aber der zweite Therapeut hat mir großartig geholfen, und seither geht es mir besser. Eine Therapie ist zwar anstrengend und hart, aber es lohnt sich zu kämpfen.« Er nickte mir aufmunternd zu.

Bei einem selbstsicheren Mann wie ihm hätte ich das niemals erwartet. Das nahm mir etwas von der Scham, die ich bei diesem Thema empfand.

»Mein Therapeut ist zwar tatsächlich etwas eigen, aber ich schätze, dass ich bei den Sitzungen keine Fortschritte mache, liegt in erster Linie an mir«, gestand ich ihm. »Bisher habe ich mich nicht wirklich geöffnet. Seit er die Sache mit der psychosomatischen Störung aktiv angehen will, fällt es mir noch schwerer, ihn in meinem Kopf herumkramen zu lassen. Ich kann ihm also keinen Vorwurf machen.«

Bastian runzelte die Stirn. »Was für eine psychosomatische Störung?«

»Obwohl alles perfekt verheilt ist, kann ich meinen linken Arm nur auf Schulterhöhe anheben«, gestand ich ihm.

»Das ist mir noch gar nicht aufgefallen.«

Ich lächelte traurig. »Da ich Rechtshänderin bin, ist es tatsächlich nicht sonderlich dramatisch. Es stört eigentlich nur beim Anziehen und Duschen. Aber auf Streife muss man zu hundert Prozent einsatzfähig sein.«

»Du könntest erst mal Dienst auf dem Revier leisten?«, schlug Bastian vor. »Papierkram erledigen und Telefondienst machen.«

Ich zog eine Grimasse. »Das ist genau der Teil meines Jobs, den ich immer verabscheut habe. Ich will wieder auf die Straße! Aber dazu bin ich mental noch nicht so weit.« Ich stieß einen Seufzer aus. »Weißt du, wenn ich wenigstens nicht auf eine so uncoole Weise angeschossen worden wäre.«

Seine Mundwinkel wanderten belustigt nach oben. »Es gibt eine coole Art und Weise, angeschossen zu werden?«

»Natürlich! Zum Beispiel bei einer Verfolgung im Dienst, wenn wir einen Bösewicht gejagt hätten. Oder wenn ich mich in letzter Sekunde in die Schusslinie geworfen hätte, um das Leben eines kleinen Mädchens zu retten.«

Er dachte einen Moment darüber nach. »Es wäre dir also leichter gefallen, wenn es deine bewusste Entscheidung gewesen wäre, dein Leben in Gefahr zu bringen?«

Erstaunt sah ich ihn an, schließlich nickte ich. »Ich schätze, dann könnte ich jetzt besser damit klarkommen. Aber ich wurde nun mal bei einem langweiligen Nachbarschaftsstreit von einem tattrigen Rentner angeschossen, als er mir gerade seine Waffe aushändigen wollte.«

»Ich denke, du erzählst das falsch!« Er beugte sich vor und griff nach meiner Hand. »Wir haben ja schon festgestellt, dass ein Journalist auf unterschiedliche Weise über eine Story berichten kann. Und du erzählst deine Geschichte so, dass sie dich in keinem guten Licht dastehen lässt. Du scheinst zu denken, dass es deine Schuld und dumm war, sich auf diese Weise anschießen zu lassen. Und jetzt hältst du dich für unfähig und feige, weil du das alles nicht einfach hinter dir lassen kannst.«

Was er gesagt hatte, fasste im Großen und Ganzen zusammen, was mir tagtäglich durch den Kopf ging. Ich wusste nicht, ob es mir gefiel, dass er mich mittlerweile schon so gut kannte.

»Weißt du, wie deine Geschichte bei mir klingen würde?«

Ich schüttelte den Kopf und blickte ihn gespannt an.

»Ich würde von einer mutigen Frau und Polizistin erzählen, der das Wohl ihrer Mitmenschen am Herzen liegt und die sich dafür in ihrem Job tagtäglich in Gefahr bringt. Du musstest einen herben Rückschlag einstecken, aber gibst dennoch nicht auf und kämpfst tapfer weiter. Du bist eine Frau, die entschlossen ist und bereit zu helfen, selbst wenn es sich um einen scheinbar belanglosen Nachbarschaftsstreit handelt. Jeder von uns kann dankbar sein, dass es Menschen wie dich in unserer Gesellschaft gibt!«

Meine Sicht verschwamm. Ich klammerte mich an seiner Hand fest, als wäre sie ein Rettungsanker. War das wirklich die Art und Weise, wie er mich sah?

»Danke«, sagte ich mit belegter Stimme.

Bei Bastian klang meine Geschichte positiv. Lebensbejahend. Mutig. Aber anstatt nachsichtig und verständnisvoll mit mir selbst zu sein, war ich meine allergrößte Kritikerin. So gemein wäre ich niemals zu jemand anderem gewesen. Daran musste ich dringend arbeiten!

Ich schluckte den Kloß in meiner Kehle mühsam herunter. »Warum bist du plötzlich so?«

»Wie?«, entgegnete er stirnrunzelnd.

»So … *nett.*«

Bastian legte den Kopf in den Nacken und lachte. Zum ersten Mal wurde mir bewusst, wie sehr ich sein Lachen mochte. Es war genau wie er selbst – offen, herzlich und laut.

»Ich denke, wir machen in unserer Beziehung einfach Fortschritte. Heute hast du dich sogar von mir trösten lassen. Das lässt man nicht bei jedem zu.«

Im Prinzip hatte er in allen Punkt recht. Dennoch fuchste mich sein selbstgefälliger Tonfall. Als hätte er es geschafft, eine besonders harte Nuss zu knacken.

Ich machte eine wegwerfende Handbewegung. »Ach, ich stell da nicht so hohe Ansprüche! Normalerweise lasse ich mich von einem zotteligen Mischlingshund trösten, der Mundgeruch und einen Hang zu Flatulenzen hat.«

Damit tat ich Kalle unrecht. Er bekam nur dann Blähungen, wenn meine Mutter ihn wieder mit irgendwelchem Mist gefüttert hatte.

»Ich schätze, dann bin ich die bessere Wahl«, entgegnete Bastian.

»Wie man's nimmt. Du furzt vielleicht nicht, aber dafür hast du ein zu großes Ego und redest zu viel.«

Er grinste breit. »Das werde ich als positive Charaktereigenschaft in mein Tinder-Profil aufnehmen: *Furze nicht beim Zuhören.*«

Ich verdrehte die Augen. Dieser Mann musste einfach immer das letzte Wort haben.

Er deutete auf meine Tasse. »Magst du noch einen Seelentröster?«

»Nein, vielen Dank! Sonst wird mir schlecht.«

»Er ist ziemlich sättigend«, gab er zu. »Über die Kalorienanzahl hat sich meine Großmutter bewusst ausgeschwiegen.«

Ich witterte die Chance, ihm noch einige Dinge aus seiner Vergangenheit zu entlocken. »Du hattest ein gutes Verhältnis zu ihr?«

»Sehr gut! Meine Großmutter war mein Halt.« Nach kurzem Zögern ergänzte er mit gesenkter Stimme: »Ich wüsste nicht, was ohne sie aus mir geworden wäre.«

Somit war sie wohl nicht der Grund dafür gewesen, dass er sich für eine Therapie entschieden hatte. Denn natürlich war mir nicht entgangen, dass er vorhin einige schwere Verluste erwähnt hatte, die ihm zugesetzt hatten. Dass er bei dieser vagen Andeutung geblieben war, hätte mir wahrscheinlich eine Warnung sein müssen, aber ich konnte mir einfach nicht auf die Zunge beißen.

»Und was ist mit dem Rest deiner Familie? Was ist mit deiner Mutter?«, platzte es aus mir heraus.

Seine Miene wurde in Sekundenschnelle abweisend, und selbst in seinen Augen lag ein hartes Funkeln. Ohne meine Frage mit einer Antwort zu würdigen, stand er auf.

»Ich bringe die Sachen in die Küche und fahr dich dann nach Hause«, sagte er kühl.

»Oh … okay!«, gab ich mit geröteten Wangen zurück.

Ich verfluchte meine Neugier. Schließlich hatte ich schon einmal erlebt, wie Bastian auf dieses Thema reagierte. Dummerweise war Geduld noch nie meine Stärke gewesen. Hilflos sah ich seinem breiten Rücken hinterher, als er aus dem Wohnzimmer verschwand.

Während ich auf dem Sofa auf seine Rückkehr wartete, fiel mein Blick auf den hübschen Couchtisch, der direkt vor mir eine Schublade besaß. Mir war sehr wohl bewusst, dass ich gerade erst meine Neugier verflucht hatte. Aber mein Drang, mehr über Bastian zu erfahren, war einfach zu stark. Abgesehen davon war er ohnehin schon sauer auf mich. Schlimmer konnte es also nicht mehr werden. Ich hielt den Atem an und lauschte, aber ich konnte nur ein entferntes Klappern aus der Küche hören.

So leise wie möglich zog ich die Schublade auf. Wie in solchen Fällen üblich hatte sich dort ein Haufen Krimskrams angesammelt: Werbekugelschreiber, Küchengummis, Büroklammern, alte Batterien, Flyer von Lieferdiensten, mehrere Packungen Taschentücher und eine uralte Fernsehzeitung. Darunter lugte allerdings die Ecke eines Reisepasses hervor. Da es mir aus beruflichen Gründen in Fleisch und Blut übergegangen war, mir Ausweisdokumente anderer Leute anzusehen, griff ich ohne weiteres Nachdenken danach und klappte den Pass auf. Ein Grinsen überzog mein Gesicht, als mir auf dem Foto eine erheblich jüngere Version von Bastian entgegenblickte. Seine Haare waren damals fast schulterlang, und er war so dünn gewesen, dass seine Wangenknochen scharf hervortraten. Der Pass war zu seiner Volljährigkeit ausgestellt worden und schon lange abgelaufen. Obwohl damals noch keine biometrischen Fotos vorgeschrieben waren, lächelte Bastian kaum, und seine Augen wirkten seltsam leer. Was mochte ihm nur widerfahren sein? Und wieso war außer seiner Großmutter niemand für ihn da gewesen? Mein Blick fiel auf den Namen. Mehrmals hintereinander musste ich ihn lesen, um sicherzugehen, dass ich mich nicht täuschte. Der Reisepass mit Bastians Foto gehörte einem gewissen Hendrik Kramer.

Kapitel 14

»Los, raus mit der Sprache!«, verlangte meine Mutter und zeigte mit einer Krabbe zwischen den Fingern auf mich. »Wieso erlaubst du diesem Journalisten, einen Artikel über dich zu schreiben?«

Wir saßen zum Krabbenpulen zusammen, weil meine Mutter heute für Björn, Clara und mich unser Lieblingsessen machen wollte: Crabs ’n Chips. Es war ein Gericht, das sie in unserer Kindheit aus praktischen Gründen erfunden hatte, doch Björn und ich waren verrückt danach gewesen – und Clara hatte es auch lieben gelernt. Es war wie das Fish ’n Chips der Briten, nur mit Nordseekrabben statt Fisch: selbst gemachte frittierte Kartoffelstäbchen, frische Krabben direkt vom Kutter und ein Berg Mayonnaise.

Da seit Björns Party das Misstrauen meiner Mutter geweckt war, glich dieses inoffizielle Familientreffen für mich jedoch eher einer Inquisition.

»Wieso sollte ich Bastian denn nicht erlauben, einen Artikel zu schreiben?«, entgegnete ich. »Schließlich hat er den Wettbewerb ausgelobt, und ohne ihn hätte ich niemals von dem heimlichen Verehrer erfahren.«

Ich zwang mich, auf die Krabbe in meinen Händen zu schauen, obwohl ich Mutters bohrenden Blick auf mir spürte.

»Die Wahrheit!« Sie lehnte sich zu mir über den Tisch. »Lüg mich nicht an, junge Dame!«

Ich sah zu Clara neben mir. Auch sie wusste, dass ich gegen meine Mutter keine Chance hatte.

»Jetzt erzähl schon!«, raunte sie mir zu.

Die kleine Rebellin in mir wollte jedoch nicht so einfach aufgeben.

»Können wir nicht über etwas anderes reden? Wenn du die Sache auf sich beruhen lässt, verrate ich dir auch, wer den örtlichen Swingerklub führt!«, lockte ich.

Meine Mutter hielt mitten in der Bewegung inne. Der innere Kampf war ihr deutlich anzusehen. Doch schließlich rang sie ihren inneren Schweinehund nieder.

»Nein!«, erwiderte sie entschlossen. »Ich will wissen, was mit dir los ist. Und ich werde nicht lockerlassen, bis ich alles erfahren habe.«

Ich gab auf. Anscheinend hatte ich keine andere Wahl, als ihr meine kriminelle Schandtat zu gestehen. Wenigstens war Björn, unser selbst ernannter Moralapostel, noch nicht hier.

Ich musste meiner Mutter zugutehalten, dass sie nicht umgehend ausflippte, als ich ihr von meinem dilettantischen Einbruchsversuch in die Redaktion und den folgenden Begebenheiten erzählte. Dass wir drei dabei weiterhin in holder Eintracht Krabben pulten, wirkte seltsam beruhigend auf mich und löste meine Zunge. Sogar die gestrige Panikattacke schilderte ich wahrheitsgetreu – bis hin zu dem Reisepass mit dem falschen Namen, den ich entdeckt hatte.

Bastian hatte mich beim Schnüffeln zum Glück nicht erwischt. Bevor er ins Wohnzimmer zurückgekommen war, hatte ich wieder alles feinsäuberlich aufgeräumt und die Schublade geschlossen. Mein Misstrauen war jedoch geweckt, und ich wusste nicht, was ich von meiner Entdeckung halten sollte. Natürlich hatte ich schon mit Clara darüber gesprochen, aber wir waren uns uneins, wie ich weiter vorgehen sollte.

Als ich mit meinem Bericht ans Ende kam, waren wir mit den Krabben fast fertig. Auf das Fleisch reduziert, war es nun über zwei Drittel weniger als vorher. Laut meiner Mutter lag das an mir, weil ich schon als Kind nie sauber gearbeitet hatte und zu faul war, auch die abgerissenen Fleischteile herauszupulen.

»Ach, Merle, was machst du nur für Sachen! Ein Einbruch in eine Redaktion …« Sie seufzte so tief, als wäre ich ihr Sorgenkind.

Was wahrscheinlich auch stimmte. Seit ich zur Polizei gegangen war, lebte sie in ständiger Angst um mich – und letztes Jahr hatte sich ihre schlimmste Befürchtung um ein Haar bewahrheitet. Vielleicht war es auch der einprägsamen Erinnerung an meinen Dienstunfall geschuldet, dass sie mein Geständnis gelassener aufnahm, als ich befürchtet hatte. Eigentlich hatte ich mit endlosen Vorhaltungen gerechnet, weil ich vom rechten Weg abgekommen war.

»Denkst du, das liegt an Vaters Genen?«, fragte ich zerknirscht. »Vielleicht steckt auch in mir eine Kriminelle …«

»Also, bitte!«, sie schnaubte und warf mir einen strengen Blick zu. »Du bist ganz und gar nicht wie dein Vater. So was will ich nicht mehr hören! Du hast Anstand, Herz und Moral, und du bist keine skrupellose Egoistin, der die Gefühle anderer Menschen gleichgültig sind.«

Sie stand auf, stellte die Krabben beiseite und erwärmte das Fett für die Kartoffelstäbchen, die sie schon vorbereitet hatte. Mit verschränkten Armen lehnte sie sich an die Anrichte und sah mich an.

»Natürlich verurteile ich deine Tat, aber ich kann auch verstehen, wieso du es getan hast.« Sie hob den Zeigefinger. »Dieser Liebesbrief hat dich endlich aus deiner Lethargie und deinem Selbstmitleid gerissen. Du hast begonnen, dein Leben wieder in die Hand zu nehmen. Hätte dieser Journalist dir geholfen und wäre nicht so unnötig stur gewesen, wäre es gar nicht zu dem Einbruch gekommen. Du warst quasi dazu gezwungen, extreme Maßnahmen zu ergreifen.«

Ihre Worte taten gut, auch wenn ich mir darüber im Klaren war, dass sie als Mutter nicht gerade richterliche Objektivität an den Tag legte.

Clara schenkte uns Wein nach, und als sie sich wieder setzte, blieb ihr vorwurfsvoller Blick an Kalle hängen, der sich zu meinen Füßen eingerollt hatte und schlief.

»Auf alle Fälle scheint Bastian Everts auch nicht die Unschuld vom Land zu sein«, fuhr meine Mutter nachdenklich fort. Sie strich sich die grauen schulterlangen Haare zurück. »Die Sache mit dem Reisepass finde ich äußerst mysteriös. Ein gefälschter Ausweis ist eine ernst zu nehmende Straftat.«

Sie wandte sich an Clara. »Was denkst du darüber?«

»Ich habe Merle vorgeschlagen, ihn von ihren Kollegen durchchecken zu lassen«, gab sie bereitwillig ihre Meinung zum Besten. »Auf dem Revier könnten sie schnell herausfinden, ob Bastian schon mal Probleme mit dem Gesetz hatte.«

»Gute Idee!« Meine Mutter nickte ihr anerkennend zu.

Ich schüttelte energisch den Kopf. »Aber das werde ich natürlich nicht tun!«

Schon seit gestern diskutierten Clara und ich darüber, aber ich hatte nun mal meine Überzeugungen, an denen ich festhielt.

»Ich kann nicht einfach bei jedem Menschen, der mir begegnet, einen Hintergrundcheck durchführen. Das sind sensible Daten, die ein Polizist nicht zu seinem persönlichen Spaß und Vorteil nutzen darf.«

»Aber ein gefälschter Ausweis mit falschem Namen ist doch wohl ein ausreichender Hinweis auf eine Straftat«, wandte meine Mutter ein.

»Der Pass ist alt, schon lange abgelaufen und somit nutzlos.

Als Straftat wäre das verjährt.« Ich zuckte mit den Schultern. »Vielleicht hat Bastian ihn nur aufgehoben, um sich an seine jungen wilden Jahre zu erinnern?«

Das hoffte ich wenigstens. Denn das war eine Erklärung, mit der ich klarkommen würde. Jeder durfte mal Fehler machen, besonders wenn er noch jung und naiv war. Was mir allerdings Sorgen machte, war die Qualität des Reisepasses. In meinem Berufsleben hatte ich schon einige Fälschungen gesehen, aber keine war so perfekt gewesen. Ich hätte den Pass ohne Zögern für ein Original gehalten, wäre nicht der falsche Name gewesen. Abgesehen davon fälschten junge Leute eher einen Personalausweis oder Führerschein, denn ein Reisepass war viel zu aufwendig. Diese Geschichte war äußerst mysteriös.

Meine Mutter schnippte mit den Fingern. »Ich hab's! Womöglich ist er im Zeugenschutzprogramm, und der Reisepass ist die einzige Erinnerung an sein früheres Ich. Vielleicht hat er als junger Mann gegen einen Drogenboss ausgesagt. Und müsste selbst heute noch um sein Leben fürchten, wenn seine wahre Identität auffliegt.«

Man merkte, dass meine Mutter ein leidenschaftlicher Krimifan war. Ich musste mir ein Grinsen verkneifen.

»Aber dass jemand in Deutschland im Zeugenschutzprogramm ist, ist eine absolute Seltenheit. Mal ehrlich: Wie wahrscheinlich wäre es denn, dass ausgerechnet Bastian zu diesen wenigen Menschen gehört?«, fragte ich skeptisch.

Sie hob den Zeigefinger. »Es ist vielleicht unwahrscheinlich, aber möglich!«

Wir beschlossen, das Thema erst mal auf sich beruhen zu lassen und uns um das Abendessen zu kümmern. Während Clara und ich den Tisch deckten, wandte meine Mutter ihre Aufmerksamkeit wieder dem Kochen zu und kredenzte uns bald darauf die knusprigen Kartoffelstäbchen, Erbsen, Krabben und Mayo.

»Sollen wir auf Björn warten?«, fragte Clara, während sie hungrig auf ihren Teller starrte.

Meine Mutter winkte ab. »Er hat gesagt, es kann später werden. Lasst es euch schmecken, Mädels!«

Das ließen wir uns nicht zweimal sagen. Es war fast beängstigend, wie ein einziger Bissen von den Crabs 'n Chips es schaffen konnte, mich umgehend in meine Kindheit zurückzuversetzen. In eine Welt, die noch unbeschwert war, voller Lachen und Träume.

»Bist du eigentlich in Bastian Everts verliebt?«, fragte meine Mutter aus heiterem Himmel.

Mir fiel vor Schreck eine Krabbe aus dem Mund. »Wie bitte?«, quiekte ich.

»Auf alle Fälle!«, antwortete Clara an meiner Stelle. »Man spürt förmlich das Knistern zwischen den beiden. Du solltest mal sehen, wie aufgeregt Merle ist, wenn sie sich treffen. Das ist richtig süß!«

»Gar nicht! Ich bin überhaupt nicht … also, ich würde niemals …«, stammelte ich zusammenhanglos. »Denn Bastian ist immer so … so … Also, nein! Einfach nur ganz entschieden *nein.*«

Meine Mutter und Clara grinsten um die Wette. Die beiden wussten schließlich nicht, wie oft Bastian und ich uns fetzten und uns gegenseitig den letzten Nerv raubten. Dummerweise kam mir in diesem Moment jedoch ein ganz anderes Bild in den Sinn – nämlich wie Bastian mich bei der Panikattacke im Arm gehalten hatte. Und wie gut sich das angefühlt hatte. Er war so verständnisvoll gewesen, so mitfühlend. Keine Ahnung, was ich in dem Moment ohne ihn getan hätte. Wahrscheinlich hätte ich mich so lange in Lutz' Zufahrt zu einer kleinen wimmernden Kugel zusammengerollt, bis mich der Regen bis auf die Knochen durchnässt hätte. Oder die zwei Typen vom Partyservice hätten den Notarzt geholt, der mich sicherlich in eine Klinik gesteckt hätte. Bastian hatte sich einfach perfekt verhalten. Aber neben meiner Dankbarkeit für seine Hilfe war da auch noch ein anderes Gefühl, wenn ich an ihn dachte. Eine tiefe Wärme, die sich von meinem Bauch hin zu meinem Herzen ausbreitete, meinen Puls beschleunigte und eine nagende Sehnsucht nach Leben erweckte. Die Sehnsucht, ihn wiederzusehen, sein Lachen zu hören, mit ihm Zeit zu verbringen. Die Sehnsucht nach mehr …

Ich schluckte schwer. »Nein, ich bin nicht in ihn verliebt!«, wiederholte ich, wie um mich selbst zu überzeugen. »Schließlich bin ich auf der Suche nach meinem heimlichen Verehrer. Ich konzentriere mich allein auf ihn.«

Meine Mutter musterte mich aufmerksam, doch dann lächelte sie zufrieden. »Das finde ich gut! Denn wie wir vorhin festgestellt haben, wissen wir über Bastian Everts viel zu wenig. Mir gefällt diese Sache mit dem Pass überhaupt nicht, und er ist nun mal ein Zugezogener.«

»Aber ein äußerst heißer und gut aussehender Zugezogener«, warf Clara ein.

Meine Mutter ignorierte sie, beugte sich über den Tisch und tätschelte meine Hand. »Unter deinen Ex-Freunden sind ein paar anständige, nette Männer. Und wie heißt es so schön? Alte Liebe rostet nicht. Es wäre schön, wenn du bei einem von ihnen dein Glück findest, Merle! Jemand, der dir so einen wundervollen Liebesbrief geschrieben hat, ist es wert, ihn zu suchen und ihm eine Chance zu geben.«

Sie hatte recht: Ich durfte mich von Bastian nicht ablenken lassen. Immerhin wartete dort draußen ein Mann, der mich liebte und verehrte.

»Mach ich, Mama. Bis ich den Verfasser des Liebesbriefs gefunden habe, lasse ich die Finger von Bastian Everts.«

»Versprochen?«, hakte sie nach und hielt mir den kleinen Finger hin. Schon seit Björn und ich klein waren, besiegelten wir in unserer Familie damit einen Schwur.

»Versprochen!«, gelobte ich und hakte meinen Finger bei ihr ein.

Sie nickte mir zu. »Sehr gut, mein Schatz!«

Nachdem wir gegessen hatten, räumten Clara und ich die Küche auf. Gerade als wir fertig waren, fiel im Flur die Haustür ins Schloss, und mein Bruder kam mit entschuldigender Miene herein.

»Tut mir leid, dass ich zu spät komme!« Er beugte sich herunter und umarmte unsere Mutter kurz.

Sie tätschelte mit nachsichtigem Lächeln seine Wange. »Kein Problem, ich habe dir deine Portion warm gestellt.«

Wir setzten uns zu ihm an den Tisch, während er sich über das Essen hermachte.

»Ich war bei Holger«, erzählte er kauend. »Ich konnte ihn nur mit Mühe davon abhalten, seine Gäste rauszuwerfen und die *Häuptlingsstube* heute Abend zu schließen, weil er es für eine gute Idee gehalten hat, Hals über Kopf nach Hamburg zu fahren. Er war der Überzeugung, dass er endlich etwas unternehmen müsste, um Luisa zurück nach Hause zu holen.«

Irritiert runzelte ich die Stirn. »Ich dachte, die Sache wäre geklärt?«

Nachdem ich Luisas Nachricht erhalten hatte, war ich noch am selben Abend zu Holger gefahren und hatte sie ihm gezeigt. Er war sichtlich erleichtert gewesen und hatte sich bedankt.

Björn schüttelte den Kopf. »Dir hat sie geschrieben, dass sie für den zweiten Geschäftsführer Erik einspringen muss, weil er eine Lebensmittelvergiftung hätte. Aber Holger gegenüber hat sie heute bei einem Telefonat plötzlich von einem gebrochenen Knöchel gesprochen. Da ist eindeutig was im Busch!«

Leider fiel mir spontan auch keine plausible Erklärung für Luisas Schwindelei ein.

»Da Tante Marianne ausnahmsweise mal nicht in Greetsiel, sondern in Hamburg ist, hab ich sie vorhin angerufen. Und sie wusste weder etwas von einer Lebensmittelvergiftung noch von einem gebrochenen Knöchel. Ihrer Aussage nach läuft in der Firma alles wie am Schnürchen. Dummerweise hat Tante Marianne keine Ahnung, was mit Luisa los sein könnte.«

»Seit dem Eklat letztes Jahr haben die beiden immer noch eine etwas angespannte Beziehung«, sagte meine Mutter. »Es wundert mich nicht, dass Luisa sich ihr in Liebesdingen nicht anvertraut.«

Aber wieso hatte sie auch mich belogen? Diese Geschichte gefiel mir ganz und gar nicht. Wollte Luisa vielleicht nur verhindern, dass ich zwischen den Stühlen saß?

»Und wieso hast du auf Holger eingeredet, dass er nicht nach Hamburg fährt?«, fragte Clara meinen Bruder. »Die beiden hätten sich aussprechen können, und Holger hätte endlich erfahren, was eigentlich das Problem ist.«

Björn legte sein Besteck beiseite. »Weil in der Realität die wenigsten Frauen mit dramatischen Gesten zurückgewonnen werden«, erklärte er uns. »Wenn die Partnerin nicht über ein Problem reden will, darf man sie als Mann auf gar keinen Fall drängen. Man muss respektieren, wenn sie ihren Freiraum möchte. Es ist am besten, man wartet ab, bis sie freiwillig bereit ist, das Gespräch zu suchen.«

»Pfff!«, stieß ich abfällig aus und verdrehte die Augen. »Woher hast du denn den Mist? Du warst wohl noch nie mit einer beleidigten Frau zusammen, die sich lieber die Zunge abgebissen hätte, als freiwillig den Mund aufzumachen.«

Clara nickte zustimmend. »Viele Frauen meinen, der Mann müsste das Problem selbst erkennen. Was er dummerweise natürlich meist nicht tut. Und wenn dann keiner von beiden das Gespräch sucht, ist die Beziehung quasi am Ende.«

»Also, Meike macht das nicht«, konterte Björn mit vorgerecktem Kinn. Allerdings wirkte er nicht mehr ganz so selbstsicher wie vorher. »Wir reden erst miteinander, wenn wir emotional in der Lage sind, eine ruhige und sachliche Diskussion zu führen. So etwas tut man nun mal, wenn man erwachsen ist und sich gegenseitig respektiert. Seine Wut und den angestauten Frust ungefiltert aneinander auszulassen, führt nur zu verletzten Gefühlen.«

So eine Beziehung klang zu schön, um wahr zu sein. Mein Bruder wusste gar nicht, was für ein Glück er mit seiner Frau hatte. Offenbar war sie das unkomplizierteste weibliche Wesen auf diesem Planeten. Wäre er Meike nicht über den Weg gelaufen, hätte der selbst ernannte Frauenversteher den Rest seines Lebens wahrscheinlich als Single verbracht.

»Ich persönlich würde Beziehungsgesprächen natürlich nie aus Feigheit oder verletzten Gefühlen aus dem Weg gehen«, behauptete Clara und wurde bei dieser Lüge nicht einmal rot. »Dafür bin ich zu ausgeglichen und rational veranlagt.«

»Ja, ich natürlich auch!«, schloss ich mich hastig an.

Meine Mutter sah uns beide mit hochgezogenen Augenbrauen an. Wahrscheinlich hätte sie aus dem Stegreif ein halbes Dutzend Begebenheiten nennen können, an denen wir hier mit ihr schon genau solche Probleme besprochen hatten und sie uns ins Gewissen geredet hatte, mehr mit unseren Partnern zu kommunizieren.

Meine Mutter wandte sich an Björn. »Ich denke auch, Holger und Luisa sollten dringend miteinander reden. Egal, wer von beiden einen Fehler gemacht hat – auf diese Weise können sie nicht weitermachen. Das zieht sich schon viel zu lange hin.«

Trotz der geballten Frauenpower blieb mein Bruder hart.

»Nein, Holger darf sie nicht drängen!«, beharrte er stur wie ein Esel. »Ihr werdet schon sehen: Wenn er wartet, bis Luisa das Gespräch sucht, wird sich alles wie von selbst klären.«

Alle Frauen am Tisch stießen kollektiv einen Seufzer aus. Dass Holger ausgerechnet meinen Bruder als Berater in Liebesdingen auserwählt hatte, war bedauerlich. Vor allem, weil ich wusste, wie überzeugend Björn sein konnte. Als ich acht Jahre alt gewesen war, hatte er mich mal überredet, meine Barbie an ein Bündel Feuerwerksraketen zu binden, um sie damit zum Mond zu schießen. Anfangs hatte ich diese Idee kategorisch abgelehnt, aber Björn hatte nicht lockergelassen und mich schließlich mit dem Argument geködert, dass ich damit die Besitzerin der ersten *Astronauten-Barbie* der Welt wäre. Schon allein bei dem Wort hatte ich leuchtende Augen bekommen! Nun ja, unnötig zu erwähnen, dass die ganze Aktion in einem großen Drama endete mit vielen Tränen, einem fast abgebrannten Gartenhäuschen und vier Wochen Fernsehverbot. Ich konnte nur hoffen, dass es für Holger und Luisa besser laufen würde.

Wir ließen das Thema fallen, weil wir nicht auf einen gemeinsamen Nenner kamen. Stattdessen plauderten wir noch ein Weilchen über alltägliche Dinge, ehe wir uns zum Aufbruch bereitmachten. Clara stand schon mit Kalle und Björn im Flur, als meine Mutter mich zurückhielt.

»Diese Panikattacke gestern«, sagte sie mit gesenkter Stimme. »Die macht mir wirklich Sorgen, Merle! Schon die ganze Zeit hatte ich die Vermutung, dass du deine Verwundung nicht so gut verkraftest, wie du uns alle glauben lassen willst. Kann ich dir irgendwie helfen?«

»Nein, danke, Mama! Aber ich weiß dein Angebot zu schätzen.«

Enttäuschung zeichnete sich auf ihrem Gesicht ab. Anscheinend dachte sie, ich wolle sie ausschließen.

Ich griff nach ihrer Hand. »Ich habe das Gefühl, dass ich Fortschritte mache«, erklärte ich. »Die Ausflüge mit Bastian bringen mich vorwärts. Unter anderem weiß ich jetzt, dass ich die Therapie anders angehen muss, denn dummerweise habe ich mich dabei selbst boykottiert. Ab sofort gebe ich mir mehr Mühe!« Ich hob den Zeigefinger. »Aber gleichzeitig setze ich mich selbst nicht mehr so stark unter Druck. Manchmal muss man auch ein bisschen nachsichtig mit sich selbst sein, sonst scheitert man an seinen eigenen hohen Erwartungen.«

Diese Erkenntnisse hatte ich größtenteils Bastian zu verdanken. Ich wünschte nur, dass er nicht so viele Geheimnisse vor mir hätte.

»Außerdem hatte ich heute Morgen wieder Physiotherapie, und Nicole meinte, ich mache auch mit meinem Arm zum ersten Mal seit Wochen wieder Fortschritte.«

»Das hört sich gut an, Merle!« In ihrer Stimme schwang Erleichterung mit, aber auch ein hartnäckiger Rest an mütterlicher Sorge. »Trotzdem bin ich immer für dich da, wenn du mich brauchst.«

Sie strich mir liebevoll das Haar aus der Stirn. »Schließlich möchte ich dich bald wieder in Uniform sehen.«

»Ich dachte, du verabscheust meinen Job«, entfuhr es mir. »Wieso hast du deine Meinung plötzlich geändert?«

Sie verzog die Mundwinkel. »Ich gebe zu, dass es mir fast das Herz gebrochen hat, als du angeschossen wurdest.« Sie atmete tief durch. »Aber das Leben ist nun mal gefährlich – es kann immer etwas passieren. Was wäre die Alternative? Dass ich dich zu Hause einschließe?«

Sie schüttelte den Kopf. »Nein, das wäre keine Lösung! Ich wünsche mir, dass du glücklich bist, und Polizistin zu sein macht dich glücklich. Auch wenn ich nie aufhören werde, mir Sorgen um dich zu machen. Aber das ist wahrscheinlich normal.«

»Danke, Mama! Es bedeutet mir viel.«

Gerührt schloss ich sie in meine Arme. Ich war so froh, sie zu haben! Und ich wusste, dass sie jederzeit die Welt aus den Angeln heben würde, um mir zu helfen.

Kapitel 15

Zu unserer nächsten Tour hatten Bastian und ich vereinbart, dass ich ihn zu Hause abholen würde. Kalle musste leider daheimbleiben, weil er später noch mit Clara einen Impftermin beim Tierarzt hatte.

Ich klingelte, und Bastian öffnete die Tür einen Spalt, sodass nur ein Auge und seine Nasenspitze zu sehen waren.

»Ist die Luft rein?«, fragte er in dramatischem Ton.

Ich stellte mich breitbeinig hin und sah mich nach allen Seiten um. »Ja, Chef! Keine Gefahr weit und breit. Du kannst unbesorgt rauskommen.«

Wir hatten gestern am späten Abend noch einige Zeit damit verbracht, uns Nachrichten zu schreiben. Es war um nichts Wichtiges gegangen, im Grunde hatten wir uns nur unbedeutende Dinge erzählt und herumgewitzelt. Clara hatte sich jedoch den spöttischen Kommentar nicht verkneifen können, dass andere Leute so etwas *flirten* nennen würden. Jedenfalls hatte ich mich beim Texten überreden lassen, heute Bastians Leibwächterin zu spielen. Im Gegenzug würde er mir ein Eis spendieren.

»Ein Bodyguard ist wirklich ein beruhigendes Gefühl«, sagte er, als er nach draußen trat. »Diese allmorgendliche Schmach, von einem Chihuahua zu meinem Auto gejagt zu werden, hat meinem Ego nicht gutgetan.«

Wie immer sah er zum Anbeißen aus. Heute trug er ein dunkelgraues Shirt, das sich eng an seinen Oberkörper schmiegte. Außerdem hatte er auf die morgendliche Rasur verzichtet, und der leichte Bartschatten unterstrich seine Männlichkeit. Aber, so erinnerte ich mich selbst, ich hatte meiner Mutter versprochen, mich auf meinen heimlichen Verehrer zu konzentrieren! Es war vollkommen egal, wie sehr der Mann vor mir meine Hormone in Wallung brachte.

Stirnrunzelnd deutete Bastian auf das Arbeitsgerät in meiner Hand. »Was ist das denn?«

Ich grinste. »Ein akkubetriebener Laubbläser! Hab ich von unserem Nachbarn ausgeliehen. Laut seiner Aussage hat er so viel Leistung, dass man damit ein Laubblatt in die Erdumlaufbahn schießen kann. Wenn uns Attila auf die Pelle rückt, puste ich ihn damit weg.«

Ich hob den Laubbläser an und blies darauf, als wäre er ein rauchender Colt.

Bastian lachte schallend. »Auf die Idee hätte ich auch kommen können. Merle, du bist Gold wert!«

Ich zuckte lässig mit den Schultern. »Ich habe nur nach einem Weg gesucht, uns den Kleinen vom Leib zu halten, ohne ihm ernsthaft wehzutun.«

Wir setzten uns ins Auto, aber bevor ich losfuhr, musste ich ihm noch etwas erzählen.

»Ich habe inzwischen meinen Ex-Freund Moritz ausfindig gemacht. Von ihm habe ich mit dreizehn meinen ersten Kuss bekommen. Also, nicht wie bei Lars – ich meine, den ersten *richtigen* Kuss.«

Ich lächelte wehmütig. Das waren noch Zeiten gewesen! Moritz und ich hatten uns kaum getraut, miteinander zu reden. Bis auf ein bisschen Händchenhalten und den schüchternen Kuss war nichts zwischen uns passiert.

»Wie sich herausgestellt hat, wohnt Moritz seit einigen Jahren in Frankreich«, fuhr ich fort. »Er betreibt dort mit seinem Partner in der Provence ein Weingut mit Gästehaus. Sehr nobel.«

Ich tippte auf meinem Handy herum und zeigte Bastian die Internetseite eines französischen Landhauses mitten in den Weinbergen. Er stieß einen Pfiff aus.

»Und da fahren wir hin?«, fragte er hoffnungsvoll. Anscheinend hatte er gegen einen Ausflug in den Süden nichts einzuwenden.

»Nein, leider nicht!« Ich seufzte. »Denn Moritz` Partner ist auch sein Ehemann.«

»Dein Ex-Freund ist jetzt homosexuell?«

Ich hob den Zeigefinger. »Wenn jetzt irgendeine doofe Bemerkung kommt, kriegst du eins auf die Nase!«

Ich hatte mir schon genug gut gemeinte Witzeleien von Clara anhören müssen. Ich für meinen Teil ging davon aus, dass Moritz sich in jungen Jahren seiner sexuellen Orientierung einfach noch nicht sicher gewesen war und es erst mal mit der »Hetero-Schiene« versucht hatte. Natürlich war ich keine Fachfrau in solchen Dingen, aber in diesem Alter war es sicherlich ziemlich beängstigend, wenn man feststellte, dass man sich zum eigenen Geschlecht hingezogen fühlte. Als Teenager wollte man normalerweise dazugehören und sein wie die anderen. Niemand mit Verstand war scharf auf den Ärger und die Probleme, die ein Coming-out unweigerlich mit sich brachte – auch in der heutigen Zeit. Daran dachten die konservativen Gemüter unserer Gesellschaft anscheinend nicht, die eine vollständige Sexualkundeaufklärung in den Schulen verhindern wollten, da sie die Kinder auf »dumme Ideen« bringen könnte. Sie gingen wohl davon aus, Homosexualität wäre wie ein Modetrend, für den man sich bewusst entscheiden konnte. Aber so einfach war es nun mal nicht.

»Jedenfalls habe ich mit Moritz telefoniert«, berichtete ich. »Da ich die Wahrscheinlichkeit, dass er mein heimlicher Verehrer ist, als sehr gering eingestuft habe, dachte ich, es ist okay, wenn du nicht dabei bist.«

Bastian nickte verständnisvoll. »Und wie war euer Gespräch?«

»Gut! Er hat sich gefreut, von mir zu hören. Außerdem hat er erzählt, dass sein Mann und er ganz aufgeregt sind, weil sie bald ein Kind adoptieren.«

In dem Moment hatte ich mich ein bisschen wie eine Verliererin gefühlt. Moritz hatte mit dem Weingut in Frankreich seinen Lebenstraum verwirklicht. Er hatte einen Mann, den er liebte, und nun wollten sie gemeinsam eine Familie gründen. Und was hatte ich vorzuweisen? Nichts. So langsam begannen die Kontakte mit meinen Ex-Freunden an meinem Selbstbewusstsein zu nagen. Im Gegensatz zu ihnen schien ich mich kein Stückchen weiterentwickelt zu haben.

»Okay, damit können wir auch ihn von der Liste streichen«, resümierte Bastian. »Damit haben wir jetzt sechs, oder?«

Ich nickte, während ich den Wagen startete und losfuhr. Es blieben nur noch fünf Männer übrig. Immerhin waren darunter auch ein paar nette – wie die heutigen beiden, mit denen ich einen Termin vereinbart hatte.

»Wir fahren zuerst nach Leer zu Jonas«, verkündete ich den Tagesplan. »Mit ihm war ich vor Timo in einer Beziehung. Er war wie ich bei der Polizei, aber dann hat er lieber die Kneipe seines Onkels übernommen. Er war nicht der Typ, der widerspruchslos Befehle befolgt.«

Ich lächelte, als ich an unsere gemeinsame Zeit zurückdachte. »Jonas feiert gerne, hat Humor und liebt Tiere, er ist ein wahrer Hundenarr. Seine Schäferhündin Kira war sein Augenstern.«

Die Leichtigkeit, mit der Jonas das Leben nahm, hatte mich immer fasziniert. Seine Ausgelassenheit und sein Übermut hatten in positiver Weise auf mich abgefärbt, jedenfalls zu Anfang unserer Beziehung.

»Ich hoffe, heute kommen wir mit unserer Suche endlich voran!«, bemerkte Bastian seufzend. »Meine Mitarbeiter haben sich schon beschwert, weil ich so oft weg bin.«

Ich wandte den Blick von der Straße ab. »Es war deine Idee, mich zu begleiten, schon vergessen? Es ist nicht meine Schuld, wenn du dadurch deinen Job vernachlässigst.«

Er brummte etwas in seinen nicht vorhandenen Bart, und ich grinste breit.

Leer begrüßte uns mit strahlendem Sonnenschein und blauem Himmel. Ich mochte die Stadt mit dem schönen Hafen, der historischen Innenstadt und den vielen kleinen Läden, die zum Stöbern einluden. Man konnte dort wunderbar einkaufen, flanieren, einen Kaffee trinken und sich die Zeit vertreiben.

Unser Ziel befand sich allerdings in einem weniger touristischen Bereich. Jonas besaß am Rand der Innenstadt eine Eckkneipe, in die man sich lediglich für ein schnelles Bier oder einen Absacker verirrte. Sie trug den Namen *Zum Schifferkrug*. Nachdem ich an die Tür geklopft hatte, öffnete Jonas mir in einem T-Shirt mit verwaschenem Aufdruck, einer ausgeleierten Jogginghose, verwuschelten blonden Haaren und zugequollenen Augen. Offenbar war er gerade erst aufgestanden. Aber bei seinem Job war das wohl legitim.

Er starrte mich an. »Merle?«

Ich lächelte. »Wie vereinbart! Schön, dich wiederzusehen.«

Seine Augen verengten sich. »Dass du miese Zicke dich hier blicken lässt!«, fauchte er.

Vor Schreck rutschte mir das Herz in die Hose. Was hatte ich ihm denn getan? Als wir den Termin vereinbart hatten, war er noch normal und friedfertig gewesen.

»W-wie bitte?«, stotterte ich entgeistert.

Für einen Moment herrschte angespanntes Schweigen, dann brach Jonas in schallendes Gelächter aus.

»Du solltest mal dein Gesicht sehen! Zu köstlich …«

Jonas klopfte sich auf die Schenkel. Dass niemand mitlachte, störte seine Erheiterung nicht im Geringsten. Erst jetzt erinnerte ich mich wieder daran, dass seine Art von Humor meist auf Kosten anderer ging. Zwar spürte ich Bastians Blick auf mir, aber ich weigerte mich, zu ihm zu sehen. Vielleicht hätte ich auf der Fahrt ein nicht ganz so überschwängliches Loblied auf Jonas anstimmen sollen …

Endlich wischte er sich eine letzte Lachträne aus dem Augenwinkel. »Das war nur ein Witz! Ich freue mich natürlich auch, dich zu sehen, Merle.«

Überschwänglich zog er mich an sich, doch es fühlte sich eher so an, als würde er mich in den Schwitzkasten nehmen. Danach drückte er mir noch einen feuchten Kuss auf die Wange.

»Kommt rein in die gute Stube!«

Ich wischte mir unauffällig über die feuchte Wange und folgte ihm.

Die Wände der Kneipe waren mit Holz verkleidet, es gab einen blinkenden Spielautomaten, und der massive Holztresen hatte im Laufe der Zeit sicherlich mehr als eine Kneipenschlägerei überstanden. Eine eingestaubte Holzmöwe baumelte von der Decke und schien in Richtung Fenster zu fliegen. Selbst die Deko wollte offenbar flüchten.

»Mein Reich!«, sagte Jonas stolz und breitete die Arme aus. »Hier beschaffe ich meinen früheren Kollegen frische Arbeit. Denn jetzt fülle ich die Leute ab – und die Polizei nimmt ihnen danach den Führerschein ab.« Er beugte sich zu mir. »Offengestanden macht das Abfüllen mehr Spaß, als danach den Spielverderber zu mimen.«

Ich bemühte mich um ein Lächeln. »Aber die *Spielverderber* sorgen immerhin dafür, dass ein Betrunkener keinen Unfall baut und dabei Unschuldige verletzt werden.«

Er betrachtete mich mit vorwurfsvollem Blick. »Ach, jetzt mach dich mal locker! Du bist ja noch genauso verkrampft wie früher.«

Ich? Verkrampft? Nur weil ich es für wichtig hielt, dass jemand auf die Einhaltung des Gesetzes achtete, war ich noch lange nicht verkrampft, verflixt noch eins! Ich beschloss jedoch, seinen Kommentar zu ignorieren. Schließlich war ich nicht hier, um mit ihm über Sinn und Nutzen staatlicher Kontrollinstanzen zu diskutieren. Stattdessen stellte ich ihm Bastian vor und erklärte ihm den Grund unseres Besuchs. Während ich sprach, machte Jonas sich daran, die Stühle zurechtzurücken und die Tische abzuwischen.

»... und da du ebenfalls auf dieser Liste stehst, wollte ich fragen ...« Ich kam kurz ins Stocken, denn Bastian versetzte mir einen Stoß in die Seite. Aber ich fuhr unbeirrt fort: »... ob du mein heimlicher Verehrer bist?«

»Ich?« Jonas hielt in seiner Arbeit inne und betrachtete mich mit diesem verschmitzten Grinsen, das mich früher zum Schmelzen gebracht hatte. »Möchtest du denn, dass ich dein heimlicher Verehrer bin?«

»Tja, also ...«, gab ich überrascht zurück. »Wenn du es bist, wäre ich dir auf alle Fälle dankbar, für diesen wundervollen Liebesbrief und ich ... ich ...«

Bastian räusperte sich und zog nachdrücklich am Ärmel meiner gepunkteten Bluse, doch ich schlug entnervt seine Hand weg.

»... würde vorschlagen, dass wir es noch mal miteinander versuchen, schätze ich.«

Obwohl mein Bauchgefühl mir von diesem Plan eher abriet. Ich konnte mir beim besten Willen nicht vorstellen, dass Jonas und ich ein glückliches Paar abgeben würden. Unsere Beziehung war gescheitert, weil er einfach nichts ernst genommen und in den unmöglichsten Situationen seine Scherze gemacht hatte, selbst wenn ich mit ihm über unsere Probleme reden wollte. Manchmal waren wir zusammen auf Streife gewesen, und es hatte mich schockiert, wie gleichgültig ihm unsere Arbeit war. Verkehrssünder, die weiblich und gut aussehend waren, hatten bei ihm gute Chancen gehabt, ungestraft davonzukommen. Außerdem hatte er mir fast jedes Mal vorgeschlagen, mit dem Streifenwagen aufs Feld zu fahren und dort rumzumachen. Das, was mich ursprünglich zu ihm hingezogen hatte, nämlich seine Sorglosigkeit und Unbeschwertheit, hatte schließlich zum Ende unserer Beziehung geführt.

Jonas schlenderte auf mich zu. »Ich muss dich enttäuschen, ich hab den Brief nicht geschrieben. Aber ich kann deinen heimlichen Verehrer verstehen.«

Er schnappte sich eine Strähne meines Haares und drehte sie zwischen den Fingern.

»Ich habe selten eine so toughe und freiheitsliebende Frau wie dich getroffen. Du würdest einen Mann niemals einengen oder ihn mit Beziehungskram wie Ehe und Kindern nerven.« Er sagte dies in einem leidenden Unterton, als habe er dahin gehend schon ganz andere Erfahrungen gemacht.

»Du verstehst, dass ein Mann seinen Freiraum braucht, weil du auch keine Fesseln angelegt bekommen möchtest. Und es gibt doch nichts Faszinierenderes als eine Frau, die sich nicht einfangen lässt.« Er kam näher und hauchte mit rauer Stimme: »Wild und unbezähmbar wie eine Amazone.«

Bastian neben mir machte ein Geräusch, als würde er sich gleich übergeben. Waren Jonas' Anmachversuche schon immer so plump gewesen?

Von dem lächerlichen Vergleich mit der Amazone einmal abgesehen, irritierte mich jedoch seine Beschreibung meines Verhaltens. Hatte ich ihn wirklich so sehr auf Abstand gehalten?

Das war mir nicht bewusst gewesen. Allerdings war auch die Beziehung zu Timo aus diesem Grund gescheitert. War ich etwa beziehungsunfähig?

Jonas seufzte und ließ meine Haarsträhne wieder los. »Aber eine starke Frau hat auch Nachteile. Vor allem, da sie von ihrer eigenen Meinung überzeugt ist und man andauernd lästige Kompromisse schließen muss.«

»Ah ja?«, fragte ich gereizt.

Er zuckte mit den Schultern. »Pflegeleicht ist halt anders, Merle. Im Gegensatz zu mir wolltest du dich immer an langweilige Regeln halten, hast jedes Wort auf die Goldwaage gelegt und meist bestimmt, wie oft wir uns treffen, wann wir Sex haben und wer beim Poppen oben liegen darf. Zum Glück fand ich es immer toll, wenn du oben warst.« Er grinste dreckig.

Oh Gott, hatte er das gerade tatsächlich in Bastians Gegenwart gesagt? Vor Scham stieg mir die Hitze in die Wangen.

»Habt ihr zufällig meine Kippen gesehen?« Er klopfte die Taschen seiner Jogginghose ab. »Ich hab sie wohl oben in der Wohnung vergessen. Wartet kurz hier, okay?«

Er verschwand hinter einer Tür mit der Aufschrift *Privat* und ließ mich mit Bastian allein. Ich starrte angestrengt auf meine Füße.

»Du hattest recht, er ist ein unglaublich netter und witziger Kerl«, sagte er schließlich. Der sarkastische Unterton in seiner Stimme war nicht zu überhören.

»Mhm«, brummte ich. Wenigstens hatte er genügend Anstand, Jonas' Sexkommentar nicht zu thematisieren.

Ich spürte seinen warmen Atem an meinem Ohr. »Merle, darf ich dir endlich etwas zeigen?«

»Was denn?«, entgegnete ich, ohne ihn anzusehen.

Er legte die Hände auf meine Schultern und drehte mich in Richtung Bar. Dann deutete er auf ein großes gerahmtes Foto, das neben der Kasse hing. Vor Überraschung blieb mir der Mund offenstehen. Kein Wunder, dass Bastian so vehement nach meiner Aufmerksamkeit verlangt hatte!

»Wenn du mich fragst, hat dieser Typ das Ende eurer Beziehung nicht so gut verkraftet, wie er dich glauben lassen will«, sagte Bastian. »Du scheinst ihm noch sehr viel zu bedeuten. Immerhin ist es das einzige Foto weit und breit.«

Das Bild neben der Kasse zeigte mich, wie ich neben Jonas' Schäferhündin Kira fröhlich lächelnd im Gras saß. Es stammte aus einer Zeit, in der wir noch glücklich miteinander gewesen waren. Ich hatte seine Hündin gemocht, und wir hatten zu dritt oft lange Spaziergänge unternommen. Dass er dieses Foto von mir nach all den Jahren hier hängen hatte, konnte ich kaum fassen. Also war Jonas der Verfasser des Liebesbriefes? Hatte er mich vorhin angeschwindelt?

Mir wurde abwechselnd heiß und kalt. Von einem plötzlichen Impuls ergriffen, schnappte ich mir Bastians Hand und zerrte ihn mit mir. Ich wollte von hier verschwinden – und zwar bevor Jonas zurückkam.

»Los, lass uns gehen!«

»Wie bitte?« Überrumpelt ließ Bastian sich ein paar Schritte mitziehen, doch dann stemmte er sich gegen mich.

»Was soll das denn?«

Ich warf ihm einen flehentlichen Blick zu. »Bitte, tu einfach, was ich sage, okay? Ich erkläre es dir draußen. Aber lass uns jetzt abhauen!«

Sein Stirnrunzeln vertiefte sich, aber er folgte mir widerstrebend.

Erst als wir die Kneipe verlassen hatten, blieb er mitten auf der Straße stehen. »Ich will eine Antwort!«, verlangte er. »Ich verstehe absolut nicht, was in dir vorgeht. Warum hast du plötzlich die Flucht ergriffen?«

Nervös schielte ich zur Tür zurück, weil wir uns für meinen Geschmack noch viel zu nah an der Kneipe befanden. Aber ich wusste, dass Bastian nicht lockerlassen würde.

»Jonas könnte tatsächlich mein heimlicher Verehrer sein. Aber ich *will nicht*, dass er es ist«, gestand ich ihm. »Eine Beziehung mit ihm würde mit hoher Wahrscheinlichkeit wieder kein gutes Ende nehmen. Dafür sind wir einfach zu unterschiedlich, und uns fehlen die gemeinsamen Werte und Einstellungen.«

Ich sah Bastian in die Augen, und plötzlich wurde mir klar, dass das nur die halbe Wahrheit war. Mein laut pochendes Herz und das Flattern in meiner Magengrube zeigten mir, dass ich längst mehr für ihn empfand. Ich wollte nicht, dass unsere gemeinsame Zeit zu Ende ging. Denn sobald er das Material für seinen Artikel hatte, würden sich unsere Wege trennen. Und wahrscheinlich würden wir uns nicht mehr so schnell wiedersehen.

»Willst *du* denn wissen, ob Jonas den Brief geschrieben hat? Möchtest du, dass es hier zu Ende ist?« Atemlos trat ich näher zu ihm und konnte nicht verhindern, dass meine Finger sich nervös ineinander verknoteten.

Irritiert erwiderte er meinen Blick. »Natürlich will ich wissen, ob Jonas der ist, den wir suchen! Deshalb sind wir doch hier. Um den anonymen Gewinner meines Wettbewerbs ausfindig zu machen – *deinen* heimlichen Verehrer.«

Es war dumm, dass mir seine nüchterne Antwort einen Stich versetzte. Denn schließlich hatte er recht: Deshalb waren wir hier. Wir hatten eine Vereinbarung getroffen, weiter verband uns offensichtlich nichts. Das hatte er soeben deutlich gemacht.

»Na schön, dann gehen wir eben zurück in die Kneipe und fragen ihn«, entfuhr es mir schnippisch.

Bastian stutzte und strich sich die Haare aus der Stirn. »Was soll denn dieser Tonfall jetzt wieder?«

»Was für ein Tonfall?«, giftete ich zurück. »Das ist ein ganz normaler Tonfall. So spreche ich immer.«

Er seufzte. »Das wäre mir neu …«

Ich ließ ihn stehen und marschierte zurück zur Kneipe. Dort saß Jonas an der Bar, scrollte gelangweilt auf seinem Handy herum und rauchte eine Zigarette. In seiner Zeit bei der Polizei war er noch Nichtraucher gewesen.

Überrascht sah er auf. »Ach, ihr seid noch da? Ich dachte, ihr hättet euch aus dem Staub gemacht.«

»Nein … nein, wir waren nur ein bisschen frische Luft schnappen.« Ich setzte mich auf den Hocker neben ihn, und Bastian blieb hinter mir stehen.

Es war wohl am besten, ich redete nicht lange um den heißen Brei herum. »Sag mal, dieses Foto von mir … Wieso hängt das da?«

»Welches Foto?«, entgegnete Jonas irritiert.

Ich deutete auf den Bilderrahmen neben der Kasse, und er drehte sich zur Seite.

»Ach so, das!« Er lachte kurz und wandte sich wieder zu mir um. »Ja, das wirkt auf den ersten Blick wahrscheinlich missverständlich.«

»Missverständlich?« Für mein Empfinden konnte die Sache kaum eindeutiger sein.

»Nun, das ist eigentlich kein Foto von *dir*, sondern von Kira. Du bist nur zufällig auch drauf.« Er seufzte tief, und sein unbeschwertes Lächeln schwand. »Es war das letzte Foto, das ich von Kira gemacht habe, bevor sie angefahren wurde und … ich sie einschläfern lassen musste. Erinnerst du dich?«

Ich nickte mechanisch. Zwar war ich beim eigentlichen Unfall nicht dabei gewesen, aber nachdem der Tierarzt den Hund eingeschläfert hatte, war Jonas gleich zu mir gekommen. Es war das einzige Mal gewesen, dass er seine Deckung hatte fallen lassen und wirklich am Boden zerstört gewesen war. Dieser Hund hatte ihm unfassbar viel bedeutet.

Selbst jetzt zeigte sich noch ein wehmütiger Ausdruck auf seinem Gesicht. »Sie war mein Seelenhund«, sagte er leise.

Mitfühlend legte ich ihm die Hand auf den Arm. »Sie hat dich vergöttert und wäre dir überallhin gefolgt.«

Er nickte wortlos, offenbar nicht imstande, etwas zu sagen. In seinen Augen funkelten Tränen, und er schluckte mehrmals. Da ich wusste, wie unangenehm ihm öffentliche Gefühlsregungen waren, beschloss ich, ihn nicht länger zu quälen.

»Danke, dass du das Missverständnis aufgeklärt hast. Es war schön, dich mal wiederzusehen, Jonas!«, sagte ich und schloss ihn zum Abschied freundschaftlich in die Arme. »Viel Glück mit deiner Kneipe – und übertreib es nicht mit dem Feiern!«

Er räusperte sich und fand wieder zu seiner unbeschwerten Miene zurück.

»Du bist und bleibst eine alte Spaßbremse!«, erwiderte er augenzwinkernd.

Spätestens jetzt war ich davon überzeugt, dass er nicht mein heimlicher Verehrer war. Kein Mann, der in eine Frau verliebt war und sie für sich gewinnen wollte, nannte sie eine *alte Spaßbremse …*

Kapitel 16

Bastian und ich gingen schweigend zurück zum Auto. Eigentlich hätte es mich glücklich machen sollen, dass wir mit unserer Suche fortfahren mussten, aber die Stimmung zwischen uns war nicht mehr so unbeschwert wie vorher. Am liebsten hätte ich Bastian am Kragen gepackt und ihn gefragt, wieso ich ihm so gleichgültig war. Um mein Gesicht zu wahren, versuchte ich allerdings, mich so gut wie möglich zusammenzureißen.

Zum Glück musste er auf der Fahrt einige Telefonate für die Redaktion erledigen. Mit Konny Appelhagen besprach er den anstehenden Druck für die nächste Ausgabe und einen besseren Aufmacher für die Titelstory. Offenbar verstanden sich die beiden sehr gut, denn sie hatten einen lockeren, freundschaftlichen Umgangston. Beim nächsten Telefonat fragte Bastian einen gewissen Jochen, ob er schon mit der Drogenstory weitergekommen wäre. Sofort horchte ich auf. Drogen in der Krummhörn? Gespannt hielt ich den Atem an, um kein Wort zu verpassen, doch leider gab dieser Jochen nur eine kurze Antwort, woraufhin Bastian seufzend das Gesicht verzog und sich rasch verabschiedete. Nachdem er aufgelegt hatte, fluchte er leise. Diese Sache lag ihm wohl am Herzen.

»Was für eine Drogenstory?«, entfuhr es mir neugierig.

Langsam wandte er mir den Kopf zu. »Ach, jetzt redest du wieder mit mir?«

Er hatte die Augenbrauen hochgezogen, und er klang so herausfordernd, dass ich meine Frage sofort bereute. Dass er offensichtlich noch nicht mal den Schimmer einer Ahnung hatte, weshalb mich seine kühle Art derart verletzt hatte, fachte meine Wut von Neuem an. Von mir aus konnte er an seiner Drogenstory ersticken!

»Weißt du was? Vergiss einfach, dass ich gefragt habe!«

Zum Glück erreichten wir in diesem Moment unser nächstes Ziel: die Kunsthalle in Emden. Dort arbeitete mein Ex-Freund Dominik, mit dem ich ausschließlich schöne Erinnerungen verband. Wir hatten dieselbe Schule besucht, und er war mit sechszehn mein erster richtiger Freund gewesen. Er hatte gern über das Leben philosophiert, Latzhosen getragen und war stolz auf seine glänzende lange Haarmähne gewesen, die er schon damals zu einem Man Bun hochgebunden hatte. Dominik und ich hatten einige erste Male zusammen erlebt – die erste Beziehung, die erste körperliche Annäherung ans andere Geschlecht, den ersten Sex. Bedauerlicherweise hatten wir uns seitdem aus den Augen verloren.

Die Kunsthalle befand sich im Herzen der Seehafenstadt und war ein moderner Bau, der sich mit seiner Klinkerfassade perfekt in den Ort eingliederte. Ausgestellt wurde Kunst der Moderne und Gegenwart. Dominik hatte nach der Schule Kunstgeschichte studiert und vor einigen Jahren diese Stelle angetreten. Das hatte ich durchs Internet erfahren.

Wir betraten den Eingangsbereich, und sofort empfing uns die gesittete Ruhe eines Museums. Nichts verkörperte Intelligenz und Intellekt besser als diese Atmosphäre. Um diese Uhrzeit war noch nicht viel los, und die Frau an der Kasse sah mit tiefenentspanntem Lächeln zu mir auf. Manchmal wünschte ich mir auch so einen Job.

»Hallo, wir sind mit Herrn Petzold verabredet«, informierte ich sie.

Sie telefonierte kurz, und es dauerte nicht lange, bis ein Mann in weißem Hemd und dunkelblauer Anzughose auf uns zueilte. Mit gerunzelter Stirn sah ich ihm entgegen. Dieser Typ erinnerte mich entfernt an Dominik, allerdings hatte er eine Glatze. Dafür trug er eine knallrote Brille und einen Musketierbart. Er sah ohne Frage gut aus, nur völlig anders als der junge Mann, den ich in Erinnerung hatte.

Einige Schritte vor mir blieb Dominik stehen.

»Merle, wir haben uns viel zu lange nicht gesehen!«, sagte er mit bewegter Stimme.

Auch mich ließ unser Wiedersehen nicht kalt. »Stimmt!«, schniefte ich.

Er lächelte. »Mein Licht, meine Sonne, mein Stern …«

Das hatte er damals immer zu mir gesagt. Unter anderem auch, nachdem wir uns zum ersten Mal geliebt und einander im Arm gehalten hatten.

Er küsste mich auf die Wange, und ich atmete seinen Duft ein. Er roch immer noch genauso gut wie früher.

»Wo sind deine Haare hin?«, neckte ich ihn.

»Die haben mich verlassen, genau wie du«, scherzte er augenzwinkernd. »Nein, im Ernst, die Haarmähne hab ich noch. Allerdings befindet sie sich jetzt auf meinem Rücken.«

Lachend schüttelte ich den Kopf. »Wer's glaubt …«

»Seit du mir die Mail geschrieben hast, konnte ich unser Treffen kaum abwarten«, gestand er mir.

»Ich habe mich auch auf unser Wiedersehen gefreut.«

Über meine Schulter hinweg sah er zu Bastian. »Kennen wir uns nicht? Sie waren doch schon auf einigen Ausstellungseröffnungen, wenn ich mich nicht täusche.«

Er nickte. »Sie haben ein gutes Gedächtnis! Ich bin vom *Krummhörner Wochenblatt* und begleite Merle auf der Suche nach ihrem heimlichen Verehrer.«

Dominiks Augenbrauen wanderten nach oben. »Ein heimlicher Verehrer? Das klingt spannend …«

Offengestanden war er der Einzige, dem ich solch einen gefühlvollen Liebesbrief zutraute. Dagegen sprach, dass er kein schüchterner Mann war. Er würde sich definitiv trauen, mir seine Liebe zu gestehen.

»Wollen wir ins Museumscafé gehen?«, schlug er vor. »Da können wir in Ruhe reden.«

Wir folgten ihm ins Café, in dem eine gemütliche Atmosphäre herrschte. Es gab Regale voller Bücher und interessante Fotografien an den Wänden, außerdem waren die Stühle aus braunem Wildleder ausgesprochen bequem. Nachdem wir uns gesetzt und bestellt hatten, fragte ich Dominik ein wenig über sein Leben und seinen Beruf aus. Jedes Mal, wenn er über seine Arbeit im Museum sprach, trat ein leidenschaftliches Funkeln in seine Augen.

»Und wie geht es dir?«, wollte er schließlich wissen. »Ich habe gelesen, dass du angeschossen wurdest. Am liebsten hätte ich mich sofort bei dir gemeldet, aber ich hatte Sorge, dass du das aufdringlich findest.«

Offensichtlich machte ich Fortschritte, denn mir rutschte nicht mehr sofort das Herz in die Hose, wenn jemand den schrecklichen Vorfall erwähnte.

»Ich hätte mich gefreut«, erwiderte ich mit traurigem Lächeln. »Dann wäre das Unglück wenigstens zu etwas gut gewesen.«

»Jetzt ärgere ich mich, dass ich mich zurückgehalten habe«, sagte er.

Dominik griff über den Tisch nach meiner Hand und hielt meinen Blick fest. Für einen Moment schien es, als wären wir in die Vergangenheit zurückversetzt. Es gab nur noch uns beide – jung, naiv und bis über beide Ohren verknallt.

In diesem Augenblick rumste es, und die Getränke auf unserem Tisch kamen gefährlich ins Schwanken. Bastian, der wohl gegen den Tisch gestoßen war, murmelte eine halbherzige Entschuldigung. Er wirkte nicht gerade glücklich.

Bisher hatte es ihn nie gestört, die Rolle des stillen Beobachters einzunehmen – schließlich gehörte das zu seinem Job. Er hatte die Fähigkeit, sich genau zur richtigen Zeit quasi unsichtbar zu machen. Nun saß er jedoch mit verschränkten Armen da und strahlte eine deutlich negative Stimmung aus.

»Ist was?«, fragte ich irritiert.

»Nein, alles bestens«, entgegnete er, doch ein Muskel in seinem Kiefer spannte sich an.

Er deutete auf Dominik. »Aber du könntest Herrn Petzold endlich mal erklären, wieso wir überhaupt hier sind!«

Ich runzelte die Stirn über seinen muffigen Tonfall, aber Dominik zog meine Aufmerksamkeit wieder auf sich.

»Ach ja, stimmt, die Sache mit dem heimlichen Verehrer«, sagte er. »Dann lass mal hören! Ich hänge gespannt an deinen wundervollen Lippen …«

Geschmeichelt strich ich mir eine Haarsträhne hinters Ohr und legte los. Mittlerweile erzählte ich die Geschichte aus dem Stegreif und ohne unnötige Pausen. Dominik lauschte mir fasziniert.

»Ich kenne den Liebesbrief sogar«, sagte er, nachdem ich geendet hatte. Er blickte mit wohlwollendem Lächeln zu Bastian. »Denn natürlich lese auch ich das *Krummhörner Wochenblatt*. Bedauerlicherweise habe ich den Brief allerdings nicht verfasst …«

Ich konnte meine Enttäuschung nicht verbergen.

»Aber wenn du möchtest, schreibe ich dir auch einen«, bot Dominik sofort an. »Ich kann zwar nicht garantieren, dass er mit dem Gewinner des Wettbewerbs mithalten kann, aber ich verspreche, dass er von Herzen kommt. In Erinnerung an eine wundervolle Zeit in meinem Leben und eine traumhafte Frau, die ich heutzutage niemals wieder ziehen lassen würde.«

Ich kicherte. »Vielen Dank, aber das ist nicht nötig. Natürlich ist es schade, dass du nicht …«

»Dann können wir uns ja jetzt verabschieden!«, fiel mir Bastian ins Wort und winkte umgehend der Bedienung. »Bestimmt hat Herr Petzold noch zu arbeiten. Ich zahl schon mal.«

Meine Güte, der hatte es aber plötzlich eilig! Anscheinend konnte er gar nicht schnell genug von hier verschwinden.

Dominik blickte auf die Uhr und verzog bedauernd das Gesicht. »Tatsächlich muss ich gleich eine Führung halten.«

»Schade«, entfuhr es mir enttäuscht.

Er legte mir die Hand auf den Arm. »Aber vielleicht können wir uns noch mal in etwas ruhigerer Umgebung treffen? Zu einem Abendessen?«

Ich nickte erfreut. »Gern!«

Wir tauschten unsere Handynummern aus, ehe wir uns herzlich voneinander verabschiedeten.

Bastian und ich traten nach draußen in den Sonnenschein. Da ich für heute keine weiteren Termine vereinbart hatte, konnten wir sofort zurückfahren. Nach Bastians Drängen zu urteilen, konnte er es kaum erwarten, in die Redaktion zu kommen. Zu meiner Überraschung marschierte er jedoch zielstrebig in Richtung Fußgängerzone. Irritiert stolperte ich hinter ihm her.

»Wo gehst du denn hin?«

»Ich kaufe mir jetzt ein Eis«, erklärte er mürrisch. »Da ich dir für deine Dienste als Bodyguard ebenfalls ein Eis als Bezahlung versprochen habe, schlage ich vor, du kommst mit.«

»Na, dieser verlockenden Einladung kann ich nicht widerstehen«, murmelte ich sarkastisch.

Wir überquerten die Jungfernbrückstraße und liefen in Richtung Ratsdelft. Der alte Binnenhafen in der Stadtmitte bildete das Herz von Emden, und man konnte dort verschiedene Museumsschiffe wie den Seenotrettungskreuzer *Georg Breusing* und das Museumsfeuerschiff *Deutsche Bucht* besichtigen. Aber ich nahm an, dass Bastian gerade nicht der Sinn nach maritimen Sehenswürdigkeiten stand.

»Was ist eigentlich mit dir los?«, wollte ich wissen. »Wieso bist du plötzlich so gereizt?«

»Dasselbe könnte ich dich fragen!« Er warf mir im Gehen einen prüfenden Blick zu. »Wieso warst du nach unserem Besuch bei Jonas plötzlich so kratzbürstig?«

»Ich … ich war überhaupt nicht kratzbürstig«, behauptete ich und betete darum, dass meine Wangen sich nicht röteten. »Das hast du dir nur eingebildet.«

»Eingebildet?«, wiederholte er ungläubig. »Du hast mich vor der Kneipe angefahren, als hätte ich dir deinen Lieblingslolli weggenommen.«

Nun ja, das kam der Wahrheit recht nahe. Jedenfalls wenn man *Lieblingslolli* auch als Synonym für einen dunkelhaarigen, ein Meter achtzig großen, intelligenten und attraktiven Blödmann nutzen konnte.

»Quatsch!« Ich winkte ab. »Du bist es einfach nicht gewohnt, dass Leute normal mit dir umgehen. Weil Frauen dich ansonsten sabbernd anschmachten und du immer alles bekommst, was du willst«, erklärte ich atemlos, weil ich kaum mit Bastians Tempo mithalten konnte.

»Ach ja? Tu ich das?«

»Und ob!« Ich hob den Zeigefinger. »Ich sag dir mal was …«

»Was denn?«, fiel er mir aufreizend ins Wort. »Willst du mir als prämierte Großmeisterin vielleicht beibringen, wie man eine penetrante Nervensäge wird?«

»Nein, da sehe ich bei dir keinen Handlungsbedarf«, konterte ich. »Das kannst du schon recht gut.«

Er lächelte gerührt. »Hast du mich etwa gerade *gelobt?*«

Verdammt! Ich stieß ein Knurren aus, und er grinste zufrieden. Mist, jetzt hatte ich den Faden verloren …

Wir erreichten den Rathausplatz mit dem alten Binnenhafen, den Delftspuckern und dem Otto Huus, dem Museum über den wahrscheinlich bekanntesten Ostfriesen Otto Waalkes. Das Haus war nicht zu übersehen, denn in etwa vier Metern Höhe ragte der Kopf eines putzigen Ottifanten aus der Klinkerfassade. Dieser Platz war der Mittelpunkt von Emden, und überall wuselten Passanten umher, Touristen machten Fotos oder saßen mit einem Eis auf einer Bank in der Sonne.

»Du bist aufdringlich, arrogant und eingebildet«, stellte ich sachlich fest. »Ich halte es für meine gesellschaftliche Pflicht meinen Mitmenschen gegenüber, deinem Ego regelmäßig einen Dämpfer zu verpassen. Nur deshalb greife ich zuweilen zu einem raueren Ton, wenn die Gelegenheit günstig ist.«

Gerade als wir das Otto Huus passieren wollten, blieb er stehen und hielt mich am Arm fest. »Du urteilst ganz schön hart über mich! Ich finde, du solltest etwas nachsichtiger sein und dich auch mal in mich hineinversetzen.«

»Ah ja?«

»Zum einen erwarte ich ganz bestimmt nicht, alles zu bekommen, was ich will!«, erklärte er mit Nachdruck. »Und zum anderen habe ich heute viel Stress, weil bis morgen die nächste Ausgabe stehen muss. Ich weiß, ich lasse es mühelos erscheinen, aber es ist viel Arbeit, eine Redaktion zu leiten, mit dir durch die Krummhörn zu fahren, Tür an Tür mit einem bissigen Chihuahua zu wohnen und gleichzeitig diesen wundervollen Körper zu stählen.«

Er deutete demonstrativ an sich herab. Ich wusste, dass er mich damit nur reizen wollte. Leider konnte ich mir nicht auf die Zunge beißen.

»Ich sehe da keinen wundervoll gestählten Körper«, blaffte ich. »Offen gestanden ist mir dein Aussehen bisher noch nicht mal …«

Ich brach ab, da Bastian unvermittelt den Abstand zwischen uns verringerte. Plötzlich waren wir uns verdammt nahe. Mit großen Augen sah ich zu ihm auf und hielt den Atem an. Zum Glück war mir die Lüge, dass mir sein attraktives Äußeres bisher nicht aufgefallen war, im Hals stecken geblieben, denn meine offensichtliche Reaktion sprach Bände.

»Merle, sollen wir die Spielchen nicht mal sein lassen?«, schlug er mit tiefer Stimme vor. »Ich finde, es ist an der Zeit, dass wir ehrlich zueinander sind!«

»Was meinst du damit?«

»Sag mir, wieso du bei Jonas so kratzbürstig geworden bist! Und ich gestehe dir, weshalb ich bei Dominik so gereizt gewesen bin.« Er beugte sich zu mir. Sein warmer Atem streifte mein Ohr und meinen Hals. »Wirst du dich bei ihm melden? Hast du vor, ihm eine zweite Chance zu geben?«

Ein angenehmer Schauer rieselte meinen Rücken herab, und das Denken fiel mir gerade verdammt schwer. Am liebsten hätte ich die Augen geschlossen und mich an ihn gelehnt, aber dann erreichte eine wichtige Information mein Gehirn …

»Du warst eifersüchtig?«, entfuhr es mir ungläubig. »Aber bei Jonas habe ich noch gedacht, dass du ihn gar nicht schnell genug als meinen heimlichen Verehrer identifizieren und mich loswerden kannst.«

»Den Eindruck hattest du? Das erklärt immerhin, weshalb du so gereizt warst …« Er lachte leise und lehnte sich zurück, um mir in die Augen zu sehen. »Ich habe nur deshalb so cool reagiert, weil du zu keiner Sekunde ernsthaft Interesse an Jonas hattest. Selbst wenn er dir den Liebesbrief geschrieben hätte, wärst du ihm auf keinen Fall sehnsüchtig in die Arme gesunken.«

Das hatte er gut beobachtet. Ich legte den Kopf schräg. »Und bei Dominik?«

Er verzog den Mund. »Es hatte den Anschein, als wärst du ihm auch ohne Liebesbrief sehnsüchtig in die Arme gesunken.«

Er sah so zerknirscht aus, dass ich schmunzeln musste. Das hatten wir wirklich toll hinbekommen: Zuerst war ich verletzt gewesen, weil er mir augenscheinlich die kalte Schulter gezeigt hatte, und als er dann tatsächlich eifersüchtig gewesen war, hatte ich es nicht bemerkt.

»Das Wiedersehen hat ein paar schöne Erinnerungen an vergangene Tage geweckt«, erklärte ich. »Ich würde mich freuen, die Freundschaft zu Dominik wieder aufleben zu lassen. Aber mehr auch nicht. Ich konzentriere mich lieber auf die Gegenwart.«

Ich lächelte, griff nach seiner Hand, und unsere Finger verschränkten sich wie selbstverständlich miteinander. Wenigstens das bekamen wir ohne Missverständnisse hin.

»Und jetzt?«, fragte er mit rauer Stimme.

Bastians blaue Augen lagen unverwandt auf mir – als wäre ich alles, was für ihn zählte.

Ich nahm all meinen Mut zusammen. »Jetzt habe ich vor, dem Mann sehnsüchtig in die Arme zu sinken, der mein Blut wie kein anderer in Wallung bringt …«

Seine Miene hellte sich auf. »Ich nehme an, damit bin ich gemeint! Wenn man davon ausgeht, wie oft du mich beschimpfst und sauer auf mich bist, fühle ich mich jedenfalls mehr als angespr…«

Dieses Mal brachte er seinen Satz nicht zu Ende, weil ich mit den Händen sein Gesicht umfasste und mich auf die Zehenspitzen stellte.

»Halt doch einfach mal den Mund!«, flüsterte ich.

Er zog mich schmunzelnd in die Arme. »Das sagt die Richtige!«

Unser Atem vermischte sich miteinander. Mein Herz flatterte, als er mit den Lippen zärtlich über meine strich und mich küsste. Ich schloss die Augen, weil mich so viele Emotionen auf einmal überwältigten: Glück, Freude, Unglauben und Sehnsucht. Ich öffnete den Mund, seine Zunge berührte meine, und tatsächlich wurden für einen Moment meine Knie weich. Ich klammerte mich an ihm fest und nahm nichts mehr um uns herum wahr. Unsere Zungen umspielten einander, und Bastians Geschmack benebelte mich.

Ich liebte es, ihn zu küssen. Schon jetzt wusste ich, dass es mir schwerfallen würde, damit aufzuhören. Als seine Hand meinen Rücken nach unten fuhr und über meinen Hintern strich, entwich mir ein leises Stöhnen.

»Nehmt euch ein Zimmer, mien Gott!«, drang die krächzende Stimme eines älteren Passanten an mein Ohr.

Eigentlich hätte ich darüber gelacht, aber mit diesem Kommentar schaltete sich leider auch mein Verstand wieder ein. War dieser Kuss eigentlich klug? Es gab immer noch viel, was ich nicht über Bastian wusste – sowohl über seine Familie als auch über den Reisepass mit dem falschen Namen. Das waren nicht unbedingt die besten Voraussetzungen, einander näherzukommen. Außerdem hatte ich meiner Mutter ein Versprechen gegeben …

Kapitel 17

Sanft machte ich mich von ihm los. »Wir sollten besser aufhören. Offenbar sorgen wir für Aufsehen.«

Eine kühle Böe vom Hafen strich über meine Lippen, die auf wundervolle Weise von Bastians Liebkosungen pulsierten.

Bastian nickte. »Nicht, dass noch jemand die Polizei holt!«

Ich zog eine Grimasse, denn das hämische Gelächter meiner Kollegen konnte ich mir nur zu gut vorstellen.

Er deutete nach oben. »Schließlich haben wir uns für den ersten Kuss einen passenden Ort ausgesucht.«

Ich sah nach oben. Direkt über uns befand sich der Kopf des riesigen Ottifanten, der die Klinkerfassade von dem Otto Huus scheinbar durchbrochen hatte. Ich war zwar kein besonders großer Otto-Waalkes-Fan, aber die goldigen Ottifanten musste man einfach lieb haben.

»Jetzt kannst du nie wieder einen Ottifanten ansehen, ohne an mich zu denken«, stellte ich fest.

»Dito!« Bastian beugte sich vor, um mich noch einmal zu küssen, doch ich hielt ihn zurück.

»Ich habe meiner Mutter versprochen, die Finger von dir zu lassen, bis wir den Verfasser des Liebesbriefes gefunden haben«, gestand ich ihm. »Sie meint, ich müsse ihm so lange treu sein. Das sei ich meinem heimlichen Verehrer schuldig.«

Seine Stirn legte sich in Falten. »Das bedeutet, ab sofort keine Küsse mehr?«

»Keine Küsse mehr«, bestätigte ich seufzend.

Er zog eine Schnute. »Das trifft mich jetzt. Was hat denn deine Mutter gegen mich?«

»Nun ja, du bist ein *Zugezogener* und per definitionem somit nicht vertrauenswürdig«, erklärte ich. »Bei meinem heimlichen Verehrer besteht immerhin die Möglichkeit, dass er gebürtiger Ostfriese ist. Somit wären in den regionalen Tratscharchiven lückenlose Aufzeichnungen über seine Vergangenheit und seine Urahnen vorhanden. Meine Mutter glaubt fest daran, dass man anhand einer gut überlieferten Familienvita Rückschlüsse auf den Charakter eines Menschen ziehen kann.«

Er schüttelte den Kopf. »Die Mutter der Frau, die bei mir in die Redaktion eingebrochen ist, hält mich nicht für vertrauenswürdig. Was für ein verrücktes Fleckchen Erde …«

Touché! Dass mir allerdings ausgerechnet seine Familiengeschichte nach wie vor Rätsel aufgab und er mit seiner Geheimniskrämerei das Misstrauen nur noch schürte, schien ihm nicht bewusst zu sein. Was war in seiner Vergangenheit nur vorgefallen? Waren seine Eltern vielleicht gesuchte Juwelendiebe? Oder herzlose Idioten, die einen Sohn wie Bastian überhaupt nicht verdient hatten? Ich tippte auf Letzteres, aber ohne die Einzelheiten zu kennen brachte mich das auch nicht weiter.

Er klatschte in die Hände. »Dann lade ich dich jetzt wie geplant auf ein Eis ein, und wir gehen dabei noch mal deine Liste durch. Mal schauen, welche Typen noch übrig sind und wie schnell wir die Adressen ausfindig machen können.«

Das war ein guter Plan. Wir schlenderten zu der Eisdiele, und wie immer bestellte ich mir zwei Kugeln in der Waffel: Schokolade und Erdbeere. Wir setzten uns im Sonnenschein auf eine Bank an der Ratsdelft. Mit einer Mischung aus Erstaunen und Ekel sah ich Bastian dabei zu, wie er neben mir gleich drei Kugeln Zitroneneis verdrückte.

»Wie kann man nur Zitroneneis mögen?«, fragte ich angewidert. »Igitt!«

Er stöhnte genießerisch. »Lecker!«

Offenbar hatten wir völlig unterschiedliche Geschmacksvorlieben. Mir kam ein Gedanke.

»Was ist deine Lieblingsschokolade?«, wollte ich wissen.

»Zartbitter.«

Erneut verzog ich angewidert das Gesicht. Zartbitter rangierte meines Erachtens geschmacklich nur eine Stufe über Backkuvertüre und war quasi noch ein Rohstoff. Damit hatte sich meine Theorie bestätigt: Bastian und ich waren süßigkeitentechnisch absolut inkompatibel. Etwas Besseres konnte es für eine Beziehung kaum geben, denn damit futterte niemand dem anderen die Vorräte weg. Ich konnte zur Furie werden, wenn mir jemand zur PMS-Zeit meine heiß geliebte Alpenvollmilch-Nussschokolade klaute.

Nachdem wir fertig waren, sahen wir uns gemeinsam meine Liste an. Es war immer noch die gleiche, die ich in Pilsum bei Luisa erstellt hatte, und mittlerweile war sie ziemlich zerknittert. Ich hatte meine ernsthaften Beziehungen rot markiert, während ich die flüchtigen Kussbegegnungen mit einem *kurz&bedeutungslos* versehen hatte. Bastian deutete auf den Namen eines Mannes, den ich von Anfang an aus unserer Suche ausgeklammert hatte.

»Dieser Holger Martens ist derjenige, den wir nicht treffen müssen, weil er garantiert nicht dein heimlicher Verehrer sein kann?«

Ich nickte. »Er ist der beste Kumpel meines Bruders, und wir kennen uns schon seit unserer Kindheit. Als wir jung waren, hatten wir für kurze Zeit so etwas wie eine Beziehung, aber es hat nicht mal ansatzweise funktioniert.« Ich schüttelte mich. »Es fühlte sich an, als würde ich meinen Bruder daten. Als mein heimlicher Verehrer kommt Holger garantiert nicht infrage. Mittlerweile ist er nämlich mit meiner Cousine zusammen, schwerverliebt und …« Ich stockte.

In meinem Kopf setzten sich die Informationsfetzen wie Puzzleteile zusammen. Ich starrte ungläubig auf die Liste. Weshalb war mir das nicht schon früher aufgefallen?

»Oh, verdammt!«, entfuhr es mir leise.

Da ich mehrere Holger kannte, hatte ich seinen Vor- und Nachnamen notiert. Eine Verwechslung war somit ausgeschlossen, auch für meine Cousine Luisa. Beim Abendessen in Pilsum hatte sie die Liste zwar nicht gesehen, aber nur wenige Tage später hatte Clara davon ein Foto gemacht und es in unsere WhatsApp-Gruppe gestellt, damit sie uns bei der Suche nach den Adressen helfen konnten. Kurz danach war Luisa nach Hamburg geflüchtet. Der Zusammenhang war mehr als offensichtlich.

»Scheiße«, fluchte ich. »Scheiße, scheiße.«

Bastian blickte mich irritiert an, doch ich beachtete ihn nicht und griff nach meinem Handy, um Holger anzurufen. Zum Glück ging er sofort ran.

Zuerst hörte ich nur seinen schweren Atem und das Pfeifen des Windes. »Ja?«, brummte er.

Schon an seinem Tonfall erkannte ich, dass seine Probleme mit Luisa noch nicht geklärt waren und Not am Mann war.

»Wo steckst du denn?«, fragte ich.

»Ich bin beim Joggen und stehe auf dem Deich.«

Ich kam sofort zum Thema. »Hast du Luisa je erzählt, dass wir mal ein Paar waren?«

»Ähm, nein. Wieso sollte ich? Das ist schließlich ewig her und war völlig unbedeutend.«

Genau das hatte ich befürchtet. Im Grunde teilte ich zwar seine Einschätzung, aber so einfach war es leider nicht. »Ich schätze, Luisa sieht das anders.«

»Das ist doch eine uralte Geschichte«, wiegelte er ab. »Wie sollte sie überhaupt davon erfahren?«

Beschämt biss ich mir auf die Unterlippe. »Durch mich«, gestand ich ihm kleinlaut. »Aber nur versehentlich, was die Sache noch viel schlimmer macht.«

Er schien mir nicht folgen zu können. »Äh … wat?«

»Es tut mir so leid«, beteuerte ich. »Durch einen dummen Zufall hat Luisa herausgefunden, dass wir früher mal was miteinander hatten. Sie fühlt sich von uns wahrscheinlich hintergangen, ist verletzt und enttäuscht, und deshalb hat sie sich von uns zurückgezogen. Immerhin sind wir beide in Greetsiel ihre engsten Vertrauten und Freunde.«

»Aber das mit uns ist schon ewig her«, wiederholte Holger, stur wie ein Esel. »Und war völlig bedeutungslos.«

Meine Güte, waren Männer manchmal schwer von Begriff!

»Das weiß *sie* doch nicht!«, platzte es aus mir heraus, während ich unter Bastians aufmerksamem Blick vor der Bank hin und her lief. »Luisa hat es nämlich nicht von uns erfahren, du Döskopp! Sie ist vor einem Jahr nach Greetsiel gekommen, und seither hat keiner von uns beiden ein Wort darüber verloren. Aber sie findet bestimmt, es wäre eine Erwähnung wert gewesen, dass ihr derzeitiger Freund und ihre Cousine schon mal ein Paar gewesen sind. Sie glaubt jetzt wahrscheinlich, dass wir absichtlich ein Geheimnis daraus gemacht haben. Weil uns noch etwas Besonderes verbindet oder wir unterdrückte Gefühle füreinander haben.«

»Oh …« Langsam schien er zu begreifen, wo das Problem lag.

»Aber wenn das so eine wichtige Sache ist, warum hast du es Luisa dann nicht erzählt?«, blaffte er mich an. »Ihr seid doch Cousinen. Ich dachte, Frauen reden ständig über so was.«

Entnervt ließ ich mich neben Bastian auf die Bank fallen. »Wenn du dich erinnerst, haben Luisa und ich uns damals auch erst kennengelernt«, verteidigte ich mich. »Normalerweise rede ich mit fast Fremden nicht über meine flüchtigen Beziehungen aus Teenagertagen.«

Durch den Streit unserer Mütter war ich Tante Marianne und Luisa vergangenen Sommer zum ersten Mal persönlich begegnet. Zwar war mir Luisa von Anfang an sympathisch gewesen, aber Vertrauen, Verbundenheit und familiäre Bande stellten sich nun mal nicht mit einem Fingerschnippen ein.

»Und als ihr beide zusammengekommen seid, schien ich den richtigen Moment verpasst zu haben. Ich wollte keine schlafenden Hunde wecken.«

Er stieß die Luft aus. »Und jetzt?«, fragte er ratlos.

Für mich lag die Lösung auf der Hand. »Du joggst zurück nach Hause, gehst unter die Dusche und fährst dann zu Luisa nach Hamburg!«, riet ich ihm. »Es ist Zeit für eine große Geste. Bewerfe dich mit Asche, weil wir ihr die Beziehung verschwiegen haben. Aber vor allen Dingen: Zeig ihr, wie sehr du sie liebst!«

»Aber Björn hat mir geraten, Luisa Zeit zu geben.«

Ich sprang von der Bank auf. »Bist du verrückt geworden?«, fuhr ich ihn an. »Du kannst in Liebesdingen doch nicht auf meinen Bruder hören. Björn hat keine Ahnung von Frauen!«

»Er führt immerhin eine glückliche Beziehung«, wandte er ein.

»Ich kenne mich mit Frauen aus, weil ich *eine Frau bin!* Und Björn nicht.«

Das ich darauf explizit hinweisen musste, machte mich echt sauer.

»Du machst jetzt sofort, was ich dir gesagt habe – oder ich komme und trete dir persönlich in den Hintern! Und vergiss die Dusche nicht! Wenn du nach altem Schweiß müffelst, schmälert das deine Chancen auf Versöhnungssex.«

Endlich gab Holger kleinlaut bei. Nachdem wir unser Telefonat beendet hatten, fühlte ich mich jedoch keinen Deut besser.

Unruhig tigerte ich vor Bastian auf und ab. »Ich befürchte, er begreift nicht mal ansatzweise, um was es geht. Seiner Meinung nach interpretiert Luisa nur zu viel in den Vorfall hinein und macht aus einer Mücke einen Elefanten.«

»Und? Tut sie das?«, wollte Bastian wissen. Dadurch, dass er mein Telefonat mitgehört hatte, schien er sich die Geschichte zusammengereimt zu haben.

»Natürlich tut sie das!« Ich warf die Hände in die Luft. »Aber Frauen haben nun mal eine blühende Fantasie. Wenn wir verletzt sind, können wir uns nicht vorstellen, dass jemand einfach nur gedankenlos gehandelt hat oder der Vorfall für andere schlichtweg keine Bedeutung hat. Nein, es ist immer …« Ich fuchtelte theatralisch in der Luft herum.

»… das ganz große Drama«, beendete er seufzend meinen Satz.

»Genau! Ist unser Misstrauen erst mal geweckt, gehen wir vom Schlimmsten aus.«

Würde Holger das hinbekommen und die richtigen Worte finden? Ich hatte überhaupt kein gutes Gefühl bei der Sache, und innerlich stand ich wie unter Strom. Bastian griff sanft nach meinem Handgelenk.

»Willst du dich nicht mal wieder hinsetzen? Schon dein Anblick macht mich total nervös.«

»Tut mir leid! Ich glaube, ich kann Holger das nicht allein regeln lassen. Er braucht jemanden an seiner Seite, der ihm hilft. Vor allem, da ich an dem Schlamassel nicht unschuldig bin.« Ich nickte entschlossen. »Ich fahre ebenfalls nach Hamburg. Auch um mich persönlich bei Luisa zu entschuldigen. Wenn ich mir vorstelle, wie enttäuscht sie gerade von mir ist, wird mir ganz schlecht.«

Umgehend tippte ich auf dem Handy die Route ein, um mir die Fahrtzeit anzeigen zu lassen, als mir etwas einfiel.

»Natürlich lasse ich dich nicht einfach hier zurück! So viel Zeit habe ich noch«, versicherte ich Bastian hastig und deutete in die Richtung, in der mein Auto stand. »Willst du in die Redaktion? Oder zurück nach Greetsiel?«

Endlich erhob er sich ebenfalls und warf seinen leeren Eisbecher in den Mülleimer. »Ich begleite dich natürlich. Schließlich handelt es sich um einen familiären Notfall.«

Sprachlos starrte ich ihn an. Damit hatte ich nicht gerechnet.

»Außerdem fahre ich auch«, klärte er mich auf. »In deinem Zustand lasse ich dich nicht hinters Steuer.«

Schon öffnete ich den Mund, um ihm zu widersprechen. Doch dann wurde mir bewusst, wie nett es von ihm war, mit mir nach Hamburg zu fahren. Und das ausgerechnet heute, wo er eigentlich dringend in der Redaktion gebraucht wurde. Dass er sich trotzdem die Zeit für mich nahm, zeigte mir, dass ich ihm etwas bedeutete – und zwar ziemlich viel. Die Wärme, die sich augenblicklich in meiner Brust ausbreitete, zauberte ein Lächeln auf mein Gesicht.

Kapitel 18

Ein paar Stunden später standen wir in Hamburg vor der Naturkosmetikfirma *Natürlich schön*, die meine Tante Marianne damals als alleinerziehende Mutter aus dem Nichts aufgebaut hatte.

Bastian sah an dem Gebäudekomplex hinauf und stieß einen Pfiff aus. »Respekt! Ich muss gestehen, dass ich die Firma nicht so groß eingeschätzt hätte.«

Da meine Cousine mich schon vor einem halben Jahr nach Hamburg eingeladen und mich durch die Firma geführt hatte, war der Anblick nicht neu für mich. »Beim ersten Mal war ich auch total geplättet.«

Wir betraten die Lobby, in der es einen Wartebereich mit gemütlicher Sitzecke gab.

»Soll ich dich alleinlassen?«, bot Bastian an. »Ich kann auch hier unten bleiben.«

»Nein, bitte komm mit!« Ich griff nach seiner Hand. »Ich fühle mich besser, wenn du bei mir bist.«

Er lächelte und nickte mir mit einem Funkeln in den Augen zu.

An der Information sprach ich mit einem älteren Herrn, der uns nach einem kurzen Telefonat zur Chefetage begleitete und uns zu Luisas Büro führte.

»Du schaffst das!«, ermutigte mich Bastian.

Ich atmete tief durch, klopfte und öffnete die Tür. Mein Blick fiel als Erstes auf Holger, der mit hängenden Schultern und zerknirschter Miene vor Luisas Schreibtisch saß.

»Wie kommst du denn so schnell hierher?«, entfuhr es mir. »Du warst doch noch beim Joggen, als wir telefoniert haben.«

Er wich meinem Blick aus. »Die Liebe hat mir sozusagen Flügel verliehen …«

Das war wohl eine Umschreibung dafür, dass er auf Tempolimits gepfiffen hatte und wie ein Lebensmüder nach Hamburg gedüst war.

Meine Cousine saß hinter ihrem Schreibtisch und hatte die Lippen zu einer dünnen Linie zusammengepresst. Mit ihrer Designerbluse, den Perlenohrringen und dem perfekten Make-up wirkte sie wie eine Fremde auf mich. Überhaupt nicht wie die lebenslustige, stets freundliche Luisa, die ich kannte.

»Gut, dass du auch gekommen bist«, begrüßte sie mich kühl. »Dann können wir das jetzt zusammen klären.«

Mit der strengen Miene erinnerte sie mich an Tante Marianne im Businessmodus. Für diese Bemerkung hätte mir Luisa wahrscheinlich den Kopf abgerissen, denn das war genau die Seite ihrer Mutter, die sie nicht ausstehen konnte. Als Geschäftsfrau kannte meine Tante nämlich keine Skrupel.

Luisa sah zu Bastian. »Wären Sie so nett und warten draußen?«, bat sie ihn, da sie das Gespräch wohl ohne fremde Zuhörer führen wollte. »Meine Assistentin Yuki wird sich um Sie kümmern und Ihnen Erfrischungen anbieten.«

Hilfe suchend sah ich über die Schulter zu Bastian. Er lächelte mir noch mal aufmunternd zu und schenkte mir damit einen kleinen Funken Zuversicht, ehe er den Raum verließ. Nun saßen Holger und ich vor Luisa wie zwei Lämmer vor der Schlachtbank.

Holger war der Erste, der die angespannte Stille nicht länger ertragen konnte.

»Ja, Merle und ich hatten mal eine Beziehung«, gab er zu. »Aber da waren wir noch Teenager, und nach zwei Wochen haben wir beide festgestellt, dass wir uns zwar mögen, aber eben nicht auf diese Weise. Merle und ich sind eher wie Bruder und Schwester.«

Ich nickte nachdrücklich. Er hatte es absolut zutreffend zusammengefasst.

»Und wieso hast du es mir nicht erzählt, wenn es keine große Sache war?«, fragte Luisa skeptisch.

Er hielt ihren Blick fest. »Weil es *unwichtig war*«, beteuerte er. »Du hast mir auch nicht von allen Beziehungen in deinem Leben erzählt. Nur von denen, die für dich von Bedeutung waren.«

Sie kniff die Augen zusammen. »Aber Merle ist meine Cousine, verdammt noch mal! Das macht auch eine angeblich unwichtige Beziehung erwähnenswert, findest du nicht?«

»Und warum hast *du* mich nicht gleich darauf angesprochen, als du es herausgefunden hast?«, wollte er wissen. »Immerhin führen wir eine Beziehung, die auf Offenheit und Ehrlichkeit beruht – dachte ich jedenfalls. Ich hätte dir nämlich sofort die Wahrheit gesagt und alles aufgeklärt. Stattdessen haust du einfach nach Hamburg ab, erfindest Geschichten und schwindelst mich wochenlang an.«

Ich verdrehte die Augen. Das war ein schönes Beispiel für einen absolut berechtigten Vorwurf, der jedoch zum völlig falschen Zeitpunkt vorgebracht worden war. Aber verletzte Gefühle auf beiden Seiten erschwerten nun mal eine ruhige, sachliche Diskussion. Zum Glück war ich zur Stelle!

»Sie hat uns nicht danach gefragt, weil sie sich von uns verarscht vorgekommen ist«, klärte ich Holger auf. »Zwei Lügnern gibt man nicht freundlicherweise die Chance, noch mehr Unwahrheiten in die Welt zu setzen.« Ich beschloss, die Sache in die

Hand zu nehmen. »Luisa, ich weiß, für dich muss es so wirken, als hätten wir dir das absichtlich verschwiegen, aber ich schwöre dir, dass das nicht der Fall ist«, beteuerte ich. »Es gibt absolut nichts, das man da hineininterpretieren könnte. Das zwischen Holger und mir war eine kurze Verwirrung der Gefühle gewesen. Mehr nicht!«

Sie sah mich mit großen Augen an. »Und wieso hast *du* mir nie davon erzählt?« Die Enttäuschung, die in ihrer Stimme mitschwang, war unüberhörbar. »Zum Beispiel letzten Sommer, als wir zusammen einen Tag am Strand verbracht haben. Ich habe dir damals meine Geheimnisse anvertraut, meine Probleme, meine Gefühle für Holger. Es wäre die perfekte Gelegenheit gewesen, eure gemeinsame Vergangenheit zu erwähnen. Von einer Cousine und vor allen Dingen von einer *Freundin* hätte ich das erwartet.«

Sie hatte absolut recht. An jenem Tag war ich tatsächlich für einen kurzen Moment versucht gewesen, ihr davon zu erzählen. Aber dann hatte ich doch den Mund gehalten.

»Ich habe dir damals noch nicht so vertraut wie heute.« Ich zog entschuldigend die Schultern hoch. »Björn hat damals ständig geunkt, dass du und deine Mutter uns etwas verschweigt. Zwar war ich euch gegenüber längst nicht so misstrauisch wie er, aber sein Argwohn war ansteckend. Und ihr habt uns ja tatsächlich von Anfang an belogen! Immerhin habt ihr behauptet, ihr hättet in Hamburg eine unbedeutende kleine Firma.« Demonstrativ deutete ich auf ihr schickes Büro mit den teuren Möbeln. »Meine Zurückhaltung war also berechtigt.«

Sie wirkte ertappt, und schließlich nickte sie einsichtig. Die Schwindeleien waren damals zwar die Idee ihrer Mutter gewesen, aber Luisa hatte dennoch mitgemacht.

»Und warum hast du es mir nicht danach erzählt?«

Ich stieß die Luft aus. »Nachdem ihr zusammengekommen

seid, wäre es seltsam gewesen, mit dem Thema anzufangen. Ich hatte Sorge, dass ich dann aus einer eigentlich kleinen Sache plötzlich ein großes Ding mache. Dass du mir unterstellen könntest, ich wolle Unfrieden zwischen euch stiften oder so. Es waren doch alle glücklich. Ich wollte keine schlafenden Hunde wecken.«

Luisa stieß langsam die Luft aus. Ihr war nicht anzusehen, was gerade in ihr vorging.

»Schatz, ich liebe dich doch!«, sagte Holger liebevoll. »Du bist mein Leben, mein Glück, mein Ein und Alles. Ich würde dir niemals absichtlich wehtun.«

Ihr Blick wanderte zu ihm, und sofort flackerte in ihren Augen ein schmerzerfüllter Ausdruck auf. Ohne Frage fühlte sie sich von ihm stärker verraten als von mir. Aber das stimmte mich kein bisschen glücklich. Die beiden waren ein perfektes Paar und hatten mir den Glauben an die Liebe wiedergegeben.

»Hattet ihr …«, setzte Luisa mit kaum hörbarer Stimme an, dann räusperte sie sich. »Hattet ihr während eurer Beziehung denn Sex?«

Holger und ich verzogen synchron das Gesicht.

Ich schüttelte heftig den Kopf.

Holger hob die Hände. »Außer Küssen ist nichts gelaufen, ich schwöre!«

»Das ist gut.« Luisas Erleichterung war ihr deutlich anzusehen. »Und wer von euch hat damals Schluss gemacht?«

»Ähm … Keine Ahnung! Das ist schon so lange her«, erwiderte ich völlig überfragt.

Ich schaute zu Holger, aber er zuckte nur ratlos mit den Schultern.

»Das ist mir sehr wichtig«, sagte Luisa eindringlich, und ihre Hände auf dem Schreibtisch ballten sich zu Fäusten. »Ich muss wissen, ob Holger derjenige war, der verlassen worden ist.«

Irritiert sah er sie an. »Warum denn das? Ich verstehe nicht, wieso das eine Rolle spielen sollte.«

»Weil …« Sie rang mit bebenden Schultern nach Luft. »Weil Merle vielleicht gar nicht weiß, wie viel sie dir bedeutet hat. Womöglich war sie deine erste große Liebe? Diese Art von Liebe, die man nie vergessen kann. Aber als sie Schluss gemacht hat, wolltest du dein Gesicht wahren und hast so getan, als wäre das für dich in Ordnung. Doch in Wahrheit bist du nie über sie hinweggekommen«, sprudelte es aus ihr heraus. Offenbar war das genau der Punkt, der sie seit Wochen beschäftigte.

»Und du hast dich letztes Jahr nur deshalb so schnell in mich verliebt, weil ich Merle so verdammt ähnlich sehe. Schließlich sagen alle, dass man uns für Schwestern halten könnte. Vielleicht bin ich in Wahrheit nur die Zweitbesetzung?« Tränen sammelten sich in ihren Augen. »Weil du das Original nicht haben konntest, hast du dich notgedrungen für mich entschieden.«

Holger saß genauso erstarrt da wie ich. Keiner von uns hatte auch nur ansatzweise geahnt, wie tief verletzt Luisa war.

»Nur dass ich längst nicht so tough und stark bin wie Merle«, fuhr sie schluchzend fort und deutete auf ihre Wange. »Und sie hat auch nicht diese hässliche Narbe im Gesicht. Sie macht mich dann wohl endgültig zu einem Trostpreis. Eine beschädigte Version meiner Cousine.«

Mein Herz zog sich zusammen. Wie kam sie nur auf diesen schrecklichen Gedanken? Wieso, um Himmels willen, sollte ich in irgendeiner Weise besser sein als sie? Sah sie denn nicht, wie viele Fehler ich hatte?

Ich sprang auf und umrundete den Schreibtisch, um sie zu trösten, aber Holger war schneller. Er zog sie vom Stuhl in seine Arme.

»So einen Mist will ich nie wieder von dir hören!«, befahl er mit bewegter Stimme. Auch in seinen Augen funkelten Tränen.

»Du bist meine erste Wahl! Und meine große Liebe! Jeden Tag kämpfe ich mit dem Gefühl, dass ich eine wundervolle Frau wie dich überhaupt nicht verdient habe. Du bist kein Trostpreis, sondern der Hauptgewinn, Luisa!«, sagte er kopfschüttelnd. »Und ich habe es dir schon einmal gesagt: Von was für einer Narbe redest du da eigentlich? Ich sehe nämlich keine. Für mich bist du die schönste Frau auf der Welt, und ich könnte Stunden damit verbringen, dich nur anzusehen. Soll ich dir noch mal meine Brandwunde zeigen? *Das* ist eine richtige Narbe! Nicht wie dein kleiner Babykratzer im Gesicht.«

Luisa gab an seiner Brust einen erstickten Laut von sich, der wohl eine Mischung aus Lachen und Schluchzen war. Auch ich konnte mir ein Schmunzeln nicht verkneifen. Holger hatte eine unnachahmliche Art, andere Menschen aufzumuntern.

»Wenn du willst, ziehe ich sofort mein Hemd aus!«, bot er an. »Dann machen wir einen Narbenvergleich.«

»Nein, nicht so lange Merle hier ist«, murmelte Luisa. »Sie soll uns nicht für Freaks halten!«

Ihre Stimme klang schon deutlich weniger traurig und angespannt. Sie schien Holger ebenfalls verzweifelt vermisst zu haben, denn sie klammerte sich an ihn und vergrub ihr Gesicht an seiner Schulter. Die vorübergehende Trennung war offensichtlich für beide hart gewesen.

»Auch ich bestehe darauf, dass du dein Hemd anlässt!« Ich versuchte, mich zwischen die beiden zu drängen. »Lass mich mal zu meiner Cousine!«

Holger gab jedoch keinen Zentimeter nach. »Verzieh dich! Das ist eine Zweierumarmung. Dich will hier niemand.«

Ich streckte ihm die Zunge raus. »Blödmann!«

»Sei gefälligst nicht so unhöflich zu meiner Cousine!« Luisa machte sich von ihm los und versetzte ihm einen gut gemeinten Klaps.

Wir fielen uns in die Arme.

»Es tut mir so leid!«, schniefte ich. »Ich hätte es dir sagen müssen. Und ich bin wütend auf mich selbst, dass ich den richtigen Moment verpasst habe. Kannst du mir noch mal verzeihen?«

»Entschuldigung angenommen!«, lenkte sie sofort ein. »Aber weil du meine einzige Cousine bist. Und du mir echt gefehlt hast!«

Mir fiel ein Stein vom Herzen. »Du mir auch.«

Ich suchte ihren Blick. »Ich kann nicht fassen, dass du dich als Trostpreis bezeichnet hast! Weißt du denn nicht, wie großartig du bist? Ich habe echt keine Ahnung, wie du das alles schaffst. Du gibst hier in Hamburg die Juniorchefin, stehst mit Holger abends in der Küche der *Häuptlingsstube* und schreibst in deiner Freizeit Kochbücher. Ich bewundere dich aus tiefstem Herzen, Luisa.«

»Ehrlich?«, fragte sie mit geröteten Wangen. »Ich bewundere dich auch. Du bist die stärkste Frau, die ich kenne. Das kann manchmal etwas einschüchternd sein.«

Sie holte tief Luft, als müsste sie sich ein Herz fassen. »Ehrlich gesagt: Seit du angeschossen wurdest, bist du ein Stück weit nahbarer und – in positiver Weise – verletzlicher geworden.«

Erstaunt sah ich sie an. Mir war nie in den Sinn gekommen, dass diese schreckliche Erfahrung auch positive Auswirkungen auf mich hatte. Allerdings hatte Luisa natürlich recht: Schicksalsschläge boten die Chance, zu reifen und daran zu wachsen.

Holger drängte sich zwischen uns. »Genug, ihr beiden! Kommen wir mal wieder zu einem wichtigeren Thema: Ich habe in letzter Zeit nämlich gelitten wie ein Hund und möchte dafür entsprechend bemitleidet werden.«

»Er hat tatsächlich gelitten«, bestätigte ich schmunzelnd. »Es war kaum mit anzusehen. In seiner Not hat er sogar meinen Bruder um Rat in Liebesdingen gefragt.«

»Björn?« Luisa sah ihn fassungslos an. »Der hat doch keine Ahnung von Frauen.«

Ich nickte. »Meine Rede! Falls du dich gewundert hast, weshalb Holger erst heute hier in Hamburg aufgetaucht, ist, weißt du ja jetzt, wem du das zu verdanken hast …«

Luisa kniff die Augen zusammen. »Das wird er bereuen!«

»Hey, er hat es nur gut gemeint«, verteidigte Holger ihn. »Er wollte helfen.«

Sie verschränkte die Arme vor der Brust. »Wegen Björns tollem Rat dachte ich, dass ich dir völlig gleichgültig bin!«, erklärte sie. »Da fühlt man sich nicht gerade geliebt.«

Er konnte sich einen vorwurfsvollen Blick nicht verkneifen. »Und warum hast du nicht gleich mit mir gesprochen, als du es herausgefunden hast? Wozu dieses Versteckspiel?«

Luisa biss sich schuldbewusst auf die Unterlippe. »Ich hatte Angst! Dass eure Heimlichtuerei einen Grund hat und meine Befürchtungen stimmen. Dass sich dadurch zwischen uns alles verändert. Es war ein schreckliches Dilemma: Ich wollte die Wahrheit nicht wissen, aber ich konnte auch nicht mit dem Zweifel leben.«

Holger seufzte. »Also bist du abgehauen.«

Sie sah mit großen Augen zu ihm auf. »Kannst du mir noch mal verzeihen?«

»Dass du da noch fragen musst …«, entgegnete er lächelnd und zog sie in seine Arme.

Ach, war das schön! So etwas nannte ich ein perfektes Happy End.

Er küsste sie so leidenschaftlich, dass ich gar nicht mehr wusste, wo ich hinschauen sollte.

Ich räusperte mich. »Ähm …«

Niemand reagierte. Luisa presste sich an Holger und vergrub ihre Finger in seinen Haaren.

»Womöglich sollte ich jetzt besser gehen …«, sagte ich, aber erneut nahm niemand Notiz von mir.

In der Stille des Büros waren nur schmatzende Kussgeräusche zu hören. Wenn man nicht selbst zu den Beteiligten gehörte, klang das weitaus weniger erotisch, als ich angenommen hatte.

»Tschüss denn!«, verabschiedete ich mich. »Viel Spaß noch!«

Luisa hatte wenigstens den Anstand, beim Küssen die Hand zu heben und mir blind zuzuwinken. Kopfschüttelnd verließ ich ihr Büro und schloss leise die Tür.

Im Flur wartete wie versprochen Bastian. Er stand mit einem Wasser in der Hand neben einer japanisch anmutenden Schönheit und unterhielt sich angeregt. Das war wahrscheinlich Luisas Assistentin Yuki. Sie war grazil, ihr langes schwarzes Haar glänzte wie ein Spiegel, und ihre Haut war quasi porenfrei. Es dauerte einen Moment, bis ich das hässliche Gefühl, das in meinem Inneren aufwallte, als Eifersucht identifizierte. Das war allerdings völlig unnötig, denn als Bastian mich entdeckte, verabschiedete er sich umgehend von Yuki und kam zu mir.

»Wie ist es gelaufen?«, fragte er.

»Wir konnten das Missverständnis aufklären, und Luisa hat uns verziehen. Holger und sie feiern jetzt Versöhnung, deshalb hab ich die Flucht ergriffen.« Ich legte ihm die Hand auf den Arm. »Danke, dass du mitgekommen bist, Bastian! Wo doch heute Redaktionsschluss ist. Das weiß ich wirklich zu schätzen.«

Er winkte ab. »Ich habe doch gar nichts getan.«

»Du hast sogar sehr viel getan«, widersprach ich. »Du hast mich beruhigt, und schon allein das Wissen, dass du hier draußen auf mich wartest, hat mir geholfen. Das bedeutet mir viel.«

Er lächelte. »Wenn du meine Unterstützung brauchst, bin ich immer für dich da!«

Ich glaubte ihm, denn Bastian war ein Mensch, dem Loyalität wichtig war. Genau wie mir.

Kurz entschlossen überbrückte ich den Abstand zwischen uns und gab ihm einen sanften, liebevollen Kuss. Ich schloss die Augen und genoss das Gefühl seiner warmen, weichen Lippen. Es fiel mir unglaublich schwer, mich wieder von ihm zu lösen.

»Nicht, dass ich mich beschweren will«, raunte er mir mit tiefer Stimme ins Ohr. »Aber ich dachte, wir müssen es langsam angehen lassen?«

»Das war im Grunde kein Kuss, sondern nur eine höfliche Geste«, stellte ich richtig. »Ich wollte meine Dankbarkeit zum Ausdruck bringen. Quasi ein Dankeschönkuss. Dagegen wird meine Mutter schon nichts einzuwenden haben.«

»Ach ja? Nun, wenn das so ist …« Er grinste. »Hältst du mal kurz mein Handy?«

Bastian drückte es mir in die Hand und rückte seine Hose zurecht, dann nahm er mir das Handy wieder ab.

»Danke, sehr nett von dir!«

»Gern geschehen«, erwiderte ich kichernd, da ich schon ahnte, worauf diese Aktion abzielte.

Er sah sich im Flur um, doch da wir uns auf der Chefetage befanden, war hier nicht viel los. Bastian zog mich an sich und gab mir nun seinerseits einen Dankeschönkuss. Er knabberte genüsslich an meiner Unterlippe. Als er eine Spur aus hauchzarten Küssen meine Wange entlang bis zum Nacken zog, erschauderte ich in seinen Armen.

»Ich bin mir ziemlich sicher, dass das mehr als ein Dankeschönkuss ist«, flüsterte ich atemlos.

»Sicher?«, murmelte er an meinem Hals. »Wie definiert man den genau?«

Er küsste mich erneut an der empfindlichen Stelle direkt unter meinem Ohr, was umgehend ein köstliches Pulsieren in meiner Körpermitte auslöste.

Ich schluckte schwer. »Am Kribbeln …«

Insgeheim verfluchte ich das Versprechen, das ich meiner Mutter gegeben hatte.

»Das Kribbeln im Bauch?«, hakte er neugierig nach.

»Auch! Aber im Augenblick kribbelt es nicht nur dort …«, antwortete ich wahrheitsgemäß.

Er hielt inne und ließ seine Stirn an meine Schulter fallen. »Verdammt!«, fluchte er leise.

Offenbar war ich nicht die Einzige, die unter dem Versprechen litt.

»Können wir für einen Moment so stehen bleiben?«, bat er mich. »Ich … ähm … muss kurz meine Fassung zurückgewinnen.«

Ach, du lieber Himmel! Zu wissen, dass er genauso erregt war wie ich, machte die Sache kein bisschen leichter. Ich rechnete ihm jedoch hoch an, dass er nicht versuchte, mich zum Eidbruch zu bewegen.

»Könntest du bitte damit aufhören?«, fragte er leicht gereizt. »Sonst stehen wir hier noch mehrere Stunden.«

»Hm?«, entgegnete ich scheinbar ahnungslos.

»Du presst dein Becken an mich, Merle!«

Ich zog die Augenbrauen in die Höhe. »Ich?«

»Ja, *du!*« Er nickte nachdrücklich.

Er machte sich von mir los. Im gleichen Moment ertönten aus Luisas Büro ein lautes Rumsen und ein amüsiertes weibliches Kreischen. Meine Cousine und Holger hatten da drin anscheinend mächtig viel Spaß.

»Wahrscheinlich verrücken die beiden den Schreibtisch«, mutmaßte ich peinlich berührt.

»Ja, bestimmt«, sagte Bastian mit einem Hauch von Neid in der Stimme.

Hastig setzten wir uns in Bewegung und gingen zu den Aufzügen.

»Und jetzt?«, wollte ich wissen.

»Jetzt fahren wir zurück nach Greetsiel und finden so schnell wie möglich diesen Kerl, der dir den Brief geschrieben hat«, erwiderte er entschlossen.

»Und dann?«

»Dann gehörst du mir, und ich stelle all die Dinge mit dir an, die ich mir bis dahin verkneifen musste«, versprach er.

Oh Gott, ja! Ich konnte es kaum erwarten …

Kapitel 19

Da meine Physiotherapeutin und ehemalige Erzfeindin Nicole Dittmer es hasste, mich zu loben, war mein heutiger Erfolg umso höher einzustufen: Bei unserer Therapiestunde am Morgen räumte sie sichtlich widerwillig ein, dass ich in letzter Zeit einen riesigen Schritt nach vorn gemacht hatte. Unter anderem war dies natürlich das Resultat monatelanger Übungsstunden, aber ich ahnte, dass ich auch noch jemand anderem diesen Fortschritt zu verdanken hatte. Einem Menschen, der mein Leben auf den Kopf gestellt und mich aus meinem dunklen Loch geholt hatte, in dem ich es mir seit meinem dramatischen Erlebnis gemütlich gemacht hatte. Bastian war genau zur richtigen Zeit aufgetaucht, und obwohl ich nicht abergläubisch war, fühlte es sich an, als wäre unser Aufeinandertreffen ein Wink des Schicksals gewesen.

Gleich im Anschluss an die Physiotherapie hatte ich einen Termin bei Doktor Brain, und auch hier machte ich kleine Fortschritte. Ich umschiffte nicht mehr in großem Bogen meine Probleme, sondern … kreiste sie langsam nach und nach ein. Ich zwang mich dazu, ehrlich zu mir selbst zu sein, auch wenn die Wahrheit manchmal unangenehm war.

»Diese diffuse Angst, Ihnen könnte etwas Schlimmes passieren, sobald Sie die Sicherheit Ihrer Wohnung verlassen … Was denken Sie, woher die kommt?«, wollte Doktor Weigl wissen.

Meine neugewonnene Offenheit schien ihn zu freuen und zu motivieren, meine Schwierigkeiten in Angriff zu nehmen.

Ich atmete tief ein und aus. »Weil ich aus heiterem Himmel niedergeschossen wurde. Mein Unterbewusstsein scheint zu glauben, dass so etwas Unberechenbares jederzeit wieder passieren könnte, sobald ich das Haus verlasse.«

Er lehnte sich in seinem Bürostuhl zurück. »Nach einem traumatischen Vorfall wie dem Ihren ist das gewiss eine normale Reaktion. Sie lässt bei den meisten Opfern mit der Zeit nach. Aber bleiben wir noch mal bei dem auslösenden Moment: Woher kommt Ihre Unsicherheit? Spüren Sie dem Gefühl bitte nach …«

Ich lehnte mich ebenfalls zurück. »Ich fühle mich unsicher, weil ich das Vertrauen in mich selbst verloren habe.«

Allerdings hatte ich Bastian im Dunkeln vor der *Häuptlingsstube* reflexartig niedergerungen, und das hatte mir gezeigt, dass ich durchaus noch in der Lage war, mich zu verteidigen.

»Aber ich denke, das ist noch nicht alles«, murmelte ich und starrte nachdenklich ins Leere.

»Ja …?«, hakte Doktor Weigl schließlich nach. Er lächelte mich erwartungsvoll an, als würde er die Antwort schon kennen.

»Ich habe gern die Kontrolle, über Situationen, mein Leben, Beziehungen«, gab ich mit geröteten Wangen zu. »Ich bin nun mal ein Dickkopf und sage gern, wo es langgeht. Vielleicht auch ein Grund dafür, wieso ich Polizistin geworden bin. Neben meinem Wunsch, anderen zu helfen und für Gerechtigkeit zu sorgen, versteht sich!«

Deshalb bildeten Bastian und ich auch ein so temperamentvolles Team. Er dachte nicht im Traum daran, sich von mir herumkommandieren zu lassen, wie beispielsweise mein Ex-Freund Timo. Oder mein ehemaliger Kollege Jonas, dem es die Mühe nicht wert gewesen war, mir zu widersprechen. Bastian dagegen gab mir Kontra und vertrat seine eigene Meinung. Das gefiel mir, und ich respektierte ihn dafür.

»Der Glaube, die Kontrolle über sein Leben zu haben, ist leider nur eine Illusion«, sagte Doktor Weigl und seufzte. »Wir sollten dennoch herausfinden, weshalb Ihr Unterbewusstsein so empfindlich darauf reagiert, wenn Sie mal nicht eine Situation kontrollieren können.«

Interessiert beugte ich mich vor. Mein Gefühl sagte mir, dass wir einer wichtigen Sache auf der Spur waren. »Und wie genau finden wir das heraus?«

Zu meinem Bedauern schüttelte er den Kopf. »Das heben wir uns für das nächste Mal auf! Heute sollten wir uns noch mal mit dem Tag des traumatischen Vorfalls auseinandersetzen.«

Enttäuschung machte sich in mir breit. Da wollte ich mich einmal als arbeitswillige Patientin zeigen, und dann wurde ich vertröstet.

»Sie haben darum gebeten, nicht mehr direkt in das besagte Ereignis einzutauchen, weil sie automatisch *emotional dichtmachen*, wie Sie es ausgedrückt haben.«

Ich nickte. Es hatte mich Überwindung gekostet, ihm das zu gestehen.

»An welchen Moment jenes Tages können Sie zurückdenken, ohne Angstgefühle zu entwickeln? Bitte schließen Sie die Augen und steigen dann genau dort ein!«

Ich tat wie geheißen und nahm mir fest vor, mich komplett fallenzulassen. Dieses Mal würde ich mich von Anfang bis Ende dem Erlebten stellen.

Ich holte tief Luft. »Ich stehe auf dem Parkplatz am Pilsumer Leuchtturm und habe die Daumen entspannt am Gürtel meiner Uniform eingehakt, als mich Siggi entrüstet fragt, ob meine neue Kollegin ihm gerade unterstellt habe, er würde die Polizei mit Fischbrötchen bestechen …«

Zwei Stunden später war ich wieder zu Hause und saß mit Kalle auf dem Sofa. Einerseits war ich stolz auf mich, weil ich an meinen Problemen gearbeitet hatte. Andererseits hatte mich die heutige Sitzung total erschöpft. Wie konnte eine Psychotherapie einen nur derart körperlich auslaugen?

Unglücklicherweise musste ich nachher noch an einer Wattwanderung teilnehmen. Florian, mit dem ich mit zwanzig mal auf einer Party rumgeknutscht hatte, war mittlerweile staatlich geprüfter Wattführer. Als ich ihn kontaktiert hatte, war er mir gegenüber zwar ausnehmend freundlich gewesen, aber hatte einem Treffen nur unter der Bedingung zugestimmt, dass ich an einer seiner Wattwanderungen teilnahm. Geschäftstüchtig war er, das musste man ihm lassen! Allerdings bezweifelte ich stark, dass er mein heimlicher Verehrer war.

Immerhin blieb mir bis dahin noch etwas Zeit, um wieder zu Kräften zu kommen. Ich drückte Kalle, meinen Therapiehund, tröstend an mich.

Clara streckte ihren Kopf ins Zimmer. »Ich lass mir die Haare wachsen!«

Erstaunt sah ich sie an. Sie beschwerte sich ständig darüber, wie schwer ihre Haare zu bändigen waren. Und dann wollte sie noch mehr davon?

»Okay, wenn du meinst«, gab ich schulterzuckend zurück. »Es steht dir bestimmt auch gut!«

Sie blinzelte irritiert, ehe sich ein Grinsen auf ihrem Gesicht ausbreitete. »Nein, nicht meine Kopfhaare! Ich lasse mir die Bikinizone wachsen.«

Angeekelt verzog ich den Mund. »Ist das wieder so eine Retro-Welle? Also ich mache da nicht mit! Ich möchte beim nächsten Strandbesuch der Welt nicht die Ausläufer meines Busches präsentieren.«

»Nein, ich meinte, wachsen wie von Wachs!«, stellte sie richtig.

Das entlockte mir ein Lachen. Das hatte Clara nun von ihrer Besessenheit, Anglizismen zu vermeiden!

»Ach, du gehst zum Waxing …« Ich hob den Zeigefinger. »Gib es zu: Das englische Wort wäre in diesem Fall besser gewesen!«

Ihre Augen verengten sich zu Schlitzen. »Nur über meine Leiche!«, zischte sie und schnappte sich ihre Handtasche.

Gerade als die Wohnungstür ins Schloss fiel, erhielt ich eine Nachricht von Bastian.

Tut mir leid, kannst du allein an der Wattwanderung teilnehmen? Ich bin beruflich unterwegs und schaffe es nicht rechtzeitig.

Im Grunde war das natürlich kein Problem. Da dies unser erstes Treffen nach unserem Kuss gewesen wäre, wurde es jedoch zum Problem. Wollte er mich etwa nicht sehen? War tatsächlich etwas Berufliches dazwischengekommen? Oder war das nur eine Ausrede? Mit einem unguten Gefühl in der Magengrube starrte ich auf seine Nachricht, als könnte sie mir noch zusätzliche Subbotschaften mitteilen.

Als moderne, selbstbewusste Frau behielt ich meine Zweifel allerdings für mich und antwortete betont cool: *Klar, kein Problem! Ich mach das allein.*

Somit stiefelte ich zwei Stunden später ohne Bastian mit einer Handvoll Touristen durchs ostfriesische Watt. Dass mein Begleiter nicht erschienen war, fand Florian zwar bedauerlich, aber für ihn war das kein Grund, mir preislich entgegenzukommen. Ich hatte zwei Plätze gebucht, also musste ich sie bezahlen. Mittlerweile war ich mir absolut sicher, dass er nicht mein heimlicher Verehrer sein konnte. Auch der Ehering an seiner rechten Hand trug zu diesem Eindruck bei. An den »Small Five« hatte Florian einen wahren Narren gefressen, denn die erwähnte er während der Wanderung ungefähr hundert Mal. Dabei handelte es sich um die fünf wichtigsten Tiere des Wattenmeers:

Wattwurm, Herzmuschel, Wattschnecke, Strandkrabbe und Nordseegarnele. Die Touristen waren begeistert und durchsuchten mit Feuereifer den Schlick. Ich nutzte eine der Pausen und nahm Florian kurz zur Seite. Er erklärte, dass er seit zwei Jahren verheiratet sei, seine Frau in der dreißigsten Woche schwanger und er deshalb jeden Cent gebrauchen könne. Damit war die Sache also geklärt!

Als ich nach Haus fuhr, war meine Laune auf dem Tiefpunkt. Das war jedoch nicht allein Florians schuld. Bastian hatte es nicht einmal für nötig befunden, mir zurückzuschreiben. Ging man so etwa mit einer Frau um, nachdem man sie geküsst hatte? Zugegeben, mein Text hatte auch nicht vor Emotionen gesprüht oder ihm signalisiert, dass ich ihn schrecklich vermisst hatte. Aber er war derjenige gewesen, der unser Treffen abgesagt hatte. Ich war gekränkt und sauer – und wusste nicht, wohin mit meinen Gefühlen.

Unter diesen Umständen kam es mir höchst ungelegen, dass Clara im Wohnzimmer mit einem Gast zusammensaß. Als ich hereinkam, unterhielten sich die beiden derart angeregt, dass sie mich nicht einmal bemerkten. Der Einzige, der von mir Notiz nahm, war Kalle.

Ich räusperte mich. »Ich wusste gar nicht, dass wir heute noch Besuch erwarten …«

Clara und der Mann fuhren so ertappt auseinander, als hätte ich sie beim Knutschen erwischt. Ich stutzte. Kannte ich diesen Typen nicht?

»Daniel?«, fragte ich verunsichert.

»Exakt!« Er stand auf und kam mir entgegen. »Schön, dich zu sehen, Merle! Es ist verdammt lange her.«

Für ein Ex-Paar schüttelten wir uns recht förmlich die Hände. Allerdings lag unsere Beziehung schon über zehn Jahre zurück und hatte damals nur ein paar Monate gehalten.

Auch wenn mich sein Erscheinen überraschte, bemühte ich mich dennoch um höflichen Small Talk.

»Gut siehst du aus!«, stellte ich mit wohlwollendem Nicken fest.

Wie schon zu früheren Zeiten ließ Daniels Klamottengeschmack jedoch zu wünschen übrig. Er trug einen Pullover in der gewagten Farbe Spülmittelgrün, der mindestens eine Nummer zu groß war. In der Kombination mit der beigefarbenen Stoffhose und den dunkelbraunen Schuhen erinnerte er mich fatal an einen Baum.

»Was hast du damals noch mal studiert? Computerlinguistik?«

Er nickte. »Aber ich habe das Studium abgebrochen und mich dann für den Lehrberuf entschieden.«

»Der Klassiker!«, entgegnete ich schmunzelnd. »Jeder, der sein Studium abbricht, probiert es danach mit Pädagogik. Offenbar scheint das nie die erste Wahl zu sein.«

Die beiden anwesenden Lehrkräfte fanden das offenbar nicht lustig. Das falsche Publikum nahm ich an.

»Ich habe Daniel in deinem Namen über die sozialen Medien kontaktiert«, berichtete Clara und strahlte dabei übers ganze Gesicht. »Er wohnt gar nicht weit weg, und nachdem wir ein bisschen gechattet haben, hat er angeboten, auf ein Gläschen Wein vorbeizukommen. Du hast doch nichts dagegen?«

Ermattet ließ ich mich aufs Sofa fallen. Der Therapietag und die ergebnislose Wattwanderung hatten mich geschlaucht.

»Natürlich nicht!«, schwindelte ich wie üblich in solchen Situationen, wenn der Besuch schon direkt vor einem saß.

»Daniel unterrichtet in Dornum im Wasserschloss.« Sie seufzte sehnsüchtig. »Es ist bestimmt toll, in so einem historischen Ambiente den Schülern Wissen zu vermitteln.«

»Natürlich ist das Wasserschloss ein wundervolles Schulgebäude, aber es sind doch die Menschen, die eine Schule erst zu einem Wohlfühlort machen.« Er griff nach ihrer Hand. »Und ich bin mir sicher, dass du für deine Schüler eine wichtige Ansprechpartnerin bist!«

»Nun ja, ich gebe mein Bestes.« Claras Wangen röteten sich.

»Daniel und ich haben so viel gemeinsam«, schwärmte sie. »Nicht nur die Leidenschaft für unseren Beruf. Wir mögen auch das Theater, lesen die gleichen Schriftsteller, und Daniels Lieblingsessen ist Lasagne, genau wie meins. Ist das zu glauben?«

»Lasagne, ernsthaft? Die mag ja sonst eigentlich niemand.«

Mein Sarkasmus verpuffte ungehört. Amor hatte anscheinend im Eiltempo zugeschlagen. Es war nicht zu übersehen, dass sich die zwei gesucht und gefunden hatten.

»Als Erstes ist mir deine gewählte Ausdrucksweise aufgefallen und die ungewohnte Abwesenheit von Rechtschreib- und Grammatikfehlern«, säuselte Daniel.

»Genauso erging es mir!«, rief sie. »Ich habe sofort gespürt, dass dir die deutsche Sprache ebenso am Herzen liegt wie mir. Es ist so schön, sich schriftlich mit jemandem auszutauschen, der sogar die Kommata richtig setzt.«

Für einen Sekundenbruchteil huschte ihr Blick anklagend zu mir. Manchmal hatte ich die Vermutung, dass sie meine Nachrichten ausdruckte und mit Rotstift korrigierte.

Daniel nickte leidgeprüft. »Heutzutage muss man schon froh sein, wenn jemand auf die Groß- und Kleinschreibung achtet.«

Ich liebte meine beste Freundin, aber diese geballte Ladung Pädagogik machte mich fertig. Stöhnend massierte ich mir die Schläfen.

»Clara, wärst du so nett, Daniel zu erklären, was ich von ihm möchte«, bat ich sie. »Ich hatte einen echt langen Tag.«

Sie nickte eifrig. Wie es sich für eine Deutschlehrerin gehörte, fasste sie die Ereignisse prägnant und treffend zusammen.

Am Ende musste ich nur noch die entscheidende Frage stellen: »Daniel, bist du der Verfasser dieses Liebesbriefes?«

Er sah mich mit ernster Miene an. »Merle, wie du weißt, war unsere Beziehung nicht unbedingt glücklich! Und ich denke, ein Problem war, dass wir damals nicht ehrlich zueinander waren. Umso mehr schulde ich dir jetzt die Wahrheit!« Er fasste sich ans Herz. »Ich schwöre dir, dass ich weder damals noch heute einen Liebesbrief für dich geschrieben oder sonst irgendeine Zeile der Zuneigung für dich verfasst habe.«

»Ah ja …« Ich räusperte mich. »Danke! Die Wahrheit zu hören fühlt sich immer wieder gut an.« Ich beugte mich stirnrunzelnd vor. »Wieso denkst du, dass wir nicht ehrlich zueinander waren?«

Dass ich diese Frage überhaupt stellte, brachte mir ein tadelndes Stirnrunzeln ein. Offenbar hätte ich nach unserer Trennung eine diagnostische Analyse verfassen und Lernstrategien für folgende Partnerschaften entwickeln müssen.

»Wir haben so wenig zueinander gepasst, dass wir uns permanent verstellen mussten«, erklärte er. »Sonst hätten wir nur gestritten. Zum Beispiel hat es mich wahnsinnig gemacht, dass du immer fünf Minuten zu spät gekommen bist. Aber ich habe nie etwas gesagt.«

»Bei fünf Minuten Verspätung ist man noch so gut wie pünktlich«, verteidigte ich mich und sah zu meiner Freundin. »Sag ihm, dass das in Ordnung ist!«

Clara war anscheinend nicht wohl dabei, in diese Diskussion hineingezogen zu werden. Sie rutschte unruhig auf dem Sofa herum. »Mir macht das natürlich nichts aus!«, versicherte sie mir. »Aber aus Sicht einer Lehrkraft muss ich das natürlich anders beurteilen. Wenn meine Schüler immer fünf Minuten zu spät kämen, gäbe das schon Ärger.«

Daniel nickte zufrieden. »Außerdem bist du ein Butter- und

Nutellabohrer«, fuhr er an mich gewandt fort. »Du schabst nicht schön die Oberfläche ab, nein, du bohrst mit deinem Messer tiefe Tunnel in den Brotaufstrich, als gäbe es am Boden einen Goldschatz zu entdecken. Das hat mich total aufgeregt.«

Ich verdrehte die Augen. Meine Güte, war das pingelig! Dass Daniel die deutschen Werte von Ordnung, Pünktlichkeit und Sauberkeit bis hin zum Brotaufstrich verinnerlicht hatte, war mir in unserer Beziehung tatsächlich nicht bewusst gewesen. Wahrscheinlich wäre uns mit ein bisschen mehr Ehrlichkeit schon nach zwei Tagen klar geworden, dass eine Partnerschaft zwischen uns nicht funktionieren konnte.

»Du willst die schonungslose Wahrheit?«, entgegnete ich. »Ich fand es ziemlich rücksichtslos, dass du bei deiner Laktoseintoleranz vor dem Schlafengehen immer ein Glas warme Milch mit Honig getrunken hast.«

»Ich hatte Probleme beim Einschlafen, und damals gab es noch nicht so viele Milchersatzprodukte«, verteidigte er sich.

So einfach kam er mir nicht davon. »Wenn ich bei dir übernachtet habe, hättest du auf deinen Schlummertrunk ruhig verzichten können! Was sich da nachts an Gasen unter deiner Decke angesammelt hat, hätte gereicht, um damit eine Biowaffe zu befüllen! Ich hatte ständig Angst, dass du dich umdrehst und sich dabei deine Decke anhebt. Am liebsten hätte ich sie um dich herum an die Matratze getackert.«

Clara presste die Hand vor den Mund und versuchte so angestrengt, das Lachen zu unterdrücken, dass sie knallrot im Gesicht anlief.

»Aber du hast völlig recht«, stimmte ich Daniel nun in versöhnlicherem Tonfall zu. »Ehrlichkeit ist das Fundament einer Beziehung. Wenn man dem Partner nicht genug vertraut, um offen über seine Gefühle sprechen zu können, ist das Ganze schon von Anfang an zum Scheitern verurteilt.«

Und genau deshalb hatte ich jetzt dringend etwas zu erledigen!

»Danke fürs Kommen! Und nichts für ungut.« Ich lächelte ihm zu.

»Natürlich!«, erwiderte er aufgeräumt. »Wir haben uns alles von der Seele geredet – und jetzt Schwamm drüber!«

Daniel streckte mir die Hand hin, und ich schlug ein. Eigentlich war er gar kein so schlechter Kerl.

»Ich lasse euch dann mal allein! Dann könnt ihr euch wieder über die Freuden der Pädagogik austauschen.«

Schon im Flur zückte ich mein Handy und schrieb eine Nachricht an Bastian:

Wo bist du? Ich würde dich gern sehen. Es war schade, dass unser Treffen heute nicht geklappt hat.

Denn das war es, was ich in Wahrheit empfand. Und eigentlich war ich mittlerweile alt genug, um zu meinen Gefühlen stehen zu können. Dennoch kämpfte ich gewaltig mit meiner Nervosität … bis endlich eine Antwort von Bastian eintraf.

Kapitel 20

Eine halbe Stunde später erreichte ich den Parkplatz des Galaxy-Bowlingcenters im Industriegebiet in Norden. Bastian parkte in der zweiten Reihe und observierte offenbar den etwas schmucklosen Eingang. Meiner Meinung nach tat sich da allerdings nicht viel. Im Nieselregen stand dort gerade ein Mann Mitte dreißig mit Halbglatze beim Rauchen. Die Szenerie wirkte absolut harmlos. Und dafür hatte Bastian mich heute versetzt? In Hamburg hatte er nach unserem fantastischen Kuss noch verkündet, dass wir ab sofort voller Engagement meinen heimlichen Verehrer suchen würden, doch stattdessen saß er jetzt lieber allein im Auto auf dem Parkplatz eines zweitklassigen Bowlingcenters herum?

Als ich ohne Vorwarnung seine Beifahrertür aufriss, zuckte er sichtlich zusammen.

»Merle, willst du mich umbringen?«, keuchte er.

»Kommt drauf an …« Ich ließ mich neben ihn auf den Sitz fallen.

Bastians hellblaues Hemd war zerknittert, und unter seinen Augen lagen Schatten. Sein Tag schien anstrengend gewesen zu sein. Meiner allerdings ebenfalls.

Er zog eine Augenbraue in die Höhe. »Und worauf genau, wenn ich fragen darf?«

»Wie deine Nachricht gemeint war.« Ich holte mein Handy heraus. »Weißt du, ich überwinde mich und öffne dir mein

Herz – und als Antwort erhalte ich nur eine Standortmeldung über Google mit der leidenschaftlichen Aufforderung: *Komm doch vorbei!*«

»Du hast mir dein Herz ausgeschüttet?«, fragte er skeptisch. »Das muss mir leider entgangen sein.«

»Natürlich!« Ich deutete nachdrücklich auf das Display. »Hier: *Ich würde dich gern sehen*. Eindeutiger geht es ja wohl kaum!«

Er schien anderer Meinung zu sein. »Ich habe auch schon mal meinem Steuerberater geschrieben, dass ich ihn gern sehen würde. Dieser Wunsch war allerdings nicht mit einem amourösen Subtext verknüpft.«

Er tätschelte meine Hand. »Aber wenn das bei dir schon eine derart bedeutsame Äußerung ist, merke ich mir das natürlich. Nur mal interessehalber: Wie sagst du eigentlich einem Mann, dass du ihn liebst?«

Ich schlug ungehalten seine Hand beiseite. »Ganz einfach: *Ich finde dich weniger nervtötend als den Rest der Menschheit*. Und wenn ich mit einem Typen zusammenziehen will, schicke ich ihm die Einkaufsliste für nächste Woche. Damit ist schon alles Notwendige gesagt.«

Ein Schmunzeln zuckte um seine Mundwinkel. Er wirkte nicht mehr so angespannt und erschöpft wie noch vor wenigen Minuten. Anscheinend war es mir gelungen, seine Lebensgeister zu wecken.

»Das ist gut zu wissen! In Zukunft werde ich jedes deiner Worte auf mögliche Zweideutigkeiten überprüfen«, gelobte er. »Gibt es sonst noch etwas, das wir miteinander klären sollten?«

Ich nickte. Dank Daniel war ich im Ehrlichkeitsmodus, und eine Sache war mir ganz besonders wichtig …

»Unser Kuss – was denkst du jetzt mit ein wenig Abstand darüber?«

Bastians Blick war schwer zu deuten. »Was denkst du denn darüber? Bereust du es?«

Und so hatte er einfach das heiße Eisen an mich zurückgegeben. Das war unfair! Plötzlich fühlte ich mich, als müsste ich über glühende Kohlen laufen.

»Ich … ähm … bereuen? Puuuuh …« Ich stieß so lange die Luft aus, bis ich fast in mich zusammenfiel. »Es war ja nur ein Kuss. Du hast mitgemacht, ich habe mitgemacht …« Ich beendete meine tiefschürfende Antwort, indem ich konfus mit der Hand in der Luft herumwedelte.

Ich war eine feige Kuh ohne jedes Rückgrat. Mein neues Lebensmotto »absolute Ehrlichkeit in der Partnerschaft« hatte ich keine fünf Minuten durchgehalten. Dabei war es doch nicht schwer zuzugeben: *Dein Kuss hat mein Herz berührt, Bastian.*

Er hatte mein Ringen um eine Antwort mit zunehmender Irritation beobachtet. Wenn er jetzt eingeschnappt war, konnte ich ihm das nicht verübeln.

»Stimmt, ich habe mitgemacht«, stellte er trocken fest. »Du bist schließlich nicht die hässlichste Frau, die mir in letzter Zeit begegnet ist.«

Ruckartig fuhr mein Kopf zu ihm herum. »Na, herzlichen Dank auch! Casanova hätte von deiner Fähigkeit, Komplimente zu machen, noch was lernen können.«

Er nickte selbstsicher. »Ja, sie kommen scheinbar schlicht, aber trotzdem effektiv daher.« Er lehnte sich über die Mittelkonsole zu mir. »Die besten Komplimente sind die, bei denen man sich an die Wahrheit hält, weißt du?«

»Ah ja?« Wie von selbst überbrückte ich den Abstand zwischen uns. Er war wie ein Magnet, von dem ich angezogen wurde. Unsere Gesichter waren nur noch Zentimeter voneinander entfernt. Mein Herzschlag beschleunigte sich, und ich atmete nur noch flach.

»Ungefähr so: Du riechst deutlich besser als eine öffentliche Toilette, Bastian«, flüsterte ich.

»Ja, genau! Da weiß ich doch gleich, dass das ehrlich gemeint ist und nicht so übertrieben wie die meisten Komplimente.«

Seine Augen wanderten über mein Gesicht bis zu meinem Mund. »Und jetzt? Verspürst du das Bedürfnis, mich noch mal zu küssen?«

Verdammt, ja! Ich biss mir verlangend auf die Unterlippe. »Du bist zwar nicht der hässlichste Mann, der mir in letzter Zeit begegnet ist, aber sobald du anfängst zu reden, würde ich dir am liebsten den Hals herumdrehen.« Ich seufzte. »Ich bin im Zwiespalt.«

»Du kannst mich ja informieren, wenn du dich entschieden hast«, sagte er augenzwinkernd, ehe er sich wieder zurück auf den Fahrersitz fallen ließ.

Und damit war die Chance auf einen leidenschaftlichen Kuss dahin! Aber die Strafe hatte ich wohl verdient. Andere Männer wären nach meinem konfusen und kaltherzigen Gestammel womöglich beleidigt gewesen. Entweder besaß Bastian ein unerschütterliches Selbstvertrauen, oder er schien hinter meine Festungsmauer blicken zu können und zu wissen, dass meine Selbstschutzmaßnahmen stärker ausgeprägt waren als bei den meisten Frauen. Das bedeutete jedoch nicht, dass ich kalt war oder weniger empfand – im Gegenteil.

Ich atmete tief durch und schaute zum Eingang des Bowlingcenters. Der Raucher hatte sich inzwischen verzogen, stattdessen lungerten nun zwei Jugendliche im Alter von etwa vierzehn Jahren auf der Treppe herum. Mit ihren Brillen und gestärkten Hemden wirkten sie wie Computernerds. Sie hatten so wenig Muskelmasse auf den Rippen, dass schon ein leichter Windstoß sie wegzuwehen drohte. Ständig schauten sie sich nach allen Seiten um und tuschelten miteinander.

»Was machst du eigentlich hier?«, wollte ich wissen. »Wie eine aktive Recherche sieht das nicht gerade aus.«

»Auch als Journalist muss man manchmal observieren.« Er seufzte tief. »Vor ein paar Wochen haben wir einen Hinweis erhalten, dass in diesem Bowlingcenter gedealt wird. Ich habe einen Mitarbeiter darauf angesetzt, aber er konnte nichts Verdächtiges entdecken. Deshalb gehe ich jetzt selbst dem Hinweis nach.«

Das musste die Drogensache sein, von der er neulich am Telefon gesprochen hatte.

Interessiert richtete ich mich auf. »Von was reden wir hier: Ecstasy, Crystal Meth, Kokain, Heroin?«

Er schüttelte den Kopf. »Weed.«

»Echt jetzt?«, entfuhr es mir überrascht. »Du observierst einen Parkplatz wegen *Cannabis?*«

Seine Miene verdunkelte sich. »Cannabis an Minderjährige zu verkaufen ist in diesem Land immer noch eine Straftat. Für Jugendliche ist das eine Einstiegsdroge.«

Er hatte natürlich recht. Ich warf ihm einen bedauernden Blick zu. »Entschuldige bitte, ich wollte es nicht herunterspielen! Wie du weißt, ist die Polizei chronisch unterbesetzt, und meine Kollegen sind schon bei harten Drogen mit den Ermittlungen überlastet.«

Dafür schien Bastian Verständnis zu haben. »Deshalb haben wir vom *Krummhörner Wochenblatt* uns der Sache angenommen. Wir möchten daraus eine Story über die Gefahren von Drogenkonsum machen. Eine Mutter hat uns darüber informiert, dass ihr vierzehnjähriger Sohn hier regelmäßig Cannabis gekauft hat, aber sie wusste leider keine Einzelheiten. Ihr Sohn hat mittlerweile eine cannabisinduzierte Psychose entwickelt und muss ärztlich betreut werden.«

Ich nickte mitfühlend. Einige Studien legten den Verdacht

nahe, dass THC das neurologische System von Heranwachsenden schädigen konnte, wenn sie zu häufig konsumierten. Auch Depressionen und bipolare Störungen wurden auffällig oft beobachtet.

»Zwar hat die Mutter die Polizei informiert, aber die haben im Center leider nichts gefunden.« Er presste die Lippen zusammen, und ein Muskel in seinem Kiefer zuckte.

»Solche Durchsuchungen bringen meist nur etwas, wenn man genau weiß, wo man suchen muss«, versuchte ich, meine Kollegen zu verteidigen. »Oder genug Leute hat, um den Laden auf den Kopf zu stellen. Man ist oft überrascht, wie kreativ Dealer werden können, wenn es um ein Drogenversteck geht.«

Unzufrieden schüttelte er den Kopf. »Wenn wir nur einen Anhaltspunkt hätten!«, entfuhr es ihm. »Hier draußen rumzusitzen und auf einen Deal zu warten ist wie die Suche nach der Nadel im Heuhaufen.«

Er hieb mit der Faust aufs Lenkrad. Der Fall schien ihm wirklich an die Nieren zu gehen.

Ich schaute mir den Parkplatz genauer an. Er war gut beleuchtet, von allen Seiten einsehbar, und es gab keine zwielichtigen Ecken, die sich für kriminelle Aktivitäten anboten.

»Hat dein Mitarbeiter sich auch drin umgeschaut?«

»Ja, natürlich! Zwei Mal hat er sich zwischen ein und zwei Stunden im Center aufgehalten, und nichts Auffälliges bemerkt.«

Was mich nicht wunderte. Eine männliche Einzelperson, die über längere Zeit allein in einem Bowlingcenter herumlungerte, fiel normalerweise selbst am meisten auf. Kriminelle hatten für solche Leute einen siebten Sinn. Eine verdeckte Ermittlung musste man ein wenig cleverer angehen.

»Kannst du Bowling spielen?«, fragte ich lächelnd.

»Nicht wirklich. Ich bin echt schlecht.«

»Perfekt, ich auch. Das wird bestimmt spaßig!«

Ich öffnete die Autotür. »Los, trödle nicht so herum! Wenn wir Pech haben, sind schon alle Bahnen belegt.«

»Du willst spielen? Jetzt?« Für einen Top-Journalisten sah er mich recht begriffsstutzig an.

»Hier draußen wird rein gar nichts passieren«, erklärte ich ihm. »Mein Gespür sagt mir, dass wir uns drinnen umsehen müssen.«

»Und deshalb spielen wir jetzt Bowling?«

Ich nickte. »Genau! Zu zweit wirken wir wie ein harmloses Liebespaar. So schöpft niemand Verdacht, und wir können uns in Ruhe umsehen.«

Er verzog den Mund. »Mich irritiert die Formulierung, dass wir wie ein Liebespaar *wirken*«, entgegnete er. »Offenbar habe ich unsere Küsse und liebevollen Sticheleien falsch interpretiert. Davon abgesehen stört mich auch das Adjektiv *harmlos*. Du wirkst nicht harmlos. Niemals.«

Ich lachte. »Du unterschätzt meine schauspielerischen Fähigkeiten, Liebster!«, säuselte ich.

Hand in Hand betraten wir wenige Minuten später das Bowlingcenter, das eindeutig schon bessere Tage gesehen hatte. Der blaue Teppich war abgewetzt, die Wände hatten einen neuen Anstrich nötig, und auch die Einrichtung war nicht mehr ganz zeitgemäß. Dennoch gab sich der Betreiber Mühe, den Laden cool aussehen zu lassen: Die hektisch blinkende Lichtanlage harmonierte perfekt mit dem Technobeat aus den wummernden Boxen. Bei manchen Menschen löste diese Kombination sicherlich Migräne oder epileptische Anfälle aus. Im hinteren Bereich gab es ein Bistro mit Erfrischungen und Snacks, wo ein paar Jugendliche herumhingen und auf ihre Handys starrten.

Wir bezahlten für ein Spiel, und schon nach den ersten Würfen wurde klar, dass weder Bastian noch ich übertrieben hatten:

Wir waren grottenschlecht. Zum Glück waren wir nicht hier, um uns gegenseitig mit unseren Bowlingfähigkeiten zu beeindrucken.

»Da links«, raunte er mir zu, nachdem er gekonnt den dritten Bandenwurf in Folge hingelegt hatte. »Das ist der Betreiber.«

Ein Mann um die fünfzig mit Vokuhila und dem geröteten Gesicht eines Alkoholikers schlurfte in Richtung Bistro. Dort sprach er kurz mit dem jungen Mann hinter der Theke. Dieser lächelte seinen Chef freundlich an und nickte beflissen, was sein Boss zum Anlass nahm, auf dem Absatz kehrtzumachen und wieder zurück zu seinem Büro zu schlurfen. Es machte mich schon depressiv, den Mann nur zu beobachten.

»Ich glaube nicht, dass er mit Drogen dealt«, tat ich meine Einschätzung kund. »Höchstens vielleicht mit Valium. Der Typ sieht eher so aus, als ob er den ganzen Tag seinen Frust in Rotwein ersäuft.«

»Wahrscheinlich hast du recht.« Bastian pikte lustlos in seinen Pommes, die er sich im Bistro geholt hatte.

»Das ist wirklich ein kärgliches Abendessen«, bemerkte ich mitfühlend.

Er winkte ab. »Mein Abendessen ist mir egal. Ich will endlich den Mistkerl finden, der hier Drogen an Jugendliche verkauft«, knurrte er.

Erneut zeigte sich eine wütende Verbissenheit in seiner Miene, die ich nicht von ihm gewohnt war.

Wir beendeten unser Spiel, ohne dass ich auch nur eine einzige kriminelle Handlung bemerkt hätte.

»Okay, du hast nicht gelogen«, stellte Bastian fest. »Du bist wirklich total schlecht im Bowling. So was hab ich noch nie gesehen. Beim letzten Wurf hat deine Kugel eine physikalisch völlig unmögliche Kurve gemacht, als wäre sie den Pins absichtlich ausgewichen. Die Bowlingfee muss dich wirklich hassen.«

Gerührt nahm ich von ihm den vereinbarten Hauptpreis für den schlechtesten Spieler aller Zeiten entgegen: den *Zweizack der Schande*, der ursprünglich seine Pommesgabel gewesen war.

»Ich werde den Preis in Ehren halten«, gelobte ich.

»Das hoffe ich doch! Jetzt musst du mir allerdings wie vereinbart eine Cola spendieren.«

»Spielschulden sind Ehrenschulden«, erwiderte ich mit stolzgeschwellter Brust und marschierte in Richtung Bistro.

Während ich in der kurzen Schlange stand, überflog ich die angebotenen Snacks. Es musste hier doch etwas Besseres für Bastian zum Abendessen geben als eine Portion Pommes. Die Auswahl war allerdings dürftig.

Hinter mir hörte ich aufgeregtes Getuschel. Ich sah über die Schulter und erkannte die jungen Computernerds wieder, die vorhin auf der Eingangstreppe gestanden hatten. Die zwei zappelten auffallend nervös herum, und der Kleinere fuhr sich ständig mit der Zunge über die Lippen. Ich wäre jede Wette eingegangen, dass die beiden etwas Verbotenes vorhatten.

»Ja, bitte?«, fragte mich in diesem Moment der junge Mann hinter der Theke.

Sein Namensschild wies ihn als Kevin aus, und er jobbte hier wohl in seiner Freizeit, denn seinem jugendlichen Gesicht nach zu urteilen, war er noch im Schüleralter. Er hatte ein freundliches Lächeln, und noch nicht mal sein hässliches dunkelbraunes Hemd mit dem Logo des Bowlingcenters konnte seiner guten Laune etwas anhaben.

»Ich hätte gern zwei Cola und ein Schinkenbaguette.«

Kevin nickte, tippte auf seiner Kasse herum, und ich bezahlte.

»Das Baguette dauert einen Moment. Würden Sie bitte warten, bis ich es fertig habe?«

»Ja klar. Nur kein Stress!« Ich trat zur Seite und steckte die Hände in die Hosentaschen.

Nun waren die Nerds an der Reihe, und der Größere von beiden räusperte sich mehrmals hintereinander.

»Z-zwei Tassen Melissentee, bitte«, stammelte er.

»Kommt sofort!«, erwiderte Kevin fröhlich.

Ich studierte das Getränkeangebot auf der Anzeige. Dort stand nichts von Melissentee. Oder überhaupt einem Tee.

Quasi umgehend überreichte Kevin seinen Kunden zwei To-Go-Becher mit heißem Wasser und separat zwei Teebeutel. Obwohl er überhaupt keinen Betrag genannt hatte, streckten die beiden ihm wortlos das Geld hin. Es musste sich um eine äußerst exklusive Teesorte handeln, denn Kevin gab keinen Cent Rückgeld heraus. Diese Sache stank doch zum Himmel!

Die zwei Jungs wandten sich ab. Anstatt den Tee ins heiße Wasser zu geben, hielt jeder von ihnen die Schnur mit dem Beutel in die Höhe wie einen wertvollen Schatz. Okay, damit war alles klar … Auffälliger ging es ja wohl kaum! Diese Dilettanten waren ein Albtraum für jeden Dealer.

»Hier, Ihre Bestellung!«, sagte Kevin in diesem Augenblick zu mir.

Tatsächlich wirkte sein Lächeln deutlich angestrengter als zuvor, und er schaute recht entnervt den Nerds hinterher, die das Bowlingcenter soeben verließen.

Dankend nahm ich das Schinkenbaguette und die Getränke entgegen und ging zu Bastian zurück. Jetzt musste ich nur noch einen Weg finden, ihm meine Beobachtung mitzuteilen, ohne dass er kurzerhand Selbstjustiz verübte.

Deshalb wartete ich lieber ab, bis wir eine halbe Stunde später wieder draußen auf dem Parkplatz im Auto saßen.

Vorsichtshalber hielt ich ihn am Ärmel fest, damit er nicht gleich wieder zurück ins Bistro rannte.

»Also, der Dealer ist Kevin, und er verkauft das Gras versteckt in Teebeuteln, wenn die Teenager einen Melissentee bestellen«, erzählte ich ihm so nüchtern wie möglich. »Und das werde ich auch umgehend meinen Kollegen mitteilen.«

Bastian versuchte, meine Hand abzuschütteln. »Aber dann müssen wir doch …«

»Nein!«, unterbrach ich ihn. »Alles, was du unternimmst, wird sich negativ auf den Fall auswirken. Wenn du Kevin jetzt zur Rede stellst, wird er natürlich alles abstreiten – und das Gras noch heute verschwinden lassen. Dann hätte die Polizei keine Chance mehr, etwas zu finden.«

Ich hob den Zeigefinger. »Und falls du jetzt mit dem Gedanken spielst, einen Hechtsprung hinter die Theke zu machen, um die Teebeutel zu klauen, muss ich dir sagen, dass diese dann als Beweise vor Gericht wahrscheinlich nicht mehr gültig wären. Willst du das?«

Bastian stieß die Luft aus. »Nein. Natürlich nicht.«

Ich wusste, wie schwer ihm das fallen musste. »Lass die Polizei ihren Job erledigen, Bastian! Du bist Journalist – und ein ziemlich guter noch dazu. Aber die Verfolgung von Straftätern solltest du den Profis überlassen.«

Er zog eine Schnute. »Dann darf ich nicht den Helden spielen?«

»Heute mal nicht«, erwiderte ich schmunzelnd. »Aber dank deiner Beharrlichkeit haben wir heute den Dealer entlarvt. Und durch die unfreiwillige Unterstützung zweier Nerds, die zum ersten Mal in ihrem Leben Gras gekauft haben. Sie haben es mir ziemlich leicht gemacht, das Ganze zu durchschauen.«

Das Detektivspielen hatte mir offen gestanden Spaß gemacht. Ich vermisste meinen Job wirklich sehr. Jetzt war es allerdings Sache meiner Kollegen herauszufinden, wer die eigentlichen Hintermänner waren, denn natürlich war Kevin nur ein ganz kleiner Fisch.

»Du hast mir unglaublich geholfen, Merle!« In Bastians Augen lagen eine tiefe Wärme und Zuneigung. »Dafür kann ich dir gar nicht genug danken. Ich schätze …«, er hielt inne und atmete tief durch, »dafür schulde ich dir endlich die Wahrheit. Auch wenn ich normalerweise nicht gern über meine Familie spreche. Wie wäre es, wenn ich dich zum Essen einlade? In der Nähe der Redaktion gibt es ein italienisches Weinlokal mit einer leckeren Antipastiplatte.«

Wir beide zusammen in einem romantischen Restaurant bei Kerzenschein? Wie hätte ich da Nein sagen können.

»Aber lass mich zuerst auf dem Revier anrufen«, bat ich ihn. »Mir wäre lieb, wenn sie so schnell wie möglich eine Streife herschicken.«

Damit war Bastian natürlich einverstanden. Also telefonierte ich kurz mit den Kollegen und informierte sie über die Details. Allerdings war ein Teil meiner Gedanken schon mit etwas ganz anderem beschäftigt. Die Müdigkeit des langen Tages war plötzlich wie weggewischt, denn gleich hatten Bastian und ich unser erstes richtiges Date, und ich würde endlich etwas über seine Vergangenheit erfahren.

Kapitel 21

Wie Bastian versprochen hatte, schmeckte die Antipastiplatte in dem Weinlokal sehr lecker, und mein Rosé war fruchtig und angenehm leicht. Im Hintergrund lief Eros Ramazzotti, und die Besitzerin hinter der Theke schimpfte auf Italienisch mit ihrem Mann in der Küche. Bis jetzt hatten Bastian und ich uns gut unterhalten.

»… und hat dann tatsächlich erwartet, dass ich einen Artikel über seine Ohrschmalzsammlung schreibe«, kam er gerade zum Schluss einer Geschichte und schüttelte sich angeekelt.

»Oh Gott, nein!« Ich wischte mir eine Lachträne aus dem Augenwinkel. »Menschen gibt's, kaum zu glauben.«

Bastian deutete auf die Platte. »Darf ich mir die letzte eingelegte Aubergine schnappen?«

»Bitte, nur zu!«

Ich nippte an meinem Wein. Eigentlich hatte ich mir fest vorgenommen zu warten, bis er freiwillig von seiner Familie erzählte. Dass er das Thema bis jetzt noch nicht angesprochen hatte, verunsicherte mich allerdings. Hatte Bastian es sich wieder anders überlegt? Leider war ich überzeugt, dass wir keine Chancen hatten, uns näherzukommen, wenn er nicht mehr von sich preisgab.

»Du fragst dich sicherlich, wieso mir die Sache mit dem Cannabis so wichtig war«, sagte er in genau diesem Moment. »Der Fall hat bei mir schlechte Erinnerungen geweckt, denn ein

Familienmitglied hatte schon mal mit Drogen zu tun. Für gewöhnlich vermeide ich es, darüber zu reden, weil … « Er stockte, blickte mit gerunzelter Stirn ins Leere und stieß dabei die Luft aus. »Nun, aus mehreren Gründen, denke ich. Meine Familiengeschichte ist nichts, worauf man stolz sein könnte. Außerdem ist es nicht leicht für mich, über diese Zeit zu sprechen. Deshalb wissen nur wenige in meinem Umfeld darüber Bescheid. Nur diejenigen, denen ich absolut vertraue.«

Etwas an ihm hatte sich verändert. Er wirkte mit einem Mal angreifbar und verletzlich. Obwohl ich unbedingt die Wahrheit hatte erfahren wollen, hob ich nun die Hand, um ihn zu stoppen. Plötzlich fühlte ich mich schäbig, dass ich ihn immer wieder bedrängt und bei ihm herumgeschnüffelt hatte. Hätte ich nicht einfach akzeptieren können, dass er nicht über seine Eltern sprechen wollte? Schließlich gab es gute Gründe, den Kontakt zu seinen Erzeugern abzubrechen.

»Du musst mir nichts erzählen«, versicherte ich ihm. »Wenn die Erinnerung zu schmerzlich für dich ist, brauchst du dir das nicht antun.«

Er nahm sanft meine Hand. »Aber ich möchte, dass du davon erfährst«, sagte er mit ernster Miene. »Denn das ist meine Vergangenheit und ein Teil von mir, den du kennen solltest. Aber ich muss leider etwas ausholen, denn meine Familiengeschichte ist kompliziert.«

»Ich habe Zeit.« Ich lächelte ermutigend.

»Meine Großeltern wohnten in einem Vorort, und mein Großvater war Rektor der örtlichen Grundschule. Meine Mutter wurde als zweite Tochter geboren, war von Anfang an eine kleine Rebellin und kam mit den strengen Regeln meines konservativen Großvaters nicht gut klar. An ihrem achtzehnten Geburtstag hat sie ihre Sachen gepackt und ist mit einem Typen losgezogen, den sie eigentlich kaum kannte.«

Auch ich hatte als Heranwachsende Schwierigkeiten mit meinem Vater gehabt, und es hatte Momente gegeben, in denen ich am liebsten abgehauen wäre. Allerdings hatte ich meine Mutter und Björn viel zu sehr geliebt, um mich einfach aus dem Staub zu machen.

»Sieben Jahre hörten meine Großeltern nichts mehr von ihr. In der Zwischenzeit hatte mein Großvater einen Schlaganfall erlitten und musste von meiner Oma gepflegt werden. Eines Tages stand meine Mutter wieder vor ihrer Haustür – hochschwanger, ohne Geld und ohne eine Erklärung, wo sie abgeblieben war.«

»Sie hat nichts erzählt?«

Er schüttelte den Kopf. »Ich nehme an, sie schämte sich. Vermutlich hat sie sich von einem Kerl schwängern lassen, der danach nichts mehr von ihr wissen wollte. Bis heute hat sie seine Identität geheim gehalten.«

Missbilligend runzelte ich die Stirn. Wie es sich wohl anfühlen mochte, wenn einem eine Hälfte der genetischen Identität vorenthalten wurde? Ich wusste immerhin über die Schwächen und lockeren Moralvorstellungen meines Vaters Bescheid. Ich kannte auch den ansteckenden Klang seines Lachens und seinen unwiderstehlichen Charme, der einem das Gefühl geben konnte, der wichtigste Mensch auf Erden zu sein. Dieses Wissen hatte mich geprägt und mir geholfen, meine Einstellungen zu formen. Von Bastians Mutter erschien es mir unnötig grausam, den Namen des Vaters nicht preiszugeben.

Er seufzte. »Wie sich schon bald herausstellte, erwartete meine Mutter Zwillinge. Meine Oma war mit ihr beim Frauenarzt, und sie schwört, dass wir ihr beim Ultraschall zugewinkt hätten.«

Ich lächelte. »Wie süß!«

»Nach der Geburt war meine Mutter total überfordert. Natürlich hat meine Oma versucht zu helfen, aber sie musste ja auch noch meinen Großvater pflegen. Wenigstens hat eine Familienhelferin meine Mutter unterstützt, die ihr auch eine kleine Wohnung besorgt hat.«

»Dann hast du einen Zwilling?« Es fiel mir schwer, mir Bastian in doppelter Ausführung vorzustellen.

»Hendrik und ich waren zweieiige Zwillinge«, entgegnete er. »Aber wir sahen uns für Brüder ziemlich ähnlich. Jedenfalls auf den ersten Blick. Er war ein bisschen größer als ich, meine Augen waren etwas dunkler und meine Haare nicht ganz so störrisch. Aber uns gab es tatsächlich nur im Doppelpack. Wie es sich für Zwillinge gehörte, hingen wir sehr aneinander. Allerdings war das wohl auch den Umständen geschuldet.«

Seine düstere Andeutung ließ mein Herz schneller schlagen. Ich ahnte, dass nun der unschöne Teil der Geschichte begann.

Hendrik. Der Vorname in dem Pass war also der seines Zwillingsbruders. Ich kam nicht dazu, darüber nachzudenken, denn Bastian erzählte schon weiter.

»Jahrelang gab es immer wieder Ärger mit dem Jugendamt, weil meine Mutter sich nicht genug um uns gekümmert hat. Wir hatten oft nichts zu essen, weil sie nicht einkaufen ging. Sie sorgte nicht dafür, dass wir frische Kleidung hatten oder geduscht waren. Sie ging am Wochenende abends aus, ohne einen Babysitter für uns zu besorgen. So was eben …«

Ich nickte mitfühlend. Leider hatte ich als Polizistin solche Dinge schon mehrfach erlebt. Das Jugendamt war zwar stets bemüht, die Kinder so lange wie möglich in der Obhut der Eltern zu lassen, aber wenn das Kindeswohl gefährdet war, blieb ihnen keine andere Wahl, als sie ihnen wegzunehmen.

»Als Hendrik und ich sechs Jahre alt waren, ließ meine Mutter uns schließlich mehrere Tage allein. Sie hatte uns eingebläut, leise zu sein und auf keinen Fall mit jemandem Kontakt aufzunehmen. Um sicherzugehen, schloss sie die Wohnungstür ab.

Am Anfang des dritten Tages hat Hendrik es vor Hunger nicht mehr ausgehalten und Oma angerufen.«

Schockiert schlug ich mir die Hand vor den Mund. Mir fehlten die Worte, und gleichzeitig zerriss es mir das Herz.

»Das Jugendamt hatte endgültig genug und meine Mutter offenbar auch«, fuhr er fort. »Sie packte unsere Sachen und übergab uns freiwillig an die Familienhelferin.«

Ich sog scharf die Luft ein. »Sie hat euch weggeschickt?«

»Rückblickend betrachtet war es eher überraschend, dass sie so lange durchgehalten hat«, entgegnete er mit einer Nüchternheit, die mir einen Stich versetzte. »Aber Hendrik hat sich damals die Schuld gegeben. Mein Bruder hat geglaubt, weil er schwach geworden ist und Hilfe geholt hat, hätte sie uns weggeschickt und aufgehört, uns zu lieben.«

Zu meiner Fassungslosigkeit und meinem Mitgefühl kam nun auch Wut auf Bastians Mutter hinzu. Wie hatte sie ihren kleinen Söhnen das nur antun können? Von der Mutter verlassen zu werden hinterließ Narben, die man den Rest seines Lebens mit sich herumtrug.

Bastian drehte den Stiel seines Weinglases zwischen den Fingern. »Ich schätze, sie wollte eigentlich keine Kinder«, sagte er nachdenklich. »Sie gehört zu den Menschen, die immer dem Glück hinterherjagen, aber es niemals finden. Was zur Folge hat, dass sie ständig unzufrieden sind. Sie denkt immer, dass sie am falschen Ort ist.«

Ich hatte das Glück, dass meine Mutter nicht so war. Sie liebte Björn und mich über alles und hätte ihr Leben für uns gegeben.

»Dann seid ihr zu einer Pflegefamilie gekommen?«, fragte ich vorsichtig, da Bastian plötzlich tief in Gedanken versunken schien.

Er sah auf. »Nein, meine Oma hat das verhindert. Immerhin

waren wir ihre Enkel, und sie hat uns geliebt. Aber sie konnte sich unmöglich um uns beide kümmern. Deshalb hat sie einen folgenschweren Entschluss gefasst: Sie hat Hendrik und mich getrennt.«

»Wie bitte?«, entfuhr es mir.

Sechsjährige Zwillinge, die zusammen so viel durchgestanden und sich gegenseitig Halt gegeben hatten, zu trennen, erschien mir unnötig grausam zu sein.

»Tante Brigitte, die ältere Schwester meine Mutter, lebte zu dem Zeitpunkt mit ihrem Mann und ihren zwei Töchtern in Frankfurt. Sie hatten ein großes Haus und ein gutes Einkommen. Sie haben Hendrik adoptiert und meiner Großmutter versichert, dass sie ihn wie einen eigenen Sohn großziehen würden.«

»Und euch beide aufzunehmen wäre zu viel für sie gewesen?«, fragte ich stirnrunzelnd.

»Ich schätze, dass sie ihrem Ehemann nur ein Kind ihrer ›asozialen Schwester‹ zumuten konnte.«

Es stand mir nicht zu, ein Urteil zu fällen, aber dennoch schüttelte ich unzufrieden den Kopf. »Und wie ging es dir dabei?«

Er zuckte mit den Schultern. »Ich habe meine Oma geliebt, aber ich habe Hendrik schon ein wenig beneidet, denn er durfte in einer richtigen Familie leben. Mein pflegebedürftiger Opa war ein mürrischer alter Mann.«

Ich beugte mich vor und griff nach seiner Hand. »Ich meinte, wie es dir mit der Trennung von Hendrik ging?«

Er verschränkte wie selbstverständlich unsere Finger ineinander. »Dass er nicht mehr an meiner Seite war, fühlte sich schlimmer an als die Trennung von meiner Mutter. Natürlich haben wir oft miteinander telefoniert, und in den Sommerferien durfte ich immer einige Wochen nach Frankfurt zu Besuch kommen. Aber über kurz oder lang haben wir uns entfremdet.«

»Das tut mir leid«, murmelte ich betroffen.

»Deshalb habe ich auch nicht bemerkt, wie innerlich zerrissen Hendrik war, denn er hat sich immer cool und unverwüstlich gegeben. Obwohl Tante Brigitte streng auf die Einhaltung der Regeln achtete, fiel ihr erst spät auf, dass Hendrik sich mit neuen Freunden umgab, die nicht gut für ihn waren. Hendrik kam in Kontakt mit Drogen, ging nicht mehr in die Schule, bestahl unsere Tante. Und schließlich ...« Bastian hielt mitten in der Erzählung inne und sah stirnrunzelnd über meine Schulter, weil es hinter der Theke einen kleinen Tumult gab.

Die italienische Besitzerin musste wirklich wütend auf ihren Mann sein, denn sie schimpfte wie ein Rohrspatz in Richtung Küche. Dabei fuchtelte sie mit ihrem Zeigefinger, als würde sie ein unsichtbares Fechtduell bestreiten. Im Gastraum saß um diese Uhrzeit außer uns nur noch ein älteres Ehepaar, das ebenso irritiert dreinblickte wie wir. Nun schien jedoch auch der Besitzerin aufzufallen, dass sie sich im Ton vergriffen hatte. Sie wandte sich zu uns um und lächelte entschuldigend.

»Scusi!«, rief sie aus. »Ich bitte vielmals um Verzeihung. Mein südländisches Temperament und der Sturkopf meines geliebten Mannes ergeben eine explosive Mischung.«

Wir nickten verständnisvoll. *Südländisches Temperament* klang immer so schön leidenschaftlich, auch wenn es wohl ziemlich anstrengend sein konnte.

»Wo war ich stehen geblieben?« Bastian rieb sich über die Stirn.

»Dass dein Bruder in Kontakt mit Drogen gekommen ist ...«

Er nickte und fing wieder an, den Stiel des Weinglases zwischen den Fingern zu drehen. »Schließlich ist er auf der Straße gelandet, und wir haben nur noch selten von ihm gehört. Wenn er sich mal gemeldet hat, wollte er immer nur Geld für Drogen.«

Es hieß immer, man solle als Angehöriger in solchen Momenten hart bleiben, aber ich ahnte, dass das leichter gesagt war als getan.

»So ging das einige Jahre.« Ein Schatten lag auf seiner Miene, und seine Stimme klang gepresst. Es fiel Bastian offensichtlich schwer, über all das zu sprechen.

»Während meines Studiums meldete Hendrik sich wieder und erzählte, dass er einen Entzug machen wolle. Allerdings hatte er das schon öfter versucht. Einmal hatte Tante Brigitte ihm sogar einen Platz in einem prämierten und sehr teuren Entzugsprogramm in den USA besorgt. Aber es konnte auch keine Wunder bewirken.«

Plötzlich wurde mir klar, dass es Hendriks Reisepass gewesen war, den ich bei ihm gefunden hatte. Weil sein Bruder von der Tante und ihrem Ehemann adoptiert worden war, hatte er einen anderen Nachnamen als Bastian.

»Allerdings schien er es dieses Mal wirklich ernst zu meinen«, fuhr er fort. »Er hatte die Drogen satt und sogar konkrete Pläne für die Zukunft gefasst. Also haben wir ihm erneut geholfen. Tatsächlich sollte es Hendriks letzter Entzug sein …« Bastians Stimme brach.

Ich schob sein Weinglas zur Seite und nahm seine bebenden Hände zwischen meine. Ich hoffte, ihm etwas von meiner Ruhe und Wärme abgeben zu können. Bastian sah mir in die Augen, in denen trotz der vielen Jahre, die seither vergangen waren, noch so viel Schmerz lag, dass es mir den Atem raubte.

Er räusperte sich. »Hendrik wurde schwach, haute aus der Klinik ab und spritzte sich eine Überdosis. So kurz nach dem Entzug ist das wohl ein bekanntes Risiko.«

»Es tut mir leid«, flüsterte ich mit erstickter Stimme.

Ich kam mir schäbig vor, weil ich mich bei Bastian über meinen kriminellen Vater beschwert hatte. Er und sein Bruder hatten es so viel schwerer gehabt. Dagegen hatten Björn und ich eine geradezu unbeschwerte Kindheit verlebt. Aber natürlich war der Gedanke idiotisch, denn es war kein Wettbewerb, wer das schlimmere Schicksal zu tragen hatte. Im Endeffekt kam es nur darauf an, wie man mit alldem umging. Ob man die innere Stärke besaß, Katastrophen zu verarbeiten und daran zu wachsen – oder ob man die Wunden den Rest seines Lebens mit sich herumtrug und sich ständig davon beeinflussen ließ.

»Ist eure Mutter wenigstens zur Beerdigung gekommen?«, wollte ich wissen.

Bastian schnaubte. »Natürlich nicht. Sie hatte auch schon bei der Beerdigung meines Großvaters durch Abwesenheit geglänzt. Noch nicht mal zu Omas Trauerfeier ist sie gekommen. Ich habe den Kontakt zu meiner Mutter deshalb komplett abgebrochen.«

Obwohl ich sie überhaupt nicht kannte, verabscheute ich diese Frau aus tiefstem Herzen. Bastian hatte all das nicht verdient.

»Offen gestanden habe ich gerade riesigen Respekt vor dir. Bei den schlechten Karten, die dir das Leben gegeben hat, ist es erstaunlich, was aus dir geworden ist. Du kannst stolz auf dich sein, Bastian!«

Er lächelte leicht. »Respekt finde ich gut, nur Mitleid mag ich nicht.«

»Mitleid?« Ich machte eine wegwerfende Handbewegung. »Pah, dieses Wort kenne ich gar nicht! Ich bin so mitfühlend wie ein Betonpfeiler.«

Ein leichtes Schmunzeln umspielte seine Mundwinkel. »Das kann ich bestätigen. Als ich dich bei unserem Kennenlernen auf dem Hof von Bauer Hinnerks angefleht habe, mir kein Ordnungsgeld wegen Verunreinigung eines Tatorts auszustellen, hast du nicht mal mit der Wimper gezuckt.«

Ich lächelte. »Ja, ein wunderschönes Kennenlernen! Davon kann man noch seinen Enkeln erzählen.«

»Wie bitte? Enkel?« Seine Augenbrauen schossen nach oben. »Jetzt legst du aber plötzlich ein rasantes Tempo vor! Bisher hat sich unsere Beziehung auf Dankeschönküsse beschränkt.«

»Kriegst du etwa kalte Füße?«, neckte ich ihn. »Immerhin ist nur noch ein Ex-Freund auf meiner Liste übrig. Womöglich hat die Zeit der Dankeschönküsse bald ein Ende.«

»Und was ist, wenn der Typ nicht dein heimlicher Verehrer ist?«, entgegnete er herausfordernd und lehnte sich im Stuhl zurück. »Wirst du trotzdem mit deiner Suche weitermachen?«

Eine gute Frage! Schließlich hatte ich meiner Mutter versprochen, so lange die Finger von Bastian zu lassen, bis ich den Verfasser des Liebesbriefs gefunden hatte.

»Ich weiß nicht. Natürlich könnte ich noch die Typen aufsuchen, die ich eher flüchtig geküsst habe, wie beispielsweise als Teenager beim Flaschendrehen.«

»Du solltest dich bald entschließen, welchen Weg du einschlagen willst«, erwiderte er vieldeutig.

Natürlich war mir klar, was er damit sagen wollte: Ich musste mich entscheiden, ob ich weiterhin einem geisterhaften Verehrer hinterherjagen oder es mit ihm versuchen wollte. Dazu musste ich mir jedoch sicher sein, dass Bastian der Richtige für mich war. Selbst, wenn sich der anonyme Briefeschreiber danach zu erkennen geben und mir seine Liebe offen gestehen sollte. Natürlich sprach einiges für Bastian: Jedes Mal, wenn er mir tief in die Augen blickte oder mir ein verschmitztes Lächeln zuwarf, versetzte das die Schmetterlinge in meinem Bauch in helle Aufregung. Und allein die Erinnerung an unsere leidenschaftlichen Dankeschönküsse weckten in mir ein sehnsüchtiges Verlangen. Mein Körper hatte offenbar längst entschieden, dass ein romantischer Briefeschreiber, der nicht den Mumm besaß, sich mir zu offenbaren, nicht mit Bastian mithalten konnte. Aber vielleicht waren meine Gefühle für ihn nur eine unbedeutende Schwärmerei? Wie konnte ich sicher sein, dass er wirklich der Richtige war?

»Lass mir noch ein bisschen Zeit«, bat ich ihn. Da ich ihn nicht vor den Kopf stoßen wollte, fuhr ich fort: »Zum einen muss ich mir eine Strategie überlegen, wie ich meiner Mutter verständlich machen kann, dass ich meine Suche aufgebe. Und zum anderen muss ich das, was du mir heute erzählt hast, erst mal verarbeiten. Ich bin dir unglaublich dankbar für deine Offenheit und Ehrlichkeit! Aber tatsächlich habe ich die ganze Zeit über gespürt, dass du mir etwas verheimlichst. Das hat mich irgendwie blockiert.«

Immerhin schien er diesen Grund nachvollziehen zu können. Er holte tief Luft und nickte schließlich.

»Ich hätte dich wohl schon früher einweihen sollen. Erst heute, als ich dir von dem Cannabis erzählt habe, ist mir aufgefallen, dass mein aufbrausendes Verhalten ohne diesen Kontext womöglich etwas seltsam anmutet. Ich hasse nun mal Drogen.« Er fuhr sich kopfschüttelnd durchs Haar. »Sie erinnern mich immer an Hendrik, und ich frage mich jedes Mal, wie sein Leben heute aussehen würde, wenn er nicht in Kontakt mit diesem Dreckszeug gekommen wäre. Er wollte davon loskommen, aber er war eine Marionette seiner Sucht.«

Tatsächlich konnte ich jetzt besser verstehen, wieso er sich an dieser Story derart festgebissen hatte. Mir wäre es an seiner Stelle wahrscheinlich ähnlich ergangen.

»Mein Vorgesetzter hat vorhin versprochen, dass er sich sofort darum kümmert. Sobald ich etwas Neues weiß, melde ich mich bei dir.«

»Du bist großartig, Merle! Und zum Dank für deine Hilfe lade ich dich natürlich ein.« Er schenkte mir wieder dieses warme Lächeln, das mein Herz schneller schlagen ließ.

Er winkte der Besitzerin, um zu bezahlen. Gleich darauf kam

sie an unseren Tisch und brachte uns mit der Rechnung auch zwei kostenlose Ramazotti.

»Zur Entschuldigung wegen des kleinen Tumults vorhin«, erklärte sie. »Normalerweise belästigen wir unsere Gäste nicht mit unseren privaten Problemen. Ich bin nur wütend, weil mein Mann mich angelogen hat und nicht mal den Mut besitzt, seinen Postbetrug zuzugeben.«

»Ein Postbetrug?«, entfuhr es mir überrascht.

Zum Glück nahm sie mir meine Neugier nicht übel. Während Bastian die Rechnung beglich, beugte sie sich vertraulich zu mir. »Die Sache ist die: Meine Familie ist groß. Ich meine, richtig groß – *una grande famiglia!* Aber mein Mann ist genervt von all den vielen Familienfeiern, die sich daraus zwangsläufig ergeben. Er behauptet, die treiben uns in den Bankrott, weil wir dauernd nach Italien fahren müssen.«

Ich musste gestehen, dass ich ihren Mann ein wenig verstehen konnte.

»Heute hat er wie üblich unsere Post geholt, und darunter war eine Einladung zur goldenen Hochzeit meines Großonkels.« Sie hob den Zeigefinger. »Aber der Brief aus Neapel kam mit erstaunlicher Verspätung an. Die Feier ist nämlich schon übermorgen, und wir können unmöglich so schnell eine Vertretung fürs Restaurant auftreiben. Mein Mann wollte mir weismachen, dass die Post den Brief erst jetzt zugestellt hat …« Sie schnaubte und verdrehte die Augen. »Aber ich lass mich nicht für dumm verkaufen!«

Sie zog einen geöffneten Briefumschlag aus ihrer Schürze und knallte ihn theatralisch auf unseren Tisch. »Der Poststempel ist der Beweis, dass der Brief schon vor vier Wochen aufgegeben wurde. Aber mein Mann hat ihn vor mir versteckt.«

Ich hatte meine Zweifel an ihrer Theorie. »Der Poststempel beweist nur, dass die Einladung rechtzeitig eingeworfen wurde.

Aber es ist gut möglich, dass der Brief auf dem Weg hierher einige längere Pausen eingelegt hat und tatsächlich erst heute bei Ihnen eingeworfen wurde.«

Ihre Stirn legte sich in Falten. »Meinen Sie wirklich?«

Sie nahm den Umschlag in die Hand und betrachtete kritisch den Stempel, als könnte er ihr mehr über seine exakte Reiseroute verraten.

»Glauben Sie, mein Mann ist unschuldig?«, fragte sie mit grüblerischer Miene. »Sagt er die Wahrheit?«

»Im Zweifel für den Angeklagten, würde ich sagen«, antwortete ich mit einem milden Lächeln.

Da sich das Ehepaar anscheinend schon öfter wegen der Familienfeiern gestritten hatte, war es typisch, dass sie spontan nur an die Version gedacht hatte, die ins Bild des ohnehin schon schwelenden Konflikts gepasst hatte.

Sie nickte langsam. »Wahrscheinlich haben Sie recht!« Ruckartig blickte sie auf und fasste sich ans Herz. »*Dio mio*, und ich habe meinen Mann mit Vorwürfen überschüttet! Wie soll ich das wiedergutmachen?«

»Meine Güte, der Poststempel!«, rief Bastian in diesem Augenblick alarmiert aus. Wie paralysiert starrte er auf den Umschlag in der Hand der Gastwirtin. »Der Stempel auf dem Brief des Gewinners. Ich habe doch alle Einsendungen aufgehoben.«

Ich verstand sofort, dass es nicht das Datum war, auf das er hinauswollte. »Auf einem Poststempel ist entweder der Ort oder das Briefzentrum vermerkt, in dem das Schreiben aufgegeben wurde.«

Es ärgerte mich ein wenig, dass ich nicht selbst darauf gekommen war.

»Genau! Vielleicht kann er uns einen Hinweis darauf geben, wo der Verfasser lebt, und ob du in dem Umkreis jemanden kennst.«

»Wir müssen sofort in die Redaktion!«

Doch Bastian war schon aufgesprungen und hatte sein Jackett übergeworfen. Wir stürmten derart fluchtartig aus dem Restaurant, dass uns die Besitzerin für verrückt halten musste.

In Rekordzeit erreichten wir die Redaktion. Um diese Uhrzeit war natürlich niemand mehr anwesend, und wir waren allein. In unangenehmer Weise fühlte ich mich an den Abend erinnert, als ich versucht hatte, hier einzubrechen. Inzwischen war so unfassbar viel geschehen …

Konzentriert ging Bastian das Regal ab, ehe er den richtigen Ordner fand. Nur wenige Augenblicke später streckte er triumphierend den Umschlag in die Höhe. »Das ist er! Ein dreifaches Hoch auf mein Ablagesystem.«

»Gib her!« Ich schnellte vor, um ihm den Umschlag zu entreißen. Immerhin war ich Polizistin, und mir stand das Recht zu, als Erste das Beweismittel zu untersuchen.

Aber Bastian war schneller als ich. Unbeeindruckt von meinen Bemühungen hielt er ihn hoch ins Licht, um den Aufdruck zu entziffern.

»Und?«, bestürmte ich ihn.

»Verdammt, da fehlt ein Teil vom Stempel …«, fluchte er. »Eine Lupe! Ich brauche meine Lupe vom Schreibtisch.«

Ich drückte sie ihm in die Hand.

Endlich hellte sich sein Gesicht auf. »Ja, eindeutig ein *W*. Dann ist es verschmiert und die zweite Hälfte ist wieder gut lesbar, nämlich ein *ooge*.«

Er ließ den Umschlag sinken und blickte mich an. »Es ist der Poststempel von Wangerooge.«

Mit einer ostfriesischen Insel hatte ich nicht gerechnet. Stirnrunzelnd ließ ich mich auf seinen Bürostuhl plumpsen, um meine Erinnerung zu durchforsten.

»Nein, da kenne ich niemanden«, erklärte ich schließlich.

Er zog einen weiteren Bürostuhl heran und setzte sich mir gegenüber. »Sicher? Vielleicht ist jemand, mit dem du mal Kontakt hattest, dorthin gezogen?«

Ich zuckte mit den Schultern. »Das ist natürlich möglich. Aber da ich es nicht weiß, bringt uns die Spur nach Wangerooge kaum weiter.«

Er wiegte den Kopf hin und her. »Das würde ich so nicht sagen. Es ist die zweitkleinste Insel, und das Dorf ist überschaubar.«

Endlich dämmerte mir, worauf er hinauswollte. »Du möchtest hinfahren?«

Er nickte. »Das ist unsere bisher beste Chance! Notfalls setzen wir uns in der Zedeliusstraße auf eine Bank und beobachten die Leute. Über kurz oder lang kommt dort jeder aus dem Dorf mal vorbei …«

Bastians Augen blitzten voller Tatendrang. Mir schoss die unschöne Frage durch den Kopf, was ihm wohl wichtiger war: sein Artikel für das *Krummhörner Wochenblatt* oder mir endlich näherkommen zu können. Allerdings hatte ich nicht das Recht, an seinen Gefühlen zu zweifeln. Schließlich war ich es, die ihm gesagt hatte, dass ich noch Zeit benötigte. Womöglich war dieser Ausflug genau das, was wir brauchten, um die letzten Hindernisse zwischen uns zu beseitigen.

»Ich schätze, einen Versuch ist es wert …«

So langsam fand ich Gefallen an der Idee. »Kannst du dich in der Redaktion denn so einfach frei machen?«

»Um mit dir auf eine wunderschöne Insel zu fahren?« Er beugte sich mit einem nicht ganz jugendfreien Lächeln zu mir.

»Jederzeit«, raunte er mit dieser tiefen Stimme, die dafür sorgte, dass ich mir reflexartig auf die Unterlippe biss.

Er folgte mit den Augen meiner Bewegung, und im Nu war die Atmosphäre zwischen uns so aufgeladen, dass ich kaum noch atmen konnte.

»Dann auf nach Wangerooge!«, erwiderte ich mit heiserer Stimme.

Vorher musste ich mir allerdings noch die Haare wachsen lassen, wie Clara es ausdrücken würde. Nur für den Fall der Fälle.

Kapitel 22

Vier Tage später brachen wir zu unserem Ausflug auf. Wir fuhren nach Harlesiel, einem Ortsteil von Wittmund, zum Fähranleger und stellten Bastians Auto ab. Im Gegensatz zur Insel Juist fuhr hier mehrmals täglich eine Fähre, aber natürlich war der Fahrplan ebenfalls tideabhängig.

Sobald wir abgelegt hatten, standen Bastian und ich am Geländer an Deck und ließen uns die frische Seeluft um die Nase wehen. Der Himmel an diesem Morgen war klar, und die Sonne strahlte, doch die Nordsee war dennoch aufgewühlt. Die Fähre tanzte auf den grauen Wellen, und der unberechenbare Seegang führte dazu, dass Bastian und ich immer wieder aneinanderstießen. Wahrscheinlich hätte ich einen Schritt zur Seite machen und etwas Abstand zwischen uns bringen sollen, aber ich genoss die kleinen Berührungen viel zu sehr. Und noch etwas anderes ließ mein Herz schneller schlagen: Bastian ließ den Körperkontakt zwischen uns ebenso bereitwillig geschehen. Sehnte etwa auch er die nächste größere Welle herbei? Der Wunsch, mich noch näher an ihn zu drücken, seine Hände auf meinem Rücken zu spüren und seinen Duft einzuatmen, wurde fast übermächtig.

Nach etwas über einer Stunde erreichten wir den Anleger im Westen der Insel Wangerooge, wo schon die Inselbahn auf uns wartete. Zwanzig Minuten lang tuckerten wir mit dem Schmalspurzug in beschaulichem Tempo durch die Salzwiesen an der

Lagune des Nationalparks Niedersächsisches Wattenmeer. Es war die einzige Möglichkeit, um zu dem Inseldorf zu gelangen, denn Autos waren verboten.

Nachdem wir den Bahnhof erreicht hatten, steuerten wir unsere Pension an, um unser Gepäck loszuwerden. Die Zimmer waren liebevoll eingerichtet, und ich hatte sogar einen Balkon, auf dem ich einen schönen Blick über die Salzwiesen hatte. Der Hausherr, Herr Kleen, war ein netter Insulaner, der mir auf Platt einige Tipps gab, wo es ein leckeres Mittagessen gab. Bastian stand derweil mit gerunzelter Stirn und gespitzten Ohren neben uns, während er versuchte, ein paar verständliche Worte aufzuschnappen. Anscheinend musste ich ihm dringend einen Crashkurs in Sachen Plattdeutsch geben!

Als wir wieder auf die Straße traten, erwartete uns ein geradezu perfekter Urlaubstag. Ich blinzelte hoch in den strahlendblauen Himmel, atmete tief durch und vergrub die Hände in den Taschen meiner weißen Caprihose. Zu schade, dass wir nicht zum Spaß hier waren.

Die Insel, die von oben gesehen die Form eines Seepferdchens hatte, versprühte einen idyllischen Charme. Im Gegensatz zur ebenfalls autofreien Insel Juist waren hier zwar auch Elektrokarren für den gewerblichen Einsatz unterwegs, dennoch hörte man auch heute das typische Klappern von Pferdehufen durch die Gassen hallen. Der ausgediente Leuchtturm aus dem Jahr 1856 überragte wie ein alter, weiser König das Dorf.

»Hast du Hunger?«, fragte ich. »Herr Kleen hat mir verraten, wo wir hier auf der Insel den besten Brathering mit Kartoffelsalat bekommen.«

Er schüttelte den Kopf. »Eigentlich hab ich ganz gut gefrühstückt. Von mir aus können wir gleich mit unserer Suche beginnen!«

Mein Magen hätte zwar durchaus schon jetzt ein Mittagessen

vertragen können, aber wie es aussah, musste der Brathering noch warten.

»Hast du schon einen Plan, wo wir anfangen sollen?«

Er nickte. »Ich habe hier eine Kontaktperson, die uns eventuell weiterhelfen kann«, raunte er mir verschwörerisch zu.

Ich lachte. »Das klingt ja wie in einem Kriminalfilm.«

Wir liefen in Richtung Dorfmitte, und Bastian führte mich zu einem Haus in der Zedeliusstraße, das die Tourist-Info und das ServiceCenter der Insel beherbergte.

»Im *Krummhörner Wochenblatt* haben wir im Frühjahr ein Special über die Ostfriesischen Inseln gemacht«, erklärte er. »*Urlaub direkt vor der Haustür.* Wangerooge war natürlich auch dabei, und Ursula Fischer, die dort arbeitet, hat uns tatkräftig unterstützt. Sie ist hier aufgewachsen und scheint jeden zu kennen.«

»Hört sich vielversprechend an«, erwiderte ich anerkennend.

Um diese Uhrzeit war das Center gut besucht. Touristen erkundigten sich nach freien Unterkünften, weil sie ihren Urlaub verlängern wollten, oder stöberten in Prospekten, um eine Wattwanderung oder einen Kitesurfkurs zu buchen.

Als wir an der Reihe waren, wurden wir gebeten, in der Sitzecke auf Frau Fischer zu warten. Nur wenige Minuten später erschien eine Frau um die fünfzig in einer weißen Bluse und einem hellblauen, knielangen Plisseerock. Sie hatte eine kurze rotblonde Lockenfrisur, einen wogenden Busen und ein ansteckendes Lächeln.

»Bastian, wie schön!«, rief sie schon von Weitem und breitete die Arme aus. »Bist du bei deiner Recherche auf den Geschmack gekommen und machst jetzt *Urlaub direkt vor der Haustür?*«

»Bei eurer schönen Insel bin ich schwer in Versuchung! Allerdings hat mich ein bestimmtes Anliegen hergeführt, und ich hoffe, du kannst mir behilflich sein.« Er deutete auf mich. »Das ist Merle, und wir sind hier, weil …«

Ehe er weitersprechen konnte, reichte mir Frau Fischer die Hand. »Moin, ich bin die Uschi!«

Ich erwiderte ihr Lächeln. »Freut mich, Uschi!«

Sie wandte sich wieder an Bastian. »Also, ihr seid hier, weil …?«

»Wir suchen jemanden. Genauer gesagt, den Verfasser eines Liebesbriefs, der an einem Wettbewerb des *Krummhörner Wochenblatts* teilgenommen hat. Wir haben Grund zu der Annahme, dass er von der Insel stammt.«

»Und du denkst, ich könnte ihn kennen?«, schloss Uschi messerscharf.

Als Bastian nickte, streckte sie die Hand aus und wackelte mit den Fingern. »Jetzt hast du mich neugierig gemacht. Zeig den Brief mal her!«

Ich hätte erwartet, dass er ihr auf dem Handy die betreffende Online-Ausgabe zeigen würde, aber er zog eine Kopie des Originalbriefs hervor und reichte sie Uschi. Clever, denn so hatte sie auch die Handschrift des Verfassers vor Augen und konnte sie womöglich identifizieren! An Bastian war ein Polizist verloren gegangen.

Während sie las, stieß Uschi leise Seufzer aus, und schließlich fasste sie sich ergriffen an die Brust. »Ein wirklich schöner Brief! Ich wünschte, jemand hätte für mich mal solche Zeilen verfasst. Mein Mann schreibt mir höchstens Notizzettel, um mich daran zu erinnern, genug Bier fürs Boßeln einzukaufen.«

Bastian beugte sich vor. »Fällt dir ein Mann ein, der das Talent hätte, so einen Brief zu schreiben? Oder der mehr oder weniger heimlich für jemanden schwärmt?«

Sein Knie wippte unruhig auf und ab. Genau wie ich hatte er wohl das Gefühl, der Lösung des Falls nahe zu sein.

»Vielleicht ein Hobby-Autor? Oder ein Deutschlehrer?«, setzte ich hinzu.

Uschi lehnte sich zurück und starrte grübelnd an die Decke. In Gedanken schien sie wohl alle männlichen Einwohner Wangerooges durchzugehen.

»Ich könnte jetzt vage Vermutungen anstellen, aber einen heißen Tipp habe ich leider nicht«, sagte sie schließlich und verzog bedauernd den Mund. »Auch wenn unsere Insel klein ist, so leben hier doch immerhin über 1200 Menschen – und ich kenne beileibe nicht jeden!«

Sie gab Bastian den Brief zurück. »Dafür kann ich euch allerdings sagen, für wen diese Zeilen geschrieben worden sind«, verkündete sie mit einem triumphierenden Funkeln in den Augen.

Irritiert sah ich sie an. »Hä?«, entfuhr es mir wenig wortgewandt.

»Na, ich kenne die Adressatin«, erklärte sie strahlend. »Die Frau, für die dieser Mann in Liebe entbrannt ist. Die Indizien könnten nicht eindeutiger sein. Es gibt sicherlich keine zweite Frau, auf die all diese Hinweise zutreffen.«

Ich wusste nicht, ob ich lachen oder weinen sollte. Fassungslos schielte ich zu Bastian, der genauso überrumpelt wirkte, wie ich mich fühlte.

Er räusperte sich. »Könntest du uns bitte ein paar Details verraten?«

»Sie heißt Marlene, also stimmt schon mal der Anfangsbuchstabe«, begann Uschi aufzuzählen. »Sie hat blonde Haare und blaue Augen, genau wie im Text erwähnt wird. Sie besitzt ein herzförmiges Muttermal am Hals und hatte erst kürzlich einen wirklich heftigen Unfall.«

»Ein herzförmiges Muttermal wie das hier?«, hakte ich nach und deutete auf meine Wange.

Uschi beugte sich mit gerunzelter Stirn vor. »Na so was, du hast ja auch so eins!«, sagte sie lachend und schlug sich auf den Oberschenkel. »Das wäre mir auf Anhieb gar nicht aufgefallen.

Zufälle gibt's! Allerdings ist Marlenes Muttermal deutlich größer, und es ist rötlich.«

Ich konnte es nicht fassen, dass ich mit dem Brief anscheinend gar nicht gemeint war. Meine erste Intuition war somit absolut richtig gewesen. Verdammt, hätte ich nur auf mein Bauchgefühl vertraut! Stattdessen hatte ich mich von meiner Familie überzeugen lassen, war deshalb zur Einbrecherin mutiert und machte seit Wochen einen nutzlosen Roadtrip durch Ostfriesland. Stöhnend vergrub ich mein Gesicht in den Händen.

»Bis jetzt ist das nur eine Vermutung«, raunte Bastian mir zu.

Ich sah ihn durch meine gespreizten Finger an. »Ah ja?«

Da ich fast all meine Ex-Freunde ohne eine heiße Spur abgeklappert hatte, war es die einzig naheliegende Lösung: Der Liebesbrief musste für eine andere Frau sein.

»Es ist noch zu früh, um vor Scham im Boden zu versinken«, erwiderte er augenzwinkernd. »Ich werde mich erst über dich lustig machen, wenn wir handfeste Beweise haben.«

Ich stöhnte erneut. Dummerweise war Bastian sicher nicht der Einzige, der mich damit aufziehen würde. Schließlich hatte ich mir eingebildet, eine so unwiderstehliche und begehrenswerte Frau zu sein, dass ein Mann einen exorbitant schönen Gewinner-Liebesbrief für mich verfasst hatte. Wahrscheinlich würde sich das halbe Dorf über mich schlapplachen.

»Und wo finden wir diese Marlene?«, fragte Bastian an Uschi gewandt.

Ihr Lächeln wurde eine Spur schwächer. »Tut mir leid, auch wenn ihr beide mir sehr sympathisch seid, gebe ich die Telefonnummer von anderen Leuten nicht einfach so heraus.«

Das konnten wir nachvollziehen, deshalb einigten wir uns darauf, dass sie Marlene anrufen und ein Treffen für uns vereinbaren würde. Während Uschi in ihrem Büro verschwand, rückte Bastian im Wartebereich auf dem Sofa zu mir auf. Ich spürte seinen fragenden Blick auf mir, aber ich tat so, als ob mich der Aufsteller neben mir mit den Postkarten von Wangerooge brennend interessieren würde. Leider ließ er sich dadurch nicht beirren.

»Das ist doch mal eine unerwartete Entwicklung«, sagte er, und seine Stimme in meinem Rücken klang viel zu nah. Mein Körper reagierte sofort auf ihn, und ein erwartungsvoller Schauer rieselte meine Wirbelsäule hinab.

»Bist du enttäuscht, falls der Brief tatsächlich nicht für dich bestimmt war?«

»Nicht enttäuscht, aber bis auf die Knochen blamiert«, brummte ich.

»Wieso blamiert?«

Ich drehte mich zu ihm um. Bastian saß so dicht neben mir, dass sich jetzt unsere Schultern berührten und ich seinen Atem auf meiner Wange spüren konnte. Seine Augen musterten mich aufmerksam.

»Weil ich geglaubt habe, dieser wunderschöne Liebesbrief sei für mich. Ein klarer Fall von Selbstüberschätzung. Ich bin eben doch nur eine normale langweilige Frau vom Dorf.«

Bastian entwich ein fröhliches Glucksen. »Das Wort Langeweile wäre mir in Zusammenhang mit dir niemals in den Sinn gekommen. Und normal bist du sicher auch nicht. Merle, du hast mich letztens mit einem Turbo-Laubbläser abgeholt, um einen bissigen Chihuahua wegzupusten! Und du bist in meine Redaktion eingebrochen, um an die Adresse deines Verehrers zu kommen. Du bist tatsächlich enttäuscht, weil du auf *uncoole Weise* niedergeschossen wurdest, und liebst abgöttisch einen Hund, der dir überhaupt nicht gehört. Du bist mit Abstand der außergewöhnlichste Mensch, den ich kenne.«

Bei seinen Worten dachte ich einen wehmütigen Moment lang an meinen Knuddel-Kalle, der mich daheim sicherlich schrecklich vermisste. Aber Clara hatte mir nicht erlaubt, ihn mit nach Wangerooge zu nehmen, obwohl sie heute und morgen nach dem Unterricht wegen der angesetzten Lehrerkonferenzen noch lange in der Schule festsitzen würde und Kalle ganz allein zu Hause war.

Bastian sah mich mit ernster Miene an. »Meiner Meinung nach hast du jede Zeile dieses wundervollen Liebesbriefs verdient, selbst wenn er an eine andere Frau gerichtet sein sollte.« Er griff nach meiner Hand. »Seit du in mein Leben getreten bist, hast du es auf den Kopf gestellt und es geschafft, dass ich immer an dich denken muss. Wenn ich etwas erlebe, bist du der erste Mensch, dem ich davon erzählen möchte. Und jeden Tag, an dem ich …«

Atemlos hing ich an seinen Lippen. »Ja?«

Er lächelte. »Jedem Tag, an dem ich dich nicht sehe, scheint etwas Wichtiges zu fehlen. Dann ist es kein guter Tag.«

Bastian schaffte es immer wieder, seltsame Dinge mit meinem Herzen anzustellen. Anstatt kräftig zu schlagen, schien es jetzt nur noch aufgeregt zu flattern – als würde es jeden Moment losfliegen wollen. Überwältigt von seinen Worten hob ich die Hand und strich zärtlich über seine Wange. Seine Haut fühlte sich unter meinen Fingern rau und maskulin an. Ich nahm die Touristen um uns herum nicht mehr wahr, sondern versank in seinem warmen, klaren Blick, und mir wurde klar, dass ich mich in der Gegenwart eines Mannes noch nie so wohl gefühlt hatte. Obwohl mein Körper in seiner Nähe im besten Sinne verrücktspielte, konnte ich mich bei ihm fallenlassen. Ich musste mich nicht verstellen oder eine Rolle spielen, sondern konnte die echte, unverfälschte Merle sein. Gerade als ich den Abstand zwischen uns nicht länger ertrug und ihn küssen wollte, kam Uschi aus ihrem Büro zurück.

»Störe ich?« Schmunzelnd blickte sie zwischen Bastian und mir hin und her.

Bastian räusperte sich. »Nein, alles in Ordnung! Konntest du Marlene erreichen?«

Sie nickte. »Sie ist bereit, sich mit euch zu treffen, und platzt fast vor Neugier. Leider hat sie noch einen Termin und erst am späten Nachmittag Zeit. Sie kommt um fünf Uhr ins Café Pudding.«

»Das passt großartig!«, erwiderte ich. »Wir haben ohnehin eine Übernachtung eingeplant.«

Uschi hob ihr Handy in unsere Richtung. »So, jetzt lächelt mal schön für die Kamera! Schließlich muss Marlene nachher wissen, wie ihr beiden ausseht.«

Ehe ich reagieren konnte, hatte Bastian schon den Arm um meine Schulter gelegt und mich an sich gezogen. Ich sah zu ihm, und wie von selbst breitete sich auf meinem Gesicht ein glückliches Lächeln aus.

»Herzlichen Dank für deine Hilfe!«, sagte Bastian zum Abschied.

Uschi winkte ab. »Nicht dafür! Ich wünsche euch viel Glück bei eurer Suche. Und jetzt genießt die Magie der Insel! Es heißt, Beziehungen, die auf Wangerooge entstehen, halten fürs ganze Leben.«

Eine Beziehung fürs ganze Leben? Das war eine ganz schön lange Zeitspanne, und ich fühlte mich noch deutlich zu jung, um mich für immer festzulegen. Zum Glück war ich nicht der Typ für Aberglauben und Legenden!

Als wir wieder draußen auf der Straße standen und uns der heitere Touristentrubel umfing, sah mich Bastian neugierig an. »Also, worauf hast du Lust?«

»Mittagessen?«, schlug ich vor.

Ich lotste Bastian zu dem urigen Fischrestaurant, das uns Herr Kleen empfohlen hatte. So kam ich endlich zu meinem Bratfisch mit Kartoffelsalat. Lecker!

Danach spazierten wir in Richtung Strand, der mit zahlreichen Badegästen bevölkert war. Angeblich gab es auf Wangerooge in der Hauptsaison sogar mehr Strandkörbe als Einwohner.

Am Himmel zogen einige weiße Wölkchen vorüber, und in regelmäßigen Abständen frischte der Wind auf, aber dank des Sonnenscheins waren die Temperaturen angenehm. Kinder bauten Sandburgen oder spielten an der Brandung, Pärchen rieben sich gegenseitig den Rücken ein oder unterhielten sich. Andere lasen Zeitung, waren in ein Buch versunken oder dösten einfach in der Sonne. Es herrschte eine geradezu ansteckende Urlaubsatmosphäre.

Bastian warf mir einen Seitenblick zu. »Was hältst du davon, wenn wir uns auch einen Strandkorb mieten? Uns bleiben ja noch ein paar Stunden.«

Ich nickte begeistert. »Die Frage ist nur, ob wir noch einen bekommen. Sie scheinen alle schon belegt zu sein.«

Wir versuchten dennoch unser Glück und steuerten das umgebaute Badehäuschen des Verleihers an. Tatsächlich war gerade ein Strandkorb frei geworden – wie uns der Mann versicherte, glich das zur Hochsaison um diese Tageszeit einem Wunder.

Wir richteten den Korb in Richtung Meer aus, denn wir wollten einem verbreiteten Hobby auf Wangerooge nachgehen: Pötte gucken. An der Insel führten nämlich mehrere Schifffahrtswege vorbei, sodass man immer etwas zu beobachten hatte. Containerschiffe, Öltanker, Kutter, Sportboote, Fähren, Autotransporter und noch viele mehr tuckerten an der Insel vorbei. Ich hätte den ganzen Tag damit zubringen können, mir auszumalen, was für geheime Schätze die Schiffe wohl transportierten und welche exotischen Ziele sie ansteuerten.

Auch Bastian schien die Aussicht zu genießen. Er hatte die Hände hinter dem Kopf verschränkt und seine Fersen in den

Sand gestemmt. Ab und an wackelte er mit den Zehen und stieß einen wohligen Seufzer aus.

»Du siehst erstaunlich gechillt aus«, bemerkte ich lächelnd.

»Mir geht's auch gerade richtig gut.«

Ich strich mir eine Haarsträhne aus dem Gesicht, die der Wind herumwirbelte. »Die Magie der Insel zeigt wohl schon Wirkung ...«

»Ich würde es eher Strandkorbmagie nennen«, entgegnete er augenzwinkernd.

Ich sah auf die tanzenden Wellen der Nordsee. Mir kam in den Sinn, was Bastian vorhin gesagt hatte. Dass ich in den vergangenen Wochen sein Leben verändert und in positiver Weise auf den Kopf gestellt hatte. Aber wahrscheinlich hatte er meins noch viel stärker beeinflusst. Als wir mit unserer Suche begonnen hatten, war ich nur auf mein traumatisches Erlebnis fokussiert und wie festgefahren gewesen. Erst Bastian hatte mich dazu gebracht, endlich einen Schritt in die richtige Richtung zu tun. Er hatte mir auf einfühlsame Weise aus der Panikattacke geholfen und mich darin bestärkt, mich nicht länger vor meinen Problemen zu verstecken. Ihm hatte ich es zu verdanken, dass ich Fortschritte mit Doktor Brain bei meiner Traumatherapie machte – und damit gleichzeitig auch mit meiner Schulter bei der Physiotherapie. Während mir die Vorstellung, in den Dienst zurückzukehren, vor ein paar Wochen noch Angst gemacht hatte, verlor sich dieser Schrecken immer mehr. Verdammt, ich hatte die Suche nach dem Drogendealer im Bowlingcenter genossen! Als ich gestern bei meinem Vorgesetzten noch einmal wegen Kevin angerufen und mit ihm über die Details der Verhaftung gesprochen hatte, war der Wunsch, wieder auf dem Revier zu arbeiten, fast übermächtig geworden. Vor allem, da mein Chef gesagt hatte, dass mich alle vermissten und meine Rückkehr kaum erwarten könnten. Ich sehnte mich danach, wieder Teil des Teams zu sein und den Menschen zu helfen. Selbst wenn das bedeutete, dass ich bis zu meiner vollständigen Regeneration erst mal Schreibtisch- und Telefondienst leisten musste.

Mir war klar, dass ich diese positive Entwicklung vor allen Dingen einer Person zu verdanken hatte.

»Bastian, wegen dem, was du vorhin gesagt hast …«, setzte ich an.

»Mhm?« Er war wohl eingedöst, denn er blinzelte mich verschlafen an.

Ich war eigentlich nicht der Typ für Kitsch und Gefühlsduseleien. Seit jeher tat ich mich mit so etwas schwer. »Auch mein Leben hat sich verändert … ver*bessert*, seit du ein Teil davon bist«, gestand ich ihm. »Früher habe ich dich für einen neugierigen Schmierfinken und arroganten Arsch gehalten, aber ich hätte mich nicht mehr täuschen können. Du hast ein großes Herz und bist ein wirklich guter Mensch.«

»Ich habe gerade in erster Linie *Arsch* und *Schmierfink* vernommen.« Er zog eine Grimasse. »War das jetzt ein Kompliment oder eine Beleidigung?«

Ich musste kichern. »Wohl etwas von beidem, sorry!«

Ich griff nach seiner Hand, und wie selbstverständlich verschränkten sich unsere Finger ineinander.

»Siehst du, genau das meine ich: Du bringst mich genau im richtigen Moment zum Lachen, bist intelligent und aufmerksam. Du hast mir geholfen, mich wieder selbst zu finden und der weinerlichen Panik-Merle in den Hintern zu treten. Dafür danke ich dir! Und ich freue mich schon sehr auf nachher.«

»Auf nachher?«, fragte er irritiert.

»Wenn die Zeit der Dankeschönküsse vorüber ist, weil der Liebesbrief zum Glück nicht für mich war.«

Ich lehnte mich ebenfalls zurück, und unsere Gesichter waren einander zugewandt. Hier im Strandkorb fühlte es sich so an, als wären wir von der Außenwelt abgeschnitten und hätten eine stille Blase für uns allein. Mein Blick wanderte über seine dunklen Haare, die sympathischen kleinen Lachfältchen, das männliche Kinn und die geschwungenen Lippen. Ich hatte das Gefühl, innerlich zu verbrennen, so sehr sehnte ich mich danach, ihn zu berühren.

»Du willst, dass der Brief nicht für dich bestimmt ist?«, hakte er ungläubig nach.

Ich nickte nachdrücklich. »Selbst wenn ich einen heimlichen Verehrer hätte, dann hat er für mich nicht viel mehr getan, als schöne Worte zu schwingen. Denn er war nicht an meiner Seite, als ich Hilfe am nötigsten gehabt hätte. Deshalb habe ich mich für den Mann entschieden, der tatsächlich an meiner Seite ist. Denn du hast mit mir gekämpft, gelacht, gelitten und mir den Rücken gestärkt.«

Seine Augen funkelten. Ich sah ihm deutlich an, wie viel ihm mein Entschluss bedeutete.

»Das ist gut zu wissen«, sagte er mit rauer Stimme. »Obwohl ich die Dankeschönküsse vermissen werde. Sie haben sich so herrlich verboten angefühlt.«

Ich grinste. »Wir können die Zeit bis zu unserem Termin ja nutzen …«

Er verstand sofort, auf was ich hinauswollte. »Ich wollte es eigentlich nicht extra erwähnen, aber ich habe die Strandkorbmiete bezahlt – und dafür bisher kein Wort des Dankes erhalten«, bemerkte er und rümpfte pikiert die Nase.

»Meine Güte, das ist unverzeihlich von mir!« Ich beugte mich zu ihm. »Ich bin zutiefst beschämt«, hauchte ich an seine Lippen.

»Das will ich dir auch geraten haben …«

Er legte die Hand an meine Hüfte und zog mich an sich. Unsere Küsse begannen zärtlich und liebevoll, aber schon bald wurden sie leidenschaftlicher. Während sich unsere Zungen umspielten, gingen unsere Hände wie von selbst auf Wanderschaft – und mehr als einmal musste ich mich daran erinnern, dass wir uns in der Öffentlichkeit befanden. Bastians Berührungen trieben mich in den Wahnsinn. Wir mussten uns so schnell wie möglich mit Marlene treffen – und danach konnte ich für nichts mehr garantieren!

Kapitel 23

Um Punkt siebzehn Uhr saßen Bastian und ich im Café Pudding. Es war eines der auffälligsten Gebäude der Insel, denn es thronte auf einem Dünenhügel direkt an der Strandpromenade und war ein kreisrunder Bau mit einer umlaufenden Fensterfront. Im Innern hatte man einen perfekten Blick aufs Meer, aber auch auf die Dorfstraße.

Ich hatte mir eine Sanddorntorte und einen Kaffee bestellt, allerdings war Koffein wohl gerade das Letzte, was mein Körper brauchte. Bastian und ich waren von unserem kleinen Techtelmechtel im Strandkorb immer noch etwas mitgenommen. Meine Lippen fühlten sich geschwollen an, und Bastians Haare waren nach allen Regeln der Kunst zerzaust. Außerdem hatte die intensive Knutscherei nicht im Mindesten gegen unser unterdrücktes Begehren geholfen, im Gegenteil. Die Stimmung zwischen uns war so aufgeladen, dass sich ein tiefer Blickkontakt schon brandgefährlich anfühlte.

»Wir müssen uns auf unser Treffen konzentrieren!«, sagte Bastian bestimmt.

»Mhm.« Ich nickte. Leider war ich etwas abgelenkt, weil sich unsere Knie unter dem Tisch berührten. Verlangend fuhr ich mir mit der Zunge über die Lippen.

Er ballte die Hände zu Fäusten und atmete tief ein. »Ich wäre dir sehr verbunden, wenn du das lassen würdest.«

»'tschuldigung«, murmelte ich ohne eine Spur von Reue.

Er rieb sich mit beiden Händen übers Gesicht. »Ich hatte keine Ahnung, dass ich so viel Selbstbeherrschung besitze.«

Tatsächlich hatte ich es ihm in den vergangenen Stunden nicht leicht gemacht.

Ich seufzte und gabelte den Rest meiner Sanddorntorte auf, in der Hoffnung, wenigstens im kulinarischen Genuss Befriedigung zu finden.

Mein Blick fiel auf die Eingangstür. »Da ist sie!«

Soeben hatte eine Frau Anfang vierzig in einem knöchellangen geblümten Sommerkleid das Café betreten. Sie stützte sich auf eine Krücke und schaute sich suchend um.

»Du weißt doch überhaupt nicht, wie sie aussieht.«

»Auf mein Bauchgefühl kann ich mich verlassen«, entgegnete ich selbstsicher und hob die Hand, um der Frau zu winken.

Tatsächlich kam sie nun zu unserem Tisch gehumpelt. Sie hatte schulterlange blonde Locken, eine kleine Stupsnase und blaue Augen wie ich.

»Seid ihr Bastian und Merle?«, fragte sie lächelnd.

»Sind wir!« Ich reichte ihr die Hand. »Und du bist bestimmt Marlene.«

»Toll, dass du dich so spontan mit uns triffst!« Bastian rückte ihr den Stuhl zurecht, sodass sie mit ihrer Krücke Platz nehmen konnte.

Bevor ich mich wieder setzte, beugte ich mich zu ihm und fuhr mit den Fingern schnell durch seine zerzausten Haare, damit er nicht mehr ganz so verwahrlost aussah. Erst als ich Bastians überraschten Blick und sein anschließendes Schmunzeln bemerkte, wurde mir bewusst, wie vertraulich diese Geste gewesen war.

Hastig konzentrierte ich mich wieder auf Marlene, die ihre Krücke neben sich auf den Boden legte. Sie deutete auf ihr rechtes Bein.

»Deswegen konnte ich mich erst jetzt mit euch treffen«, erklärte sie. »Ich hatte noch eine Doppelstunde Physiotherapie.«

»Du hast dir das Bein gebrochen?«, fragte ich neugierig.

Leider hatte ich damit wohl das falsche Thema angesprochen, denn ihre Miene verdüsterte sich schlagartig.

»Ich hatte vor einem halben Jahr einen schweren Autounfall auf dem Festland«, antwortete sie nach kurzem Zögern. »Mein Mann ist dabei gestorben. Ich hatte zwar auch zahlreiche Verletzungen, habe aber überlebt. Bis auf das Bein ist bisher alles gut verheilt.«

Ich schlug schockiert die Hand vor den Mund und verfluchte insgeheim meine Neugier. Hätte ich doch nur meine Klappe gehalten!

»Das tut mir leid«, beteuerte ich. »Der Tod deines Mannes war sicherlich sehr schwer für dich.«

Für den Bruchteil einer Sekunde flackerte etwas in ihren Augen auf, das ich nicht recht deuten konnte.

»Ja, natürlich«, erwiderte sie knapp.

Entweder war sie von den Beileidsbekundungen mittlerweile genervt, oder etwas anderes steckte dahinter. Aber das ging mich eigentlich überhaupt nichts an. Immerhin waren wir wegen des Liebesbriefs hier.

Wie aufs Stichwort erzählte Bastian ihr von dem Wettbewerb, dem anonymen Gewinner und unserer Suche nach ihm.

»Uschi meinte, die Indizien würden ganz eindeutig auf dich hinweisen«, kam er zum Schluss und schob Marlene den Brief zu.

»Ich soll einen heimlichen Verehrer haben?« Sie verzog skeptisch die Mundwinkel. »Das ist doch lächerlich. In meinem Alter laufen einem nicht mehr die Männer hinterher. Schon gar nicht, wenn man wie ich auf eine Krücke angewiesen ist.«

»Wirf doch wenigstens mal einen Blick auf den Brief!«, bat ich sie. »Das schadet doch nicht.«

Sie stieß einen Seufzer aus. »Na schön …«

Ich konnte nicht anders, als sie beim Lesen mit angehaltenem Atem zu beobachten. Es dauerte nicht lange, bis Marlene stutzte und ihre Augenbrauen nach oben wanderten. Ihre Lippen begannen zu beben, und als sie schließlich den Brief sinken ließ, glitzerten Tränen in ihren Augen.

Sie sah auf und starrte mit bewegter Miene durch die Fensterfront aufs Meer hinaus. Obwohl sie neben uns saß, schien sie gedanklich weit weg und an einem anderen Ort zu sein.

Bastian und ich wechselten einen vielsagenden Blick. Uns beiden war klar, dass Marlene den Verfasser identifiziert hatte. Mir lief eine Gänsehaut über den Rücken.

Endlich schien sie sich wieder an unsere Gegenwart zu erinnern. Sie räusperte sich und lächelte leicht. »Entschuldigt bitte! Der Brief hat mich stärker berührt, als ich erwartet hatte.«

»Du weißt, wer ihn geschrieben hat?«, fragte Bastian.

Sie nickte. »Nun ja, ich bin mir zu neunzig Prozent sicher«, räumte sie jedoch gleich darauf ein. »Ich erkenne seinen Schreibstil. Auch sonst passt alles zusammen. Es muss Stefan sein! Er ist ein guter Freund von mir. Offen gestanden sogar mein bester.«

Sie hob die Schultern. »Jedenfalls dachte ich bis gerade eben, dass wir nur noch Freunde sind.«

»Da war mal mehr zwischen euch?«, wollte ich wissen.

Sie nippte an dem Wasser, das sie bestellt hatte. »Ja, aber das ist schon eine halbe Ewigkeit her. Es kommt mir vor wie in einem anderen Leben.« Sie lächelte wehmütig. »Ich hatte damals eine Ausbildung auf dem Festland gemacht und war kurz vor der Abschlussprüfung, als wir uns in einer Buchhandlung kennenlernten. Es hat sofort gefunkt! Stefan war drei Jahre älter als ich, sah gut aus, wusste mit Worten umzugehen, und in seinen grünen Augen bin ich regelrecht versunken. Ich war hin und weg.« Sie legte den Kopf in den Nacken und lachte.

»Zuerst haben wir miteinander geflirtet, dann sind wir miteinander ausgegangen und haben uns am Ende des Abends geküsst. Aber nur ein einziges, wundervolles Mal.« Bei der Erinnerung an den Kuss seufzte sie, und ihre Wangen röteten sich.

»Wieso nur ein Mal?«, platzte es aus mir heraus. »Warum ist nicht mehr daraus geworden?«

»Eine Beziehung hätte keine Zukunft gehabt«, erwiderte sie. »Für mich war klar, dass ich wieder zurück nach Wangerooge zu meiner Familie gehen würde. Mich zu begleiten konnte Stefan sich damals absolut nicht vorstellen. Er wollte sein Studium der Literaturwissenschaften beenden und sich danach die Welt ansehen. Nicht jeder ist für das Leben auf einer kleinen Insel geschaffen.«

Das nahm mir den Wind aus den Segeln. Ich konnte nachvollziehen, dass dies ein Hinderungsgrund für eine Beziehung sein konnte.

»Aber das war noch nicht das Ende der Geschichte, nicht wahr?«, hakte Bastian nach.

Marlene schmunzelte. »Nein, in der Tat haben wir uns fünfzehn Jahre später wiedergetroffen. In der Zeit hatten Stefan und ich lockeren Kontakt gehalten – ab und an ein Telefonat oder eine Weihnachtskarte. Inzwischen war ich mit einem Mann von der Insel verheiratet, und wir hatten eine Tochter«, erzählte sie. »Nichts ahnend ging ich in die Buchhandlung, die gerade neu auf Wangerooge eröffnet hatte. Das Lesen ist meine Leidenschaft, und ich hatte mich bei Stefan, der die Literatur ja zu seinem Beruf gemacht hatte, oft beschwert, dass es bei uns keine Buchhandlung mehr gebe. Und wer, glaubt ihr, stand da hinter der Kasse und lächelte mich an?«

»Stefan?« Ich hing wie gebannt an Marlenes Lippen.

Sie nickte. »Ich wäre vor Überraschung und Freude fast in Ohnmacht gefallen«, sagte sie grinsend. »Dieser verrückte Kerl hatte doch tatsächlich einen Laden auf der Insel eröffnet. Zuerst hatte er behauptet, er hätte es nur mir zuliebe getan. Aber dann gestand er mir, dass er nach dem Scheitern seiner Ehe noch mal von vorn beginnen und seinen Traum verwirklichen wollte. Anscheinend hatte meine jahrelange Schwärmerei von der Schönheit unserer Insel bei ihm Wirkung gezeigt.«

Bastian musterte Marlene interessiert. »Da du verheiratet warst, nehme ich an, dass euer Verhältnis rein freundschaftlich geblieben ist?«

Vielsagend deutete er auf den Liebesbrief, den Marlene noch in Händen hielt. Hätte Stefans Umzug auf die Insel zu einem Happy End geführt, hätte es den Brief schließlich nicht gebraucht.

Sie nickte. »Wir hatten uns schon immer gut verstanden und wussten irgendwie ständig, was der andere denkt. Aber ab dem Moment, in dem wir quasi Tür an Tür wohnten, wurden wir beste Freunde und einander zu einer unentbehrlichen Stütze. Es war eine Freundschaft, ohne die ich mir das Leben nicht mehr vorstellen konnte. Und natürlich eckten wir damit an.«

Sie verzog die Mundwinkel. »Meine Ehe war sowieso nicht die beste. Mein Mann Thomas und ich hatten nicht viel gemeinsam und ein Händchen dafür, uns misszuverstehen. Irgendwann kannten wir im Grunde nur noch eine Kommunikationsform: streiten.«

Das klang nach einer schrecklichen Beziehung. In so einem Fall hätte ich mich sicherlich scheiden lassen. Aber vielleicht konnte ich diese Trennungsskrupel auch nicht nachvollziehen, weil ich noch keine Kinder hatte.

Marlene schaute mit wehmütigem Blick aus dem Fenster aufs Meer, als könnte sie dort draußen die Jahre des verlorenen Glücks ausmachen, die ihr wie Wasser durch die Finger geronnen waren.

»Eigentlich hatte ich mir vorgenommen, mich von Thomas zu trennen, sobald unsere Tochter auszieht. Aber dann hatten wir letzten Winter einen Notartermin auf dem Festland. Es gab Schneeregen und wir …« Sie brach ab und blickte auf ihre Hände hinab.

»Sie müssen nicht über den Unfall reden!«, sagte ich mitfühlend.

Sie schluckte schwer. »Es ist nur … Ich habe noch nie jemandem davon erzählt. Nicht mal Nicole, meiner Tochter. Denn Thomas und ich haben uns auf der Fahrt gestritten. Es ging um …« Sie stockte erneut.

Ich legte die Hand auf ihren Arm. »Um Stefan?«

Sie nickte schniefend. »Obwohl unsere Ehe nur noch eine Zweckgemeinschaft war, hat Thomas an jenem Tag verlangt, dass ich den Kontakt zu Stefan abbreche«, berichtete sie mit erstickter Stimme. »Bis dahin war ihm meine Freundschaft zu Stefan gleichgültig gewesen, aus dem einfachen Grund, weil ich ihm gleichgültig geworden war. Er wusste, dass ich ihn niemals betrogen hätte. Aber Thomas wusste auch, dass die Freundschaft zu Stefan mich quasi am Leben hielt. Und genau deshalb wollte er sie mir plötzlich verbieten: um mich zu verletzen.«

Sie lachte voller Bitterkeit. »Da wurde mir klar, dass unsere Ehe einen neuen Tiefpunkt erreicht hatte. Natürlich kam es zum Streit, und Thomas verlor auf der vereisten Straße die Kontrolle über den Wagen … Während ich mir schwere Verletzungen zugezogen habe, war er sofort tot.«

Sie holte zitternd Luft. Bastian und ich ließen Marlene Zeit, um sich wieder zu fassen.

»Ich nehme an, Stefan war dir in der Zeit danach eine große Stütze?«, fragte er schließlich.

Sie lächelte unter Tränen. »Ich wüsste nicht, wie ich das alles ohne ihn durchgestanden hätte. Der Schock, die Schmerzen, die

Reha – es waren harte Monate. Stefan war, so oft es ging, an meiner Seite.«

Genau dies war der Grund, aus dem ich von Anfang an Zweifel daran gehabt hatte, dass der Liebesbrief für mich bestimmt war. Nachdem ich angeschossen worden war, hätte ein heimlicher Verehrer mir wenigstens als Freund zur Seite stehen und mir helfen müssen, diese schwere Zeit durchzustehen. Denn das tat man, wenn man jemanden aufrichtig liebte.

Marlene stieß die Luft aus. »Die Leute erwarten von mir, dass ich noch um meinen Mann traure, aber eigentlich … habe ich den Verlust mittlerweile überwunden.« Beschämt sah sie zur Seite. »Ich weiß, das klingt schrecklich herzlos. Immerhin ist die Beerdigung erst ein halbes Jahr her.«

Deshalb hatte ich vorhin beim Kondolieren auch das Gefühl gehabt, sie reagiere seltsam. Allerdings konnte ich ihre Gründe dafür jetzt sehr viel besser nachvollziehen.

»Wir verurteilen dich dafür nicht«, sagte Bastian mit sanfter Stimme. »Man kann sich nicht zur Trauer zwingen.«

Sie nickte uns dankbar zu. »Nun, da ich theoretisch frei bin, habe ich mir natürlich des Öfteren vorgestellt, wie es wäre, mit Stefan zusammen zu sein.«

Ihre Stirn legte sich in Falten. »Aber er hat nie angedeutet, dass er Gefühle für mich hat. Er hat sich genauso verhalten wie all die Jahre zuvor. Deshalb bin ich davon ausgegangen, dass ich mir keine Hoffnungen zu machen brauche. Wenn ich gewusst hätte, dass er so …« Sie hielt inne und strich ehrfürchtig über den Brief.

Ihre Augen huschten ein weiteres Mal über die Zeilen. Erneut schienen die Worte ihre Wirkung nicht zu verfehlen. Marlene fasste sich an die Brust, und ihr entwich ein Schluchzen.

»Ich muss zu ihm!«, sagte sie entschlossen und bückte sich, um nach ihrer Krücke zu greifen.

»Was? Jetzt?«, entgegnete ich erstaunt.

»Natürlich jetzt!« Sie erhob sich umständlich und sah auf die Uhr. »Wahrscheinlich ist er noch im Buchladen.«

Sie deutete auf den Brief. »Darf ich den mitnehmen?«

»Wenn wir dich begleiten dürfen?«, bat Bastian mit gewinnendem Lächeln. »Wir haben eine wirklich sehr lange Suche hinter uns, und immerhin wissen wir noch nicht mit Sicherheit, ob dein Stefan der Verfasser ist.«

Für einen Moment verengte sie genervt die Augen, und ich befürchtete schon, dass sie ablehnen würde. Das konnte ich nachvollziehen: Ich hätte auch keinen Zeitungsfuzzi dabeihaben wollen, wenn die lang ersehnte Aussprache mit der Liebe meines Lebens bevorstand. Doch dann zeigte Bastians Charme zum Glück Wirkung, und sie zuckte mit den Schultern.

»Na schön! Ohne euch hätte ich wohl nie davon erfahren. Kommt mit!«

Sie humpelte mit der Krücke in Richtung Ausgang, aber ich deutete auf den Tisch. »Halt, wir müssen erst noch bezahlen!«

Ungeduldig gab Marlene der Bedienung hinter der Theke ein Zeichen. »Judith, die Bestellung der beiden geht auf mich! Ich zahle beim nächsten Mal. Wir haben es eilig.«

»Is' gut!«, entgegnete besagte Judith und griff nach dem nächsten Glas vor sich, um es zu polieren.

So schnell es Marlene in ihrem Zustand möglich war, legte sie die Strecke zu dem Buchladen zurück. Er befand sich in einer kleinen Gasse, und das Schaufenster war liebevoll mit Kinder- und Vorlesebüchern, aber auch Bildbänden über die Ostfriesischen Inseln und aktuellen Romanen dekoriert.

Von dem anstrengenden Lauf stand Marlene der Schweiß auf der Stirn, und eine Locke klebte an ihrer Schläfe. Doch je näher sie der Tür kam, desto langsamer wurde sie. Sie blieb stehen und sah mit unsicherer Miene zu uns.

»Was ist, wenn ich mich täusche?«, fragte sie, plötzlich von Zweifeln gepackt. »Wenn er den Brief gar nicht geschrieben hat? Falls Stefan nicht so empfindet wie ich, zerstöre ich damit wahrscheinlich unsere Freundschaft …«

Ich ging davon aus, dass es genau diese Angst war, die auch Stefan bisher davon abgehalten hatten, sich Marlene zu offenbaren.

»Wenn eure Freundschaft tatsächlich so gut ist, wird sie das bestimmt aushalten«, erwiderte Bastian im Brustton der Überzeugung. »Aber dafür hast du endlich Gewissheit und musst dich nicht länger mit der Frage quälen, was zwischen euch sein könnte.«

Sie nickte nachdenklich. Schließlich fasste sie sich ein Herz und betrat den Laden.

Ein älterer Herr stand gerade an dem Regal mit den historischen Romanen, aber Marlene wandte sich einem Mann Mitte vierzig zu, der mit einer Kundin im Gespräch war. Er trug ein kurzärmliges kariertes Hemd und eine Stoffhose, und seine Haare waren an den Schläfen angegraut. Mit seinem Vollbart, dem Bauchansatz und dem gutmütigen Lächeln erinnerte er mich an einen Teddybären. Als sein Blick auf Marlene fiel, nickte er ihr strahlend zu, und in seine Augen trat ein liebevolles Funkeln.

Wir warteten, bis die Frau ein Buch gekauft und es sich als Geschenk hatte einpacken lassen. Zwischenzeitlich hatte ich das Gefühl, Marlene würde vor Nervosität gleich in Ohnmacht fallen, denn obwohl sie sich schwer auf die Krücke stützte, wankte sie leicht.

Als die Frau gegangen war, humpelte Marlene sofort zum Tresen und schob Stefan schweigend den Brief hin. Anscheinend war sie als waschechte Ostfriesin kein Fan unnötiger Worte. Tatsächlich schien Stefan sofort zu verstehen, um was es ging, denn sein Lächeln erlosch, und er wurde sichtlich blass um die Nasenspitze.

»Wie hast du es herausgefunden?« Er warf ihr einen entschuldigenden Blick zu, als wäre er ihr mit dem Brief in unangepasster Weise zu nahegetreten.

»Ich kenne doch deinen Schreibstil und deine Handschrift.« Sie wandte sich zu uns um. »Und diese beiden haben mich ausfindig gemacht und mir den Brief gezeigt.«

Ich hob grüßend die Hand, und Hitze stieg mir in die Wangen. Ich kam mir vor wie ein ungebetener Beobachter.

»Hallo, ich bin Merle! Ich dachte fälschlicherweise, dieser Brief sei für mich.«

Auch Bastian nickte ihm zu. »Und ich bin vom *Krummhörner Wochenblatt*. Ich habe Merle bei der Suche geholfen, und zusammen durchkämmen wir schon seit Wochen halb Ostfriesland nach dem Gewinner des Schreibwettbewerbs.«

Stefan wurde noch eine Spur blasser. »Ach du meine Güte, so einen Wirbel wollte ich nicht verursachen!«

Ich winkte ab. »Ach, halb so wild! Das war zeitweise auch ganz amüsant, nicht wahr?« Verstohlen versetzte ich Bastian einen Stoß in die Seite, damit er mir zustimmte.

»Oh ja, sehr amüsant!«, keuchte er schmerzerfüllt.

Stefan sah auf den Brief hinab. »Ich …. ich wollte damit lediglich meine Gefühle zum Ausdruck bringen, sie in die Welt entlassen und ihnen Raum geben. Weil ich Angst hatte, sie überwältigen mich sonst, wenn ich in Marlenes Nähe bin.« Er stieß gequält die Luft aus. »Immer stand irgendetwas zwischen uns. In jungen Jahren trennten uns unsere Zukunftspläne, dann waren wir beide mit anderen Partnern verheiratet und jetzt die Trauer um Thomas …«

Marlene ging um den Tresen herum, lehnte ihre Krücke an die Wand und griff nach seinen Händen. »Die Zeit der Trauer habe ich hinter mir gelassen. Und ich habe nur darauf gewartet, dass du etwas sagst.«

Seine Augen weiteten sich. »Bedeutet das, du hast … du bist auch …?«, stammelte er.

»Natürlich liebe ich dich auch, du Dösbaddel!«, erwiderte sie lächelnd. »Dieser Brief ist wunderschön, Stefan! Er hat mein Herz berührt und auch meine Gefühle perfekt in Worte gefasst: Das Wichtigste für mich ist es, dich glücklich zu sehen. Und wenn das heißt, dass wir zusammen den Rest unseres Lebens verbringen werden, dann macht mich das ebenfalls überglücklich.«

»Oh, Marlene …«

Er hob die Hände und strich ihr sanft die Locken aus dem Gesicht, während sie mit tränenverschleiertem Blick zu ihm aufsah. Endlich küssten sie sich. Es war kein leidenschaftlicher, hungriger Kuss, sondern ein Kuss voller Zärtlichkeit und Liebe. Danach schlossen sie sich in die Arme und hielten einander fest, als würden sie sich ab sofort nie wieder loslassen.

Gerührt griff ich nach Bastians Hand. »Ist das nicht schön?«, flüsterte ich.

»Nach all der langen Zeit haben sie sich endlich gefunden.«

Marlene schmiegte sich an seine Brust, und Stefan hatte seine Wange an ihre Stirn gelegt. Ihre Umarmung hatte in ihrer Reinheit und Unschuld etwas zutiefst Rührendes an sich. Sogar der ältere Herr, der noch im Laden war, schien das zu bemerken, denn er legte das Geld für den Roman, den er sich ausgesucht hatte, lächelnd auf den Tresen und sagte mit gesenkter Stimme: »Stimmt so!«

Stefan und Marlene schienen jedoch die Welt um sich herum nicht mehr wahrzunehmen. Noch nicht mal das Klingeln der Türglocke, als der Kunde den Laden verließ, schreckte sie auf.

»Damit hat unsere Suche ein Ende«, raunte ich Bastian zu. »Für deinen Artikel hast du ein perfektes Happy End!«

»Und ich kann Stefan endlich seinen rechtmäßigen Gewinn überreichen«, ergänzte er. »Gegen ein Wochenende im Romantikhotel haben die beiden sicherlich nichts einzuwenden.«

Das hatten Marlene und Stefan sich wahrlich verdient. Alles war zu einem guten Abschluss gekommen.

»Du solltest deine Mutter anrufen«, sagte Bastian leise, »und ihr erzählen, dass dein Versprechen hinfällig geworden ist.«

Stirnrunzelnd sah ich ihn an. »Meinst du das Versprechen, dass ich ihr beim Unkrautjäten helfe?«, fragte ich gespielt begriffsstutzig.

»Du weißt genau, welches Versprechen ich meine …«

Seine Lippen berührten mein Ohrläppchen, sodass ich erschauderte. Reflexartig lehnte ich mich näher zu ihm. Bastians Hand umfasste meine Taille, und sein Daumen streichelte über meine Bluse. Seine Berührungen schienen sich durch den Stoff zu brennen, denn meine Haut reagierte auf jede noch so kleine Bewegung mit einem Kribbeln. Ich seufzte sehnsüchtig auf.

»Erinnerst du dich jetzt wieder an das Versprechen?«

»Mhm«, machte ich.

Leider befanden wir uns immer noch in der Öffentlichkeit, denn in unserer Pension hätte mich jetzt nichts mehr zurückgehalten. Als ich zu ihm aufschaute, schluckte ich schwer, denn Bastians hungriger Blick verriet deutlich seine Gedanken.

Ich drückte mein Handy an die Brust und deutete zur Tür. »Ich gehe jetzt raus und rufe meine Mutter an, damit ich frei bin, hemmungslos mit dir rumzumachen.«

Er grinste. »Auch wenn ich dem letzten Punkt erfreut entgegensehe, denke ich, dass deine Mutter auf diese Information lieber verzichten würde.«

Damit lag er sicherlich richtig. Marlene und Stefan hielten sich immer noch eng umschlungen, als ich an ihnen vorbei nach draußen marschierte. Ach ja, die Liebe!

Kapitel 24

Bastian und ich kehrten erst am späten Abend in die Pension zurück. Stefan und Marlene hatten es sich nämlich nicht nehmen lassen, uns zum Essen einzuladen, denn sie wollten zur Feier des Tages unbedingt mit uns anstoßen. Immerhin hatten wir ihnen geholfen, endlich zueinanderzufinden. Stefan hatte in seiner Küche mit routinierter Hand ein köstliches Menü gezaubert, und wir hatten draußen auf der Terrasse ein paar schöne Stunden verlebt. Den Geschichten der beiden zu lauschen und zu sehen, dass sie jede Gelegenheit nutzten, um Händchen zu halten oder sich verliebte Blicke zuzuwerfen, hatte mein Herz berührt. Insgeheim hatte ich es jedoch kaum erwarten können, endlich mit Bastian allein zu sein.

»Du hast einen Balkon?«, bemerkte er, nachdem ich ihn in der Pension in mein Zimmer gebeten hatte. »Das finde ich unfair.«

Ich warf grinsend mein Haar zurück. »Wer hat, dem wird gegeben!«

Wir traten hinaus. Es war fast Vollmond, und die Insel war in ein magisches silbriges Licht getaucht. Trotz einer leichten Brise vom Meer war es noch relativ warm. »Wunderschön!«, hauchte ich mit Blick auf den sternenübersäten Nachthimmel.

»Ja, das ist es.« Bastian legte den Arm um mich und zog mich sanft an seine Seite.

»Wie wirst du jetzt eigentlich deinen Artikel aufziehen – ohne mich als Hauptperson?«, fragte ich neugierig.

Schließlich hatte er viel Zeit und Mühe in diese Story investiert.

»Als Stefan und ich vorhin das Geschirr abgespült haben, kam dieses Thema ebenfalls auf«, erzählte er. »Er hat mir die Erlaubnis gegeben, ihn als Verfasser des Briefes und Gewinner unseres Wettbewerbers öffentlich zu machen. Das bedeutet, ich darf auch über ihn, Marlene und ihre Liebesgeschichte schreiben. Ich denke, das wird ein toller Artikel, der unseren Lesern gefallen wird.«

»Das ist großartig!« Ich zwinkerte ihm zu. »Dann war dein nervenaufreibender Roadtrip mit mir wenigstens nicht völlige Zeitverschwendung.«

Er schnalzte tadelnd mit der Zunge. »Der wäre auch ohne Artikel keine Zeitverschwendung gewesen – schließlich konnte ich die nervigste Polizistin Ostfrieslands nur auf diese Weise besser kennenlernen. Außerdem möchte ich in meinem Artikel auch dich erwähnen. Immerhin ist unsere Suche ein Teil der Geschichte. Denn nicht nur Stefan, sondern auch ich hatte das Glück, durch diesen Liebesbrief die Frau meines Lebens zu finden.«

Für eine Sekunde rutschte mir bei seinen Worten das Herz in die Hose. Doch dann verdrehte ich die Augen und versetzte ihm lachend einen Klaps.

»Frau deines Lebens, von wegen … Jetzt übertreib mal nicht!«

»Warum denn nicht?« Er gab mir einen sanften Kuss auf die Nasenspitze. »Ich für meinen Teil habe bei uns beiden ein sehr gutes Gefühl, und darauf konnte ich mich bisher immer verlassen.«

»Wenn du meinst …« Ich überspielte mein Unbehagen mit einem nervösen Lachen. Gleichzeitig bildete sich in meinem Magen ein Knoten. Ich fand es entschieden zu früh, über solche Dinge zu sprechen. Mir war klar, dass die meisten das wahrscheinlich romantisch gefunden hätten, aber ich war nun mal ein eher nüchterner Typ und neigte zur Vorsicht. Ob wir tatsächlich zusammenpassten und miteinander harmonierten, würde erst die Zeit zeigen. Schon allein dieser Ausdruck: die *Frau seines Lebens*. Bestimmt gab es unzählige andere Frauen, die ebenso gut oder sogar noch besser zu ihm passten als ich. Sich bei acht Milliarden Menschen auf nur eine einzige Person als Seelengefährten festzulegen war realitätsfern, blauäugig und in gewisser Weise auch unfair. Denn man bürdete dem anderen damit eine Verantwortung für das eigene Glück auf, der er niemals gerecht werden konnte. *Ich* könnte dem niemals gerecht werden.

Plötzlich hatte ich das Gefühl, keine Luft mehr zu bekommen. Eine Spur zu hastig machte ich mich von ihm los und trat einen Schritt zurück.

»Alles in Ordnung?«, fragte er besorgt.

»Ja … klar. Alles super«, erwiderte ich mit gepresster Stimme.

Ich sog tief die frische Abendluft ein und räusperte mich. »Findest du den Sternenhimmel hier auf der Insel nicht auch schöner als auf dem Festland?«, fragte ich. »Irgendwie sieht er aus wie eine wunderschöne riesige Kuppel.«

Obwohl ich mir Mühe gab, meine wahren Gefühle zu verbergen, musterte Bastian mich eindringlich, und sein Blick glitt suchend über mein Gesicht, als könne er dort vielleicht eine Erklärung für mein Verhalten entdecken. Glücklicherweise ließ er mir mein Ablenkungsmanöver trotzdem durchgehen.

»Würdest du gerne auf eine Insel ziehen?«, entgegnete er.

»Nein, das ist mir zu kompliziert – und zu teuer. Selbst eine Packung Toilettenpapier kostet hier deutlich mehr als auf dem Festland.«

Endlich normalisierte sich meine Atmung. Wahrscheinlich hatte ich nur einen kleinen Anflug von Panik. Kein Grund, sich deswegen den Abend zu verderben! Immerhin hatten Bastian und ich noch einiges vor. Nachdem ich vorhin mit meiner Mutter telefoniert hatte, war ich nämlich offiziell von meinem Versprechen entbunden.

Ich trat wieder näher zu ihm. »Obwohl so ein Sternenhimmel für einiges gut sein kann«, sagte ich mit einer, wie ich hoffte, verführerischen Stimme. »Zum Beispiel ist er die perfekte Kulisse für romantische Stunden zu zweit …«

Ich schlang die Arme um seinen Nacken und zog ihn zu mir herunter, um ihn zu küssen. Im ersten Moment hatte ich das Gefühl, dass Bastian den Kuss nur zögerlich erwiderte. Doch dann schloss er mich endlich in seine Arme. Als seine Zunge in meinen Mund eindrang, war es um mich geschehen. Hitze strömte durch meine Adern, und ich fuhr mit fahrigen Fingern über den Stoff seines Hemdes. Ich wollte Bastian endlich berühren, seine Haut spüren, seinen Körper erkunden.

Schweratmend machte ich mich von ihm los. »Kommst du mit rein?«

Ich griff nach seiner Hand und zog ihn mit mir ins Zimmer. Auch jetzt hatte ich für einen irritierenden Moment das Gefühl, dass er mir nur widerstrebend folgte. Kurz bevor wir das Bett erreichten, hielt er mich tatsächlich zurück.

»Ich muss dir etwas sagen, Merle …«

Ich blieb stehen und sah zu ihm auf. Das Licht des Vollmonds fiel durchs Fenster herein, und eine nächtliche Brise vom Meer bauschte die Vorhänge auf.

»Weißt du, dass du mich zu einem glücklichen Mann machst?«, fragte er mir rauer Stimme. Er hielt meinen Blick fest und strich mir sanft die Haare aus dem Gesicht. »Ich liebe dich, Merle.«

Ich zuckte zurück. Seine Worte fühlten sich an, als hätte er einen Eimer kalten Wassers über meinem Kopf ausgeleert. »Wie bitte?«, fragte ich, in der irrigen Hoffnung, mich verhört zu haben.

»Ich liebe dich«, wiederholte er.

Meine Lust auf Nähe und Zweisamkeit war mit einem Schlag verflogen. Ich trat von ihm zurück und knipste das grelle Deckenlicht an.

»Wieso machst du das? Warum sagst du denn so was …« Ich stockte.

Bastian beobachtete mich mit undurchdringlicher Miene.

»So etwas *Schreckliches?*«, beendete er meine Frage in scharfem Unterton.

Tatsächlich hatte mir dieses Wort auf der Zunge gelegen. Trotzig reckte ich mein Kinn vor. »Dafür ist es noch viel, viel zu früh. Das zwischen dir und mir …«, ich deutete demonstrativ zwischen uns hin und her, »ist noch zu frisch. Wir kennen uns so gut wie gar nicht!«

Er sah mich fassungslos an. »Das meinst du jetzt nicht ernst! *Wir kennen uns so gut wie gar nicht?*«, wiederholte er ungläubig. »Ich habe dich die letzten Wochen zu einem Trip durch deine Vergangenheit begleitet. Ich habe dich im Arm gehalten, als du eine Panikattacke hattest. Wir haben unterwegs stundenlange Gespräche geführt, ich habe deine Familie kennengelernt und sogar bei der Versöhnung deiner Cousine Luisa mit ihrem Freund geholfen.« Er blieb vor mir stehen und funkelte mich an. »Ich habe mit dir über meine Kindheit gesprochen und dir all die schrecklichen Einzelheiten meines Lebens anvertraut. Das sind Dinge, die ich nur mit wenigen Menschen teile. Und du behauptest ernsthaft, wir beide würden uns nicht kennen?«

Mein Magen zog sich zu einem harten Knoten zusammen. Mir war klar, dass ich gerade richtig großen Mist gebaut hatte. »Na ja, ich … ich …«, stammelte ich auf der Suche nach einer Erklärung. »Ich will all das nicht herabwürdigen! Eigentlich meine ich nur, dass da noch einige Dinge fehlen wie …« Ich fuchtelte mit den Händen konfus in der Luft herum. »Wie beispielsweise die alltäglichen Macken: Wie lange brauchst du morgens im Bad? Räumst du nach dem Kochen die Küche auf? Hast du einen Fernseher im Schlafzimmer? Fernsehen vor dem Schlafengehen kann ich nämlich überhaupt nicht leiden, und auf lange Sicht könnte das zu unschönen Streitereien führen.« Ich nickte nachdrücklich. »All diese Dinge weiß ich noch nicht von dir.«

Er stemmte die Hände in die Taille. »Ich bin zwar der Meinung, dass all das Kleinigkeiten sind, die man leicht miteinander klären kann, aber na schön: Nein, ich brauche morgens nicht lange im Bad, und nach dem Kochen versuche ich die Küche sofort aufzuräumen, aber es gelingt mir nicht immer.«

Na also, hier hatten wir schon den Stoff für endlose Beziehungsdiskussionen: Ich hinterließ die Küche meist als Schlachtfeld, und morgens besetzte ich ewig das Bad, weil ich mich als Morgenmuffel in Zeitlupentempo bewegte. Vor meinem inneren Auge sah ich Bastian schon entnervt an die Badezimmertür hämmern, weil er unbedingt seine Morgentoilette erledigen wollte.

»Ich habe zwar einen Fernseher im Schlafzimmer, aber ich schaue dort nur am Wochenende oder wenn ich mal krank bin«, fuhr er fort. »Zufrieden? Kennst du mich jetzt besser?«

Ich verschränkte die Arme vor der Brust. »Jawohl! Das waren äußerst hilfreiche Informationen.«

Er zog zweifelnd die Augenbrauen in die Höhe. Anscheinend glaubte er mir kein Wort. »Vorhin im Strandkorb hast du gesagt, dass ich dich zum Lachen bringe und du dankbar für all das bist, was ich für dich getan habe. Aber was *empfindest* du für mich, Merle? Kannst du mir jetzt sagen, dass du mich liebst?«

»NEIN«, entfuhr es mir entrüstet.

Er kam noch näher, doch sein Blick war kühl. »Das ist genau das, was ich erwartet habe! Weil du es nämlich verabscheust, diese drei Worte zu sagen. Du lässt keinen Mann wirklich nah an dich heran.«

Endlich begann ich zu verstehen. Bastian hatte natürlich bemerkt, als ich mich auf dem Balkon emotional von ihm zurückgezogen hatte.

»Dann war das nur ein Test?«, entgegnete ich erleichtert. »Du hast es gar nicht ernst gemeint, als du gesagt hast, dass du mich liebst. Damit wolltest du mich nur aus der Reserve locken und schauen, wie ich reagiere?«

Er schüttelte den Kopf. »Und wenn ich es doch ernst gemeint habe? Was wäre daran so schlimm?«

Ich schwieg verwirrt. Bastian schien tatsächlich verletzt und enttäuscht zu sein. Dieser Abend entwickelte sich in die völlig falsche Richtung.

»Du bist mir wichtig«, beteuerte ich. »Aber du kannst nicht von mir erwarten, dass ich etwas ausspreche, das ich nicht fühle.«

Hitze stieg mir in die Wangen und hastig verbesserte ich mich: »*Noch* nicht fühle.«

Himmel, ich machte alles nur noch schlimmer! Es wäre besser gewesen, ich hätte den Mund gehalten. Ich rang die Hände. »Ich verstehe nicht, wieso das plötzlich so wichtig für dich ist. Warum warten wir nicht einfach ab, wie es sich zwischen uns entwickelt?«

Er wandte sich ab und lief im Zimmer umher, ehe er mit brütender Miene am Fenster stehen blieb. »Es ist mir wichtig, weil ich das zweifelhafte Vergnügen hatte, all deine Ex-Freunde kennenzulernen. Und durch diese Begegnungen hat sich mein Bild von dir verändert. Ob ich will oder nicht: Ich kenne jetzt deine Art, Beziehungen zu führen ganz genau.«

An seiner Stelle hätte ich auf diese Erfahrung wahrscheinlich auch lieber verzichtet.

»Oookay«, sagte ich gedehnt und ließ mich auf den Stuhl neben dem Beistelltisch sinken. »Und was genau hast du daraus gelernt?«

Er warf mir einen bedeutungsvollen Seitenblick zu. »Auch die guten Männer hast du stets auf Abstand gehalten. Du warst nicht bereit, mit ihnen zusammenzuziehen, geschweige denn, sie zu heiraten oder eine Familie zu gründen. Selbst Liebesbezeugungen kommen dir offensichtlich nur schwer über die Lippen.«

Er schüttelte mit bitterer Miene den Kopf. »Du möchtest zwar einen Partner, aber nur einen, der ausreichend Abstand hält. Eigentlich willst du nämlich in deiner WG mit Clara und Kalle leben bleiben und nur bei Bedarf einen Freund fürs Bett und für die Freizeit. Genauso hat es Jonas bei unserem Besuch in der Kneipe beschrieben. Er fand das toll – das finde ich aber ganz und gar nicht.«

Ich schluckte schwer. Anscheinend hatte Bastian meine ehemaligen Beziehungen besser analysiert als ich selbst.

Da ich betroffen schwieg, fuhr er fort: »Ich dachte, das zwischen uns wäre etwas Besonderes. Dass wir uns so nahestehen, dass du mir vertraust und mich an dich heranlässt.« Seine Stimme klang rau und belegt. »Aber jetzt ist mir klar geworden, dass ich nicht dieser eine Mann für dich bin, bei dem alles anders sein wird. Du hast dich nicht verändert und möchtest es auch überhaupt nicht. Nicht mal für mich.«

Seine Enttäuschung war unüberhörbar. Gerne hätte ich ihm versichert, dass er sich täuschte, aber ich konnte nicht. Da war eine innere Sperre in mir, die ich einfach nicht überwinden konnte. Ich wollte Bastian keine Versprechungen machen, die ich am Ende nicht einhalten würde. Vor Verzweiflung traten mir Tränen in die Augen.

»Bitte, Bastian, ich möchte dich nicht verlieren«, wisperte ich.

Er seufzte tief und schien mit sich zu ringen. Dann kam er zu mir und ging vor mir in die Knie, sodass ich ihm in die Augen sehen konnte. Für einen winzigen Moment keimte Hoffnung in mir auf.

»Der kleine Rest, der von meiner Familie übrig geblieben ist, bedeutet mir sehr viel«, sagte er mit ernster Miene. »Deshalb möchte ich eine Frau an meiner Seite, die sich freut, mich zum Geburtstag meiner Tante Brigitte nächsten Monat zu begleiten, und die nicht darüber nachgrübelt, ob dieser Besuch zu bedeutungsvoll für unsere junge Beziehung ist. Außerdem möchte ich meine Freundin nicht jahrelang darum anbetteln, mit mir zusammen in eine Wohnung zu ziehen, damit wir endlich den nächsten Schritt in ein gemeinsames Leben machen.« Er holte tief Luft. »Nach allem, was ich erlebt habe, möchte ich eine Partnerschaft voll Wärme, Vertrauen, Loyalität und Nähe. Ich will nicht wie ein Verhungernder darauf warten, dass du ›Ich liebe dich‹ zu mir sagst und jeden Tag selbst um kleinste Zeichen deiner Liebe kämpfen.«

Mit tränenverschleiertem Blick sah ich ihn an. Sein Leben war bisher von Verlust geprägt gewesen, und so war es nicht verwunderlich, dass er Beständigkeit und Nähe suchte. Beides konnte ich ihm offenbar nicht geben. Verdammt, weshalb war mir nie aufgefallen, wie verkorkst ich eigentlich war? Bastian hatte eine bessere Frau als mich verdient.

»Ich bin mittlerweile zu alt für eine lockere Affäre ohne Zukunft, Merle.« Er schaute mich voller Bedauern an. »Außerdem würde mich das kaputtmachen, weil ich jetzt schon viel zu viel für dich empfinde. Du ahnst nicht, wie hart das hier gerade für mich ist.«

»Dann war es das jetzt zwischen uns?«, fragte ich mit erstickter Stimme.

»Ich denke, es ist besser so …«

Er wich meinem Blick aus, erhob sich und ging schweigend in Richtung Tür. Ich öffnete den Mund, um ihn zurückzuhalten. Um irgendwas zu sagen, das den Bruch zwischen uns wieder kitten würde. Doch die Worte, die dafür nötig gewesen wären, kamen mir nicht über die Lippen. Erst als Bastian das Zimmer verlassen hatte und ich allein war, entrang sich meiner Kehle ein schluchzender Laut.

Kapitel 25

»Die Mobilität deiner Schulter ist vollständig wiederhergestellt«, sagte meine Physiotherapeutin und Erzfeindin aus Schulzeiten Nicole Dittmer, während ich meinen linken Arm in die Höhe hob und auf ihren Wunsch in unterschiedliche Richtungen verdrehte.

»Deine Fortschritte in den letzten Wochen sind bemerkenswert.«

Ihr widerwillig hervorgepresstes Lob hätte mich freuen sollen. Doch seit Wangerooge fiel es mir schwer, allzu enthusiastisch auf meine Umwelt zu reagieren. Als hätte ich auf der Insel meine Lebensfreude und mein Lachen verloren. Dabei war seit dem Ausflug mit Bastian schon über einen Monat vergangen. Es war mir ein Rätsel, wieso ich nicht schon längst wieder die alte Merle war.

»Der Spezialist scheint recht gehabt zu haben«, fügte Nicole bissig hinzu. »Es lag nicht an der Schulter, du hattest einen Defekt im Hirn. Aber das wusste ich auch schon vorher.«

»Pff!« Ich machte eine wegwerfende Handbewegung.

Das war das Gute an meiner neuerworbenen Gleichgültigkeit: Mich regte so schnell nichts mehr auf. Es gab wichtigere Dinge im Leben als Nicole Dittmer. Was sie über mich dachte oder sagte, ging mir am Allerwertesten vorbei. Deshalb endete heute meine letzte Physiotherapiestunde auch ohne Zeter und Mordio. Nach monatelanger Therapie verließ ich die Praxis als freier und gesundeter Mensch. Aber das Gefühl der Euphorie und des Glücks wollte sich partout nicht einstellen.

Dabei lief es bei mir im Augenblick richtig gut. Seit einigen Tagen ging ich wieder zur Arbeit und verrichtete auf dem Revier Schreibtischdienst. Zugegeben, es war erwartungsgemäß recht fad und langweilig. Aber wieder auf dem Revier zu sein und mit den Kollegen zu quatschen, war ein wichtiger Schritt in Richtung Normalität.

Die Albträume waren inzwischen ebenfalls weniger geworden, allerdings würde es wohl noch einige Jahre dauern, bis sie endgültig verschwanden. Jedenfalls hatte mir das Doktor Brain prophezeit.

Auch meine Ängste hatten sich natürlich nicht vollständig in Luft ausgelöst. Wenn ich aus dem Haus ging, überprüfte ich immer noch erst mal die allgemeine Gefahrenlage. Aber ich war dazu übergegangen, meine Einstellung zu dieser Marotte zu ändern. Bevor ich angeschossen worden war, hatte ich mich unbesiegbar gefühlt und mich dementsprechend blauäugig verhalten. Heute wusste ich, dass ich sehr wohl verletzlich und das Leben kostbar war. Wenn ich also aus der Haustür trat und erst mal meine Umgebung checkte, bezeichnete ich das nicht mehr als Paranoia, sondern als vorausschauend und vorsichtig. Manchmal musste man den Dingen einfach einen anderen Namen geben.

Ich war optimistisch, dass ich bald wieder auf Streife gehen könnte. Die Uniform anzuziehen und wieder eine Waffe in die Hand zu nehmen, war vor ein paar Tagen jedenfalls weitaus weniger traumatisch gewesen, als ich es mir in der Fantasie ausgemalt hatte. Je mehr man über eine Sache nachdachte, umso schlimmer und angsteinflößender wurde sie offenbar. Manchmal war es besser, einfach ins kalte Wasser zu springen! Sogar meine Mutter war glücklich, mich endlich wieder in Uniform zu sehen.

Dennoch fühlte ich mich innerlich wie betäubt. Ich konnte

einfach nicht aufhören, an Bastian zu denken. Fast sechs Wochen waren seit der schicksalhaften Nacht auf Wangerooge vergangen. Die Rückfahrt zum Festland am nächsten Tag hatten wir in quälendem Schweigen verbracht, und seither hatten wir uns nicht mehr gesehen. Anfangs war ich mir noch sicher gewesen, dass er seinen Fehler einsehen und einknicken würde. Schließlich war offensichtlich, dass er mich überrumpelt und viel zu früh zu einem Liebesgeständnis gedrängt hatte. Doch von Bastians Seite aus herrschte Funkstille. Er rief nicht an, schrieb nicht und stand auch nicht mit reumütiger Miene und einem Strauß Rosen vor meiner Haustür. Woraus man wohl schließen konnte, dass er seinen Fehler nicht einsah. Tja, sein Pech! Durch seine Sturheit hatte er die Chance auf eine fantastische Beziehung mit mir verspielt. Deshalb gab ich mich nach außen hin auch tough und versicherte allen, dass es mir gut ginge und ich Bastian schon längst vergessen hätte. Aber nachts, wenn ich im Bett lag, sah ich mir auf dem Handy oft das Foto an, das Uschi auf Wangerooge von uns gemacht hatte. Sie hatte es uns noch am selben Tag zugeschickt, weil wir laut ihrer Aussage so ein hübsches Paar waren. Auf dem Foto hatten Bastian und ich uns angesehen, als gäbe es nur uns beide auf der Welt, und unsere Gesichter hatten gestrahlt vor Glück. In solchen Augenblicken wurde mir wieder klar, was ich verloren hatte, und dann weinte ich mich leise in den Schlaf.

Als ich von der Physiotherapie nach Hause kam und die Tür öffnete, hörte ich Daniels Stimme im Wohnzimmer. Ich stöhnte gequält auf. Seit Clara und er sich kennengelernt hatten, trafen sie sich regelmäßig und flirteten miteinander, was das Zeug hielt. Trotz meiner neuerworbenen Gleichgültigkeit ging mir ihr ständiges Geturtel und verliebtes Kichern auf die Nerven. Gerade heute fehlte mir dafür die Geduld. Am besten, ich machte mich gleich wieder aus dem Staub!

Ich griff im Flur nach Kalles Leine und rief nach ihm. Leider kam er nicht wie üblich angeflitzt, und einen Augenblick später wusste ich auch, warum. Clara trat aus dem Wohnzimmer und hielt den zappelnden Kalle fest im Arm. Sie hatte sich für Daniel schick gemacht und trug ein spanisch angehauchtes Sommerkleid mit rotem Schultertuch. Sie hatte sogar einen passenden roten Lippenstift aufgelegt.

»Ich möchte mit Kalle eine Runde drehen«, erklärte ich und wedelte mit der Leine in der Luft herum. »Dann habt ihr auch eure Ruhe.«

»Tut mir leid, aber das finde ich nicht so gut«, entgegnete sie in pädagogisch-sensiblem Tonfall. »Daniel mag Kalle sehr. Wir sitzen mit ihm gerade so gemütlich zusammen und schauen einen Film.«

Kalle ruderte mit allen vieren wie wild in ihrem Arm und war offensichtlich nicht besonders erpicht darauf, den gemütlichen Fernsehabend fortzusetzen. Aber leider hatten weder er noch ich in dieser Sache etwas zu melden. Um des lieben Friedens willen versuchte ich jedoch, meine aufwallende Wut zu unterdrücken. Zähneknirschend legte ich die Leine weg und warf Kalle einen entschuldigenden Blick zu. Clara musste ihn mittlerweile mit beiden Armen festhalten, um ihn bei sich zu behalten. Es tat mir im Herzen weh.

»Entschuldige, dass das jetzt nicht in deine Pläne passt!« Das sanftmütige Lächeln, das sie aufgesetzt hatte, lernten Lehrer sicherlich auf der Hochschule als deeskalationstaktische Maßnahme. »Du darfst nicht vergessen, dass Kalle nun mal mein …«

Ich ballte die Fäuste. In diesem Moment riss in mir eine Schnur, die offenbar schon seit geraumer Zeit auf maximaler Spannung gestanden hatte.

»DEIN Hund«, fiel ich ihr gereizt ins Wort. »Ja, das weiß ich, stell dir vor! Nicht zuletzt, weil du es fast täglich erwähnst. Allerdings immer nur dann, wenn es dir gerade in den Kram passt.«

Ihr sanftmütiges Lächeln verrutschte ein wenig. »Was willst du denn damit sagen?«

»Du spannst mich andauernd als Hundesitter ein«, platzte es aus mir heraus. »Wenn du morgens vor dem Unterricht keine Zeit mehr hast, mit ihm Gassi zu gehen, soll ich das für dich übernehmen«, begann ich aufzuzählen. »Wenn du länger in der Schule bist, dann gibst du mir Bescheid, dass ich nach ihm schauen soll. Und wer hat den Kleinen zur Kastration gebracht und wieder abgeholt? Tja, das war auch ich, stell dir vor!«

Sie setzte Kalle endlich ab, der sofort zu mir lief und zur Leine schielte.

»Willst du damit sagen, dass ich eine schlechte Hundemama bin?« Sie kniff säuerlich die Augen zusammen. »Immerhin gehe ich jeden Samstag mit Kalle auf den Hundeplatz. Und den abendlichen Spaziergang lasse ich auch niemals ausfallen. Außerdem kaufe ich wegen seines Reizmagens extra dieses superteure Hundefutter, für das ich auch noch eine Stunde durch die Gegend fahren muss.«

Ich musste einräumen, dass all diese Punkte zutrafen. Ihr war Kalle keineswegs gleichgültig und womöglich war das Gefühl, dass ich mich ständig um ihn kümmerte, nicht ganz objektivneutral gewesen. Schon allein unserer Freundschaft zuliebe wäre es deshalb klüger gewesen, wieder einzulenken, aber in mir hatte sich schon zu viel Frust angestaut.

»Trotzdem schiebst du den Kleinen viel zu oft zu mir ab«, rief ich wütend. »Aber wehe, ich will bei irgendwas mitreden! Dann habe ich die Klappe zu halten, weil es *dein Hund* ist.« Mit den Fingern versah ich ihre Lieblingswendung mit spöttischen Gänsefüßchen. »Das ist einfach nicht in Ordnung, Clara! Und an ihn denkst du dabei schon mal gar nicht. Wie jetzt gerade: Er will nämlich spazieren gehen, aber das ist dir gleichgültig. Hauptsache, du kannst mit deiner neuen Flamme Daniel einen auf glückliches Paar mit Hund machen und Minifamilie spielen.«

Sie schnappte empört nach Luft. »Du spinnst ja wohl!«, keifte sie zurück. Ihre pädagogische Gelassenheit war dahin. »Mir so was zu unterstellen ist total unfair. Aber das ist typisch für dich!«

Aus den Augenwinkeln sah ich, wie Kalle hektisch im Flur umherlief. Die schlechten Schwingungen zwischen Clara und mir schlugen ihm offenbar mal wieder auf die Blase.

»Nur weil du die Sache mit Bastian vergeigt hast, gibt dir das noch lange nicht das Recht, über Daniel und mich zu urteilen.« Sie hob den Zeigefinger. »Seit Wangerooge bist du unerträglich, und deine Laune ist eine Zumutung. Weißt du, bisher habe ich zwar gesagt, dass ich auf deiner Seite bin und du richtig gehandelt hast, aber eigentlich kann ich Bastian viel besser verstehen.«

»Wie bitte?«, hauchte ich perplex.

Ich ließ meine verschränkten Arme sinken und blinzelte sie verständnislos an. »Aber … aber du hast mir doch zugestimmt, dass man ein Liebesgeständnis nicht erzwingen kann!«

»Der Meinung bin ich nach wie vor«, gab sie zu. »Trotzdem kann ich nachvollziehen, warum Bastian von dir so etwas hören wollte. Schließlich hat er all deine Ex-Typen kennengelernt und gemerkt, dass du einer ernsthaften Beziehung konsequent aus dem Weg gehst. Er wusste, dass du mit ihm das Gleiche abziehen würdest.« Sie kniff die Augen zusammen. »Oder willst du etwa behaupten, dass er damit unrecht hatte?«

»Vielleicht wäre es dieses Mal tatsächlich anders geworden«, schoss ich trotzig zurück.

Clara schnaubte ungläubig. »Blödsinn! Ich an Bastians Stelle hätte mich auf so eine zum Scheitern verurteilte Beziehung auch nicht eingelassen. Du lässt selbst den besten Mann am langen Arm verhungern, wenn es um Gefühle geht. *Du* hast hier nämlich das Problem, nicht er! Aber das ignorierst du seit Wangerooge konsequent.«

Ich starrte sie fassungslos an. Es fühlte sich an, als würde sie mir die Faust in den Magen rammen.

»Es wäre wirklich schön gewesen, wenn du mir das vorher mal gesagt hättest«, fuhr ich sie an. »Deine Meinung auf diese Weise zu erfahren ist echt scheiße.«

Sie stemmte die Hände in die Taille. »Oh, gleichfalls, meine Liebe!«, rief sie sarkastisch. »Oder habe ich etwa das Gespräch verpasst, in dem du mir einfühlsam und ohne Vorwurf mitgeteilt hast, dass ich mich zu wenig um meinen Hund kümmere?«

In Ermangelung eines guten Gegenarguments bediente ich mich einer rhetorisch wenig anspruchsvollen Floskel. »Ach, du kannst mich mal!«

»Du mich auch!«, keifte sie zurück.

Wir funkelten uns beide schweratmend an. Bis ein leises Plätschern uns zu Boden schauen ließ: Kalle hatte in seiner seelischen Bedrängnis den Fuß gehoben und pisste unseren Schirmständer an.

Clara rang die Hände. »Nein, Kalle, böser Hund! Wieso machst du denn das?«

»Weil er es nicht leiden kann, wenn Leute streiten«, klärte ich sie triumphierend auf. »Das solltest du als seine Hundemama eigentlich wissen!«

Angeekelt verzog sie das Gesicht, als sich die gelbe Lache ausbreitete und dem Fußabtreter näherte. »Und jetzt?«

»*Dein* Hund, *deine* Pisse!«, rief ich, marschierte in mein Zimmer und warf die Tür hinter mir zu.

Ich stand am Fenster und beobachtete ein paar Spatzen, die sich in dem Apfelbaum im Vorgarten stritten und unter lautem Gezeter von Ast zu Ast hüpften. Offenbar waren Clara und ich nicht die Einzigen mit einer Meinungsverschiedenheit. Natürlich war das nicht unser erster Streit gewesen, dafür waren wir schon viel zu lange miteinander befreundet. Deshalb war mir auch klar, dass wir uns über kurz oder lang wieder versöhnen würden. Aber erst einmal brauchten wir Abstand voneinander – und Zeit zum Nachdenken. Einiges von dem, was Clara gesagt hatte, hatte mich tief getroffen. Seufzend rieb ich mir über die Stirn. Es fühlte sich so an, als könnte ich nicht mehr länger vor der Wahrheit davonlaufen.

Schwerfällig ließ ich mich aufs Bett fallen, zog meine Kopfhörer auf und startete meine Adele-Playlist. Normalerweise half mir das immer, wieder runterzukommen, aber heute fiel es mir schwer, mich auf die Musik zu konzentrieren. Claras Worte spukten mir unablässig im Kopf herum. War Bastians Forderung unter den Umständen nachvollziehbar gewesen? War tatsächlich ich diejenige, die das Problem hatte?

Um diese Fragen beantworten zu können, musste ich mich wohl oder übel der Vergangenheit stellen. Warum hatte ich so ein Problem, Nähe zu zulassen? Warum bekam ich immer Angst, wenn es darum ging, in einer Beziehung den nächsten Schritt zu wagen? Es fiel mir zwar schwer, aber ich versuchte, ehrlich zu mir selbst zu sein. Dabei kam mir auch Olaf in den Sinn, mein letzter Freund. Er war der Einzige, den ich auf meiner Suche ausgelassen und auf meiner Liste noch nicht abgestrichen hatte.

Ich fasste mir ein Herz und startete kurz entschlossen einen Videoanruf, ehe ich es mir anders überlegen konnte. Olaf nahm meinen Anruf schon nach dem dritten Klingeln an. Als sein Gesicht im Display erschien, blieben die erwarteten Gefühle der

Wut und Abneigung aus. Anscheinend hatte ich unsere hässliche Trennung tatsächlich überwunden.

»Hallo, Merle!«, sagte er mit einem Lächeln, das ein wenig verunsichert wirkte. Offenbar wusste er nicht recht, wie er meinen Anruf einordnen sollte. »Schön, von dir zu hören!«

Wegen seiner blonden, stark gelockten Haare hatte er noch immer einen militärischen Kurzhaarschnitt. Sein legerer Dreitagebart und die bunte Designerbrille milderten jedoch den strengen Eindruck. Olaf war ein eher gemütlicher Typ mit einem Hang zu gutem Essen und Rotwein. Deshalb brachte er auch einige Kilos zu viel auf die Waage, was mich aber nie gestört hatte. Nicht im Traum hätte ich erwartet, dass ein netter Kerl wie er mich schamlos betrügen würde.

Ich hob beschwichtigend die Hand. »Keine Sorge, ich rufe nicht an, um dir Vorwürfe zu machen! Ich bin gerade dabei, einiges aus meinem Leben aufzuarbeiten, und es geht mir dabei hauptsächlich um … meine Fehler. Hast du ein paar Minuten Zeit?«

Okay, so ganz waren die negativen Gefühle doch nicht weg! In diesem Zusammenhang ausschließlich von meinen Fehlern zu sprechen war schwer. Immerhin hatte Olaf mich nicht einfach nur betrogen. Nein, er hatte sich mit der anderen Frau sogar verlobt, obwohl er mit mir schon bedeutend länger zusammen gewesen war.

»Ich koche gerade«, entgegnete er und machte einen kurzen Schwenk durch seine Küche, wo er offensichtlich gerade Gemüse geschnippelt hatte. »Aber ich nehme mir natürlich gern Zeit für dich.«

An der Einrichtung erkannte ich, dass er in seiner Zweitwohnung in Rotterdam war. Er arbeitete für ein internationales Unternehmen und wohnte sowohl in Ostfriesland als auch in den Niederlanden. Dort hatte ich ihn auch vor knapp eineinhalb

Jahren mit einem spontanen Besuch überraschen wollen und dabei Bekanntschaft mit seiner Verlobten Lotte gemacht.

Ich schluckte den Kloß in meiner Kehle herunter und erinnerte mich an den Grund dieses Telefonats: Ich musste die Ursache meiner Beziehungsprobleme finden, denn ich wollte Bastian nicht verlieren. Falls noch die geringste Chance für uns beide bestand, musste ich endlich etwas unternehmen. Clara hatte völlig recht damit, dass ich seit Wangerooge für meine Umgebung eine Zumutung war. Bastian fehlte mir schrecklich.

Olaf setzte sich und sah mich erwartungsvoll an. »Also, was willst du wissen? Wie kann ich dir helfen?«

Ich holte tief Luft. »Seit damals beschäftigt mich die Frage, wieso du dieser Frau einen Heiratsantrag gemacht hast – und mir nicht.«

Er lächelte traurig. »Ich hätte dich gern gefragt, aber du hättest abgelehnt. Du hast mir deutlich gemacht, dass du an einer Vertiefung unserer Beziehung nicht interessiert bist.«

»Aber das habe ich so nie gesagt«, entgegnete ich stirnrunzelnd.

»Dazu hast du gar keine Worte gebraucht. Schon allein eine gemeinsame Wohnung war ein Tabuthema. Dabei wäre ich unter der Woche ohnehin in Rotterdam gewesen, und du hättest jeden erdenklichen Freiraum gehabt. Wie hätte ich da hoffen können, dass du mich heiraten willst?«

Verdammt! Mir war nie bewusst gewesen, dass ich mich in meinen Beziehungen emotional abgekapselt hatte. Für mein Empfinden hatte ich immer alles gegeben.

»Dann hattest du das Gefühl, ich liebe dich nicht?«

Er dachte kurz nach. »Nein, das war gar nicht so sehr das Problem. Auch wenn du es nur selten gesagt hast, wusste ich, dass ich dir viel bedeute. Grundsätzlich waren wir beide glücklich miteinander.« Er seufzte. »Ansonsten wäre es sicher einfacher für mich gewesen, einen Schlussstrich zu ziehen. Nur so …« Er stockte, fuhr sich über den Bart und schüttelte den Kopf.

»Was wolltest du sagen? Los, raus mit der Sprache!«, verlangte ich.

»Es wäre moralisch nicht richtig«, wiegelte er ab. »In deinen Ohren würde es so klingen, als würde ich mich von meiner Schuld freisprechen wollen. Aber das möchte ich auf keinen Fall.«

Er hob die Kamera näher vor sein Gesicht. »Merle, ich weiß, dass ich ein Mistkerl war! Ich habe dir und auch Lotte wehgetan. Das war scheiße. Punkt. Dafür gibt es keine Rechtfertigung. Und das alles tut mir wahnsinnig leid.«

Ich nickte. »Ich bin froh, dass du das so siehst. Dennoch würde mich interessieren, was du eigentlich gerade sagen wolltest. Vielleicht bringt mich das weiter?«

»Na schön«, gab er nach kurzem Zögern nach. »Ich versuche, dir zu erklären, wie es zu dieser unglückseligen Konstellation kam, dass ich plötzlich zwei Freundinnen hatte.«

Bei dieser Formulierung schossen meine Augenbrauen abschätzig in die Höhe. Man bekam vielleicht *plötzlich* eine Erkältung, aber sicher nicht *plötzlich* zwei Freundinnen. Doch ich hatte Olaf versprochen, ihn nicht zu verurteilen.

»Einerseits war ich glücklich mit dir«, erklärte Olaf. »Aber andererseits hast du jede Hoffnung auf eine gemeinsame Zukunft im Keim erstickt. Ich bin allerdings sieben Jahre älter als du, Merle! Da beginnt man sich nach einer Familie zu sehnen, nach Kindern. Und dann tauchte mit einem Mal Lotte auf. Sie hat von einer gemeinsamen Zukunft geträumt, von einem Haus auf dem Land und einer Hochzeit. Sie hat mir das gegeben, was mir bei dir gefehlt hat. Kannst du dich daran erinnern, wie oft du mir während unserer Beziehung gesagt hast, dass du mich liebst?«

Genervt schüttelte ich den Kopf. Das war mittlerweile mein persönliches Reizthema.

»Drei Mal«, gab er sich selbst die Antwort. »Einmal an meinem Geburtstag, das zweite Mal an unserem Jahrestag und das letzte Mal bei unserer Trennung. Da hast du mich angeschrien: *Und so einen Arsch wie dich habe ich geliebt!*«

Okay, das war nicht übermäßig viel. Allerdings hatte ich es jedes Mal aufrichtig und ernst gemeint.

»Und warum hast du nicht mit mir Schluss gemacht, als du mit Lotte zusammengekommen bist?«, wollte ich wissen. »Wieso dieses doppelte Spiel?«

Er runzelte die Stirn, scheinbar irritiert, dass ich diese Frage überhaupt stellte. »Du warst meine Traumfrau, Merle! Ich hätte mich niemals von dir trennen können. Du bist schön, zielstrebig, schlagfertig und unglaublich tough. Aber von Anfang an habe ich deine Freiheitsliebe gespürt. Du bist wie ein Vogel, der zugrunde geht, wenn man ihn in einen Käfig sperrt. Deshalb ist man überglücklich, wenn er freiwillig bei einem bleibt. Weißt du, wie reizvoll das für einen Mann ist?«

»Nein, weiß ich nicht«, antwortete ich mit belegter Stimme.

Es rührte mich natürlich, dass er ebenfalls viel für mich empfunden hatte. Es hatte eine Zeit gegeben, da hatte ich an meiner Menschenkenntnis gezweifelt und geglaubt, dass er mich anscheinend nie geliebt hatte.

Allerdings war mir die Frau, die er in mir gesehen hatte, nur bedingt sympathisch. Ein flatterhafter Vogel, der beim geringsten Anlass die Flucht ergriff? Eine Partnerin, die ihre Gefühle nur selten zum Ausdruck brachte und über eine gemeinsame Zukunft nicht mal reden wollte? Das klang nicht nach einer erfüllenden Beziehung.

Olaf und ich redeten noch eine Weile miteinander und tauschten Neuigkeiten aus. So erfuhr ich, dass er wieder eine feste Freundin hatte und sich mit dem Gedanken trug, sich erneut zu verloben. Ich wünschte ihm zum Abschied viel Glück, und wir versprachen uns, in Kontakt zu bleiben.

Nach dem Telefonat saß ich noch lange auf meinem Bett und dachte nach. Ich musste den Tatsachen ins Auge sehen: Ich hatte ein Problem mit Nähe, und solange ich nicht in der Lage war, dies zu ändern, brauchte ich Bastian gar nicht erst um eine zweite Chance zu bitten. Warum nur hatte ich Angst vor der Liebe? Wieso dachte ich, dass sie mich schwach machte?

Während ich mir darüber den Kopf zerbrach, wurde es dunkel im Zimmer, und die Nacht brach herein. Hinter meiner Stirn pochte es, und mir war übel. In der Wohnung hörte ich kein einziges Geräusch. Ich nahm an, dass Clara mit Kalle und Daniel weggegangen war. Ein Gefühl der Einsamkeit ergriff mich, und ich konnte die Tränen nicht mehr länger zurückhalten. Plötzlich wurde mir alles zu viel. Am liebsten hätte ich mich an Claras Schulter ausgeheult, aber das ging nicht, weil ich heute sogar meine allerbeste Freundin vergrault hatte. Sie fehlte mir – und mir fehlte Bastian. Ob er manchmal noch an mich dachte? Oder hatte er mich bereits aus seinem Leben gestrichen? Eigentlich schätzte ich ihn nicht so ein, denn er hatte auf Wangerooge zugegeben, dass er viel für mich empfand. Definitiv musste ich jedoch so schnell wie möglich eine Lösung für mein Problem finden! Aber leider wollte sich bei mir partout kein Geistesblitz einstellen, und schließlich fielen mir vor Müdigkeit und Erschöpfung die rot geweinten Augen zu …

Kapitel 26

Jemand pikste mich mit dem Finger in die Schulter.

»Hey, guten Morgen!«, sagte Clara mit sanfter Stimme.

Verschlafen öffnete ich die Augen. Meine Freundin saß neben mir auf dem Bett, auf ihrem Schoß lag ein Tablett mit Kaffee und frischen Backwaren.

Ich hatte gestern Abend vergessen, die Rollos zu schließen, und die Morgensonne tauchte mein Zimmer in warmes Licht. In meinem Inneren dagegen herrschte eine bleierne Leere, und einen Moment später fiel mir auch der Grund wieder ein: Ich war eine Vollversagerin!

»Ein Friedensangebot«, sagte Clara reumütig und deutete auf das Frühstückstablett. »Unser Streit tut mir schrecklich leid.«

»Mir auch!« Ich setzte mich auf und fiel ihr erleichtert um den Hals. Natürlich mit der nötigen Vorsicht, um die herrlich duftenden Buttercroissants auf dem Tablett nicht zu gefährden. »Es ist schrecklich, wenn wir streiten. Verzeihst du mir noch mal?«

Sie nickte. »Ich hab mich total elend gefühlt.«

»Ohne dich und Kalle war es totenstill in der Wohnung. Warst du bei Daniel?«

»Ich habe bei ihm übernachtet.« Noch ehe ich grinsen oder eine unpassende Bemerkung machen konnte, hob sie abwehrend die Hand. »Nein, da lief nix! Ich habe in seinem Gästezimmer geschlafen. Aus dem Alter, in dem ich mich blindlings in eine

Beziehung stürze, bin ich raus. Jedenfalls habe ich die halbe Nacht darüber nachgedacht, was du mir vorgeworfen hast. Und ich möchte dir einen Vorschlag machen …«

Mit diesen Worten stellte sie das Tablett beiseite, stand auf und öffnete die Tür. Sofort wuselte Kalle herein, sein flauschiges Fell war frisch gebürstet, und um seinen Hals trug er eine große rote Stoffschlaufe. Bevor ich ihn davon abhalten konnte, sprang er zu mir aufs Bett, um mich zu begrüßen. Peinlich berührt sah ich zu Clara, die jedoch nur seufzend die Augen verdrehte.

»Glaubst du etwa, ich weiß nicht, dass du mein Verbot ignorierst und ihn heimlich auf dein Bett lässt? Auf deiner Bettdecke finden sich regelmäßig verräterische weiße Haare.«

»Das sind meine Achselhaare«, behauptete ich. »Ich bin unter den Armen schon früh ergraut.« Ich vergrub mein Gesicht in Kalles Fell. Erst da bemerkte ich, dass an der Schlaufe ein Zettel befestigt war. »Was steht denn da?«, murmelte ich, und stirnrunzelnd las ich vor: *»Merle, willst du meine zweite Hundemama sein?«* Verständnislos sah ich zu Clara. »Seine zweite Hundemama?«

Sie setzte sich wieder neben mich. »Du hattest vollkommen recht mit deinem Vorwurf. Schon vom ersten Tag an habe ich dich wie selbstverständlich als Hundesitter eingespannt, und seit du krankgeschrieben bist, habe ich dir die Verantwortung für Kalle quasi dauerhaft übertragen. Für mich war das herrlich praktisch und bequem, aber die Konsequenzen habe ich nicht bedacht. Dass ihr dadurch eine engere Bindung bekommt, lag ja auf der Hand.« Sie sah zu Kalle, der sich genießerisch auf den Rücken gedreht hatte und sich von mir den Bauch kraulen ließ. »Er liebt dich genauso wie mich. Dass ich deshalb eifersüchtig geworden bin, war echt kindisch.« Entschuldigend blickte sie zu mir. »Du hast es verdient, seine zweite Hundemama zu sein.«

Ich ließ meine Finger durch Kalles Fell gleiten. Claras Idee rührte und freute mich zugleich, aber die rationale Seite in mir hielt die Umsetzung ihres Plans für schwierig.

»Ich sage es nicht gern, aber wir werden wohl nicht ewig zusammen in einer Wohnung leben«, gab ich zu bedenken. »Was ist, wenn wir unsere WG auflösen? Was machen wir dann mit Kalle?«

Anscheinend hatte Clara sich darüber schon Gedanken gemacht. »Wie bei einer Scheidung teilen wir uns dann das Sorgerecht«, erklärte sie. »Diejenige, die sich am besten um Kalle kümmern kann und am meisten Zeit für ihn hat, nimmt ihn zu sich. Die andere holt ihn regelmäßig ab, verbringt das Wochenende mit ihm und den Urlaub. Da wir beide in Greetsiel fest verwurzelt sind und ohne einander durchdrehen würden, gehe ich ohnehin fest davon aus, dass keine von uns weit wegziehen wird.«

Sie griff lächelnd nach meiner Hand. »Jetzt guck mal nicht so skeptisch! Immerhin sind wir beste Freundinnen, und bisher konnten wir alles miteinander ausdiskutieren und regeln. Da werden wir es auch schaffen, uns das Sorgerecht für einen Hund zu teilen. Wir kriegen das schon hin!«

Claras Zuversicht war ansteckend. Endlich erlaubte ich mir, mich über ihr Angebot zu freuen. Ich nahm den überraschten Kalle in den Arm und drückte ihn überglücklich an mich.

»Hast du gehört, mein Süßer?«, flüsterte ich ihm ins Ohr. »Ich bin jetzt auch deine Mama!«

Er fing wie wild an zu strampeln. Allzu erdrückende Liebesbezeugungen waren nicht seine Sache.

»Jetzt haben wir uns tatsächlich mal um einen Typen gestritten!«, bemerkte ich.

Clara schnitt eine Grimasse. »Wir hätten schon viel früher ehrlich zueinander sein sollen. Du hättest mir wegen Kalle schon vor Wochen den Kopf waschen sollen, und ich …« Sie stockte.

»Du hättest mir viel früher sagen sollen, dass du Bastians Problem mit mir nachvollziehen kannst«, beendete ich ihren Satz. Ich stieß die Luft aus. »Eigentlich haben wir es nur gut miteinander gemeint, aber die Wahrheit laut auszusprechen wäre besser gewesen.«

Sie nickte. »Ich fange mal an mit dem Ehrlichsein und sage dir, dass du heute Morgen total beschissen aussiehst.« Besorgt strich sie mir eine Haarsträhne aus dem Gesicht. »Hast du geweint?«

»Wie kommst du darauf?«

»Ein Stein versprüht mehr Lebensfreude als du«, entgegnete sie trocken.

Die Sache mit der gnadenlosen Ehrlichkeit gefiel mir nicht so gut wie erwartet.

»Ein wenig«, gab ich zu.

»Wegen unseres Streits? Oder wegen Bastian?«

»Von beidem ein bisschen«, gestand ich ihr mit leiser Stimme. »Aber auch weil ich das Gefühl habe, total verkorkst zu sein. Wahrscheinlich ende ich als alte Jungfer und sterbe einsam. Ich leide offensichtlich unter einem emotionalen Defekt und kann keine Liebe empfinden.«

Claras Augenbrauen schossen ungläubig in die Höhe. »Wie kommst du denn darauf?«

Ich holte tief Luft und erzählte ihr von meinem Telefonat mit Olaf. Daraus ergab sich meiner Meinung nach ein recht stimmiges Gesamtbild: Ich war total verkorkst.

Meine Freundin konnte sich ein Schmunzeln offenbar nicht verkneifen. »Findest du nicht, du übertreibst? Ich bin mir absolut sicher, dass du Liebe empfinden kannst. Für dich ist es nur nicht so leicht, sie zu zeigen. Es gibt schwerwiegendere Charakterschwächen, die sich nicht so leicht lösen lassen.«

Verdutzt sah ich sie an. »Ah ja?«

Sie drückte mir das Frühstückstablett auf den Schoß und schnappte sich ein Croissant aus dem Korb.

»Bei dieser Art von Problem ist es doch das Wichtigste, sie sich überhaupt einzugestehen: Du hast deine Partner bisher immer auf Distanz gehalten und warst darauf bedacht, nicht zu viel Gefühl zu zeigen. Vermutlich aus Selbstschutz, um dich nicht verletzbar zu machen«, erklärte sie mir kauend. »Daraus kannst du jetzt deine Lehren ziehen und dich in Zukunft zwingen, dich mehr aus deinem emotionalen Schneckenhaus herauszuwagen. Es liegt alles in deiner Hand.«

Bei ihr klang das so einfach. Prinzipiell musste ich ihr allerdings recht geben: Mit der Erkenntnis war in diesem Fall schon viel gewonnen. Dass die Lösung so simpel war, wäre mir gestern Abend nie in den Sinn gekommen. Ohne die Treffen mit meinen Ex-Freunden und Bastian hätte ich mein Problem jedoch noch weitaus länger mit mir herumgetragen, und es überhaupt nicht bemerkt.

»Um mein Verhalten ändern zu können, setzt das jedoch voraus, dass ich überhaupt eine Beziehung habe«, stellte ich missmutig fest. »Als Single kann ich kaum Fortschritte machen in Sachen *emotionale Offenheit in der Partnerschaft.*«

Sie machte eine wegwerfende Handbewegung, als wäre das mein kleinstes Problem.

»Ich kenne da jemanden, der perfekt zu dir passen würde. Er ist verdammt attraktiv, intelligent, einfühlsam und scheint dich sehr zu mögen …« Sie grinste vielsagend und ließ die Augenbrauen hüpfen.

»Falls du auf Bastian anspielst, muss ich dir leider sagen, dass du dich wahrscheinlich täuschst. Jedenfalls, was seine Gefühle für mich betrifft. Immerhin hat er sich seit Wochen nicht bei mir gemeldet.«

Sie verdrehte die Augen. »Weil er auf ein Zeichen von dir

wartet. Du bist am Zug, Merle! Zeig ihm, dass du etwas für ihn empfindest. Es muss ja nicht gleich die große Liebeserklärung sein, aber gib ihm ein bisschen Hoffnung! Dann wird er eurer Beziehung eine Chance geben, davon bin ich überzeugt.«

»Ein Zeichen?« Ich rang hilflos die Hände. »Was soll das denn sein? Ich bin in so was total schlecht.«

Kalle schien meine Verzweiflung zu spüren, denn er kam zu mir und drückte sich an mich. Mit seinem Unterbiss sah er fragend zu mir auf.

»Weißt du, dass Bastian unseren Kalle Grüffelo genannt hat?«, erzählte ich wehmütig. »Wie das liebenswerte Monster aus dem Kinderbuch.«

Clara tätschelte seinen Kopf. »Er hat ja auch einen ganz entzückenden monstermäßigen Unterbiss, unser kleiner Grüffelo!«

Eine Träne kullerte meine Wange hinab. Ärgerlich wische ich sie weg. »Wieso kann ich Bastian nicht vergessen? Bei früheren Trennungen war das nie ein Problem. Ich vermisse ihn schrecklich, und jedes Mal, wenn ich an ihn denke, zieht sich mein Herz schmerzhaft zusammen. Wenn das Liebe ist, dann ist sie echt scheiße.«

Sie hob die Brauen. »Wenn man es verbockt hat, so wie du, dann stimmt das wohl. Leider geht die Liebe nicht einfach wieder weg, nur weil man beschlossen hat, sie doof zu finden. Das ist wie bei Leuten, die uneingeladen zu einer Party kommen und sich dann weigern, wieder zu gehen. Du hast die Liebe jetzt einfach an der Backe, finde dich damit ab!«

»Du solltest Motivationscoach werden«, brummte ich.

Sie lachte. »Ich bin nur ehrlich! Und soll ich dir noch was sagen? Ich bin unendlich froh, dass du Bastian kennengelernt hast. Weil er nicht so ist wie deine früheren Partner. Zum einen hat er eine eigene Meinung und gibt dir Kontra. Und zum anderen ist er endlich der Mann, der dein Herz berührt hat, Merle!«

Sie beugte sich zu mir und legte mir die Hand auf den Arm. »Und ich bin mir sicher, dass du für euch beide kämpfen wirst. Jemand, der so konsequent Gefühle unterdrückt wie du, ist nämlich nicht kaltherzig, im Gegenteil!« Sie sah mich eindringlich an. »Du empfindest so tief und so echt, dass du dich instinktiv vor Verletzungen schützen willst. Das weiß ich auch deshalb so genau, weil du dich seit sechs Wochen jede Nacht heimlich in den Schlaf weinst, obwohl du jeden Tag aufs Neue behauptest, dass du nicht mehr an Bastian denkst.«

Damit war es um meine Selbstbeherrschung endgültig geschehen. Wie bei einem gebrochenen Staudamm brachen die Tränen aus mir heraus. Während Clara tröstend über meinen Rücken strich und mir versicherte, dass alles wieder gut werden würde, ließ ich zu, dass der Schmerz endlich an die Oberfläche trat. Viel zu lange hatte ich so getan, als ob alles in Ordnung wäre.

Clara wartete geduldig, bis ich mich leergeweint und wieder beruhigt hatte. Schließlich drückte sie mir ein Taschentuch in die Hand und brachte das Frühstückstablett in die Küche. Der Kaffee war ohnehin schon kalt geworden.

Sie kam mit einer Tasse Kräutertee zurück. »Der hilft zwar nicht gegen Herzschmerz, aber vielleicht tut er der Seele gut. Ich hab ein bisschen Honig reingetan.«

»Danke, du bist die Beste!«, sagte ich mit nasaler Stimme.

Sie setzte sich im Schneidersitz zu mir aufs Bett. »Hast du schon einen Plan, wie du Bastian zurückgewinnen kannst?«

Betrübt schüttelte ich den Kopf. »Seit wir den Verfasser des Liebesbriefs auf Wangerooge gefunden haben, herrscht bei uns Funkstille. Wahrscheinlich denkt er, ich hätte ihn sang- und klanglos aus meinem Leben gestrichen.«

»Das kann ich mir nicht vorstellen!«, wiegelte sie meine Sorge resolut ab.

Nachdenklich tippte sie sich mit dem Zeigefinger an die Lippen.

»Der Verfasser des Liebesbriefs …«, wiederholte sie versonnen. Sie schnippte mit dem Finger. »Das ist es! Bastian hat sich den Wettbewerb *Strandkorbbriefe* einfallen lassen, und du weißt ja, was das bedeutet!«

»Ähm … Weiß ich das?«, entgegnete ich hilflos.

»Er ist ein Fan von Liebesbriefen«, half mir Clara auf die Sprünge. »Und deshalb wirst du einen für ihn schreiben!«

»Ich?«, quiekte ich schockiert. »Ich soll einen Liebesbrief schreiben?«

»So einen richtig schönen, herzerweichenden, romantischen Brief, der ihn vergessen lässt, dass deine Geste der Liebe geschlagene sechs Wochen zu spät kommt.« Ihre Augen leuchteten vor Begeisterung, und sie klatschte so enthusiastisch in die Hände, dass Kalle anfing zu bellen.

»Ich kann so etwas nicht schreiben!«, widersprach ich kopfschüttelnd. »Ich bin *Beamtin.*« Ich hob den Zeigefinger, um mich zu korrigieren. »Nein, noch schlimmer: Ich bin eine Beamtin mit schlechtem Zugang zu den eigenen Emotionen. Das Einzige, was ich schreiben kann, sind Einkaufslisten und Polizeiberichte. Wie kannst du mir da nur den Vorschlag machen, einen Liebesbrief zu verfassen? Da frage ich mich doch, ob wir beide uns überhaupt kennen.«

Sie tätschelte meine Hand. »Keine Sorge! Immerhin hast du eine Deutschlehrerin an deiner Seite. Und Luisa hilft dir bestimmt auch gern. Zusammen werden wir Bastian für dich zurückzugewinnen!«, verkündete sie und reckte entschlossen die Faust.

Auch wenn sich jede Faser meines Körpers danach sehnte, dieses Ziel zu erreichen, konnte ich ihre Zuversicht nicht teilen, im Gegenteil. Das Ganze würde in einer Katastrophe enden, da war ich mir sicher!

Kapitel 27

Tatsächlich gestaltete sich das Projekt, Bastian zurückzugewinnen, schwieriger, als Clara prophezeit hatte. Ich wollte nämlich nicht, dass sie mich beim Schreiben des Liebesbriefs unterstützte. Nicht erst seit *Cyrano de Bergerac* wusste ich, dass Worte der Liebe immer aus der eigenen Feder stammen mussten! Deshalb quälte ich mich eigenhändig durch mein erstes literarisches Werk seit der Schulzeit. Es war nicht nur mühsam, sondern auch frustrierend. Entweder klangen meine Zeilen zu gestelzt, zu nüchtern, zu kitschig oder zu nichtssagend. Um mir unter die Arme zu greifen, versorgte Clara mich immerhin mit Büchern zur Inspiration wie *Große Liebesbriefe der Geschichte* oder *Emotionales Schreiben*. Es setzte mich gewaltig unter Druck, meinen Distanzproblemen in Partnerschaften auf den Grund zu kommen, die Bücher zu lesen und den besten Liebesbrief aller Zeiten zu verfassen, während ich gerade erst wieder den Dienst angetreten hatte.

Deshalb war ich dankbar, als ich eine Therapiestunde bei Doktor Brain hatte und mir dort alles von der Seele reden konnte. Mittlerweile ging ich nur noch einmal im Monat zu ihm.

»Angeblich haben ja Frauen, die sich bei ihrem Partner nicht richtig fallen lassen können, in ihrer Kindheit oft ein schwieriges Verhältnis zum Vater«, gab ich während der Sitzung mein recherchiertes Internetwissen zum Besten. Hatte ich erst mal ein Problem identifiziert, dann packte ich es auch entschlossen an. In diesem Fall wollte ich alles tun, um in baldiger Zukunft eine gesunde und ausgeglichene Beziehung führen zu können. Das konnte doch nicht allzu schwer sein, oder?

»Und seither frage ich mich«, fuhr ich fort, »ob mein Vater mich stärker beeinflusst hat, als ich es mir bisher eingestehen wollte.«

Doktor Weigl lehnte sich in seinem Stuhl zurück, bildete mit den Händen das Merkel'sche Dreieck und sah mich interessiert an. »Was sagt denn Ihre innere Stimme dazu?«

Ich konnte mich gerade noch davon abhalten, die Augen zu verdrehen. Mittlerweile regten mich seine obligatorischen Gegenfragen jedoch kaum noch auf. Ich wusste den Nutzen der Therapiestunden inzwischen zu schätzen.

»Schwer zu sagen ...« Das Verhältnis zu meinem Vater ließ definitiv zu wünschen übrig. Ich hatte mich mit ihm jedoch schon ausgesprochen, als meine Mutter ihn vor ein paar Jahren aus dem Haus geworfen hatte. Björn und ich hatten ihr eindringlich zu dieser Trennung geraten und waren stolz auf sie gewesen, als sie unseren nichtsnutzigen Erzeuger endlich vor die Tür gesetzt hatte. Bei unserer letzten Begegnung hatte ich ihm ins Gesicht gesagt, dass er ein egoistischer Mistkerl und grottenschlechter Vater wäre. Dem gab es nichts hinzuzufügen.

»Offen gestanden«, ich stieß die Luft aus, »habe ich nicht das Gefühl, hier auf der richtigen Fährte zu sein. Mein Vater war nicht unbedingt die Person, die mich geprägt hat. Jedenfalls nicht so sehr wie ...« Ich brach mitten im Satz ab.

Stirnrunzelnd richtete ich mich auf. Mir kam wieder eine Szene aus meiner Kindheit in den Sinn: Wie meine Mutter sich früher immer verändert hatte und wie ausgewechselt gewesen war, sobald mein Vater das Zimmer betreten hatte. Allein seine Gegenwart hatte ausgereicht, um aus ihr einen anderen Menschen zu machen. Eine Frau, die blind vor Liebe, schwach und nicht mehr sie selbst war.

»Meine Mutter«, flüsterte ich. »Meine Mutter ist mein Problem …«

Wie hatte ich etwas, das so offensichtlich war, konsequent ausblenden können? Diese Frage war wohl typisch für ein Aha-Erlebnis in der Therapie.

Ein wissendes Lächeln umspielte Doktor Weigls Mundwinkel, als hätte er auf diesen Geistesblitz gewartet. Ehe er etwas erwidern konnte, sprang ich jedoch auf und griff nach meiner Tasche.

»Entschuldigung, aber ich muss unbedingt mit meiner Mutter sprechen. Wir sehen uns in vier Wochen!«, rief ich ihm zu und eilte aus der Praxis.

In Rekordzeit fuhr ich nach Greetsiel zurück und stellte meinen Wagen ab. Kurz vor dem Haus meiner Mutter wallten jedoch Zweifel in mir auf, ob ich sie tatsächlich mit meinen Vorwürfen konfrontieren sollte. Ich wollte ihr auf keinen Fall wehtun. Allerdings brannte mir die Sache nun förmlich auf der Seele. Vielleicht schaffte ich es ja, das Thema anzusprechen, ohne ihre Gefühle zu verletzen.

Ich schloss mit meinem Schlüssel auf und fand meine Mutter mit Tante Marianne draußen im Garten. Obwohl der Himmel heute bedeckt war und ein kühler Wind vom Meer landeinwärts wehte, saßen die beiden draußen am Tisch und entkernten gut gelaunt einen riesigen Berg Kirschen. Gerade diskutierten sie darüber, ob sie daraus Marmelade, Saft oder Kuchen machen sollten.

»Moin, Schatz«, begrüßte meine Mutter mich lächelnd, als ich über den Rasen auf sie zulief. »Was meinst du, was wir mit den Kirschen anstellen sollen?«

Tante Marianne hob den Zeigefinger, wobei ihr der blutrote Kirschsaft über die Hand und den Unterarm rann. »Es sind die leckeren von Fietes Kirschbaum. Er hat uns heute Morgen erlaubt, den Rest abzuernten. Diese Kirschen zu einer schnöden Marmelade zu verkochen ist die reinste Verschwendung.«

Ich wollte mir gar nicht ausmalen, wie die zwei älteren Damen heute mit einer Leiter auf dem Baum herumgeturnt waren, um auch noch die letzte Kirsche zu erwischen. Dabei hatten sie mittlerweile so viel Geld, dass sie sich das Zeug im Feinkostladen kaufen konnten. Aber wenn man in Armut aufgewachsen war, ließ sich die Sparsamkeit wohl nicht so einfach abschütteln.

»Dieser Berg wird ja wohl für Kuchen, Saft und Marmelade ausreichen, meint ihr nicht?«, gab ich seufzend zurück und setzte mich.

Meine Mutter, die einen siebten Sinn dafür hatte, wenn mir etwas auf der Seele lag, kniff die Augen zusammen. »Was ist los mit dir? Geht es dir nicht gut? Hast du etwas auf dem Herzen?«

Normalerweise nervte mich solch eine Flut an bemutternden Fragen, aber heute war ich dafür dankbar.

»Hast du einen Moment Zeit für mich? Kann ich kurz mit dir reden?«, bat ich sie.

Noch ehe sie antworten konnte, erhob sich meine Tante.

»Ich verziehe mich mal nach drinnen und bereite das Abendessen vor«, verkündete sie, wischte sich Hände und Arme mit einem Geschirrtuch ab und ließ uns allein.

Dummerweise wusste ich nicht recht, wie ich das Gespräch beginnen sollte. Meine Mutter wartete geduldig, nahm sich Kirschen aus der Schüssel und arbeitete schweigend weiter. Jedes Mal, wenn sie den Kern aus dem Fleisch drückte, schoss der rote Fruchtsaft wie Blut aus dem Inneren und lief über ihre Hand. Der süßliche Geruch sorgte dafür, dass unangenehm viele Wespen den Tisch umschwirrten.

»Wenn du so lange nach den richtigen Worten suchen musst, ist es wohl etwas Dramatisches«, durchbrach meine Mutter die Stille.

Ich gab mir einen Ruck. »Vor ein paar Tagen habe ich doch angedeutet, dass ich etwas Wichtiges über mich herausgefunden habe«, begann ich. »Dass ich in Beziehungen Probleme habe, Nähe zuzulassen.«

Sie nickte, während ein weiterer Kern in die Schüssel vor ihr flog.

»Ich schätze, ich habe Angst mich fest zu binden, weil … ich nicht so enden will wie du. In der Beziehung mit Papa, meine ich.«

Ihre geschäftigen Hände hielten mitten in der Bewegung inne, und der scharfe Blick, den sie mir zuwarf, ließ mich bereuen, die Sache überhaupt angesprochen zu haben.

»Ich will dich bestimmt nicht verurteilen oder dir Vorwürfe machen!«, beeilte ich mich, ihr zu versichern. »Ich bin nur hier, weil ich verstehen möchte, was damals in dir vorgegangen ist, Mama. Björn und mir gegenüber warst du immer eine liebevolle, aber auch strenge Mutter. Du hast uns nichts durchgehen lassen, und auch beruflich hast du dich immer durchgebissen. Aber sobald Papa in deiner Nähe war, warst du wie ausgewechselt: Du warst kleinlaut, hast kaum ein Wort gesagt und zugelassen, dass er unser letztes Geld verspielt …« Plötzlich sprudelten die Worte nur so aus mir heraus. Erst jetzt merkte ich, wie lange mir das alles schon auf der Seele lag. »Du hast ihm nie Vorwürfe gemacht, dass er zu faul zum Arbeiten sei oder wegen seiner zwielichtigen Bekanntschaften und Betrügereien. Ich kann nicht verstehen, warum du dir das hast gefallen lassen! Und treu war er dir ebenfalls nicht. Das halbe Dorf wusste von seinen Affären.« Ich schüttelte verständnislos den Kopf. »Dabei wusste ich, dass du eigentlich eine unglaublich starke Frau und Mutter warst. Nur nicht bei Papa … Warst du für all seine Fehler blind? Hat dich die Liebe zu ihm so schwach werden lassen?«

Atemlos hielt ich inne. Vorhin hatte ich mir noch vorgenommen, einfühlsam und sensibel vorzugehen. Stattdessen hatte ich ihr nun alles schonungslos an den Kopf geworfen.

Ein Schatten legte sich über ihr Gesicht. »Liebe?«, wiederholte sie in bitterem Tonfall. »Mit Liebe hatte das bestimmt nichts zu tun.«

Sie seufzte schwer, legte den Entkerner beiseite und wischte sich die Hände mit dem Geschirrtuch ab. Schließlich erhob sie sich und setzte sich auf den Stuhl neben meinem.

Obwohl ich mit dem Schlimmsten rechnete, war ihre Stimme sanft und liebevoll, als sie sagte: »Ich habe deinen Vater geliebt, ja! Allerdings nur am Anfang unserer Beziehung, als er sich noch Mühe gegeben hat, mir zu gefallen. Nachdem wir verheiratet waren und ich mit Björn schwanger war, hatte er jedoch begonnen, sein wahres Gesicht zu zeigen.« Sie verzog bedauernd die Mundwinkel. »Ich hatte mich in ihm und seinem Charakter grundlegend getäuscht. Wir stritten viel, und es flogen die Fetzen. Auch dein Vater war nicht glücklich mit mir, denn bei unserer Heirat hatte er mich für ein schwaches Dummchen gehalten, das nach seiner Pfeife tanzte und ihm ein bequemes Leben ermöglichte – ihn bekochte, seine Wäsche wusch und die Kinder versorgte. Dass ich dank meiner Eltern die Hälfte eines Hauses mitten in Greetsiel besaß, war für ihn wohl ebenfalls verlockend gewesen.« Sie seufzte. »Irgendwann war ich unsere ständigen Streitereien leid, denn sie brachten überhaupt nichts. Ich resignierte und akzeptierte, dass ich deinen Vater nicht ändern und aus ihm niemals einen anständigen Mann machen konnte. Für dich musste das den Anschein gehabt haben, dass ich still und kleinlaut geworden war. Aber eigentlich habe ich mir nur auf die Zunge gebissen. Mein Mann war eine einzige Enttäuschung.«

Ihre Erklärung ergab Sinn. Dass sie die Fehler meines Vaters bemerkt hatte und sich nicht aus blinder Liebe für dumm hatte verkaufen lassen, erleichterte mich.

»Aber wieso hast du ihn dann nicht verlassen? Björn und ich mussten so lange auf dich einreden, bis du den Schritt endlich gewagt hast.«

Sie hob die Schultern. »Meiner Generation wurde noch eingetrichtert, dass eine Scheidung nur infrage kommt, wenn es wirklich nicht mehr anders geht. Hätte er je die Hand gegen euch oder mich erhoben, wäre ich weg gewesen«, versicherte sie mir. »Außerdem hatte es auch praktische Gründe. Dein Vater mochte nicht viel getan haben, aber ab und an passte er auf euch auf, mähte den Rasen oder nahm einen Gelegenheitsjob an.«

Ich kannte sie gut genug, um zu wissen, dass das nur die halbe Wahrheit war. »Und was waren die wirklichen Gründe?«

Sie stieß die Luft aus und sah auf ihre Hände hinab. Ihre Fingerspitzen waren noch immer rotverfärbt vom Kirschsaft. »Ich hatte auch Angst vor der Einsamkeit«, räumte sie nach kurzem Zögern ein. »Meine Eltern waren gestorben, meine Schwester war aus Greetsiel abgehauen und wie vom Erdboden verschluckt. Ich hatte keine Familie mehr, bis auf euch Kinder und euren Vater. Er war der einzige Erwachsene in meinem Leben, auf den ich mich im Ernstfall hätte verlassen können. Aber …«, zaghaft schaute sie auf und für einen kurzen Moment sah ich tiefe Schuld in ihren Augen aufblitzen, »… es gab noch einen anderen Grund, der mich von einer Trennung abgehalten hat.«

Meine Mutter schielte zum Küchenfenster, hinter dem ihre Schwester gerade mit den Vorbereitungen fürs Abendessen beschäftigt war.

»Als Marianne letztes Jahr nach Greetsiel zurückgekommen ist, hast du doch erfahren, warum wir uns damals zerstritten hatten …«

Ich nickte. »Ihr habt euch in denselben Mann, meinen späteren Vater, verliebt – und er hat sich für dich entschieden.«

»Theoretisch stimmt das.« Sie fuhr sich mit der Zunge über

die Lippen. »Etwas weniger schmeichelhaft formuliert habe ich meiner Schwester den Freund, mit dem sie gerade zusammen und in den sie verliebt war, ausgespannt.« Ihre Wangen röteten sich vor Scham.

Ich starrte sie ungläubig an, und sie hob den Zeigefinger, um sich zu verteidigen: »Aber ich dachte wirklich, er wäre meine große Liebe, Merle! Dein Vater hatte mir gesagt, dass er für Marianne kaum mehr als Freundschaft empfindet und sowieso mit ihr Schluss gemacht hätte. Obwohl ich die ältere Schwester bin, war ich seit jeher die stille, ruhige von uns beiden und hatte dementsprechend wenig Erfahrung mit Männern. Du weißt, wie charmant dein Vater sein kann!«

Tatsächlich hatte ich von dieser ungeschönten Version der Geschichte noch nichts gehört. Es schockierte mich, wie naiv meine Mutter als junge Frau gewesen sein musste. Auf der anderen Seite hatte ich gut reden, denn schließlich wusste ich, dass mein Vater kein ehrlicher Mensch war.

»Als wir dann unsere Heirat planten, wollte Marianne mich vor ihm warnen«, fuhr sie mit belegter Stimme fort. »Natürlich hatte sie ihn längst durchschaut. Aber ich wollte ihr nicht glauben und habe ihr vorgeworfen, sie wäre eifersüchtig und könne mein Glück nicht ertragen. Da hat sie die Koffer gepackt und Greetsiel verlassen. Jahrzehntelang habe ich nichts mehr von ihr gehört – bis sie letzten Sommer plötzlich vor unserer Tür stand.«

Sichtlich bewegt atmete sie tief ein und aus. »Verstehst du, Merle: Meine Ehe durfte nicht scheitern! Nicht nachdem, was ich getan hatte. Ich habe wegen deines Vaters meine Schwester hintergangen und mit ihr gebrochen.«

Tränen sammelten sich in ihren Augen. »Für mich gab es nur eine einzige moralische Rechtfertigung für mein Verhalten: Dass ich im Namen der großen Liebe gehandelt hätte. Aber wenn ich mich von deinem Vater trennte und scheiden ließ, war das, was ich Marianne angetan hatte, mit nichts mehr zu entschuldigen. Wie hätte ich mich da noch im Spiegel ansehen können?«

Sie presste sich die Hand vor den Mund, um ihr Schluchzen zu dämpfen. Ich schloss sie in die Arme und strich ihr tröstend über den Rücken.

Endlich verstand ich das Dilemma, in dem sie sich jahrelang befunden hatte, denn im Gegensatz zu meinem Vater bedeuteten ihr Anstand und Loyalität etwas. Der Verrat an ihrer Schwester hatte sich wie ein Schatten über das Leben meiner Mutter gelegt. Ich wollte mich jedoch nicht als Richterin aufspielen und darüber urteilen, was sie getan hatte. Im Augenblick fühlte ich lediglich mit ihr.

»Es tut mir leid, dass du gedacht hast, die Liebe mache schwach und dumm«, schniefte sie an meiner Schulter. »Hätte ich geahnt, dass du einen derart falschen Eindruck von meiner Ehe bekommst, hätte ich dir schon viel früher von alldem erzählt.«

»Schon in Ordnung, Mama! Du hast nichts falsch gemacht.« Nun kamen auch mir die Tränen. »Ich habe mich wahrscheinlich nur deshalb in diese Idee verrannt, weil ich dich so bewundere. Für mich warst du immer wie eine Bärenmama, eine starke Frau und ein Vorbild. Deshalb wollte ich immer so werden wie du.«

»Du bist so viel besser geworden als ich – und darauf bin ich unfassbar stolz!«

Sie lehnte sich zurück und strich mir liebevoll über die Wangen. »Allerdings vermute ich, dass dir in Liebesdingen deine Stärke gerade im Weg steht, kann das sein?«

Ich seufzte. »Kann man so sagen.«

Was die Liebe betraf, war meine Mutter eigentlich nicht unbedingt meine erste Ansprechpartnerin. Dennoch erzählte ich ihr nun im Detail, was zwischen Bastian und mir vorgefallen war.

»Ich habe wohl Angst, die Kontrolle über mein Leben zu verlieren, wenn ich mich einem Mann öffne und mich ihm gegenüber verletzlich mache.«

»Ach, das ist nur Übungssache!«, entgegnete meine Mutter zuversichtlich. »Bastian muss dir allerdings wichtig genug sein, um dich zu überwinden und immer wieder an deine Grenzen zu gehen.«

»Das ist er!« Ich nickte entschlossen. »Obwohl es einige Dinge gibt, die ich nicht so toll an ihm finde. Zum Beispiel, dass er ständig irgendwo Dinge verlegt oder vergisst. Und er geht wirklich keiner Diskussion aus dem Weg.«

Meine Mutter lachte gutmütig. »Es passt nie zu hundert Prozent, Merle! Die Info mag vielleicht neu für dich sein, aber du bist auch nicht perfekt.« Bei diesen Worten pikste sie mich mit dem Zeigefinger in die Schulter. »Bei der Liebe geht es darum, jemanden zu finden, für den man bereitwillig Kompromisse eingeht und für den man über seinen Schatten springt. Weil man tief in seinem Herzen spürt, dass es sich lohnt. Weil dieser Mensch es wert ist und das Leben ohne ihn freudloser, weniger schön und einsamer wäre.«

Ich verstand, was meine Mutter mir sagen wollte: Es war diese innere Überzeugung, dass man zusammengehörte, ein Team war und nur das Beste füreinander wollte. Bastian und ich hatten bereits unter Beweis gestellt, dass wir ein tolles Team waren. »Ich hoffe nur, dass Claras Idee, Bastian mit einem Liebesbrief zurückzugewinnen, auch wirklich klappt«, sagte ich seufzend.

»Ein Liebesbrief?« In ihre Augen trat ein Leuchten. »Das ist eine ganz wundervolle Idee! Es passt perfekt zu eurer Vorgeschichte, und Bastian weiß diese Geste als Journalist garantiert zu schätzen. Das ist ja wie im Film, Merle!«

»Moment!«, bremste ich ihren Enthusiasmus. »Im Augenblick existiert dieser Liebesbrief noch gar nicht. Ich tue mich schwer damit, die richtigen Worte zu finden. Deshalb treffe ich mich heute Abend mit den Mädels. Clara, Luisa und Katja wollen mit mir ein Brainstorming machen.«

»Das ist ein guter Plan! Gemeinsam wird euch bestimmt etwas Schönes einfallen.« Zuversichtlich streichelte sie meinen Arm und sah mir in die Augen.

»Hör auf dein Herz, Merle! Wenn die Liebe an deine Tür klopft, öffne ihr und lass sie herein.«

Ein paar Stunden später saß ich in Pilsum auf der Terrasse von Luisa und Holger. Meine Cousine war inzwischen wieder allerbester Stimmung: Sie hatte ihr zweites Kochbuch fertiggeschrieben, in der *Häuptlingsstube* klappte alles wie am Schnürchen, und Holger und sie hatten sich kürzlich sogar verlobt. Nach ihrem Streit hatten sie nämlich erkannt, dass sie nie mehr ohne einander sein wollten.

Da Katja heute extra aus Hamburg hergekommen war, hatte Luisa uns mal wieder mit einem grandiosen Abendessen verwöhnt. Zufrieden saßen wir nun am Tisch und nippten an unseren Weingläsern. Es dämmerte bereits, doch im Garten hörte man noch einige Insekten umherschwirren. Gerade wollte ich mir vom Tisch Luisas letzten selbst gebackenen Macaron schnappen, als mir Katja ohne Vorwarnung auf die Hand schlug.

»Hey, du hattest schon vier Stück!«

Beleidigt rieb ich mir über die schmerzenden Finger. »Ja, und? Du doch auch!«

»Ich kenne deine Cousine schon viel länger als du, deshalb steht mir auch dieses letzte, sauleckere Macaron zu. Ich löse damit sozusagen meine Treuepunkte ein.«

Ich schüttelte den Kopf. »Ich widerspreche deiner Argumentation aufs Entschiedenste! Du hast in deinem Leben nämlich schon viel mehr von Luisas göttlichem Backwerk gegessen, und deshalb sollte mir dieses …«

»Leute, über was genau streitet ihr eigentlich?«, warf Clara in diesem Moment ein.

Verdutzt blickten Katja und ich vom nun leeren Keksteller zur kauenden Clara.

»Stimmt, echt saulecker!«, lobte sie Luisa.

Meine Cousine schüttelte amüsiert den Kopf und wandte sich an mich. »So, jetzt zeig mal, was du bisher geschrieben hast! Ich bin unglaublich neugierig auf deinen Liebesbrief.«

»Muss das sein?«, maulte ich.

Widerwillig schob ich den dreien den Block zu, auf dem ich meine bisher besten Gedanken notiert hatte.

Während ich an meinem Wein nippte, steckten meine Freundinnen die Köpfe zusammen und überflogen die Seite. Als sie fertig waren, erkannte ich schon an den betretenen Gesichtern, dass mein Bauchgefühl mich nicht getrogen hatte.

»Okay, ihr braucht gar nichts zu sagen: Es ist schlecht«, nahm ich ihr Urteil vorweg. »Ihr könnt ruhig ehrlich sein!«

»Stimmt, es ist schlecht«, gab Katja prompt zurück. Anscheinend nahm sie mir die Sache mit dem Macaron immer noch übel.

Aber auch Luisa hielt sich nicht zurück. »Das klingt wie ein Polizeibericht. Du hast eigentlich nur die Geschichte eures Kennenlernens nacherzählt. Das ist zwar ganz nett, aber …«

»Aber das wird nicht reichen«, beendete Clara ihren Satz. Sie tippte stirnrunzelnd auf die Seite. »Hier, diese Stelle verstehe ich nicht mal: *Für mich bist du meine M. – und noch so viel mehr.*«

Ich nickte eifrig, denn auf diesen Abschnitt war ich ein klein wenig stolz. »Das ist eine Anspielung auf den Gewinnerbrief«, erklärte ich. »Ich rufe Bastian einen grandiosen Liebesbrief in Erinnerung, der perfekt geschrieben war – und sage einfach, dass ich sogar *noch mehr* für ihn empfinde. Genial, oder?«

Mit dieser Meinung stand ich offenbar allein da.

»Ganz ehrlich, ich weiß nicht, wie wir da helfen sollen«, sagte Clara ratlos. »Wenn du nicht willst, dass wir den kompletten Brief für dich schreiben, dann musst du uns schon ein wenig mehr Material liefern.«

Ich deutete auf den Block. »Das ist schon das Beste, was ich liefern kann.«

Die drei sahen mich mit bedauernden Mienen an. Ich stellte mein Glas auf den Tisch und rieb mir die Stirn. Von Anfang an war ich bei dieser Idee skeptisch gewesen. Solche literarischen Gefühlsergüsse lagen mir einfach nicht. Mir kam das heutige Gespräch mit meiner Mutter in den Sinn.

Ich seufzte »Wie meine Mama heute meinte, ist die Idee mit dem Liebesbrief wie aus einem Film. Aber das hier ist nicht Hollywood, sondern Ostfriesland. Und ich bin nicht Jane Austen, sondern einfach Merle Muschelknautz.«

Ich nahm den Block vom Tisch und riss die Seite heraus, auf der ich ausgiebig unser Kennenlernen beschrieben hatte. Doch dann hielt ich mitten in der Bewegung inne. Plötzlich begann sich eine Idee in mir zu formen und nahm Gestalt an.

»Ich weiß, wie ich Bastian zurückgewinnen werde«, stieß ich begeistert aus. »Und zwar nicht mit einem Liebesbrief. Ich mache es auf meine Weise!«

Claras Miene blieb skeptisch. »Die Merle-Weise macht mir Angst. Ich musste da in der Vergangenheit schon einige schlechte Erfahrungen sammeln.«

Ich grinste. »Keine Sorge, mein Plan ist noch am Rande der Legalität.«

»Am Rande der Legalität?«, quiekte sie. »Ich habe dir schon

beim letzten Einbruch gesagt, dass ich bei so was nicht mehr mitmache.«

»Keine Sorge, ich brauche deine Hilfe nicht! Niemand von euch muss mir unter die Arme greifen.«

Ich ignorierte großzügig, dass alle drei erleichtert aufatmeten. Das Vertrauen meiner Freundinnen in meine Gesetzestreue ließ wirklich stark zu wünschen übrig. Dabei würde mein Plan dieses Mal garantiert funktionieren, da war ich mir sicher.

Kapitel 28

Ich saß hinter dem Steuer des Streifenwagens und starrte nervös in den Rückspiegel. Es war erst früher Abend, sodass ich die sich nähernden Autos noch problemlos erkennen konnte.

»Bist du sicher, dass unser Chef mir dafür nicht den Kopf abreißen wird?«, fragte meine Kollegin Antje und sah mich zweifelnd an.

Seit ich sie letztes Jahr angelernt hatte, war sie deutlich selbstbewusster geworden – allerdings kein bisschen lockerer. Auch heute beharrte sie noch stur auf die Einhaltung jeder noch so kleinen Dienstvorschrift.

»Du bist doch im Augenblick noch gar nicht für den Streifendienst eingeteilt, Merle! Streng genommen arbeitest du heute nicht mal. Falls was passiert, wäre das versicherungstechnisch eine Katastrophe.«

»Es wird aber nichts passieren«, sagte ich in beruhigendem Tonfall. »Wir sitzen hier ja nur ganz harmlos im Wagen, nirgendwo droht Gefahr. Außerdem tust du mir damit einen sehr großen Gefallen.« Ich warf ihr einen bedeutungsvollen Blick zu. »So wie ich dir, als ich mich schützend zwischen dich und Herrn Schluffs Waffe gestellt habe.«

Zugegeben, diese Anspielung war nicht fair, aber für mich stand nun mal viel auf dem Spiel.

»Falls alles läuft wie geplant, bin ich in ein paar Minuten wieder weg«, tröstete ich sie.

Sie murmelte mürrisch irgendwas von »Amtsmissbrauch«, aber enthielt sich eines weiteren Kommentars und starrte aus dem Fenster.

Das gab mir Gelegenheit, wieder im Rückspiegel die Straße zu beobachten. Wenn Konny Appelhagen mir die Wahrheit gesagt hatte, müsste Bastian jeden Moment diese Straße entlangfahren. Am späten Nachmittag hatte er nämlich beruflich eine Lesung besucht, und im Anschluss wollte er zurück nach Aurich in die Redaktion kommen. Dass Bastians Mitarbeiter mir diese Information freiwillig gegeben hatte, war eine Überraschung gewesen. Eigentlich hatte ich damit gerechnet, Konny mühevoll überreden, anflehen oder gar bestechen zu müssen. Aber wie ich von ihm erfuhr, war Bastian seit seiner Rückkehr aus Wangerooge in derart gereizter Stimmung, dass in der Redaktion sofort alle die Flucht ergriffen, sobald er auftauchte. Konny hatte sich schnell zusammengereimt, dass Bastians schlechte Laune mit mir zu tun haben musste – und deshalb hielt er eine Aussprache zwischen uns für längst überfällig. Das machte mir Mut, dass ich bei Bastian vielleicht noch eine winzige Chance hatte und diese Aktion nicht von vornherein zum Scheitern verurteilt war.

Alarmiert richtete ich mich auf. Wenn mich nicht alles täuschte, war gerade sein Auto am Ende der Straße aufgetaucht.

»Es geht los!«, krächzte ich, weil sich mein Mund plötzlich staubtrocken anfühlte.

Neben mir stöhnte Antje nur gequält auf.

Bastian fuhr absolut vorschriftsmäßig am Streifenwagen vorbei, dennoch nahm ich umgehend die Verfolgung auf und schaltete das Blaulicht an. Ich überholte ihn und winkte ihn mit Antjes Hilfe bei der nächsten Parkbucht hinaus.

Bevor ich ausstieg, richtete ich nochmals meine Uniform und schenkte meiner jungen Kollegin ein Lächeln. »Danke!«

»Mhm«, machte sie nur.

Als ich die Tür öffnete, schickte sie jedoch noch ein aufrichtig klingendes »Viel Glück!« hinterher.

Das konnte ich tatsächlich gebrauchen. Ich atmete tief durch und ging zu Bastian, der schon das Fahrerfenster runtergelassen hatte. Er trug heute ein meerblaues Hemd unter einer dunkelgrauen Weste und sah zum Anbeißen aus.

»Guten Abend!« Ich nickte ihm mit neutraler Miene zu, als hätte ich ihn noch nie zuvor gesehen. »Allgemeine Fahrzeugkontrolle. Führerschein und Fahrzeugpapiere, bitte!«

Als Bastian mich erkannte, riss er ungläubig die Augen auf. Er brauchte einen Moment, um sich zu fassen. Obwohl ich mich im Gegensatz zu ihm auf unsere Begegnung hatte vorbereiten können, warf mich sein Anblick ebenfalls aus der Bahn. Ihn wiederzusehen ließ meinen Herzschlag verrücktspielen, und das Verlangen, mit den Fingern durch seine seidigen Haare zu fahren, wurde fast übermächtig.

»Das ist nicht dein Ernst, oder?«, ächzte er.

Ich hängte meine Daumen am Gürtel ein, um mich davon abzuhalten, ihn versehentlich zu berühren. Der Wind fuhr über mein Gesicht und spielte mit einer Strähne meiner Haare, die ich zu einem Zopf geflochten hatte. Um uns herum gab es nur grüne Wiesen, so weit das Auge reichte, und ein Schwarm Vögel zog über unsere Köpfe hinweg.

»Ich bin im Dienst, natürlich ist das mein Ernst«, entgegnete ich in autoritärem Tonfall und streckte verlangend meine Hand aus. »Ihre Papiere, Herr Everts!«

Das wütende Funkeln, das nun in seine Augen trat, hätte mich um ein Haar zurückweichen lassen.

»Ach, jetzt machen wir also da weiter, wo wir angefangen haben?«, sagte er gereizt. »*Schön*, von mir aus.«

Er reichte mir verärgert seinen Führerschein, dann öffnete er das Handschuhfach. Ich lehnte mich vor und beobachtete Bastian durch das geöffnete Fenster. Fünf Minuten später lag der komplette Inhalt des Handschuhfachs verstreut auf dem Beifahrersitz, und Bastian gab seine Suche auf. Er stieß hörbar die Luft aus und wandte sich wieder mir zu.

»Ich …« Er biss die Zähne zusammen und starrte angestrengt an meiner Schulter vorbei gen Himmel. Vermutlich zählte er innerlich gerade bis zehn, um sich zu beruhigen. »Ich habe den Fahrzeugschein wohl verlegt, tut mir leid.«

Offen gestanden hatte ich damit gerechnet, dass etwas nicht in Ordnung sein würde: Abgefahrenes Reifenprofil, unzulänglich bestückter Erste-Hilfe-Kasten … Wenn man wollte, konnte man immer etwas finden. Dass es so schnell gehen würde, kam sogar für mich überraschend.

»Aha, *verlegt*, soso …«, sagte ich spöttisch. »Das ist leider nicht das erste Mal, dass Ihnen wichtige Papiere fehlen oder Sie gegen das Gesetz verstoßen. Sie sind ja sozusagen polizeibekannt. Haben Sie das Fahrzeug vielleicht geklaut, Herr Everts?«

»Geklaut?«, wiederholte er und schnappte ungläubig nach Luft. »Spinnst du jetzt? Merle, du bist mit mir in diesem Auto durch halb Ostfriesland gefahren. Wir haben uns hier drin stundenlang unterhalten, und ich habe dich auf der Rückbank im Arm gehalten, als du eine Panikattacke hattest. Mehr als einmal musste ich mich beim Fahren zusammenreißen, dich nicht einfach zu küssen, verdammt noch mal!«

Ich ließ seine Bemerkung unkommentiert, obwohl sie mich im Innersten berührte und ich bei der Erinnerung an jene Zeit am liebsten laut aufgeseufzt hätte.

Ich räusperte mich. »Steigen Sie bitte mal aus!«, verlangte ich. »Schön langsam! Und halten Sie die Hände so, dass ich sie sehen kann!«

Er befolgte meine Anweisungen, doch an seinem zuckenden Kiefermuskel erkannte ich, dass ich es nicht zu weit treiben durfte. Als der vermeintliche Autodieb neben dem Wagen stand und meinen Blick unverschämt trotzig erwiderte, gab ich ihm seinen Führerschein zurück.

»Süßes Foto, Herr Everts!«

Seine Augenbrauen schossen überrascht nach oben. »Ähm … danke …«, entgegnete er.

Ich sah die Straße entlang und atmete tief durch. »Ich muss gestehen, dass ich Sie nicht zufällig angehalten habe.«

»Ach was?«, gab er bissig zurück.

»Gegen Sie liegt eine Anzeige vor.« Ich maß ihn mit ernster Miene. »Sie haben einer Beamtin angeblich das Herz gestohlen, und nach Aussage des Opfers weigern Sie sich, es ihr zurückzugeben. Stimmt das?«

Endlich schien Bastian zu begreifen, dass es sich um keine normale Fahrzeugkontrolle handelte. Sein irritiertes Stirnrunzeln verriet jedoch, dass er nicht recht wusste, auf was ich hinauswollte.

»Wie bitte? Ich soll … *was?*«

»Sie haben das Herz dieser armen Frau gestohlen! Das sind schwerwiegende Anschuldigungen. Immerhin handelt es sich bei diesem Vorwurf um schweren Raub in Kombination mit der Tateinheit der schweren Körperverletzung.«

Er runzelte die Stirn. »Körperverletzung?«

Ich seufzte. »Was glauben Sie, wie es dem Opfer geht, Herr Everts? Ganz ohne Herz? Das ist für die Frau kein Spaß. Sie haben keine Ahnung, was sich bei ihr in den vergangenen Wochen für dramatische Szenen abgespielt haben.«

Er verzog das Gesicht. »Meinen Sie nicht, dass das *Opfer* ein wenig übertreibt? Ich kenne einige Menschen, die sind schon ohne Herz zur Welt gekommen. Serienkiller, Diktatoren, Christian Lindner. Die führen trotzdem ein ganz normales Leben.«

»Ich kann Ihnen versichern, dass das für das Opfer ein schwerer Schicksalsschlag ist!«, entgegnete ich nachdrücklich. »Die Frau konnte Sie trotz allergrößter Anstrengung nicht vergessen und hat sich abends regelmäßig in den Schlaf geweint. Sie hat stundenlang ein gemeinsames Foto mit Ihnen angestarrt und dabei schwermütige Songs gehört. Sie konnte wegen des Liebeskummers nichts mehr essen und hat deshalb ihre neuerworbenen Brüste wieder verloren.«

Kurz erlaubte ich mir einen wehmütigen Blick auf meine geschrumpfte Oberweite. Zwar war auch mein Hüftspeck dahingeschmolzen, aber ich vermisste meine weiblichen Rundungen.

»Und dann wurde die arme Frau auch noch dazu genötigt, einen Liebesbrief zu verfassen«, fuhr ich mit zitternder Stimme fort. »Weil deren Freundinnen der Meinung waren, es wäre der einzige Weg, Sie zurückzugewinnen, Herr Everts. Sie hat dadurch *zusätzlich* noch einen Knoten ins Gehirn bekommen und leidet nun für den Rest ihres Lebens an einer Schreibblockade.«

Bastian machte eine betroffene Miene. »Zugegeben, das klingt äußerst dramatisch! Ich hatte ja keine Ahnung, dass es der bedauernswerten Frau so schlecht ergangen ist. Sie hätte mich ja informieren können …«

»Wahrscheinlich war sie zu stolz, es zuzugeben«, sagte ich leise. »Und hat gehofft, dass der Schmerz und die Sehnsucht von allein wieder weggehen. Erst als das nicht geschehen ist, hat sie bemerkt, dass ihr Herz gestohlen wurde.«

Er nickte verständig. Für einen Moment gab ich mich der Hoffnung hin, dass er tatsächlich geneigt war, mir zu verzeihen.

»Und wo ist jetzt dieser Liebesbrief?«

Ich zog eine Grimasse. »Der wurde bei der Anzeige als Beweismittel aufgenommen und ist so schlecht, dass ihn niemand zu Gesicht bekommen sollte«, wiegelte ich hastig ab.

Bastian wirkte enttäuscht, anscheinend hatte Clara die richtige Intuition gehabt. Aber zum Glück schien er sich schnell wieder zu fangen. Er lehnte sich entspannt an seinen Wagen und verschränkte die Arme vor der Brust.

»Darf ich vielleicht den Namen des Opfers erfahren?«, fragte er betont begriffsstutzig.

»Den kennen Sie nicht?«, entgegnete ich gereizt. »Mit wie vielen Frauen haben Sie denn in den letzten Monaten angebändelt?«

Er zuckte mit den Schultern. »Ich bin nun mal ein attraktiver Typ. Ich zwinkere einmal, und schon liegt mir das Weibsvolk zu Füßen. Da kann man schon mal den Überblick verlieren.«

»Das *Weibsvolk?*«, wiederholte ich zähneknirschend. Er wusste nun mal, wie er mich reizen konnte. Kaum zu glauben, dass ich das vermisst hatte.

»Nun, die Beamtin, die Anzeige erstattet hat, ist sozusagen eine Kollegin von mir. Vielleicht hilft Ihnen das auf die Sprünge?«

Er rieb sich nachdenklich über die Wange, ehe er langsam nickte. »Ja, ich erinnere mich. Ich wollte mich ohnehin bei dieser Frau melden.«

»Ach ja?«, entfuhr es mir überrascht.

»Ich muss mich nämlich unbedingt bei ihr entschuldigen.« Mit ernster Miene richtete er sich auf und kam auf mich zu.

»Weil es mir leidtut, dass ich sie so unter Druck gesetzt habe«, sagte er, während ich atemlos zu ihm aufschaute. »Man darf niemanden zu einem Liebesgeständnis zwingen. Schon allein die Idee war lächerlich und absolut falsch. Wahrscheinlich lag es an meiner Vergangenheit, dass ich mich plötzlich nach einer Art Sicherheitsnetz gesehnt habe, bevor ich mich in eine Beziehung mit ihr stürze. Aber das soll keine Entschuldigung sein!«

Er sah mich reumütig an. »Meinen Sie, das Opfer kann mir noch mal verzeihen?«

Ich konnte mir ein glückliches Lächeln nicht verkneifen. »Ich denke, das kann sie. Sie ist mittlerweile bereit, auf Sie zuzugehen und Kompromisse zu schließen.«

»Aber wieso hat sie mir dann nicht einfach eine Nachricht geschrieben, bevor sie … zur Polizei gegangen ist?«, fragte er und deutete auf den Streifenwagen, in dem immer noch Antje wartete. »Vielleicht hätten wir ja gemeinsam eine Lösung gefunden?«

Er griff sanft nach meiner Hand, und Tränen sammelten sich in meinen Augen.

»Weil es mir nach wie vor schwerfällt, deine Forderung zu erfüllen«, erklärte ich mit heiserer Stimme. »Ich habe da so eine dusslige Angst, dass die Liebe mich schwach macht und die Kontrolle verlieren lässt. Aber ich werde definitiv daran arbeiten. Du musst nur etwas geduldig mit mir sein.«

Er lächelte und fuhr mit dem Daumen über meine Wange. »Du hast Glück, dass ich ein sehr geduldiger Mensch bin. Auf dein Liebesgeständnis werde ich ohne Murren so lange warten, bis du bereit dazu bist, Merle, versprochen!«

»Okay, das find ich gut!« Ich erwiderte sein Lächeln. »Es ist nämlich so, dass ich mich in dich *verliebt* habe.«

Das war eine Formulierung, mit der ich zu diesem Zeitpunkt unserer Beziehung absolut keine Probleme hatte. Denn die Sehnsucht nach ihm hatte mir gezeigt, dass ich tatsächlich tiefe Gefühle für ihn hatte. Ja, ich hatte mich definitiv in Bastian Everts verliebt!

»Das trifft sich gut, denn ich habe mich auch in dich verliebt«, entgegnete er schmunzelnd.

Wir kamen uns gleichzeitig näher. Er zog mich an sich, und ich schlang meine Arme um seinen Hals.

»Die letzten Wochen ohne dich waren absolut schrecklich«, flüsterte er an meinen Lippen.

Wir küssten uns langsam und unendlich zärtlich. Auch Bastian schien diesen Moment auskosten zu wollen. Wir genossen das Wunder, uns plötzlich wieder nah sein und die Berührung des anderen spüren zu dürfen. Das Glücksgefühl, das sich in mir ausbreitete, ließ mich so leicht und schwerelos werden, dass ich glaubte zu schweben.

Allerdings konnten wir beide nicht verhindern, dass unsere Küsse nach und nach leidenschaftlicher wurden. Unsere Zungen umspielten und neckten einander, meine Brüste drückten sich an seinen Oberkörper, und seine Hände wanderten verlangend meinen Rücken hinab. Ich wollte dort weitermachen, wo wir auf Wangerooge aufgehört hatten – und Bastian ging es offenbar genauso!

Neben uns erklang ein autoritäres Räuspern, und wir schreckten auseinander wie zwei schuldbewusste Teenager. Ich war so auf Bastian konzentriert gewesen, dass ich unsere Umgebung einfach ausgeblendet hatte. Dass meine Kollegin Antje ausgestiegen war und jetzt neben uns stand, hatte ich nicht bemerkt.

»Jetzt mal schön langsam, Herrschaften!«, ermahnte sie uns mit vorwurfsvollem Blick. »Sucht euch bitte ein Zimmer, bevor ihr weitermacht. Sonst muss ich eine Anzeige wegen Erregung öffentlichen Ärgernisses ausstellen.«

Während Bastian schuldbewusst aussah, funkelte ich Antje empört an. »Du würdest deine eigene Kollegin anzeigen?«

Sie nickte, ohne zu zögern. »Denk mal an deine Vorbildfunktion! Du bist schließlich in Uniform und knutschst hier am Straßenrand mit einem verdächtigen Verkehrsteilnehmer herum. Und zwar so intensiv, als ob du seine Zahnplomben auf versteckte Drogen untersuchen würdest.«

Bastian und ich verzogen angeekelt das Gesicht. Wir hatten unsere Küsse deutlich ästhetischer und kultivierter in Erinnerung. Es war wohl wirklich besser, wenn wir uns Antjes Vorschlag zu Herzen nahmen und in ungestörter Umgebung weitermachten.

»Zu mir?«, fragte Bastian augenzwinkernd.

Ich nickte mit einem glücklichen Lächeln. »Sehr gern!«

Zum Abschied bedankte ich mich noch mal bei Antje. Sie nickte nur und tippte sich an die Stirn.

»Dann viel Spaß euch beiden! Freut mich, dass es mit der Versöhnung geklappt hat.«

Auch wenn sie oft kleinkariert daherkam, hatte Antje das Herz auf dem rechten Fleck. Sie setzte sich hinters Steuer des Streifenwagens und fuhr davon.

Ehe ich auf Bastians Beifahrersitz platznehmen konnte, musste ich erst mal den kompletten Inhalt seines Handschuhfachs beiseite räumen. Als ich endlich neben ihm saß, griff er nach meiner Hand und hielt meinen Blick fest.

»Danke, Merle! Alles, was ich von dir wollte, war die Gewissheit, dass ich dir etwas bedeute. Nun, da du es mir gezeigt hast, werde ich um uns beide kämpfen – komme, was da wolle. Wir werden das schaffen! Denn du bist eine wundervolle Frau und meine persönliche kleine Nervensäge.« Er gab mir einen liebevollen Kuss auf den Handrücken.

»Ich bin nicht klein!«, beschwerte ich mich.

Er sah mich kopfschüttelnd an. »Das ist alles, was dir an meinen schönen Worten bemerkenswert erscheint? Okay, gut, du bist meine persönliche *große* Nervensäge. Quod erat demonstrandum, könnte man sagen. Bist du jetzt zufrieden?« Noch ehe ich antworten konnte, seufzte er leidgeprüft.

Ich lachte. »Ja, sehr zufrieden. Und jetzt fahr endlich los – ich möchte nämlich dort weitermachen, wo wir auf Wangerooge aufgehört haben!«

Das musste ich ihm nicht zwei Mal sagen. Ich konnte mir einen verliebten Seitenblick nicht verkneifen. Ich hoffte, dass wir es tatsächlich schaffen würden. Denn nichts wünschte ich mir mehr.

Epilog

Ein paar Monate später

Ich starrte mit verschränkten Armen aus dem Fenster der *Häuptlingsstube*, während hinter mir die Veröffentlichungsparty von Luisas neuem Kochbuch in vollem Gange war. Aus den Lautsprechern tönten moderne Shanty-Songs, und gerade stürzten sich alle auf das Büfett, auf dem die Speisen aus Luisas Buch verführerisch angerichtet waren. Ich hatte jedoch überhaupt keinen Appetit.

Natürlich war ich unglaublich stolz auf meine Cousine und freute mich für sie, aber dennoch konnte ich die düsteren Gedanken nicht vertreiben. Denn genau heute vor einem Jahr war ich angeschossen worden. Seither hatte mein Leben sich völlig verändert … Ich schüttelte den Kopf, denn eigentlich war das nicht korrekt: Nach wie vor wohnte ich in Greetsiel mit Clara zusammen in einer WG, war umgeben von meiner Familie, hatte dieselben tollen Freunde und denselben Job bei der Polizei, der mich inzwischen auch wieder voll und ganz ausfüllte. Meine linke Schulter funktionierte genauso gut wie vorher, ich konnte wieder Sport machen, und sogar die Therapie bei Doktor Brain hatte ich beendet. De facto hatte sich somit gegenüber früher kaum etwas verändert. Dennoch kam es mir so vor, als wäre ich heute ein völlig anderer Mensch. Was wäre passiert, wenn ich damals nicht so viel Glück gehabt hätte?

Das Wetter passte zu meinem Gemütszustand. Es nieselte, und ein ungemütlicher Herbstwind wirbelte die Blätter durch die Gassen. Kein Wunder, dass das halbe Dorf zu der Party gekommen war. Was gab es bei so einem Schietwetter Besseres, als gemeinsam zu feiern, zu essen und zu trinken? Allerdings war Luisa in Greetsiel mittlerweile bei allen bekannt und beliebt. Wie man an der ausgelassenen Stimmung erkennen konnte, freute nicht nur ich mich für meine Cousine.

»Mein Mädchen …«, schniefte Tante Marianne neben mir ergriffen. Sie beobachtete ihre Tochter am anderen Ende des Raums, wo sie gerade ein Interview gab. »Ich bin so unfassbar stolz auf sie.«

Meine Mutter hatte sich in Luisas neues Kochbuch vertieft und runzelte die Stirn. »Krabben-Bruschetta nach Greetsieler Art?«, fragte sie kritisch und deutete auf die besagte Seite. »Das ist doch Unsinn! Unsere Krabbenbrötchen sind perfekt und haben Tradition. Muss man denn heutzutage alles verändern und neu machen? Kann man Dinge, die gut sind, nicht einfach mal so lassen, wie sie sind?«

Tante Marianne ließ die Kritik an ihrer Tochter selbstverständlich nicht auf sich sitzen. »Das tut doch niemandem weh, wenn Luisa die Greetsieler Krabbenbrötchen neu interpretiert«, entgegnete sie. »Seit wann bist du eigentlich so borniert und starrköpfig? Man könnte glauben, du bist schon neunzig Jahre alt!«

»Das hat überhaupt nichts mit dem Alter zu tun«, erwiderte meine Mutter gereizt.

Ich verdrehte genervt die Augen. Zum Glück entdeckte ich in diesem Moment Clara, die gerade die *Häuptlingsstube* betreten hatte und mich zu sich winkte. Im Schlepptau hatte sie wie üblich Daniel, mit dem sie mittlerweile eine Beziehung führte. Ich gab es ungern zu, aber mein Ex-Freund und meine beste

Freundin passten zusammen wie Topf und Deckel. Die beiden liebten den Lehrerberuf, lasen gern zusammen Bücher, gingen ins Arthouse-Kino, und wenn einer zu viel Stress hatte, half ihm der andere beim Korrigieren der Arbeiten.

»Sind wir zu spät?«, fragte Clara, nachdem ich sie zur Begrüßung umarmt hatte.

Ich winkte ab. »Ihr habt nur Holgers stolze Eröffnungsrede, Luisas persönliche Ansprache und die Rede vom Verlagsboss verpasst. Seither ist Luisa so im Stress, dass ihr euer Fehlen bestimmt nicht aufgefallen ist. Die Presse und die Leute vom Verlag nehmen sie voll in Beschlag. Bis jetzt konnte noch nicht mal ich ein Wort mit ihr wechseln.«

»Zum Glück!« Daniel atmete hörbar auf. Pünktlichkeit und Höflichkeit waren für ihn oberstes Gebot. Er konnte sich einen vorwurfsvollen Blick in Claras Richtung nicht verkneifen. »Clara hat vorhin im Hundegeschäft eine halbe Ewigkeit gebraucht, weil sie sich einfach nicht entscheiden konnte.«

»Im Hundegeschäft?«, fragte ich interessiert.

Sie grinste und hüpfte aufgeregt auf und ab. »Ich weiß, ich hätte dich erst fragen sollen, ehe ich es kaufe. Aber es gab nur noch ein Outfit in seiner Größe, und das war auch noch reduziert. Da musste ich einfach zuschlagen!«

Sie deutete auf Daniel, der zwar Kalles Leine in der Hand hielt, aber der Kleine versteckte sich hinter seinen Beinen. Es kostete ihn einige Überredungskunst, den sichtlich beschämten Kalle hervorzulocken.

»NEIN«, sagte ich, sobald ich ihn sah. Entschlossen schüttelte ich den Kopf. »Nein, in so was läuft Kalle nicht rum! Das ist demütigend.«

»Ach, komm schon, Merle! Sei mal nicht so langweilig. Das ist witzig! Kalle sieht zum Abknutschen süß aus.«

Unser Hund trug einen typischen Ostfriesennerz: Einen

knallgelben Regenmantel mit einer dazu passenden knallgelben Regenmütze, die per Gummiband an seinem Kopf fixiert war.

»Bei einem Wetter wie heute ist der Mantel sogar ein guter Schutz vor nassem Fell und Unterkühlung«, behauptete Clara.

»Der Mantel vielleicht, aber nicht die Mütze.« Ich hob den Zeigefinger. »Die Mütze muss weg!«

»Ach, Menno!«, beschwerte sie sich. »So ein geteiltes Sorgerecht kann einem jeden Spaß verderben.«

Doch sie bückte sich bereitwillig und zog ihm die Mütze aus. Sofort schien Kalle sich besser zu fühlen. Jedenfalls stellte sich sein Schwanz wieder auf, und er kam zu mir, um mich zu begrüßen.

Ich nahm Daniel die Leine ab und deutete in Richtung Büfett. »Wenn ihr noch was zu essen wollt, solltet ihr euch ranhalten.«

»Gibt es noch von den Krabben-Bruschetta?«, fragte Clara begierig. »Die liebe ich abgöttisch! Davon könnte ich ein ganzes Dutzend essen.«

Da ich an den Kommentar meiner Mutter denken musste, konnte ich mir ein Grinsen nicht verkneifen. »Da müsst ihr selbst nachschauen.«

Die beiden stürmten in Richtung Büfett, während ich Kalle von dem Regenmantel befreite. »Keine Sorge, Clara zieht dir das vielleicht zwei oder drei Mal an, dann landet es in der Schublade und staubt dort ein«, tröstete ich ihn. »Dein Ostfriesennerz wird das gleiche Schicksal ereilen wie ihre sexy Reizwäsche.«

Zum Dank leckte er mir die Hand, und ich erhob mich wieder. Keine Sekunde später tippte mir jemand auf die Schulter.

»Entschuldigung, wären Sie vielleicht bereit, mir ein Interview zu geben?«, fragte eine männliche Stimme.

Langsam drehte ich mich um. »Und Sie sind?«, entgegnete ich mit skeptischer Miene.

Der attraktive Mann vor mir setzte ein gewinnendes Lächeln auf, bei dem die meisten Frauen wahrscheinlich schwache Knie bekamen. »Ich bin der Inhaber des *Krummhörner Wochenblatts* und heute wegen der Buchveröffentlichung hier. Wie ich erfahren habe, ist die Autorin Ihre Cousine. Vielleicht können Sie als direkte Verwandte unseren Lesern ein paar Einblicke in das Leben der Autorin liefern?«

»Krummhörner Wochenblatt?« Ich schnaubte abfällig. »Mit Ihnen rede ich garantiert nicht! Bestimmt wollen Sie nur schmutzige Details über mein Sexleben erfahren, um die pikanten Infos medial auszuschlachten.«

Bastian zog die Augenbrauen in die Höhe. »Schmutzige Details über Ihr Sexleben?« Um seine Mundwinkel zuckte ein Lächeln. »Da wäre ich in der Tat äußerst interessiert …«

»Ha, das glaub ich! Aber von mir erfahren Sie nichts.« Ich hob den Zeigefinger. »So viel kann ich Ihnen allerdings verraten: Mein Sexleben ist recht zufriedenstellend.«

»Nur *zufriedenstellend?*«, entfuhr es ihm beleidigt.

Ich grinste. »Was hast du denn gegen das Wort? Das ist doch absolut in Ordnung. Genauso in Ordnung wie mein Sexl…«

Ich kam nicht weiter, denn Bastian zog mich resolut an sich und gab mir einen so leidenschaftlichen Kuss, dass tatsächlich meine Knie weich wurden. Als er wieder von mir abließ, klammerte ich mich atemlos an seinen Schultern fest.

»Zufriedenstellend?«, hakte er noch einmal nach.

Das hungrige Feuer, das in seinen Augen loderte, fachte mein Verlangen nur noch mehr an.

»Es ist fantastisch«, gab ich zu. »Und ich kann davon nicht genug kriegen.«

»Aber nicht jetzt, mein Schatz!« Mit einem bedauernden Kuss auf die Nasenspitze löste Bastian sich von mir. »Zuerst muss ich noch arbeiten.«

Wir waren nun schon seit ein paar Monaten ein Paar, und offen gestanden war ich so glücklich wie noch nie zuvor in meinem Leben. Es war fast schon beängstigend. Mich Bastian gegenüber emotional zu öffnen und damit verwundbar zu machen, fiel mir leichter als erwartet, denn er setzte mich niemals unter Druck und gab mir alle Freiheiten, die ich brauchte. Genau das gab mir die Möglichkeit, immer wieder auf ihn zuzugehen. Selbstverständlich war nicht alles perfekt, und es gab auch schwierige Situationen, beispielsweise wenn Bastian mal wieder etwas Wichtiges verlegt hatte oder ich todmüde von einer Nachtschicht nach Hause kam und gereizt war. Aber wir hatten auch diese Momente bisher immer wieder gemeistert, weil das Fundament unserer Beziehung stimmte: Wir liebten und respektierten einander und wollten beide eine gleichberechtigte Partnerschaft führen.

»Du solltest dir noch was vom Büfett holen!«, schlug er vor. »Du wolltest doch wieder ein paar Kilos zunehmen … für die weiblichen Rundungen.«

»Stimmt!« Ich versuchte, mein Lächeln beizubehalten, aber es fiel mir schwer. »Mir ist allerdings nicht so sehr nach Essen.«

Bisher hatte ich mit niemandem über das heutige Datum gesprochen. Noch nicht mal meine Mutter schien sich daran zu erinnern. Allerdings konnte ich ihr nicht verübeln, wenn sie diesen unschönen Jahrestag verdrängte. Genau das war ursprünglich auch meine Taktik gewesen. Dummerweise funktionierte sie nicht.

Bastian konnte ich jedoch nichts vormachen. Seine Miene wurde ernst, und er zog mich an sich. »Heute vor einem Jahr wurdest du angeschossen.«

Ich hob den Kopf. »Du hast daran gedacht? Wir haben uns damals doch kaum gekannt.«

»Du bist die Frau, die ich liebe, Merle. Und für dich war es ein schreckliches und einschneidendes Erlebnis.«

»Die Erinnerungen kommen zurück, ohne dass ich es will«, gestand ich ihm mit belegter Stimme. »Ich höre den Schuss, spüre den Schock, die Schmerzen … Heute tut sogar wieder meine Schulter weh. Total verrückt, oder?«

»Ich schätze, das ist normal.« Er strich liebevoll über meinen Rücken. »Auch dein Körper kann sich an das erinnern, was geschehen ist.«

Ich nickte. Das klang in gewisser Weise logisch.

»Aber ich empfinde heute auch Dankbarkeit.« Ich atmete tief durch und legte meine Hände an seine Brust. »Weil es trotz allem ein gutes Ende genommen hat und ich an jenem Tag einen Schutzengel hatte.«

»Und ich bin deinem Schutzengel dankbar, dass er einen so guten Job gemacht hat«, sagte Bastian. Er beugte sich zu mir und küsste mich sanft.

Genießerisch schloss ich die Augen. Seine Küsse waren immer noch die beste Therapie.

»Apropos Zukunft!«, raunte er mir ins Ohr. »Ich habe eine kleine Überraschung für dich.«

Er zog eine kleine rote Ringschatulle aus seiner Tasche und hielt sie mir hin.

»Meinst du, darauf falle ich noch mal rein?«, fragte ich schnaubend. »Beim letzten Mal war da nur eine herzförmige Praline drin.«

Er zuckte grinsend mit den Schultern. »Das nennt man Konfrontationstherapie. Damit baue ich deine Angst vor dem Thema Heirat ab, bis ich dir tatsächlich mal einen Antrag mache.«

Seufzend nahm ich ihm das Kästchen ab. Obwohl ich absolut nicht mit einem Ring rechnete, beschleunigte sich mein Herzschlag, und zwar auf positive Weise. Anscheinend existierte ein kleiner Teil in mir, der die Vorstellung, mit Bastian verlobt zu sein, gar nicht mehr so Furcht einflößend fand. Ich klappte die Schachtel auf und entdeckte darin einen Schlüssel. Fragend sah ich ihn an.

»Ich dachte, wir sind bereit, in unserer Beziehung den nächsten Schritt zu tun«, erklärte er. »Ich überreiche dir hiermit meinen Hausschlüssel, sodass du kommen und gehen kannst, wann du willst. Außerdem habe ich in der Kommode im Schlafzimmer die oberste Schublade für dich freigeräumt.« Er hielt stirnrunzelnd inne und korrigierte sich: »Jedenfalls hatte ich das vor, ehe ich bemerkt habe, dass sich in dieser Schublade schon sehr viel Frauenunterwäsche und Klamotten befinden, die meines Wissens nicht mir gehören.«

Hitze stieg mir in die Wangen. Es war gut möglich, dass ich in Bastians Haus schon mehr Dinge in Beschlag genommen hatte, als er ahnte. Ich nahm den Schlüssel aus der Schatulle.

»Ich freue mich und nehme diese Gabe der Liebe dankbar entgegen«, sagte ich feierlich. »Ich frage mich allerdings, ob du mir auch deshalb den Zweitschlüssel gibst, weil du deinen eigenen ständig verlegst.«

»Wo denkst du hin, mein Herzblatt?«, gab er zurück, scheinbar beleidigt über diese Unterstellung. Nach einer kurzen Pause fügte er hinzu: »Aber ich hoffe in der Tat, dass du billiger bist als der Schlüsseldienst.«

»Die Hoffnung stirbt bekanntlich zuletzt«, entgegnete ich mit fiesem Lächeln. »Ich bin jedoch gnädig und lasse dich mit sexuellen Gefälligkeiten bezahlen.«

In seine Augen trat ein Leuchten. »Ich glaube, ich werde meinen Hausschlüssel ab sofort sehr oft verlegen …«

»Na, wie geht es euch Turteltäubchen? Amüsiert ihr euch gut«, fragte Luisa in diesem Moment und trat mit Clara zu uns.

Ich nutzte die Gelegenheit, um meiner Cousine endlich zur Veröffentlichung zu gratulieren und ihr zu sagen, wie stolz ich auf sie wäre. Doch sie winkte müde ab.

»Danke, aber ich brauche dringend mal Pause von dem Thema! Ich rede schon den ganzen Tag über nix anderes.«

Also plauderten wir stattdessen über ihre Hochzeitsplanung und die wichtige Frage, welches Kleid sie tragen wollte. Auch erzählte ich von Björns Anruf, der mit Frau und Kind gerade Urlaub in Spanien machte. Seiner Aussage nach war es dort für diese Jahreszeit unangenehm heiß, und er vermisste den norddeutschen Nieselregen.

Schließlich winkte Luisas Verleger sie wieder zu sich. »Die Arbeit ruft«, sagte sie seufzend. Sie wandte sich an Bastian. »Können wir das Interview auf morgen verschieben? Dann ist es weniger stressig.«

»Gern!« Er sah zu mir. »Dann habe ich jetzt schon frei, und wir können gehen, wenn du magst.«

Mir war danach, Luisa und Clara ein wenig zu ärgern. Ich zwinkerte Bastian verschwörerisch zu, ehe ich betont lasziv entgegnete: »Ich hätte schon eine Idee, was wir zu Hause machen: Diese eine Sache mit meinen Polizeihandschellen, die du letztens vorgeschlagen hast …«

Bastian stieg sofort darauf ein. Mit einer tiefen sexy Stimme, die Barry White alle Ehre gemacht hätte, entgegnete er: »Ach ja, aber brauchen wir dafür nicht auch noch Sprühsahne und saure Gurken?«

Saure Gurken? Um ein Haar hätte ich laut gelacht.

»Gütiger Gott!«, spie Clara aus und verzog das Gesicht. »Besprecht solche Dinge doch bitte erst, wenn wir weg sind!«

»Igitt, diese Bilder kriege ich nie mehr los!« Luisa schüttelte sich. »Also ich fand es besser, als die beiden sich noch permanent gestritten haben.«

»Ja, ich auch.«

Die beiden zogen hastig weiter. Bastian und ich wechselten einen amüsierten Blick, ehe wir losprusteten.

Kalle bellte auffordernd und kratzte mich am Bein. Ich beugte mich zu ihm hinunter.

»Willst du vielleicht einen schönen Spaziergang am Meer im norddeutschen Nieselregen machen?« Er bellte erneut und wedelte mit dem Schwanz.

»Kommst du mit?«, fragte ich Bastian.

»Mit euch beiden – immer doch!« Er griff nach meiner Hand, und unsere Finger verschränkten sich ineinander.

Ich blickte zu ihm auf. »Ich liebe dich.«

Inzwischen kamen mir die Worte so leicht und mühelos über die Lippen. Weil ich ihm mit jeder Faser meines Körpers vertraute und es schlicht die Wahrheit war.

»Ich dich auch.« Bastian gab mir einen zärtlichen Kuss.

Ein Schicksalsschlag kam meist ohne Vorwarnung. Man konnte daran zerbrechen oder es als Möglichkeit begreifen, daran zu wachsen, sich zu verändern und neu anzufangen. Dank meiner Familie, meinen Freunden und Bastian hatte ich meinen persönlichen Schicksalsschlag inzwischen überwunden. Ich war seither ein anderer Mensch – stärker, offener und mutiger. Und ich hatte endlich die Chance ergriffen, die Liebe in mein Leben zu lassen …